學習不落單

語文教室裡的課程調整

蔣明珊　編著

蔣明珊、吳淑貞、施伊珍、王瑩禎、辛盈儒
陳麗帆、黃知卿、黃敏菁、洪怡靜、陳師潔　著

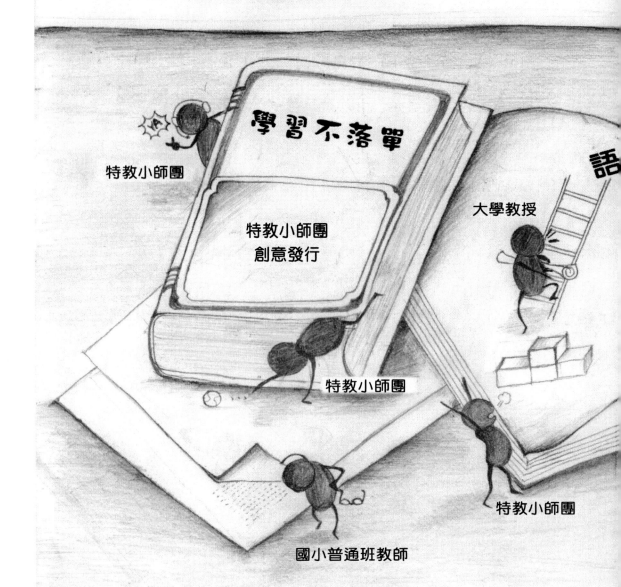

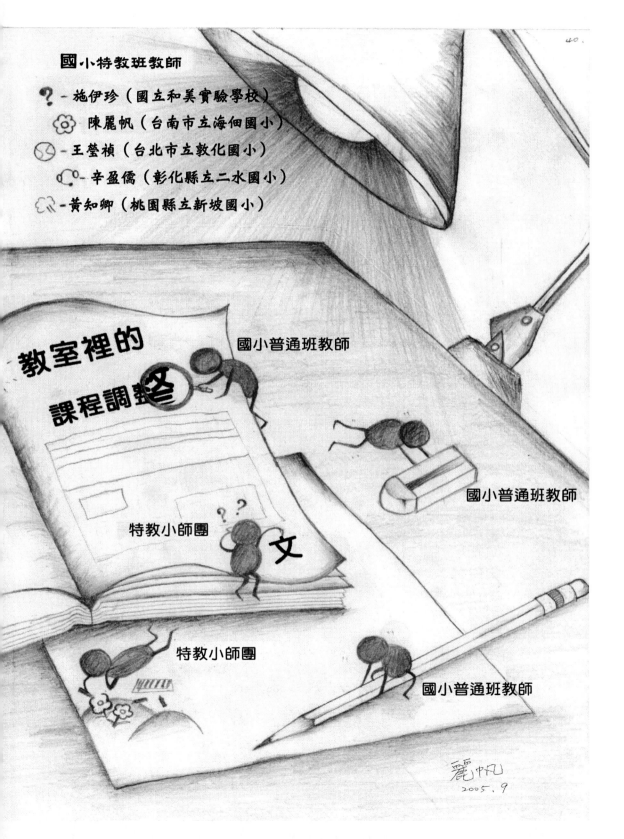

國小特教班教師

- ? - 施伊珍（國立和美實驗學校）
- 陳麗帆（台南市立海佃國小）
- 王瑩禎（台北市立敦化國小）
- 辛盈儒（彰化縣立二水國小）
- 黃知卿（桃園縣立新坡國小）

教室裡的
課程調整

國小普通班教師

國小普通班教師

特教小師團

特教小師團

國小普通班教師

麗帆
2005. 9

目　錄

理論篇

　　　　　　　蔣明珊

應用篇

　　　　　蔣明珊、黃知卿

　　　　　蔣明珊

註 1：前面加有「 　 」圖案者，表示該部分內容已收錄於附贈之光碟內。

註 2：內文中參考文獻前面加有「@」圖案者，表示該資料已獲得授權。

理論篇

課程調整理論及其在語文教學之應用

課程調整理論及其在語文教學之應用

蔣明珊

第1章 為什麼普通班要實施課程調整

　　Hoover 和 Patton（1997）整理有關特殊教育安置的文獻，結果發現在一九七〇年代和一九八〇年代間，對於特殊需求學生教育安置的思考發生改變，愈來愈多的人認為特殊需求學生可以從普通教育的選擇性課程中獲益。這種觀點延伸至一九九〇年代，而在融合班級中逐步開展，逐漸形成較受歡迎的選擇，因此使愈來愈多的特殊需求學生在普通班中接受教育，在隔離的特殊班中接受教育的特殊學生則愈來愈少。然而，Burnette（1987）指出目前有許多正在使用的教科書原本不是為班級中有各種能力或學習型態的學生所設計的，因此雖然有 68% 的障礙學生在普通班中接受大部分的教育，教師們卻認為難以統整這些學生的教學。

　　在融合教育的環境下，如果特殊需求學生所受的教育和他們在班級中的活動與普通學生不同或有所區隔，將使其成為「回歸主流的孤島」（Ayres, et al., 1992）。而且，如果普通班級中所用教材與特殊學生需求間有差異存在，也將損害特殊需求學生接受教育的機會。而因為學生參與結構性學習活動（課程）的時間占據了其學校生活的大部分，是以必須發展障礙學生融入普通課程的策略，否則他們將持續被視為是學校及社區中的部分參與者（Ayres, et al., 1992）。在一九七八年的教育測驗服務調查結果亦顯示，有超過三萬名教師認為調整課程以適合各種不同能力的回歸主流學生是很重要的（Burnette, 1987）。

　　從資優教育的角度來看，Reis、Burns 和 Renzulli（1992，引自蔡典謨譯，2001）整理相關研究的結果發現資優學生在普通班級中的學習欠缺挑戰性，學生在學習前已知道教科書上大部分內容；此外現有的教科書也變簡單了，難度下降了兩個年級的水準；由於小學教師並沒有調整課程以配合班上資優學生的需求，因此資優學生的需求經常無法在課堂上獲得滿足。針對上述現象，Reis、Burns 和 Renzulli 亦強調在普通班中教師需透

過課程的濃縮，同時藉由濃縮所提供的時間來安排具有挑戰性的活動，例如，加速課程、更有挑戰性的內容、適合個別課程需要或學習風格的課堂作業、個別或小組的研究計畫、獨立研究、興趣或學習中心等。

　　由上述可知，身心障礙學生和資優生皆由於教師未進行課程的調整，而導致在普通班中「無法」學習，或「缺乏」學習的機會。而由於普通課程的有效調整或修正是使特殊需求學生在普通班級安置成功的要件之一，因此本書著重於普通課程應用於特殊教育的調整。以下將進一步說明調整普通課程的適當性。

壹、特殊需求學生必須學習普通課程

　　從普通教育的課程改革來看，目前正在進行中的行動之一是修正課程內容，界定更廣為接受的成就標準，並且創造一個評量學生成就的國家標準。例如美國自一九七〇年代提出「回歸基礎」學科及能力之呼籲，一九八三年在雷根總統主政時代發表「國家在危機中」（A Nation at Risk）報告書，要求提升學術水準及強調基本科目與數學的重要，企圖藉規範全國性教育目標及實施標準化測驗等策略提升教育品質。此時，美國的教育改革就由重視「教育機會均等」轉而追求教育上的「卓越」，這一個教育改革的基調雖歷經共和黨的布希總統（在任期間 1988～1992）和民主黨的柯林頓總統（在任期間 1992～2000），一直沒有太大的變化（江芳盛，1998；沈姍姍，1998）。而林天佑（1998）在其分析我國初等教育改革課題一文中亦指出英國、德國、法國、日本等國家皆有類似訂定統一的課程標準或課程綱要的作法。

　　我國九十學年度在國小階段開始實施的九年一貫課程亦反映了上述課程改革的趨勢。教育部於一九九八年所公布的九年一貫課程綱要總綱強調下列幾項特色：(1)基本能力的培養；(2)生活中心教育的重視；(3)課程統整的強調；(4)九年一貫的觀念；(5)重視學校教育的自主權，強調學校本位的課程發展；(6)重視新興課程領域的教學（黃政傑，1999）。其中，對基本能力的重視，亦為未來基本學力測驗奠定基礎（教育部，1998）。在統一的課程標準或課程綱要之下，教師被期待教導標準課程，而學生也被期待學習標準課程（Fuchs & Fuchs, 1994）。

　　目前各主要國家如英國，融合教育的趨勢便是要求特殊需求學生亦需學習國定課程，且能達到政府所訂的基本數學和讀寫目標，同時參加國家考試以評鑑學校績效（洪儷瑜，2001）。美國一九九七年的 IDEA 法案亦要求特殊學生有機會參與公立教育系統中所有學生相同的普通課程，同時強調兩個主要原則：(1)障礙學生的教育成果應該與在普通教

育中所預期的學生教育成果近似；(2)障礙學生應該與其非障礙同儕一起接受教育（Lipsky & Gartner, 1998）。其他如澳洲及北歐的瑞典等國亦強調特殊學生學習全國性的統一課程，以便實施融合教育（何華國，2000）。然而，如果課程內容未適當考量特殊教育學生的個別需求，將可能增加他們的挫敗感，因此，英國政府在「所有孩子皆卓越」（Excellence for all children）的報告中，建議將讀寫能力的相關文獻放入特殊教育需求實施要點中，並將此目標納入特教教師專業訓練課程，以及發展教師與家長合作的教學策略，尤其是班級內的教學策略，同時進行考試的特殊調整（洪儷瑜，2001）。Kochhar、West 與 Taymans（2000）並指出只要給與機會及適當的支持與調整，多數的特殊需求學生都能在普通班級中獲益，同時獲得較高的成就；王天苗（1999，頁 15）亦認為「絕大多數障礙學生都可以學習普通班課程，有時或許需要視學生能力狀況彈性設計策略或選擇學習內容，少數（如有嚴重心智問題的學生）才需完全不同於普通課程的特殊課程」。由於我國九年一貫課程強調學校本位課程的發展，並賦與學校自由選用及調整現有課程教材的自由（教育部，2000a），因此從普通課程的調整將可同時滿足國家課程綱要的要求及特殊學生的個別需要，換言之，九年一貫課程的實施是相當有助於實施融合教育的。

　　至於資優學生是否需要資優課程，毛連塭（1995）指出有兩派不同的意見。一派主張資優學生不需有特殊課程，其立論點除基於社會民主化和教育均等化的原則之外，還認為普通課程是所有兒童必須學習的，只是因個人智能不同，而有不同進度而已，資優學生自能以其天賦脫穎而出。另一派學者主張資優兒童應有特殊資優教育課程。他們認為資優兒童的資質不同於普通兒童，因此，為普通兒童所安排的普通課程往往無法滿足其智能上的需要，也無法發揮其最大潛能。

　　然而較為持平的看法應如 Passow（1987）所提，資優課程應涵蓋一般普通課程、資優特殊課程、潛在課程和課外課程。資優兒童在智能、社會情緒，以及發展上有其獨特性，為滿足其特殊需求，有時必須設計特殊課程，才能達到因材施教的資優教育目的。不過，資優學生除了因其特殊之需求而需要有特殊設計的資優教育課程之外，仍須和普通班學生一起學習普通課程，因此仍應重視普通課程。Renzulli（1979）亦認為資優兒童應重視普通課程，因為：(1)學生必須具備某些基本能力才能有效地適應其社會生活和文化；(2)這些能力的獲得，必須盡可能在快樂且相關的氣氛中進行。

　　Betts（1985）、Daris 和 Rimm（1989）、VanTassel-Baska（1994）等學者也都提到資優生學習傳統學科內容的重要性（蔣明珊，1996）。以 VanTassel-Baska 為例，他認為「為滿足資優生深度學習的需求，則傳統的學習領域是必須的——不僅是讓資優生能精熟語文和數學方面的技能，也讓資優生能對相關研究的原理原則有所成長。一個資優的

學生，他必須徹底地精熟寫作技巧和經過反覆的練習，才能進一步達到文藝創作的階段。同理，資優生也需廣泛地從以傳統的內容領域課程經驗中獲益，才能統整知識」（引自蔣明珊，1996）。

　　VanTassel-Baska（1991）亦提出傳統的資優教育通常以特殊教育為基礎發展方案，包括鑑定和評量、教師訓練、行政制度等，同時也企圖運用特殊教育的模式，在滿足學生需求、適當安置等論題上成長和發展，然而特殊教育的模式本身在許多領域的發展是有限的，如課程、教材和評量。因此，為了提升資優教育之發展，必須包括一般教育的形式和課程改革。其中之一，便是將傳統的內容領域視為資優生核心學習的一部分。結合以內容為本位的教學，主要有下列幾點理由：

1. 學校課程主要是由基本的內容領域所組成的，如果與此主流脫軌，將不利於資優教育與學校系統的溝通。

2. 學校也提供計畫課程的自然環境，即使是自足式的資優方案，也必須讓資優生在一般的課程領域中展現其精熟的基本技能。

3. 資優學生仍然花大部分時間在學習這些核心內容的訓練上，因此，如果忽略傳統內容，資優方案的影響將嚴重受限，且將失去大量的學習時間。

4. 知識是以特定學科的方式組成的。我們在大學所讀的是學科，以重要的學習領域組成專業，很清楚地，我們的知識歷程是內容專家（content-experts）的形式。許多重要的文明產品亦是特定學科，如最好的小說、最美妙的樂曲和令人讚嘆的繪畫，甚至是諾貝爾獎，更是以學科領域（如物理、化學、文學等）來區分的（VanTassel-Baska, 1991）。

　　綜合以上討論可知，不管是身心障礙學生或是資賦優異學生皆需學習普通課程，而為了滿足個別學生的需求，調整普通課程是重要的。至於調整普通課程是否真能達成特殊需求學生的教育目標？以下乃進一步討論九年一貫課程與特殊教育課程間的相關性，並指出普通課程調整的重點。

貳、普通課程與特殊教育課程有其相通性

　　我國九年一貫課程有下列幾項特色：(1)培養身心充分發展的因素；(2)發展學生的基本能力，以基本學力指標為主，教材綱要為輔，作為各階段教材發展與教育績效評鑑的依據；(3)落實一至九年級課程的銜接性；(4)統合學習內容，將知識內涵的區分由傳統學科改為七大學習領域，避免科目分立、知識支離破碎；(5)提供寬裕、彈性的授課節數；

(6)倡導學校本位的課程發展與教育層面的課程設計，要求學校教師設計適用的課程；(7)重視課程與教學的統整；(8)建立學校課程管理機制，學校必須設立「課程發展委員會」，並和中央、地方分工合作實施課程評鑑（周淑卿，1999；林清江、蔡清田，1997；游家政，1999）。

　　至於「課程調整」雖未在九年一貫總綱中特別提及，但在教育部（2000a）所印行的學校本位課程發展基本理念與實施策略手冊中清楚揭示，在全國課程綱要內，學校本位課程發展可以：(1)選用現有課程，(2)調整現有課程教材，(3)進一步發展本校的課程教材；在全國課程綱要外，則可以：(1)做短期立即的課程創新，(2)做長期的課程創新。此外，學校也可以從課程目標、學科增減與整合、具體目的、教材、教學單元、教學過程與活動、教學進度、評量等層面進行發展。

1. 就教育目標而言，課程標準（課程綱要）是編制課程的準則，學校應該依據課程標準（課程綱要），轉化建立自己的教育哲學及學校教育目標，以建立學校的特色。

2. 就教學科目而言，開設必修科目，學校必須遵守課程標準（課程綱要）的規定，彈性時間，選修課程及活動課程提供學校運用，學校可衡酌學校條件與需要，自行規畫和設計課程。

3. 就教學內容而言，學校需要轉化課程標準（課程綱要）和選用的教科書，進一步做調整，調整的方式有很多，舉凡：整合、強化、簡化、補充、調序等都是可行的作法。此外，教科書的選擇與評鑑、教學單元的設計、補充教材的編寫等皆可因應學生需求，提供學生適性、個別化的課程與教學，因應地方與社會的需求。

4. 就教育方法而言，只要不違背法規或教育原理，學校可以選用各種切合需要的教育方法，達成教育的目標。

5. 就教學時間而言，學校可調整教學進度，重新安排教學時間，甚至做教學時間的增減。

6. 就評量方法與教學資源而言，學校可自行決定評量方法，也可以發展各種評量工具，自行選用與自製教學媒體，並善用社區各項資源。此外，學校應定期向家長報告學生在校的學習紀錄（教育部，2000a）。

　　從上所述可知，普通教育課程有很大的調整空間，因此作者進一步整理九年一貫課程與身心障礙特殊教育課程的法規、文獻和課程綱要（李翠玲，2001；特殊教育法，1997；特殊教育課程教材教法實施辦法，1998；教育部，1998；教育部，1999；教育部，2000b；教育部，2001a；教育部，2001b；黃政傑，1999；游家政，1999；歐用生，2000；蔡清田，1999；Kirk, Gallagher, & Anastasiow, 1997）以指出兩者的共通點，這些共

通點即為兩者適合結合之處：

一、在課程精神方面

九年一貫課程強調以學生為主體，適性學習的精神，同時透過個別指導、獨立研究、合作學習等方式進行教學，正和特殊教育課程強調的適應個別差異、因材施教是相通的。

二、在課程綱要方面

九年一貫課程從既有的課程標準改為課程綱要，提高了教師專業自主的空間、課程內容與時間分配，教學實施方式都不再有統一的規定，使教師得以依學校特色、地方資源及學生需求設計適合的課程；而在特殊教育方面，新頒布的啟智學校（班）、啟聰學校（班）及視障學生的課程綱要等均揭示配合九年一貫課程之精神，不管其內容是否真能符合九年一貫課程，或者特殊教育的課程綱要是否有存在的必要，特殊教育課程朝向融合的趨勢自不待言。

三、在課程內容方面

1. 九年一貫課程內容從傳統的知識本位教學轉而強調能力本位的教學，這和融合教育的主張強調學生學習國定課程提高學生的基本能力及成就水準是相通的。
2. 九年一貫課程重視課程的統整及學習領域，而以主題教學、大單元教學、合作教學等方式進行，這和特殊教育課程所揭示的統整原則、融合原則、協同原則等是相同的。
3. 九年一貫重視生活中心的教育，這在特殊教育中一向所強調的生活核心課程與功能性課程等有異曲同工之妙，所不同的是特殊教育特別是針對身心障礙學生的需求而設計完整的生活課程以培養其獨立生活能力。
4. 九年一貫課程重視如兩性教育、鄉土教育、資訊教育、環境保護等新興課程的領域，而特殊教育課程亦有如對特殊學生性教育課程及科技輔具應用等新課程的重視，只是方向不同而已。
5. 九年一貫課程重視課程內容及不同學習階段的銜接，這和特殊教育近年來重視的特殊學生轉銜工作自有其相通之處。
6. 九年一貫課程重視五育的均衡發展、多元智能理論的提倡，也促使普通教育課程更強調學生的適性及多元發展，而這也是特殊教育所重視的發展趨勢。

四、在課程實施方面

1. 九年一貫課程提倡學校本位的課程發展,而特殊教育的課程一向是教室本位,甚至是教師本位的。特殊班教師自行設計課程與自編教材的能力,正是九年一貫課程所欲培養的教師能力,其他如重視教師專業發展、家長參與及社區資源的利用更是兩者的共同之處。

2. 九年一貫課程的特色之一是增加彈性授課節數及空白課程,和特殊教育課程一向重視的彈性原則的精神是一樣的。

3. 九年一貫課程要求學校建立課程管理機制,這和特殊教育行之有年且有明文規定的各校特殊教育發展委員會,負責學生的鑑定安置、IEP(即個別化教育計畫)等相關措施是相同的。

4. 九年一貫課程與特殊教育課程均強調評量方式的多元化。

五、在教師角色轉變方面

九年一貫課程提倡教師在課程方面、學生方面、同儕方面、社區關係方面的角色分別轉變為設計與執行者、協助與諮詢者、協同者及合夥人的角色,而特殊班教師則一向扮演這些多元的角色,及至融合教育的理念興起,特殊班教師更是多了一個角色:與普通班教師和相關專業人員的溝通、合作與提供支持。

至於資優教育和普通教育結合的方式,VanTassel-Baska(1991)認為資優教育依賴兩種重要的連結:⑴與特殊教育的連結——表示資優兒童所需的連續性服務方案;⑵與普通教育的連結——表示課程與組織的支援結構必須是在適合所有學習者的學校體系之下。其中,教育哲學觀與目標、方案的方法、分組教學策略、課程、教學歷程、教材和資源、評量學生的方法及評鑑等項是資優教育可以融入普通教育的部分。

從教育哲學觀及目標的角度來看,國小階段資優教育的目標在培養資優學生的各項學習能力及態度,從而能發展潛能服務人群(蔣明珊,1996),此點與九年一貫普通課程所強調的培養學生十大基本能力基本上是相同的;其中「所有孩子皆卓越」(DFEE, 1997)及教育改革總諮議報告書對「培養帶著走的能力」的訴求(行政院教育改革審議委員會,1996)等教育目標並非身心障礙教育或普通教育的專利,更是所有教育者及受教者所應追求的目標。

其次,在分組教學策略及教學的歷程方面,不論從資優或障礙教育的角度來看,兩者皆重視個別化的教學,除了強調個別教學及小組教學外,亦同時採用各種彈性的教學

方法，而這些也是九年一貫課程所重視的。而在評量學生的方法方面，資優教育及九年一貫課程更是同樣都強調運用多元評量的方式（李坤崇，1999；Tomlinson & Kiernan, 1997）。至於評鑑則往往是資優教育最被質疑之處，作者以為往昔資優教育成效遭受批評原因之一乃是其抽離普通教育之外而獨自評鑑，如能結合普通教育，在最自然、原本的情境下，接受全面的「普檢」，則其成效自易彰顯，亦較能為人所信服。

而資優方案的方法，如充實導向方案中的專題研究、獨立研究、外埠參觀、夏令營、良師典範等皆可與普通教育方案緊密結合（Association for the Gifted, 1989）；至於資優教育的課程及教材資源等更是結合普通課程，在普通課程的基礎上發展延伸的（VanTassel-Baska, 1991）。

綜合以上討論可知，普通教育課程在「可調整」的情形下，其實施方式和特殊教育課程有許多不謀而合之處。例如，九年一貫課程提倡學校本位的課程發展，賦與教師發展課程的專業空間，由教師發展學校課程方案和班級教學計畫，教師不再只是教育者，更是「課程設計者」（陳伯璋、周麗玉、游家政，1998；歐用生，1999；蔡清田，2000）；而特殊班教師一向都必須針對特殊需求學生的個別差異，設計個別化的課程與教材，正是扮演課程設計者的角色，特殊教育的課程發展基本上也是屬於「教室層面的課程設計」。

此外，九年一貫課程特別強調由教師成立「課程設計小組」，依據學習領域特性與學生身心發展階段，設計適性教育之課程，發展適應學生能力差異的教材教法，設計另類變通的學習機會與活動經驗，進行加深、加廣或補救教學，落實因材施教理想（林清江、蔡清田，1999）；而特殊教育亦有學校「特殊教育發展委員會」的設置，特殊教師的專業能力正展現在對不同需求的學生，如資優生進行加深加廣的充實課程，對身心障礙學生則除重視缺陷的補救教學外，更重視其潛能的發展。

而為了要促使學校本位課程發展具體的實現，在課程總綱綱要中特別規定「彈性教學節數」，以及選修科目占 10-30%，另外授課的週數及年段之彈性調整亦有空間，此點除給與特殊學生在融合班級中允許有彈性的學習時間及學習內容之外，更給與教師專業的自主權，可以彈性修改課程及教學，以符合特殊需求學生的特性及需要。其他如課程標準的實施計畫與執行、特殊需要課程方案的規畫、個別差異適應課程的規畫、選修科目或校定科目的開設、各科教學內容的調整、教科書的選用與使用、相關教材的編制、各科目教學的計畫、學校各項教育活動的辦理、潛在課程的發現及規畫、課程實驗的推動、課程評鑑的實施等（黃政傑，1999；游家政，1999）學校本位課程的實施，在在都

與特殊教育息息相關。由此可知，適當調整普通課程是可以滿足特殊需求學生在普通班之學習的。

第2章 課程調整的內涵

　　不同學者對課程要素有不同的闡述，盧台華（1998）認為廣義的課程是指由內容、運作與產品三個層面形成的立方體。內容的部分係指科目、領域或教材；而運作的層面則包含教學策略、教學方法及教學環境；至於產品的層次乃是指學生在實施該課程後所產生或展現的各項學習行為，也就是課程的目標或教學目標。王文科（1991）及黃政傑（1993）皆提到最常被提及的課程要素有目標、內容、活動及評鑑；另可再加上其他因素，如時間、空間、環境、學習材料和資源、學生組織與教學策略等。綜合學者對課程要素的看法，針對本研究所欲探討的範圍，作者對課程調整所下的定義如下：課程調整係指教師針對個別學生，包含普通學生及所有特殊教育學生的需求，而對課程的相關要素，如目標、內容、策略、活動、評鑑、環境、學生行為、學習材料及學習時間等進行分析、編輯、修改、補充、刪減或重組的過程。

壹、身心障礙課程的調整內涵

　　身心障礙學生的課程調整，可以從課程內容、教學策略、教學環境、學生行為四方面來討論（Hoover & Patton, 1997），這四方面則涵蓋了一般學者所提的課程要素，如目標、內容、評鑑、環境、學生行為、學習教材、學習時間等。然而，作者認為身心障礙教育亦應重視成果產出的部分，因此將 Hoover 與 Patton 的分類稍加修正，而將身心障礙學生的課程調整分為課程內容、教學策略、教學環境及學習成果四個層面，茲分述如下：

一、課程內容的調整

　　課程內容的調整首先需決定課程內容的選擇形式，Spagna 和 Silberman（1999）則提

出課程內容的四種選擇形式（見圖 2-1），茲分述如下：

1. 未經調整的普通教育課程（General education curriculum without modifications）：只呈現給經過及未經過鑑別特殊需求學生的課程，基本上是學校提供的基本課程。此類課程包括傳統上由學科（如英文、歷史）組成的核心課程，選修課程（如會計、戲劇），基本學業技能課程（如閱讀、寫作），以及跨學科課程等。

2. 經過調整的普通教育課程（General education curriculum with modifications）：此類課程包括一些特殊領域的普通教育課程，但注意到調整或修改課程使某些障礙及有特殊教育需求的學生能從其中獲得知識、技能。調整或修改所影響的層面可能包括：(1)作業的複雜度（如讓學生依其閱讀水準而非年級水準寫作業）；(2)作業要求的形式（如讓學生以口頭報告代替書寫）；(3)使用的策略，使學生能參與並精熟作業（如教導學習策略和研究技能）。這些調整有許多對非障礙學生也是有幫助的，但是他們對某些有獨特需求的障礙學生在學習普通教育課程卻是必要的。

3. 生活技能課程（Life skills curriculum）：此類課程強調透過觀察和參與而在學校、家庭和社區的活動與經驗中和普通教育學生共同學習的技能，但對一些障礙學生來說為了精熟這些技能，卻需要特殊而系統的教學。生活技能的課程包括功能性的學業技能（如閱讀食譜、平衡個人收支），日常和社區生活技能（如個人清潔、編列預算）和轉銜技能（如從中學到高中的轉銜）。

4. 調整溝通和表現方式的課程（Curriculum in modified means of communication and performance）：此類課程源自學生準備溝通和表現的密集和特殊的需求，如此將盡可能使學生能參與其他的課程選擇。它包括的技能如科技輔具的使用及成就表現的調整方式（如做請求時以手勢代替文字）。

McLaughlin（1993）列出特殊教育主要的課程選擇包括：(1)調整的標準課程；(2)平行替代課程；(3)補救基本技能的課程；(4)主題式的單元課程；(5)學習策略和研究技能的課程；(6)社交技巧的課程；(7)生涯及職業教育課程；(8)獨立生活技能課程。這些課程選擇基本上涵蓋了發展性與功能性的課程，亦可以併入上述四種課程類型之中，例如學習策略和研究技能的課程可以屬於經過調整的普通教育課程；而社交技巧的課程則可以屬於生活技能課程。

教師可以採用以上課程的其中一種或多種來達成預期的成果。例如，一個學習障礙的學生可能參與：(1)未經調整的普通教育教學課程；(2)由於其具有讀寫困難而學習經過調整的普通教育語文課程；(3)在轉銜方面的日常及社區生活技能課程；(4)在語言和說話發展方面的溝通及成就表現方式的調整。而這些課程的選擇也反映出該名學生學習的優

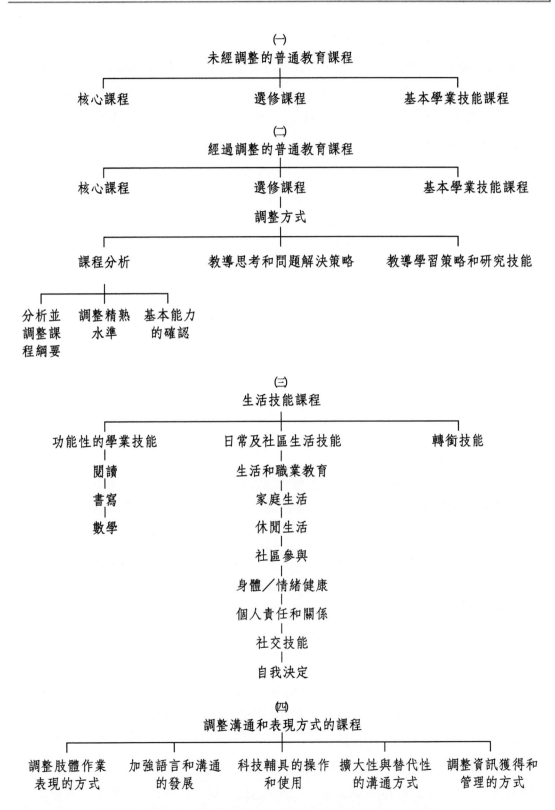

（一）
未經調整的普通教育課程

核心課程　　　　　　選修課程　　　　　　基本學業技能課程

（二）
經過調整的普通教育課程

核心課程　　　　　　選修課程　　　　　　基本學業技能課程
調整方式

課程分析　　　　教導思考和問題解決策略　　　教導學習策略和研究技能

分析並　　調整精熟　　基本能力
調整課　　水準　　　　的確認
程綱要

（三）
生活技能課程

功能性的學業技能　　　　日常及社區生活技能　　　　　轉銜技能

閱讀　　　　　　　生活和職業教育

書寫　　　　　　　　家庭生活

數學　　　　　　　　休閒生活

社區參與

身體／情緒健康

個人責任和關係

社交技能

自我決定

（四）
調整溝通和表現方式的課程

調整肢體作業　　加強語言和溝通　　科技輔具的操作　　擴大性與替代性　　調整資訊獲得和
表現的方式　　　的發展　　　　　　和使用　　　　　　的溝通方式　　　　管理的方式

🍒 圖 2-1　四種課程形式（Spagna & Silberman, 1999）

先順序（Spagna & Silberman, 1999）。

其次在課程內容的調整方式上，有許多專家學者分別針對身心障礙學生的課程調整提出建議。Bradley、King-Sears 和 Switlick（1997）整理出下列向度可供調整時考慮：

1. 數量多寡（Size）：縮短作業的長度，減少問題的數量或縮短閱讀作業的長度。

2. 時間（Time）：延長完成作業的時間，縮短活動或將活動分成兩個或更多部分。

3. 輸入（Input）：改變教學內容的形式或複雜度（例如，使用有聲書、指定伴讀者、運用電腦輔助教學、採合作學習小組、使用大字本教材、使用視聽教材、利用圖表、綱要或編序的方式提供輔助教材等）。

4. 輸出（Output）：改變學習反應的形式或複雜度（如以口語反應代替書寫，用說明、圖畫、唱歌、圖表、網路、錄音帶、電腦等來表現學習成果）。

5. 概念或技能的難度（Conceptual skill difficulty）：改變活動技能層次或概念的難度（例如，使用能引起高度興趣，但屬低閱讀層次的教材；用視聽媒體來呈現；只閱讀主要概念來代替細節；指定基本的數學問題代替幾何問題；深入地探究或評量一齣戲而非閱讀一齣戲）。

6. 支持（Support）：增加或減少班級中教師或同儕的數量（例如，指定一個做筆記的學生，分派一個小老師，指定獨立的工作，以特殊的角色參與一個合作小組的計畫，或提供線索與提示）。

7. 期待（Expectations）：使用類似或相同的教材，但是改變對結果的期望（如寫一個短篇故事代替戲劇，寫一個句子而非一個段落，找出主要角色與情境代替對一個故事完整的了解）。

8. 替代課程（Alternative curriculum）：IEP 的課程目標可能和傳統學科課程大不相同（例如，使用調整的開關，改變身體姿勢，在班級內練習像扣鈕釦、穿外套、戴帽子、綁鞋帶等生活技能，在合作學習小組中練習社交技能等）。

至於在調整的方式上，Baumgart 等人提出三種課程調整的形式（引自 Ayres, et al., 1992）：(1)個別化的調整（Individualized Adaptations）：維持相同的教學目標且參與相同層次的教學，只修正一些反應形式（response mode），例如，調整教材，運用擴大的溝通系統、特殊設備與個人協助，運用不同的技能順序，或改變活動的規則等；(2)多層次教學課程（Multi-Level Curriculum）：維持同樣的教學目標但有不同的學習層次，例如，在上小組數學課時，一般學生負責解題，特殊需求學生則負責運用計算機驗算答案；(3)重疊課程（Curriculum Overlapping）：學習目標不同，學習層次不同，且需要個別化的調整。重疊課程的概念是不管目的是什麼，學生的教學目標是練習並精熟各種班級活

動的內容，例如，非障礙的學生上生物課時，重度障礙學生只要學習社交技能，如輪流或幫助其他人。

Neary、Halvorsen、Kronberg 和 Kelly（1992）則將課程調整的策略分成六種：(1)保持現狀：學生和其他同學一起參與相同的課程，有相同的目標並使用相同的教材；(2)提供物理上的協助：提供實際操弄的教材或輔具及身體上的協助以完成活動；(3)調整工具：指利用工具使學生能參與適合其年齡的活動，例如利用計算機來代替筆算；(4)多層次教學的課程：指學生學習相同的學科，但課程的層次不同；(5)重疊課程：指學生和其他同學一起參加相同的活動，但可能學習不同課程的目標；(6)替代性課程：當普通教育課程在進行時，學生參與替代性的活動以滿足普通課程無法達成的基本教學需求，至於採用何種替代課程由計畫小組決定，其優先的考慮是所有的替代活動中都有同儕的參加。

Billingsley、Farley及Rude（1993）整理與課程調整有關的研究，並將課程調整的策略歸納成三種：(1)使用相同的活動和相同的目標，但是調整呈現、練習和評量的方法（例如，使用不同的教材，用打字代替書寫，以口語說明答案代替書寫答案等）；這是輕度障礙學生最常使用的方式；(2)使用相同的活動，但有不同層次的難度（即多層次教學）；多層次教學適用於輕度或中度障礙的學生；(3)使用相同的活動，但有不同的內容及目標，允許某些學習特殊課程的學生能和同儕一起參與活動使其得以學習社會、動作或溝通的技能；這種方法特別適合重度障礙的學生。

Switlick 和 Stone（1992，引自 Bradley, et al., 1997）所提出的四種課程調整模式亦大同小異，茲介紹如下：(1)調適（Accommodations）：指修改教學方法或學生表現的方式，但不明顯地改變課程內容或概念的困難度，例如，以口語代替書寫；(2)調整（Adaptations）：指修改教學方法或學生表現的方式，而且改變課程內容或概念的困難度，例如，使用計算機完成數學作業；(3)平行教學（Parallel Instruction）：指修改教學方法或學生表現的方式，其中，不改變內容，但是明顯地改變課程概念的難度，例如：其他學生用口語閱讀報紙和回答問題，這名學生只要口頭回答他記得從別人那裡聽到的三件事即可；(4)重疊教學（Overlapping Instruction）：指當所有學生共同參與活動時修改對學生表現的期望或教學方式，同時，改變課程內容和概念的難度，例如，學生們正在做一個六人小組的化學實驗，這名學生則負責確定每個人有試管和作業單。

身心障礙學生可能也會因其障礙程度的高低而有不同的課程調整方式。基本上，一個參與普通課程的身心障礙學生不論其使用的是相同的課程，或調整幅度最高的替代性課程，在教師教學方式、學生表現方式和評量方式上皆須經過適當的調整，而為了符合融合教育的精神，所有的教學活動，除了替代性課程之外，也都是全體學生共同參與的；

其餘的則依次改變概念的難度、教學的內容及教學的目標，如此，則所有身心障礙學生將可和普通學生一樣盡可能地達到普通課程的目標，至於我國實施的九年一貫課程綱要，在課程調整的方式之下也應可以將各項能力指標轉化為身心障礙學生的教學目標，以提升學生的能力與成就水準。

二、教學策略的調整

至於在教學方面，Kochhar、West和Taymans（2000）認為有效的教學策略包括：(1)以工作分析將教學目標分成較小的單位；(2)配合學生的學習風格教導學習策略；(3)隨機教學；(4)合作學習；(5)利用特殊教材或電腦進行一對一的教學；(6)運用同儕教學；(7)利用視覺性的圖表增進學生學習；(8)調整評量方式，例如，以真實評量取代傳統性的標準化測驗及紙筆測驗。

Lipsky和Gartner（1998）的研究則指出，特殊班教師和普通班教師在融合教育的班級中使用許多共同的有效教學策略，包括：合作學習、隨機教學、同儕和跨年齡的小老師教學及支援模式、以多元智能理論為基礎的教學、科技輔具的使用和輔助性專業人員及教師助理的協助。Harrower（1999）整理相關的研究後，指出促進障礙學生融合的一些教學策略如下：(1)允許學生自己選擇作業；(2)允許學生選擇完成作業的順序；(3)事先預習或瀏覽學習的資訊或活動；(4)部分參與；(5)多層次教學；(6)調整測驗與考試的形式（例如，延長時間、隔離的座位、口語考試等）及教學輔具的利用（例如，使用計算機、拼字檢查機或字典等）；(7)一對一教學，小組教學及獨立工作的安排；(8)給與明確的指示，適當的、立即的回饋和記憶策略的教學；(9)教導問題解決的策略。其他如鼓勵家長的參與（Billingsley, Farley, & Rude, 1993; Kochhar & West, 1996，引自吳淑美，1997）也是重要的教學支持策略之一。

至於其他適合國語科的課程調整教學策略請見本書第四章的說明。

三、教學環境的調整

在教學環境的調整方面，Hoover 與 Patton（1997）認為可以考慮的方式包含下列六項：(1)座位的安排和個人閱讀座位的使用；(2)在班級中組織不同的學習區域；(3)小組的安排；(4)組織不同形式的教學；(5)根據學習經驗彈性分組；(6)營造有助正向學習、有價值的作業時間和有效互動的班級氣氛。Kochhar、West和Taymans（2000）則提出下列幾點調整班級環境的看法，包括：(1)創造一個沒有障礙的班級情境，包括圖書室、資源區、科技或學習實驗室；(2)調整分組方式；(3)調整座位的安排使肢體和視覺障礙學生行動方

便或無視覺上的阻礙；(4)重新安排或放大教室中與視覺有關的工具、材料或資源；(5)對有溝通困難的學生使用視聽媒體或其他溝通器材；(6)重新安排教室和學校建築、出口的設計等。

四、學習成果的調整

在學習成果的調整方面，Ysseldyke、Algozzine 及 Thurlow（1995）曾指出普通教育和特殊教育有一些共同強調的教育成效領域，如學業成就、參與、中學後的教育經驗等；而普通教育中則較少強調如特殊教育所重視的生活品質、工作準備度、獨立生活能力等；同樣地，特殊教育也缺乏普通教育中所強調的創造思考及問題解決能力的訓練、人際及組織技能的培養等。此外，根據相關文獻探討結果，有關融合教育實施成效的研究亦多探討障礙學生在融合教育情境下的學業成就和社會適應兩方面的學習表現。因此綜合融合教育的相關研究，Ysseldyke、Algozzine 及 Thurlow（1995）和 Hoover 及 Patton（1997）等的看法認為國小身心障礙學生在學習成果的調整方面至少應包括學業成就、參與程度及行為的調整三個層面。

在學業成就方面，調整的策略可包括改變學習成果產出的方式，例如，以口語代替書寫、用圖畫回答問題、寫字改成找出字卡等以提供成功的學習經驗，鼓勵學生以不同的形式展現其學習成果。

在參與程度的調整方面，可以配合教學策略的調整，提供各種參與的機會，同時改變參與的形式，如改變傳統講述式的教學，改以合作學習及分組討論的方式，或活動式教學的方式，增進障礙學生參與班級活動的機會，以提高其參與程度；此外透過各種教學策略或增強方式的改變，以增進障礙學生的專注力，亦可提高參與程度。在參與的過程中，教師亦可教導學生社交技巧及問題解決的處理方式，如此則可增進學生的人際關係及社會適應能力。

在學生行為的調整策略方面，歸納鈕文英（2001）、Hoover（1987）、Korinek（1993）、Hoover 及 Patton（1997）等對促進學生正向行為的教學策略之建議如下：(1)獎勵預期的行為而非著重在注意不適當的行為或持續提醒不適當的行為；(2)變化增強物；(3)保持學生對日常學習活動的興趣、參與及成功；(4)在單元中整合身體的活動；(5)在學生互動中示範組織和尊重；(6)設計活動、媒體或特殊興趣中心；(7)利用手勢而非打斷學生或使學生困窘的方式來暗示適當的行為；(8)運用接近的控制方式，在學生感到挫折之前即給與協助或靠近學生的座位，以監視學生工作的情形；(9)提供學生關於作業、行為、工作等自我評量的檢核表以協助學生獨立及自我評鑑；(10)讓學生計算目標行為的達成程

度，並定期討論進步情形；⑪教導學校生存技能，包括行為的自我控制與管理、取悅教師的行為（例如，眼神接觸、反應、遵守規則）、表現教室的適宜行為等；⑫教導學生為自己的行為負責；⑬教導學生準時繳交及完成作業的方式；⑭能應用教師所教導的學習策略與讀書方法；⑮運用示範或模仿、行為塑造、連鎖、提示、行為演練、回饋、褪除、行為契約法、系統減敏感法、肌肉鬆弛法等行為訓練策略以支持學生產生正向行為。

貳、資優課程的調整內涵

適當的資優課程是指在內容、歷程、結果和學習環境方面與普通教育的課程有質的差異（Maker, 1982）。這意味著應為資優生擴展教育機會，而不是使用相同的方案和作業。因此在融合教育的環境下，課程的發展應具有區分性，教學應統整並調整以符合不同能力的學生之需求。

有關資優課程的調整，美國南卡羅來納州（1990，引自蔣明珊，1996）的資優課程架構強調課程應提供修正和調整以滿足資優生獨特的學習型態、學習速率、興趣、能力和需求。Maker亦認為應根據學生的學習動機、創造力及領導等特質，分別從內容（content）、過程（process）、結果（product）及學習環境（learning environment）四個層面來作修正（毛連塭等編譯，1989；蔣明珊、盧台華，2000；Ehlers, Montgomery, 1999; Maker, 1982），茲分述如下：

一、課程內容的調整

合適的資優課程內容應比普通課程更複雜、抽象及多樣化。複雜的內容包括操弄更多概念、抽象概念間的關係及統整跨學科間的概念。抽象的概念可以使學生從事實資料的層次進到類化的層次。多樣化的內容則可以容納各種不同形式內容的概念。此外，課程內容的調整還應包括對具有創造性或生產力人物的研究以及學習方法論等。

二、歷程的調整

教師在歷程上的調整是指應用較高層次的思考策略、開放式的問題、彈性的速度及發現教學的方式，允許個別學生依其對概念的精熟程度進行學習，以幫助資優生發展高層思考能力、擴散式思考歷程與歸納和演繹的推理技能，使資優生能學習互動，並自行尋找問題的答案。

三、成果的調整

　　允許資優生以自行設計的標準與方式來展現其對內容和歷程的理解。成果調整的基本原則是擴大成果的可能範圍到專業的水準及「真正的問題」或焦點。內容包括讓資優生練習真實的問題、面對真實的聽眾、使用真實的評量和以有意義的方式轉化及綜合資訊。學生的學習成果包括有形的（例如，報告、表現、影像等）和無形的（新的概念和能力）成果。而學生學習成果的計畫包括許多因素，如：(1)結合教師和學生的計畫；(2)學生自定的個別計畫，允許結果的選擇或成果的形式；(3)提供創造、發明和深入探索個人興趣的機會；(4)探究真實的問題，使學生能夠成為新知識和構想的產出者與傳播者；(5)運用各種學習型態和形式來發展成果；同時面對適當的聽眾，包括：同儕、出版社、社區民眾、專家學者、政治人物等；至於學習成果的評量則必須是多樣且多元的。

四、學習環境的調整

　　學習環境包括學校或班級的物理環境及心理環境。適合資優生的學習環境必須是：(1)學生中心而非教師中心；(2)鼓勵獨立而非依賴；(3)開放性而非閉鎖性；(4)接納學生而非批判學生；(5)複雜化而非簡單化；(6)允許高度流動性而非低度流動性。學生中心是以學生為主體，教師只是一個學習的促進者。教師的功能是作為一個學習的協助者和資源的經驗者；提供一個正向的學習氣氛；提供資優學生與他們的同齡和相同智力同儕互動的機會；以各種的教學分組方式來滿足資優學生獨特的教育需求。適當的分組可能包括：(1)針對特定內容的全班級教學；(2)班級內的群集小組；(3)跨年級的分組；(4)獨立研究；(5)資源教室；(6)適合個別學生的特殊需求；(7)運用多元的資源以提供適合資優學生的教育經驗。

　　綜合本章對身心障礙課程調整及資優課程調整的內涵，發現兩者之間的調整層面是相通的，即兩者的課程調整皆包含課程內容、教學策略／歷程、教學環境及學習成果四方面的調整，只是在調整的策略上會因不同學生的身心及學習特質而有不同的調整重點而已。

第3章

課程調整的原則與步驟

　　Kochhar、West 和 Taymans（2000）綜合多位專家學者對障礙學生融合方案課程調整的研究，並歸納出下列十二點原則：(1)對學校的期望必須考慮學生、家長、教師、行政人員和社區的需求，所期望的應是所有學生的成就和進步；(2)學習者需要有系統性的統整課程，而非支離破碎的課程，特別是強調科目與學科間連貫性與相關的課程；(3)課程的決定不應只強調教學的內容，還應包括促進學習者應用知識的能力；(4)學習應在真實世界的情境中發生，因此，教材應使學習者學習真實世界中有意義的事；(5)儘管每個學習者的思考、學習皆不盡相同，但所有學習者仍有需要學習在成就方面的共同標準；(6)學習者的評量應包括非傳統性的成就表現，須求應用新知識甚於表現；(7)學習者需要參與進階學業的機會作為進大學的準備；(8)教師應成為學習的促進者，而學習者應成為主動的學習者及思考者，而非只是被動地接受訊息；(9)每個學習者都需要一個指導老師或協調者來計畫其教育方案；(10)目前的科技必須整合在課程中，而且所有的學習者都應精熟電腦以便溝通、計算及研究；(11)選擇職業教育的學習者應有機會透過師徒制參與進階的學習，這些機會是中學和大學或就業間的橋樑；(12)在畢業之後進入大學或工作世界的轉銜需要額外的計畫和支持。以為這些原則也適合資優學生的課程調整，並可以作為融合教育下調整課程的指導方向。

　　Burnette（1987）介紹所有美國教育部的特殊教育方案部門在一九八一到一九八五年間不同機構針對輕度障礙學生所提出的課程調整計畫都遵循需求評估、設計和發展及測驗和製作等三階段的八個基本步驟進行，茲將上述三階段，八個步驟的內容及其他學者的討論綜合說明如下：

壹、需求評估階段

一、評量學習者的特徵

發展學習者特徵的剖面圖對設計調整教材的成功與否具有決定性的影響。剖面圖至少應包括下列三方面：(1)和特定障礙狀況有關的特徵；(2)在學科領域內的現有技能水準；(3)個別能力，包括：個人／社交技能（包括獨立作業、集中和維持注意力）、書寫能力（包括閱讀理解）、口語能力（包括摘要、推理、解釋）、解釋地圖和地球儀、理解時間和年代、能解釋圖表（包括分析圖表的組織和結構做比較）和思考能力（包括綜合、分類、組織資訊、分析問題）等。

教師所要做的是指出輕度障礙學生在每一個特定技能上的困難程度比例（包括極度困難、有些困難、輕度困難），以及學生可從補充教材上獲益程度（包括很大、一點、稍微）。

二、評估教師的教學需求

Cline、Billingsley和Farley（1993）指出在決定教師的需求時，可以運用各種資料蒐集資訊的方法，包括：(1)需求評估工具（如：發展問卷）；(2)個別或小組訪談，可能的策略如腦力激盪、建立共識及提名小組的技術；(3)觀察，包括和學生及其家庭有關的人；(4)根據調查相關研究文獻及外部專家的意見找出需求。

一旦需求經過評估，且確認資訊之後，可以透過下列步驟分析所蒐集到的資訊來決定教師的需求：(1)列出所有需求並將之分類；(2)由小組根據不同的主題分析需求的優先順序；(3)形成人員發展方案的目標。

為了滿足障礙學生的需求，已有許多教師能夠透過各種方法，如減少講述，增加更多具體的例子等來修正教學方式。至於教師的教學需求，一般而言有下列五種：(1)班級管理：包括班級的組織和結構、分組、指示、班級常規，引起動機的技巧等；(2)介紹：包括提出新資訊介紹給學生的方法、認知層次等；(3)練習和複習：包括教材及練習的方法；(4)評量：包括書面的測驗、班級討論、計畫、測驗時間的限制、測驗內容的長度等；(5)個人風格：包括對結構的需求、領導風格、對學生如何學習的信念、訓練和管理風格等。

評估教師的需求並和學習者特徵加以比較，將有助於彌補實際和理想的學習成果間

的差距，例如，如果有一學生因為閱讀的問題而需要口語的指示，但教師卻教導學生從指定的書籍中閱讀指示；或者教師運用大團體的方式教學，而學生卻在大團體中學習有困難。凡此類學生需求與教師教學方式的差距都將影響學習成效，因此教師的教學型態亦須和學生的學習特徵相符，才有助於教學的進行。

三、分析教科書

　　分析教科書的目的是為了確認有哪些方面不能滿足學生和教師的需求，例如，美國教育發展中心對美國歷史教科書的調查即發現，對有學習障礙的學生來說，這些教科書普遍的問題出現在：頁數太多、字彙太複雜、閱讀層次偏高，以及組織的難度較高。也有一些課程調整的計畫進一步分析單元和章節的層次，以 Bloom 的認知分類層次為基礎，列舉出重要的事實和概念，而在調整教材時涵蓋最重要的歷史資訊。

　　在分析教科書時，有下列幾個向度是可以考慮的：(1)教材內容：包括字彙和閱讀的層次、概念發展和類化、推理和做決定、特殊技能的發展；(2)呈現和組織的方式：包括教材的順序、教材呈現的數量、呈現的方式、指示的型態、反覆和複習的數量、評量和測驗的形式等；(3)補充教材：包括學生研讀的補充教材（如：活動單、瀏覽單），學習目標、重要概念和教學策略的說明；(4)格式：包括教學單元的設計、版面配置和印刷、適合團體或小組使用的說明、個別學生使用的情形，以及有效的圖表呈現、照片舉例說明等。

貳、設計和發展階段

四、決定要做的特殊修正

　　調整教材必須要有足夠的彈性才能在不同的教學情境下適合各種學習者使用。一旦確認了問題領域或要修正的教科書層面，也同時要選擇符合學生和教師需求的格式。在課程調整的設計階段代表的是一個創造的歷程，而這個歷程很難用一個按部就班的方式來描述，每一個設計狀況都是獨特的，因此這些都必須加以考慮。

五、發展目的和目標

　　在修正教材時發展目的是為了和原始的教科書內容保持一致。以美國教育部特殊教育方案部門整理的 Macro System 所發展的歷史資料庫的計畫為例，下列學生的能力便是

課程調整的目的之一，包括：將資料排序、形成概念、設定使用標準的優先順序、舉例以為證明、辨別關係、比較和對照、做推論、用理由支持判斷、問題解決、形成假設和做預測等。

　　這項計畫所設計的教學單元亦引導學生透過循序漸進的方法建立並測試假設。在學生和教學者熟悉資料庫的教材和資料庫管理的功能之後，他們可以發展他們自己的問題、假設，和使用這套資料庫的不同方法。學期報告的構想也可以從探索檔案裡的資料或檔案本身產生。此外，該計畫也發展了一套電腦化的教學管理系統，用來協助教師追蹤學生是否能達成教科書的目標和相關的調整目的的進步情形。

參、測試和製作階段

六、形成性評鑑

　　形成性評鑑包括一系列的循環：(1)確認需求；(2)調整教材；(3)分享教材；(4)實施課程調整；(5)評鑑教材。形成性評鑑在課程調整的發展過程中是一直持續不斷進行的，以確保新教材適合學生並能吸引和維持學生的興趣，教師也將發現有用而方便使用的教材，使得新教材對於使用族群的效果能類似原始教材對其特定族群的使用效果。

　　形成性評鑑小組的成員可以包括行政人員、課程專家、團隊領導者、參與教師、出版商、教材專家和軟體研發人員。其中特殊班教師和普通班教師的共同參與，更能分享彼此經驗，在形成性評鑑的循環中，對調整教材的修正是持續不斷的，且須建立在需求評估的標準上，有發展的過程中，教材反覆被檢視且回饋到修正之中，此外，形成性評鑑的歷程，也必須和參與教師所使用的教學順序及當年的計畫一致。

七、選擇、訓練教師與實地測試

　　參與教師在將教材整合進入普通班的教學之前，必須接受教材使用的訓練。一般來說，訓練的目的是為了確使教師了解調整的目的和技巧，以及蒐集評鑑資料的方法。一個比較好的作法是先調查教師受訓的需求，再利用此一資訊設計課程調整計畫的在職訓練內容。Guskey（1986，引自 Cline, Billingsley, & Farley, 1993）觀察近三十年的一些主要人員訓練研究發現普遍是無效的。這些方案無效的理由包括無法確認人員發展的需求及優先順序，提供只有一次且支離破碎的在職訓練方案，以及缺少持續的協助。無論如何，只要提供有系統的評量和計畫，人員發展方案亦可能有效。

　　在訓練內容方面，Hoover 與 Patton（1997）指出由於教師必須調整或修正特殊學生的課程，以確使這些學生也能學習統一的或指定的課程，因此教師必須知道一般影響課程的層次、目前的課程趨勢及特殊需求學生課程實施的觀點。

　　Wigle 與 Manges（1995，引自 Wigle & Wilcox, 1996）認為教師需要學習如何設計學習活動以促進所有學生的參與，特別是障礙學生。教師需要學習的內容包括如何：(1)為不同需求的學生選擇合適的學習材料；(2)透過不同課堂及家庭作業的使用，在班級中使用不同的教材；(3)調整學習目標及課程內容以適合各種能力和障礙學生的需求。此外，教師訓練方案也需發展班級教師合適的角色及責任，以促進所有學生的成長與發展。

八、最後的教材製作

　　一旦教材通過測試，符合各項評鑑指標，就可以製作最後的格式並將之出版。

第4章
國語科的教學探討

壹、特殊需求學生的學習特質

　　綜合相關的文獻及研究發現，以參與蔣明珊（2002）課程調整研究的聽覺障礙、臨界智能障礙及學習障礙三類學生來說，其共同的學習特徵皆包括語言或閱讀理解能力的缺陷、人際溝通和社交技巧缺乏，與學業學習的困難。其中智能障礙及學習障礙學生在認知方面除理解困難外，尚包括注意力和記憶力、後設認知能力缺陷及缺乏學習動機等問題（何華國，1998；胡永崇，1988、1997、1999；洪榮照，1997；曹秀美，1990；盧台華，1992；Borkowski & Kurtz, 1987; Brier, 1989; Connis, 1979; Hallahan & Kauffman, 1991; Kirk, Gallagher, & Anastasiow, 1997; Wagner, Torgesen, Laughon, Simmons, & Rashotte, 1993; Wong, 1985）。相對地，資優學生則是在上述各方面都有優越的表現（何華國，1998；Delp, 1980; Frasier, 1995; Maker, 1982; VanTassel-Baska & Compbell, 1988）。因此，針對上述障礙性的學習問題，作者以為除了教導學科基本技能及協助學生之外，還須針對注意力、記憶力及理解能力等問題著手，採取合適的教學方法以增進上述能力從而提高學業成就表現。然而這些能力的訓練在一般普通課程中並未受到重視，且記憶力、理解力訓練的相關研究亦多半採獨立方案的訓練方式，未與實際的教學情境結合。因此，在進行課程調整教學研究時即試圖在既有的研究基礎上，針對注意、記憶及理解能力等缺陷，採用學習策略的教學；針對人際及社交技巧問題，採用合作學習；以及針對資優生的學習特質，採用創造思考教學等策略將之融入國語科的教學活動中，以了解課程調整的實施成效。

貳、國語科教學內容

由於本書所介紹之國語科課程調整研究主要係以一至三年級學生為主，因此在九年一貫課程探討部分亦以此一階段的能力指標及課程範圍為重點。

一般來說，國語科的教學重點不外乎語文基本的聽話、說話、閱讀、寫作四大領域（王萬清，1997；何三本，2001；陳弘昌，1999；羅秋昭，1999）；而一至三年級學生在九年一貫語文領域的基本能力指標上亦包括注音符號應用能力、聆聽能力、說話能力、識字與寫字能力、閱讀能力及作文能力六大項（教育部，2002）。因此，亦將九年一貫語文領域的能力指標融入國語科課程調整的教學設計中（見本書應用篇：語文課程調整教案範例）。至於語文各項領域的教學重點及教學方法，由於本書的教學研究以一年級來說，是在注音符號教學結束之後開始進行國學教學時才進行，因此不特別針對注音符號進行探討。綜合王萬清（1997）、陳弘昌（1999）、何三本（2001）、羅秋昭（2001）等對國語科教學實施的看法，分述如下。

一、聆聽能力

構成聽話的能力有三個基本要素：(1)對語音的辨識能力；(2)對語義的理解能力；和(3)良好的記憶能力（何三本，2001）。聽話能力的培養是認知的開始，因此，指導聽話亦可加強說話的能力（羅秋昭，1999）。歸納王萬清（1997）、何三本（2001）、羅秋昭（1999）等對聆聽能力的指導原則與方法如下：(1)訓練聽話的習慣；(2)教師在教學中要隨時提問，以了解學生是否正在聽講；(3)用複述的方式訓練聽話能力；(4)利用遊戲方法使學生專注；(5)訓練兒童養成聽話的禮貌；(6)引起兒童聽話的興趣；(7)聆聽的記憶能力訓練，如聽寫注音符號及語詞等；(8)語音辨識能力訓練，如一字多音、一音多字或四聲辨識等。基本上，根據作者的觀察與經驗，一般普通班級的教師在國語科教學時多半都能掌握上述原則與方法，因此，聆聽能力的訓練在研究中並未列入調整的重點，但是針對聽障學生的特質，則會特別強調培養學生正確的聽話習慣、態度與禮貌、經常提問及要求學生複述等，教師指導時也盡量採取面向學生四十五度角的方向以利學生聽取教師的說話內容。

二、說話能力

一般而言，說話的教學內容大致包括語音、語詞、語法及思想情感四部分（羅秋昭，

1999）。而說話的教學方法則有：(1)用漸進法建立說話信心；(2)在閱讀教學中進行說話訓練，常用的活動有：看圖說話、誦讀訓練、複述講述、口頭報告、課堂討論，將課文改變成遊戲方式演出、辯論、答問等；(3)在作文教學中進行說話訓練；(4)其他延伸語文活動：如腦力激盪、說故事、口頭報告、繞口令、演說等（王萬清，1997；何三本，2001；陳弘昌，1999；羅秋昭，1999）。在本書的研究中，針對一至三年級學生的能力分別將各種說話能力的教學方法融入國語科教學的各階段流程之中。

三、識字能力

㈠識字教學的重點

　　識字能力包含字形辨認、字音辨讀及字義搜尋（Perffetti, 1984；引自柯華葳，1993），三者為識字能力的核心。Swanson 及 Alexander（1997，引自李佳娥，2001）認為識字過程需要三項基本能力，即音韻處理（phonological process）、字形處理（orthographic process）和語意處理（semantic process），而曾世杰（1996）也發現漢字與拼音文字處理系統相似。由此可知，字形、字音、字義是識字教學的重點。

㈡識字教學的方法

　　綜合語文科識字教學的原則包括：(1)應用拼音能力，增進識字量；(2)從詞入手，教有意義的文字；(3)加強音近、形似字的解說；(4)教導筆畫名稱、筆順規則、字形結構；(5)教學過程要先正音、釋義，再辨形；(6)有計畫地隨課文識字；(7)從語詞入手，教有意義的文字（何三本，2001；羅秋昭，1999）。至於可運用的識字教學策略，根據戴如潛（1993；引自何三本，2001；李佳娥，2001）整理之中國內地及台灣兒童識字教學法，包括：(1)形識類：部件識字法、成群分級識字法；(2)音識類：注音識字法和標識字法；(3)義識類：生活教育科學分類識字法；(4)形義類：字理識字法、奇特聯想識字法、猜認識字法、趣味識字、字謎識字；(5)音義法：聽讀識字法、炳人識字法；(6)形音義綜合類：分散識字、集中識字、韻語識字法、字族文識字法。

　　賴惠玲和黃秀霜（1999）探討不同識字教學模式國小學生國字學習成效發現，教導「文字學知識」組的學生字形及認字能力方面優於「注音符號」及「國字直接教學組」。因此作者在設計課程調整之識字教學時除了把握識字教學的原則之外，亦強調融入文字學的知識。另外並依據教導筆畫名稱、筆順規則及字形結構的原則，設計了筆順規則、字形結構及部首歸類遊戲等學習單，同時針對普通班大班教學及時間有限的情境，採用的識字教學方法則以部件識字法、注音識字法、字理識字法、奇特聯想識字法、猜認識

字法、集中識字法、趣味識字、字謎識字等方法交錯使用。

此外，針對國小兒童喜歡遊戲的心理，作者在國語科課程調整的生字語詞教學中，亦特別重視遊戲的教學，根據所蒐集的遊戲，將之融入生字、語詞的教學中，針對一至三年級學生的年齡、程度及大班教學的特性，作者所參考的遊戲包括：翻字遊戲、跳格子遊戲、傳字遊戲、語詞接龍、大風吹、搶寶座、書空猜字、鬥牛猜字、賓果遊戲、眼明嘴快等（江惜美，1998；張正男，1983；羅秋昭，1999）。

四、寫字能力

在寫字教學方面，一般包括硬筆字的書空及書法教學兩類。然而，本書之研究一至三年級係屬第一階段能力指標的範圍，在第一階段的語文領域中並無書法教學部分，因此，未將書法教學列入討論，僅就硬筆字的部分進行探討。

由於寫字能力的訓練可以鞏固學生識字的基礎，同時訓練學生手眼協調的能力，因此王萬清（1997）、陳弘昌（1999）、何三本（2001）、羅秋昭（1999）等認為在指導學生書寫能力時要注意：(1)教導學生運筆、執筆的方法；(2)認識國字的結構。因此，作者在課程調整中亦配合識字教學所設計的字體結構及筆畫順序學習單教導學生寫字能力。

五、閱讀能力

閱讀是一個相當複雜的歷程，包括感覺、知覺、記憶、思維、想像等心理因素（何三本，2001）。在國小階段，閱讀的教學與訓練基本上有下列四種：(1)基本訓練方式與方法：如朗讀、默讀、複述、朗誦、背誦的教學；(2)課文探究：又包括①內容深究：包括歸納課文中心思想及運用各種提問方法，如演繹法、歸納法、分析法、想像法、分組討論法、資料整理等；②形式深究：包括介紹各種文體及深究課文結構，深究課文結構則包括分析法、歸納法（即教師目前慣用之先說、再說、後說三段式課文結構教學法）；(3)句子與文法修辭：目前句型方面的訓練，在「習作」中常出現，如造句、換句話說、長句縮短、短句變長、照樣造句、填詞造句等，同時也須練習標點符號的運用；(4)深究詞義：可用的方法包括充分了解詞義、教導查字典、詞典，以及結合上下文理解詞義、辨析同義詞、掌握單位量詞的習慣用法等（何三本，2001；陳弘昌，1999；羅秋昭，1999）。

根據作者對目前普通班教師閱讀教學的了解，多數教師在基本的訓練方式方面主要為朗讀、朗誦及背誦的教學；而在課文深究方面則著重在運用各種提問方法教導課文中心思想及課文內容；而以歸納法教導課文結構，在句型練習方面較常出現的則為造句及

照樣造句；至於深究詞義方面則以教導學生查字典、詞典作為預習，並與課堂上結合上下文教導詞義為主。

六、作文能力

作文教學可以培養學生思考能力和寫作的基本能力及興趣，同時也是一種綜合各種感官的運用活動（陳弘昌，1999；羅秋昭，1999）。而作文的歷程，從認知取向的觀點來看則包括計畫、轉譯、回顧及監控的歷程（王萬清，1997）。由於九年一貫課程中的語文領域，在作文教學方面的能力指標以一至三年級的第一階段能力指標（教育部，2002）來看，較偏重在寫作的基本能力，如標點符號、基本的句型、簡單應用文的寫作等，因此，本書之課程調整研究在作文能力的訓練方面亦較偏重基本句法的練習及引導寫作的部分，而不涉及較高層次寫作歷程，修辭及各種寫作文體的指導。

根據陳弘昌（1999）、何三本（2001）、羅秋昭（1999）等對作文教學指導的看法，適合低年級的作文教學方法包括：(1)共作法；(2)填充法；(3)問題法（或助作法）；(4)看圖作文或看圖說故事法；(5)對話作文法；(6)口頭作文。而適合中年級的作文教學方法則包括：(1)助作法；(2)看圖作文法；(3)對話作文法；(4)聯想法；(5)仿作法；(6)感官練習法等。作者依據障礙學生及資優學生的學習特質分別採用共作法、填充法、助作法、仿作法及感官練習法等，將之融入與作文有關的學習單設計中。

上述關於國語科教學內容及方法的探討較偏重於一般普通學生的國語教學，由於本書研究的主要實驗對象為特殊需求的學生（包括資優及聽障、學障、臨界智能障礙四類），而這些學生的學習特質和學習策略運用的優劣有關，因此有必要進一步探討如何將學習策略的教學融入國語科教學中。

參、國語科教學與學習策略

所謂策略是指一種有系統、有計畫的決策活動，是一種屬於目標導向的活動，它必須利用內在心理歷程，以達到解決問題的目的（陳李綢，1988）。根據相關研究的結果證實學習策略是可教的（Palincsar & Brown, 1984）。

Paris（1988）則進一步指出，一個成功的策略訓練必須具備下列幾個條件：(1)該策略必須是有意義的，而且具有功能性的。成功的策略訓練計畫必須是一個可以達成目標行為的策略；(2)策略的教學必須同時具有敘述性、程序性及條件性知識的訓練，使學生具有「使用何種策略」、「如何使用」、「何時使用」、「為何使用」策略等有關的後

設認知知識；(3)一個成功的認知策略訓練應發展出學生正向積極的態度，因此策略訓練計畫應同時考慮學生的學習動機，才能使學生產生主動學習的意願，增進學習效果；(4)策略的訓練須符合學生對生態學的知覺，換言之，策略訓練應配合學生的認知風格、期待和學習方式等生態條件；(5)成功的策略訓練應逐漸增進學生自我效能及信心的建立；以及(6)策略的教學應是直接的、公開的，而且直接說明的。

一般而言，學習策略包括注意策略、記憶策略、理解策略、問題解決策略、創造思考策略、資源經營策略、後設認知策略等（林建平，1994；郭靜姿，1992）。作者針對參與研究之特殊教育學生的需求及課程調整的考量，主要採注意、記憶、理解及創造思考四項策略作為調整重點，其中注意力訓練主要採增加視覺化提示、利用不同顏色標示、變化教學活動、用不同的方式重複出現學習策略、問學生問題、幫助學生選擇重要訊息、利用多元感官教學方式（邱上真，2000），以及調整環境和學生行為的方式進行；而創造思考策略則是參考張玉成（1995）及陳龍安（2000）對於創造思考教學策略的建議，將假如、列舉、比較、替代、除了、可能、想像、組合、七W、類推等提問方法，配合腦力激盪的討論方式，而將敏覺力、流暢力、變通力及獨創力等的訓練融入國語科的教學過程中。由於上述兩種實施方式對教師來說較易施行，因此不特別討論，以下僅針對另外二種策略加以討論。

一、記憶策略

根據邱上真（1991）所整理的記憶策略主要包括：(1)反覆處理策略：如複誦、反覆抄寫、反覆地看；(2)精進策略：如心像法、位置記憶法、聯想法、首字法、字鉤法、關鍵字法、語音轉換法、引申法、舉例法、鉅細靡遺法、推論法、類推法、前置組織因子法、自述法、摘要法、作筆記、問答法；(3)組織策略：如類聚法、大綱法、建構法。而記憶策略的相關研究亦證實記憶策略的教學能增進普通學生（Foil & Alber, 2002; Stephen & Dwyer, 1997）、智能不足學生（林淑貞，1992；Bjorklund & Hornishfeger, 1987; Kramer, et al., 1980; Ross & Ross, 1978; Scruggs, Mastropieri, & Levin, 1985）、學習障礙學生（胡永崇，1992；Bjorklund & Hornishfeger, 1987; Greene, 1999）、低成就學生（Mastropieri & Scruggs, 1998）、一般特殊需求學生（Lombardi & Butera, 1998; Mastropieri, Scruggs, & Levin, 1985; Taylor & Larson, 2000）及融合班級中普通學生和障礙學生（Mastropieri & Scruggs, 1998; Mastropieri & Sweda, 2000）的記憶表現，即使是資優生亦能從記憶策略的教學中獲益（翁素燕，1989；陳莉莉，1990；Paris, Newman, & McVey, 1982; Scruggs, 1985; Scruggs, et al., 1986; Swanson, 1989; Wang & Thomas, 1996）。因此，作者根據研究

需要將記憶策略配合語文科的識字教學方法融入國語科的生字語詞教學中，而根據目前大班教學的狀況，作者根據自己的專業判斷及考量國語科生字語詞的教學特性和教師教學的簡便性，選擇記憶策略中的反覆處理策略，以及精進策略中的心像法、聯想法、問答法等作為主要的調整策略。

二、理解策略

由於國小的語文科教學，閱讀是相當重要且占極大分量的一個部分，因此，本書之研究在理解策略方面亦以閱讀理解策略的教學為主。一般來說，常用的閱讀理解策略包括：查字典、詢問他人，對照上下文猜測字意、跳過不管，重新瀏覽全文、畫重點、分段閱讀、自問自答、作筆記、作摘要、文章結構分析、聯想、推論，以及各種補救方法等（林建平，1994；陳建明，1997；郭靜姿，1992；Heilman, Blair, & Rupley, 1990; Pressley & Gillies, 1985）。關於閱讀理解的教學研究相當多，亦證實有助於普通學生（林建平，1994；陳淑絹，1995；郭靜姿，1992；張瑛珝，1995；曾陳密桃，1990；蔡銘津，1995）、學習障礙學生（林玟慧，1995；胡永崇，1995；藍慧君，1991；Allinder & Bse, 2001; Gajria & Salvia, 1992; Johnson, Grahum, & Harris, 1997; Weisberg, 1988）、聽覺障礙學生（Leirer & Dancer, 1998; Walker, Munro, & Rickard, 1998）、注意力缺陷及過動學生（Ostoits, 1999）、輕度障礙學生（Lebzelter & Nowacek, 1999）及低閱讀能力學生（劉玲吟，1994；蘇宜芬，1991）等的閱讀理解。

而閱讀策略的教學中最常被引用的莫過於是 Palincsar 和 Brown（1984）綜合學習策略和後設認知的方式，設計成摘要、自問自答、澄清疑慮、預測四種綜合策略，並採用「交互教學法」。其研究結果顯示，接受這些策略教學的學生，在回答問題及遷移的能力上都有明顯進步。然而，作者根據經驗判斷這種教學模式不完全適合普通班的教學情境，且時間有限，不可能每課課文都採用這樣的流程進行。因此，作者採用折衷的方式，先由教師「直接指導」，再配合合作學習以「交互教學」的方式，選擇閱讀理解策略中的預測策略、畫線策略、做摘要策略、結構分析策略、推論策略、自問自答策略及補救策略等，依照各課文的文體及內容，選擇合適的策略融入課文內容深究的討論之中。

肆、國語科教學與合作學習

最近有一些學者開始研究合作學習對於促進障礙學生在融合環境中的學習效果（Farlow, 1994; Johnson & Johnson, 1986; Kirk, Gallagher & Anastasiow, 1997; Salisbury, Gallucci,

Palombaro, & Peck, 1995）。合作學習的特點包括：異質分組、採個人績效責任、團體歷程、合作的社會人際技巧、面對面的助長或互動及積極的相互依賴（何素華，1996；黃政傑、林佩璇，1996；Johnson & Johnson, 1987; Slavin, 1990），而其實施的方法則包括：(1)學生小組學習法：如學生小組成就區分法（STAD）、小組遊戲競賽法（TGT）、小組輔助個別化學習（TAI）、合作整合閱讀與寫作（CIRC）；(2)拼圖法（Jigsaw）及拼圖法第二代（Jigsaw Ⅱ）；(3)一起學習（LT）；(4)團體探究法（GI）等（黃政傑、林佩璇，1996；Johnson & Johnson, 1987; Slavin, 1990）。根據國內外研究顯示合作學習對普通學生的學習成就及同儕關係有正向的影響（林世元，1997；黃政傑、林佩璇，1996；葉淑真，1993；Madden & Slavin, 1981; Mevarech, 1993; Sharan & Hertz-Lazarowitz, 1982; Slavin, 1990; Stevens, 1989; Webb, 1985）。另外，合作學習對資優生（鄭月嬌，1994；Coleman, et al., 1993; Melser, 1999; Neber, Finsterwald, & Urban, 2001; Ramsay & Richards, 1997; Stout, 1993）、智能障礙學生（何素華，1996；謝順榮，1998；Farlow, 1994）、學習障礙學生（Goldberg, 1989; McMahan, 1993; McMaster & Fuch, 2002; Putnam & Markovchick, 1996）及一般特殊需求學生或學科學習障礙學生（Madden & Slavin, 1981; Slavin, 1984; Slavin, 1990）的學習亦有幫助。因此，作者亦嘗試運用合作學習的方法將之融入國語科內容深究的討論中，經過閱讀文獻的結果，作者選取較適合普通班教學型態的學生小組成就區分法（即 STAD 法）作為主要實施的方式，但因此法在實施測驗及計算個人進步分數的部分較為耗時，因此作者採用此法的精神，同時修正此法而成折衷式的合作學習法，其主要流程如下：(1)合班授課；(2)分組學習：主要採異質分組的方式，學生根據教師設計好的學習單，推選小組成員中一人擔任主持人，負責提問；一人擔任記錄員，負責記錄小組成員的發言；一人擔任觀察員，觀察小組成員的發言及討論情形並加以評分；一人擔任發言人，負責代表小組上台發言討論結果，而各個角色可隨課文的進行輪流更替；(3)各組發言；(4)小組表揚。

第5章

語文課程調整之應用

關於第五章的內容主要改寫自作者「普通班特殊需求學生課程調整之探討及其在國語科應用成效之研究」的內容。為方便讀者閱讀第五章的內容起見，首先介紹與第五章有關的人員及其代號。

參與本研究課程調整教學實驗部分的普通班教師共六位，分別是一年級兩位、二年級三位及三年級一位，其代號依序為 A、B、C、D、E、F。學生的部分則包括六位教師班級中的身心障礙學生、資優生及所有普通學生。在身心障礙學生的部分，一年級兩位皆為重度聽障學生，編在 A、B 兩位老師的班級中（代號為 SA 和 SB）；二年級則分別為重度聽障、臨界智能障礙、學習障礙學生，分別在 C、D、E 老師的班級中（代號為 SC、SD、SE）；三年級為學障學生，屬於 F 老師班的學生（代號為 SF），總計六位身心障礙學生。特別一提的是，這六位身心障礙學生皆為智力正常或屬認知功能輕微缺損學生，本研究探討範圍不包括認知功能嚴重缺損的身心障礙學生。

資優生則在 A 老師班中有一位，代號為 GSA；B 老師班中有兩位，代號為 GS1B、GS2B；C 老師班中有一位，代號為 GSC；D 老師班中有一位，代號為 GSD；E 老師班中有兩位，代號為GS1E、GS2E；F 老師班中有兩位，代號為GS1F、GS2F，總計有九位資優生。

第一節

語文課程調整策略選用原則

研究者將各類特殊需求學生所選用的課程調整策略歸納整理如表 5-1。

表 5-1　各類特殊需求學生課程調整策略之選用一覽表

調整層面及策略	聽障	學障	智障	資優
一、課程內容的調整				
1.1 提供充實的課程及學習單	✓	✓	✓	✓
1.2 提供簡化的教材	✓	✓	✓	
1.3 調整概念的難易度	✓	✓	✓	✓
1.4 調整精熟水準	✓	✓	✓	
1.5 調整作業內容及形式	✓	✓	✓	✓
1.6 調整作業或問題的數量	✓	✓	✓	✓
1.7 獨立研究的指導				✓
二、教學策略的調整				
2.1 提供視覺化的提示	✓	✓	✓	✓
2.2 教導注意力策略	✓	✓	✓	
2.3 教導記憶策略	✓	✓	✓	✓
2.4 教導理解策略	✓	✓	✓	
2.5 教導問題解決策略	✓	✓	✓	✓
2.6 教導創造性思考策略	✓	✓		✓
2.7 教導考試的技巧	✓	✓	✓	
2.8 教導筆順規則、字形結構及部首歸類	✓	✓	✓	✓
2.9 遊戲教學	✓	✓	✓	✓
2.10 同儕指導	✓	✓	✓	
2.11 合作學習	✓	✓	✓	✓
2.12 調整評量與考試的方式		✓	✓	
2.13 多元感官學習	✓	✓	✓	
2.14 多層次教學	✓	✓	✓	
2.15 調整作業時間	✓	✓	✓	
2.16 合作教學	✓	✓	✓	✓
2.17 運用科技輔具	✓			
2.18 調整教師講課時站立的角度	✓			
2.19 個別化的特殊教學策略	✓			
2.20 獨立研究的指導				✓
2.21 鼓勵家長參與	✓	✓	✓	✓
三、教學環境的調整				
3.1 調整座位	✓	✓	✓	
3.2 營造正向的班級氣氛	✓	✓		✓
3.3 獨立研究的指導				✓
3.4 變化學習環境				✓
四、學習成果的調整				
4.1 運用各種增強方式	✓	✓	✓	✓
4.2 獎勵預期行為	✓	✓	✓	
4.3 提供成功的學習經驗	✓	✓	✓	✓
4.4 獨立研究的指導				✓
4.5 運用行為訓練策略	✓	✓	✓	
4.6 調整學習成果或作業的產出及表現方式	✓	✓	✓	✓
4.7 提高學生參與學習活動的程度	✓	✓	✓	
4.8 運用策略提升人際關係	✓	✓		✓
4.9 運用策略增進學生的注意力	✓	✓	✓	

註：1.打「✓」的地方表示有選用該項策略；2.智障學生僅提供部分充實教材。

　　其中，各類特殊需求學生課程調整策略的選用，主要是根據研究者自己的專業判斷而來，而研究者在選用策略時主要考量下列幾項原則：

1. 適合大班教學使用：由於普通班教師在進行大班教學時有時間及進度上的壓力，因此所有策略都必須是簡單而且容易實施的。因此有些在實施程序上較為繁瑣的策略，如「合作學習」，則須經過修改方能使用。

2. 符合實際教學情境：因此像「減少教室中易分散學生注意的噪音」此一策略，由於校園空間狹小而人數密集，因此無法調整；而「在班級中組織不同的學習區域」、「無障礙空間的安排」等調整策略，由於教室空間及人數眾多（平均一個班級超過三十名以上的學生）的限制，亦無法採用。

3. 考慮特殊需求學生的個別身心特質：此乃根據理論及文獻中對各類特殊需求學生的身心探討而來，如聽障學生需配合視覺化的提示和助聽器等科技輔具，以及教師所使用的「讓學生摸教師喉嚨」等特殊策略。

4. 根據相關的研究及文獻探討的結果：例如由本研究中文獻探討的結果，發現教導記憶策略、閱讀理解策略、創造思考策略及問題解決等學習策略有助各類學生學習，因此採用這些調整策略；而在課程調整的理論中提到的「多層次教學」，研究者認為相當適合普通班中的輕度障礙及資優學生學習，故予採用。

5. 根據研究者的教學經驗：例如研究者的經驗中發現資優學生充實方式的教學活動可以融入普通班的教學中，而且也適合多數普通學生學習；而獨立研究的指導，亦可以透過特殊班教師及普通班教師的合作和普通班的學科內容相結合，因此選擇這兩種方式作為資優學生主要的課程調整策略。

6. 能融入國語科的教學活動之中：有些特別適合國語科教學活動的策略，如語文遊戲、識字教學的各項策略等皆能融入國語科的教學活動中；而與國語科無直接相關的策略，如各種學習策略的教學，則須配合課程的內容加以結合，例如將記憶策略中的反覆處理、聯想等策略與生字語詞的教學結合，將閱讀理解策略與課文的內容深究結合等，避免用抽離的方式獨立教導策略。因此，像記憶策略中的首字法、引申、類聚法、前置組織因子法等較無法與國語科教學結合的策略則不予採用。

7. 考量學生的身心發展階段及年齡：部分調整策略如合作學習、閱讀理解策略等由於一年級學生在教師教學經驗的判斷下，認為難度較高，學生不適合學習此類策略，因此只在二、三年級進行有系統地教學。

8. 適合多數學生學習：課程調整雖是為特殊需求學生而設計的，但研究者亦考慮避

免因實施調整策略而影響多數普通學生的學習時間及學習成效；因此所有選用的策略基本上都經過研究者審慎評估，認為適合多數學生學習方予融入調整的建議之中。然而其中亦有部分策略及活動較適合特殊需求學生學習，包括多層次教學、障礙學生的充實或簡化學習單等在課堂中級任教師無暇兼顧的調整活動，則須配合研究者的入班協助。

根據上述課程調整策略選用的原則，研究者針對不同特殊需求學生的需要所採用的共同調整策略包括：在課程內容的調整方面運用了調整概念的難易度、作業的內容及形式、作業或問題的數量及時間等策略；在教學策略的調整方面運用了教導學習策略、遊戲教學、合作學習等；在教學環境的調整方面則運用了營造正向的班級氣氛此一策略；在成果的調整方面則採用運用各種增強方式及提供成功的學習經驗等。

另外針對個別需求的部分，對聽障學生部分在課程內容的調整方面運用了提供充實及簡化的教材和學習單、調整精熟水準等；在教學策略的調整方面運用了提供視覺化的提示、教導考試技巧、同儕指導、多層次教學、調整教師講課時的角度、運用科技輔具、採用特殊策略（摸教師喉嚨）等；在教學環境的調整方面，則運用了調整座位的策略；在成果的調整方面，則運用了共同的各種增強方式、提供成功的學習經驗及獎勵預期行為等。對學障學生部分除了未採用和聽障生一樣的運用科技輔具、調整教師講課角度及特殊策略三者之外，其餘策略和聽障生大致相同；而智障學生除和學障生大致相同外，在課程內容的調整方面則提供部分充實的教材，同時加強教材的簡化；至於資優學生則特別強調充實課程及獨立研究的指導。各類學生詳細的策略選用情形請參見表5-1。

上述課程調整策略的選用原則，基本上都經過和參與教師的充分溝通，研究結果發現，根據這些原則的評估所選用的策略能降低教師對實施課程調整的抗拒心理，而且經過教學實驗的結果，發現這些策略除了有助特殊需求學生的學習之外，對大部分的普通學生亦有幫助，而且不致影響太多的教學時間，也不會造成教師工作上太多的負擔。

第二節

語文課程調整策略之實施

在各種語文課程調整策略中，作者自研究中挑選出與本書應用篇有關，或是重要、成效良好且適合普通班老師實施的策略加以改寫介紹如下。同樣地，這些策略的實施亦以普通班中的身心障礙學生（包括智力正常和認知功能輕微缺損者）、資優生和普通生為主。

壹、視覺化提示

一、實施方式

　　視覺化提示的實施方式主要是利用各色書面紙製作字卡、詞卡、字形（音）辨別卡及句型練習的長短條等，以融入國語科的生字、語詞和句型練習的教學之中。此外，研究者還針對聽障生的需求增加了視覺提示卡，包括如記憶策略及理解策略的名稱，以及教師正在進行活動的主題名稱，如：讀課文、造句、寫習作、照樣造句、分組討論等，分別以不同顏色的 A4 紙列印這些名稱，並將之護貝，供教師上課時貼在黑板上，以提示學生教師正在進行的教學內容或活動。後來除三個聽障生的班級外，研究者也為其他的班級各自準備一套供教師使用。

二、實施結果

　　所有參與實驗的六個班級都有製作字卡、詞卡、長短條、視覺提示卡等教具，六位教師皆認為這些教具除了增加視覺上的學習效果外，還可以提高普通學生的專注力，對障礙的學生來說也可以幫助他們掌握老師的問題。此外，對所有學生（包括資優、障礙、普通生）理解力的提高亦有幫助，而且可以「減少教師板書的時間」（訪 C）。特別是視覺提示卡除了有助聽障生了解活動的進行外，對一般普通學生亦有提醒的作用。例如 C 老師便曾在課堂上做了一個小小的調查：「上課時，揭示現階段進行活動的『主題短牌』，例如：讀課文、造句、寫習作……。(1)用了主題活動短牌，告知學生目前是要進行什麼活動，對不專心的學生幫助很大，口語上的告知，可能聽過又忘了，有短牌提醒，效果很好；(2)增加視覺上的學習；(3)老師調查學生希望用『主題短牌』的舉手？有 21/35 的學生舉手，表示較喜歡用『主題短牌』」（教札 C）。

　　　　「在使用長條之後，SC 較能掌握老師的問題。……不專心的小朋友，若忘了題目，也有機會可以再看一次」（教札 C）。

　　　　「長條就是說，快速地使用而且有顏色的變化，這是它的優點，還有節省時間。……低年級小朋友比較喜歡有顏色的變化，色彩明亮……是比較吸引他們」（訪 C）。

研究者亦詢問家長對教具（如長短條、字卡、詞卡）的看法，其中以聽障學生的家長反應最熱烈，認為這種視覺化的提示可以幫助孩子在課堂上的學習，讓孩子知道老師上課在說什麼。

「上國語課的時候，因為有很多句子在長條上，當老師要求造句時，他也都會舉手看那個要怎麼造」（訪SB-家長）。

三、實施建議

㈠所製作的教具可重複使用

D老師提到「長短條用過一、兩次以後就丟掉是一種浪費」，B老師則表示她的長短條至少用過三輪，並沒有浪費。

「我每次上完讓他帶回去用，他媽媽就覺得他這樣進步很多啊，在安親班和他家裡都會教，他媽媽是跟我說安親班都會把長短條貼在牆壁上，然後一輪過後，他就都練熟了，之後再給他新的，然後一部分就在家裡，他也很清楚我拿給他的時候就是要帶回家唸」（座談B）。

研究者亦相當認同此作法，畢竟很多障礙學生的家長也想在家指導孩子的功課，可是無法知道老師在學校的指導內容及方法，自己又抓不到指導要領。如果教師把上課用的長短條讓學生帶回，的確可以讓家長把握指導的方式，同時又能讓學生複習上課內容，一舉兩得。

㈡請愛心媽媽協助製作教具可減輕教學負擔

有關運用教具的缺點就是會花太多時間製作，因此教師一致認為需要有資源教師或愛心媽媽的支援協助。C老師提到即使有愛心媽媽幫忙做教具，但是教師還是需要花時間整理。然而，根據研究者的了解，六位老師中有四位老師的愛心媽媽除了能製作精美教具外，還會細心地先幫老師分類整理過，像D老師班上的愛心媽媽會「根據教案的內容，在分好的教具上夾說明，一份一份的用起來很方便」（聊D）。因此，教師亦可指導愛心媽媽如何整理教具以方便教師使用。

註：上述是在有人力資源的情形下所做的說明，如果教師缺乏此類人力資源則可考

慮自行開發人力資源，或是衡量狀況自行斟酌製作。

　　此外，鑑於愛心媽媽對於課程調整教學過程中的協助對特殊班及普通班教師均有極大的幫助。研究者以為未來在組織教學團隊時，不妨考慮納入義工的人力資源，先施以簡單的訓練，並由特殊班教師或其他相關人員負責帶領指導，協助課程調整教學所需之教具製作、資源尋找、進行補救教學或充實活動教學等。而義工的來源則不限於愛心媽媽，凡是退休教師、社區中學有專長的人士、民間志工團體、大學生社團或是學校中對輔導特殊需求學生有興趣的行政人員、教師或職員等，皆可納入義工的來源，以充分運用人力資源。

貳、將語文遊戲融入生字、語詞教學

一、實施方式

　　研究者會在每課的教案中建議一至兩種語文遊戲供教師在教完生字或語詞之後選擇實施，有些遊戲則會建議在教完幾課後做綜合練習時使用。由於這是學生反應最熱烈的部分，包括資優、普通及障礙學生都很投入在遊戲教學中，教師們也因此更有意願嘗試不同的遊戲。教師甚至會和研究者共同設計遊戲，如「超級記憶王」就是研究者和 C 老師共同討論出來的。詳細的遊戲教學介紹請參見本書應用篇之「語文遊戲」，此一單元介紹了許多適合用來與生字、語詞或句型練習等結合的語文遊戲供教師或家長參考。

二、實施結果

　　不論從問卷或教師訪談發現，幾乎所有學生都喜歡玩遊戲，除了一年級 A、B 兩位老師反映由於九年一貫學年本身活動太多，以致較少實施遊戲教學外，其餘四位老師運用的頻率頗高。訪談 C、D、E、F 老師的結果發現教師認為所有學生對遊戲教學反應非常熱烈，而且教師認為遊戲教學是「可以融入教學」裡的（訪 C、D），至於以前之所以少用遊戲教學的原因，教師認為是「一直趕課，所以很少玩」，做完課程調整之後，才覺得「其實遊戲教學不一定是另外花時間玩，像書空猜字，它也可以當複習用，這樣教學會比較有變化」（訪 D）。

　　　「第一次實施課程調整，有驚人的發現，當 SD 看到小朋友將『分解成好幾部分的字』隨意貼在黑板上的時候，那驚訝及興奮，或許也略帶些好奇，老

師葫蘆裡賣的是什麼藥呢？叫到他上台時，跟他說：請找出四季的『季』，看著他充滿玩心地仔細找著答案，那表情，似乎是第一次看到。在下指令過後，他過了二十秒後即找出季的注音，天啊！我好高興，小朋友也替他加油，待他第二次上台時，已能找出注音及字的 2/3 部分，台下的小朋友歡聲雷動地喊著：『哇！SD 好厲害』，一堆人都跟我一樣很興奮，那一刻，我趕緊關上前、後門，以免吵到別班，不可諱言的是，那一刻真叫人感動」（教札 D）。

「立即瘋遊戲：(1)讓全班分成兩隊來玩生字卡的遊戲；(2)每隊派一位同學抽出一張生字卡；(3)把字卡的背面朝向對方；(4)「1、2、3」之後同時翻開字卡；(5)兩人之中，誰先唸出對方的生字，並造一個語詞，就是贏家。SC 對此遊戲很有興趣，也很快速地唸出生字並造詞」（教札 C）。

三、實施建議

(一)同樣的遊戲不要玩太多次

教師們皆發現，同樣的語文遊戲不能玩太多次，否則學生容易失去新鮮感。這也是作者之所以要重新整理及設計各種語文遊戲的主要原因。

「嗯！一個方法似乎只能用兩次，對他們比較有新鮮感，也較能提高學習效果。或許以後可以找出幾種他們喜歡的方式，穿插使用以進行生字教學」（教札 D）。

(二)可利用遊戲作學習診斷或教學改進之用

語文遊戲除了可以激發學生語文學習的興趣之外，研究者發現還有其他重要功能，包括提高學生的學習效果、改進傳統教學的缺失及發現學生的能力，如 D 老師在拼字遊戲中發現 SD 有「比對」及「模仿」的能力等；而 D 和 E 老師亦發現使用「筆順接力」遊戲可幫助學生更清楚筆畫順序。

「拆字教學法，……其效果似乎在聽考時發揮了，例如：上回考一個句子『孫悟空是西遊記裡的主角』。孫、悟、角三字都沒教過，這時我跟他們說『悟』是左邊一個豎心旁，右邊上面是數學的五，下面再一個口，後來，有小

朋友問是不是國語『語』的右邊，趕緊回答他說：『你真厲害，就是它』，班上大部分的人幾乎都寫對了呢」（教札 D）。

「超級記憶王我覺得那個很刺激，……可以用在學習新的語詞與複習，舊的語詞只要教過的，小朋友應該都有印象，如果說是複習新的語詞，……我覺得有一個好處就是他會刻意去記啊」（訪 C）。

參、教導記憶策略

一、實施方式

根據文獻探討的結果顯示學習策略的指導對資優、普通及障礙學生都有幫助，因此研究者將之融入國語科的教學活動中，其中又以記憶策略及閱讀理解策略為主。在記憶策略方面，研究者將幾個主要的記憶策略，如：心像法、位置法、聯想法、圖像法、複誦法、抄寫法及各種可以幫助記憶的語文活動等融入生字、語詞的教學調整之中。例如：教「嘴」這個字時，就補充了繞口令，「張大嘴、李大嘴，兩人對坐來比嘴；張大嘴說李大嘴的嘴大、李大嘴說張大嘴的嘴大，不知是張大嘴的嘴大，還是李大嘴的嘴大」，這個教學活動即用了反覆唸誦及角色扮演兩種策略。

二、實施結果

教師反應記憶策略的教導「會在課堂上提一下」、「並沒有刻意叫他們練習」、「無法確知它的實際效果」（聊 C、D、E、F）。然而，和語文遊戲結合的記憶策略在實際的教學經驗中卻能感受其成效。例如當普通班上完包含「嘴」等八個生字的教學後，一位有輕度認知功能缺損的學生忘記了其他七個生字，卻能在未經提示的情況下直接認讀「嘴」這個生字。由此可知，生字的教學如能妥善地與記憶策略結合或將記憶的方法融入生字的教學中，似有可能提高特殊需求學生的生字記憶能力，不過此點有待後續研究進一步的探討。

三、實施建議

輕度認知功能缺損的學生普遍有認讀和記憶生字語詞的困難，其原因之一可能是缺乏策略知識且不善於運用策略之故，因此教師不妨在指導此類學生時適時地教導，且要

不時提醒其關於策略的認識與使用的方法。簡單可行的方式包括：教導學生在記憶生字時要配合紙筆書寫及唸誦、注意筆畫順序、協助以簡單圖像和生字語詞作結合、運用聯想的方式記憶生字等。

肆、閱讀理解策略教學

一、實施方式

　　研究者參考藍慧君（1991）、林建平（1994）、陳淑絹（1995）、張瑛昭（1995）、蔡銘津（1995）、陳建明（1997）、郭靜姿（1992）、王英君（2000）、吳訓生（2000）等有關閱讀理解策略的研究，選擇了預測、畫線、做摘要、結構分析、推論、自詢（自問自答）及補救等七種策略分別融入二、三年級國語科不同課文的內容理解及內容深究教學中，同時設計運用各種策略理解的學習單供教師介紹該項策略時使用（可參見本書應用篇之「閱讀理解學習」）。

二、實施結果

　　整體而言，四位任教二、三年級的老師都表示閱讀理解策略的效果不錯，對教師本身與學生皆有所幫助。教師認為「理解策略的部分學生學到很多」（訪Ｆ），且「自己也變得較有概念」（訪Ｃ、Ｄ、Ｆ）。基本上，小朋友也喜歡閱讀理解策略，像SD很喜歡畫線和摘要策略，學生在課堂上的提問與參與也較熱烈。Ｅ老師發現運用提問的方式使其較會引導課文內容深究，Ｄ老師亦表示使其內容深究的教學更系統化，Ｃ老師與Ｆ老師則認為其學會運用策略來教導學生，使得學生有所進步。至於學生學習閱讀理解策略的優點為：(1)資優學生的語文能力能夠提高，因其可以精簡句子；(2)障礙學生的理解能力能夠提高，因其運用閱讀理解策略可抓到課文大意；(3)普通學生的理解能力也有提高，因教過閱讀理解策略之後，有比較多的小朋友能夠完整敘述課文大意；(4)學生的提問能力亦見提高，因小朋友會用七Ｗ法來提問問題的人愈來愈多。此外，Ｄ老師、Ｅ老師和Ｆ老師皆表示：「學生們也會運用這個方法在其他學科或學習單上」（聊Ｄ、Ｅ）。

　　「理解策略的部分他們學到很多，那這些他們都有應用在，像平常在看書啦等等之類的。因為那些策略不只國語課用得到，數學、社會也都可以用得到」（訪Ｆ）。

　　「段落大意的指導——(1)將一段一段的文字，用投影片和小朋友討論這一段最重要的內容在哪裡，並把重點用彩色筆畫線畫下來；(2)剛開始小朋友畫線的內容較多，我們就再一起討論，看看如何讓文字更精簡；(3)每一段都找出重點之後，就可引導學生課文的結構，先說什麼？再說什麼？後說什麼？如此一來，要學生說出段落大意，和先說、再說、後說，就不是那麼困難了」（教札C）。

　　「結構分析——第九課綠色森林的內容深究加了此策略，學習單的規劃相當具體、扼要，孩子們都能回答的出較簡易的問題，如：發生地點、人事、時間，至於經過則是由我引導，孩子們表達出不同的意見，再加以刪減、增加」（教札D）。

　　不過，D老師反映障礙程度較重的學生好像較無法理解策略的涵義，E老師則認為閱讀理解策略較適合中上程度學生學習。研究者以為針對障礙學生的部分可能須配合入班協助的方式，至於只適合程度中上學生的部分，由於C、D和F老師在引導討論的過程並未有此問題，研究者推論可能和教師不熟悉策略或不知如何進行策略教學有關。以D老師在二○○二年三月二十六日所做的第七課「植物的旅行」教學過程為例，研究者入班時發現D老師正在用投影片教學生做摘要，但銀幕上學生的討論結果並非摘要，研究者於是建議其教學，過程如下：

「●第三段原文：指甲花的種子包在豆莢裡，豆莢乾了，裂開的時候，會有一股很強的彈力，種子就像跳遠選手一樣，用力往外跳，跳得好遠好遠。
●第一位學生的摘要：指甲花的種子包在豆莢裡，豆莢乾了，裂開的時候，會有一股很強的彈力，像跳遠選手一樣。
●第二位學生的摘要：指甲花的種子包在豆莢裡，豆莢乾了，裂開的時候，會有一股很強的彈力，用力往外跳。
　　D老師將學生發表的結果畫在投影片的文字下，並說兩位都發表得很好。研究者立刻趨前向D老師解釋做摘要的方法及重點，提醒D老師可提示學生怎樣用更短的文字，而段落大意不變，結果，一位學生舉手發表：『指甲花的種子包在豆莢，裂開時，跳得很遠』。這樣的結果似乎較前兩位學生所發表的為佳。
●第四段原文：昭和草又叫神仙菜，種子又輕又小，很喜歡旅行。當他們成熟

時，身上會長出白白的絨毛，迎著風、飛呀飛。

● 第一位學生的摘要：昭和草又叫神仙菜，種子又輕又小，很喜歡飛行。當他們成熟時，迎著風、飛呀飛。

　　研究者提示 D 老師可以不斷問學生『可不可以用一句話代表第五位學生的摘要』，結果導引學生說出『昭和草的種子喜歡旅行』這句重點。

　　到了最後一段，學生在引導下討論相當熱烈，最後有了令人讚賞的摘要出現。

● 第五段原文：植物雖然不會走動，種子卻很聰明，會用各種奇妙的方法去旅行。他們到哪裡，就生長在哪裡，我們的世界才會這麼美麗。

● 第一位學生的摘要：植物雖然不會走動，種子卻很聰明，會用各種奇妙的方法去旅行。

● 第二位學生的摘要：植物不會走動卻很聰明，會用各種方法去旅行。

　　此時 D 老師不斷鼓勵學生思考『可不可以再刪去一些字，意思不變？』結果第四位學生發表：『植物種子會用各種方法去旅行』，贏得全班掌聲。可知學生在導引下亦有評鑑能力，知道怎樣算是好的摘要。又有一名學生舉手表示『老師，我可以比他更短』，他的摘要是：『種子會用方法旅行』，研究者以為基本上到前一句即可，不過最後一句表示學生亦了解怎樣精簡句子了」（研札）。

　　D 老師的這節課，研究者除了一方面建議 D 老師如何進行引導之外，另一方面則個別指導 SD 讀課文，並根據討論的結果在課本上畫線，SD 似乎也能了解大家在討論什麼，一直跟研究者說：「我知道，我會畫」（研札），可知 SD 亦能參與學習。而該節下課後，D 老師向研究者表示其心得為：「教策略的問題出在老師不會引導」（研札）。由此可知，策略教學似乎可列入教師的在職進修研習課程之中，以提升教師策略教學的專業能力。

三、實施建議

　　在教導閱讀理解策略時，研究者都另外製作了課文的放大字體投影片以供教師教學之用，根據研究者的觀察結果，教導閱讀理解策略時，以配合投影片的討論效果較佳，D 老師亦在手札中提到此點。

　　「今天教第七課時，用投影片上摘要策略的教學效果似乎比上回純用口述
及小朋友討論的方法更能引起更多的注意。隨著第一個人的發言，下一位再修
改，簡短他的話，逐一刪減，最後比較哪一種顏色的線所畫的最短，並能表現
出段落的意思。嗯！『摘要』的教學，似乎抓到了些竅門」（教札 D）。

伍、合作學習

一、實施方式

　　研究者針對教師在國語科教學的內容深究部分建議採用折衷式的合作學習小組討論
方式。傳統的合作學習法（李錫津，1990；吳麗寬，2000；林佩璇，1992；黃政傑，
1992；黃政傑、林佩璇，1996；葉淑真，1993），不論是學生小組成就區分法、拼圖法
二代、小組遊戲競賽法、小組協力教學法、團體探究法、協同合作法或共同學習法等都
有複雜的教學準備活動，如：作業單、測驗卷、觀察表，複雜的評分方式及頗花時間的
教學流程，為了回應大班教學及教師趕進度的需要，研究者將之簡化為準備工作的部分
只需設計問題討論單、問題記錄單及觀察記錄表。教師在課堂中亦採異質分組方式，各
小組選出主持人負責提出問題，記錄員負責記錄發言同學的討論內容，發言人則負責代
替小組做發表，觀察員則負責觀察小組成員的發言表現及秩序並做記錄。此外，研究者
亦將創造思考教學的提問方式，包括假如、舉例、比較、替代、除了、可能、想像、組
合、七W法、類推等提問法（陳龍安，2000；張玉成，1995），融入內容深究的問題討
論中。

　　由於參與教師認為一年級年紀太小，加上須花很多時間訓練，所以未採用合作學習，
因此此種折衷式的合作學習是應用在二、三年級課文內容深究的討論上。

　　「我為什麼都一直沒有做，因為我覺得一開始要花很多時間，事實上我們
現在最怕的就是沒時間……」（訪B）。
　　「國語（二下）第六課一個好地方──『回答問題分組討論』──⑴課文
深究提出十個問題來，讓學生分組討論；⑵每組學生選出一位主持人、一位記
錄員、一位觀察員、一位發言人，其他皆為討論員」（教札C）。

「課文內容深究——今天進行第六課一個好地方的內容深究，用的是小組討論的方式，設置主持人、觀察員（以前曾試過，非國語課），這回多了發言人及記錄員。進行流程：⑴先說明幾個角色所要負責的任務；⑵各組一分鐘討論分工為何；⑶發下討論單、記錄單及觀察單；⑷十二分鐘的討論時間，老師下去各組輔導活動的進行；⑸請各組發言人上台發表教師指定的題目」（教札D）。

二、實施結果

根據訪談的結果，有實施合作學習的 C、D、E、F 四位教師皆相當肯定合作學習實施的效果。整體而言，所有受訪教師一致同意實施合作學習可以培養學生尊重、傾聽、溝通、表達、領導、觀察、記錄、合作、問題解決、評鑑及思考等基本能力，而此項訪談結果與學生問卷調查的結果大致相符。

「分組討論，……可以培養一種尊重嘛！然後聆聽的能力，尊重、聆聽、合作溝通表達的能力，然後還有領導，……大部分的小朋友應該也有評鑑的能力」（訪C）。

「合作討論可以幫助學生培養思考能力，問題解決能力，合作能力，溝通表達能力，領導，觀察。記錄，尊重別人，傾聽，開會的能力慢慢再培養。評鑑也有，判斷好壞優缺點可以有。問題解決能力也有培養到」（訪D）。

合作學習的實施除了採分組方式外，對每個小組更有主持人、觀察員、記錄員及發言人的設置，每個角色都有不同的工作內容及責任，在實施上，教師多半會採角色輪替的方式，賦與學生不同的角色與責任，可引導學生問題解決的能力，例如：C 老師班級學生後來會自行分工，而 D 老師的班級學生已能歸納出實施分組合作學習的問題並提出解決的辦法。

「重點是小朋友學的東西很紮實，因為很多活動是親自說、親自找，像那個小組課文深究那種，他也學會說怎麼做討論，……幾課下來，我覺得他們真的有成長」（訪D）。

「因為他們也都有輪流去做過各個不同的角色，所以他們不會說只專於一

種角色，而會各個角色該做的他們也都知道，他們也比較了解整個在討論的過程會是什麼樣的情形」（訪F）。

而在人際關係方面，受訪教師表示學生的討論更為熱烈，資優生在合作學習的分組討論中可以學習如何與他人相處，如何尊重他人；而平時較少發言的學生（包括障礙學生）在討論中也較有機會發言，因此促進了學習的參與及人際的互動。此外，由於合作學習的實施，學生會面對許多不同觀點討論，自然也會形成一些衝突的場面，受訪教師認為這種衝突的情況，對學生來說也是一種很好的學習，可提高學生解決衝突的能力。

「資優生他也可以學習怎麼跟別人相處，就是在團隊裡面怎麼樣分工合作啊！GSC就是有時候會比較堅持他自己的意見，所以他就會比較容易跟人家起口角，那其實分組討論就滿好，因為他可以讓孩子互相學習尊重別人，然後學習聆聽的態度」（訪C）。

「施行結果──⑴可訓練大家分工合作的能力；⑵學習扮演不同的角色，及承擔在團體中的工作項目；⑶較沉默的同學，在小團體的討論中較有機會發表，也比較不會緊張；⑷成員可學習聆聽，尊重他人之發表；⑸各組上台報告時，可觀摩他組的答案和自己有什麼不同，可互相學習；⑹SC在小團體中，較敢發表自己的意見」（教札C）。

「有次討論母親節要送什麼禮物給媽媽，然後他們就在那裡辯論起來，……後來就吵起來了，然後偉偉（化名）他是記錄員，他就寫他喜歡的答案，……他上來報告的時候，結果那個下面的瑞瑞（化名）就哭了，……他覺得我要送給我媽媽的禮物你怎麼可以不寫呢，你不尊重我，那一次他們就吵得很兇嘛，然後我了解一下事情的原委之後，我就跟偉偉說那這樣子你們可能要經過投票決定說大家比較同意哪個答案再寫哪個答案，而不是說就自己決定哪個答案不要寫了這個樣子，……所以後來就他們就還有再重新表決，所以就是趁這個機會，指導他們這樣子，我覺得這樣也是很好的學習啊」（訪C）。

三、實施建議

根據實施經驗，將合作學習法與國語科內容深究指導的結合可以從國小二年級便開始進行訓練，一開始時要注意提供學生完整而詳細的說明，包括運用此法的目的及教師

欲訓練學生的能力等。此外，教師除了簡化流程外，還可視學生程度及狀況簡化各種表格，包括觀察紀錄表的格式與評量項目、評量紀錄等皆可和學生共同討論產生。而在設計觀察評量項目時，基本上大致包括發言情況、是否專心傾聽、不打斷他人發言、能適時協助同學等。其中，愈低年級的小朋友評量的方式愈以簡化為佳，如畫○、×、△就比圈選「5、4、3、2、1」的等級方式適合。

陸、多層次教學

一、實施方式

多層次（Multi-level）教學對所有教師來說是一個全新的經驗，在實驗階段的初期，有老師曾嘗試使用，但效果不彰。例如 B 老師便曾提到：「一節課要顧全班，又要顧到那個障礙跟資優的，會讓我手忙腳亂」（聊 B）；D 老師也說：「多層次教學這個比較難，好像那個不能常常用，有的小朋友會覺得為什麼他常常跟我們不一樣」（聊 D）。因此研究者在下學期才將多層次教學，配合研究者的入班協助慢慢融入老師們的教學中。

本研究多層次教學的實施方式主要有四種：一是由研究者設計並提供不同難易程度的學習單供級任教師在課堂中或課後使用（註：不同難易程度之學習單範例可參考本書應用篇之「詞類學習」、「閱讀理解學習」等主題之學習單設計）；二是在教學活動中設計各類學生不同程度的參與方式（註：多層次教學活動設計可參考本書應用篇之「語文課程調整教案範例」）；三是結合入班合作教學，由研究者進入普通班提供障礙學生個別化的輔導；四是直接指導資優生在普通班發表研究結果，其中亦顧及障礙學生參與活動的表現。

二、實施結果

經過實驗的結果，參與教師亦相當肯定此一作法在普通班實施的必要性，如 D 老師認為實施課程調整最大的改變就是「依照不同人的能力給不同的東西，因為之前沒有想到這個問題，那現在知道他能力不一樣了，然後他可以多做一點，他要少做一點的時候就可以這樣」（訪 D）。E 老師也認為實施多層次教學避免讓特殊學生的「學習內容和教材好像大海茫茫」（訪 E）。C 老師則肯定多層次教學對不同學生可以提供適性的學習。

　　「多層次教學喔，……優點就是資優生他可以發揮的更多，……那聽障生他也可以有比較簡單的答案，讓他可以比較不會有挫折感」（訪C）。

三、實施建議

　　研究者發現以國語科的教學流程來看，並不需要每節課都進行這種教學方式，畢竟有些課程內容，特殊需求學生可以和全班一起上，參與教師亦能認同此一看法。根據訪談的結果，參與教師一致同意國語科較適合實施多層次教學的時機是在句型練習和內容深究兩階段，而如果有需要資源教師入班協助的狀況，則級任教師只要預先安排好教學進度即可。

　　「多層次教學有必要看時候，其實不是每一節課都需要。……課程調整不是每節課都調，有時候調是調一節課的十分鐘，我覺得是看情況需要這樣」（訪C）。

柒、合作教學

一、實施方式

　　根據課程調整教學實驗初期，研究者對各班教學觀察的結果，發現六名身心障礙學生中以 SD 及 SA 的障礙程度較嚴重，SB 次之。這三名學生在無人協助的情況下參與部分課程是有困難的，因此在與 D 老師及 A 老師討論後，決定當教師在上課文「內容深究」及「句型練習」那兩節課時，由研究者入班合作教學。針對身心障礙學生的部分，研究者入班合作教學的方式主要有兩種：一是坐在學生旁邊，協助指導學生明瞭任課教師正在講解的內容；一是透過事先設計好的學習單，配合上課的主題個別指導適合障礙學生程度的學習內容，同時輔以說明任課教師正在講解的內容。

二、實施結果

　　經過一段時間的合作教學，A、B、D三位老師均表示當研究者入班合作教學時，三

名學生「比較知道老師在上什麼」或「大家正在討論什麼」（研札），老師也「比較節省上課時間，不必另外花時間指導他」（聊B）。

三、實施建議

(一)事先設計適合的學習單，或配合多層次教學

儘管教師認為合作教學有助於學生學習，研究者以為仍需有一些配合條件，例如：是否能事先為障礙學生設計適合其程度的學習單，或採多層次教學的方式。以D老師在教第六課的說話練習那堂課為例，一般學生採自由發表的方式，介紹自己家附近有什麼好玩的地方，結尾一律是「請到我家來玩」，研究者乃事先設計好SD個別練習的學習單，但是當研究者進入班級時（該節原未計畫入班協助），卻發現SD仍因無法完成學習單而無法參與發表，因此便根據學習單指導其發表內容及方式，後來SD也能上台發表了，這次的經驗帶給SD很大的鼓勵。

(二)視學生能力程度，考慮入班時機

在入班時機上，四位老師都認為以國語科的教學來說，並不需要每節課都入班。基本上，上課文內容深究和句型練習時比較需要入班，不過這個原則又視學生進步的狀況而調整。

> 「譬如說造詞的時候，可以有人在旁邊解釋給他聽，造句還要看程度問題，譬如說他剛開始可能都很需要，可是到現在我覺得他的造句能力夠了，也能理解了，所以造句我就覺得不需要」（訪B）。

捌、學習單的設計

一、實施方式

研究者從教學實驗初期的結果發現，所有六名身心障礙學生在國語科的學習方面有共同的問題，包括：(1)生字的讀寫及記憶困難，尤其是SA、SD及SF就算已認得國字，仍然還是寫不出國字，而其中一個影響因素則是筆畫順序不對及不了解字形結構應用；(2)語詞的理解及應用困難，有許多語詞不知其涵義更不會應用；(3)造句能力欠缺，常出

現的問題包括：句子過短、缺乏主詞、動詞或受詞，主詞或受詞顛倒或詞句不適順、內容不合理等。針對上述現象，研究者在課程調整的中期及後期（即下學期一開始），即著手為身心障礙學生逐課設計套裝之學習單（可參見本書應用篇之「語文基礎練習套裝學習單」），即每課課文採同樣的模式設計學習單內容，套裝學習單的內容主要包括下列三種類型：

1. 認識生字：例如：(1)畫畫看、生字採中空字的設計方式，旁邊另外以阿拉伯數字標示筆畫順序，各筆畫皆可用色筆塗色以加深印象；(2)連連看：上面一排是生字，下面一排是包含生字的語詞，讓學生做適當的連結；(3)加加看：運用加法的概念，將生字分解，讓學生了解偏旁及結構，將之拼成一完整生字，例如：木＋直＝植等。

2. 認識語詞：例如：(1)語詞填寫：將課文中的語詞列在旁邊，以提供學生選填的線索，同時改寫課文內容使之簡化，讓學生將合適的語詞填入改寫過的課文空格中；(2)寫寫看：選用課文的段落及內容，將其中某些文字的偏旁以立可白塗掉，讓學生補上原先塗掉的部分，使之成為完整的國字等。

3. 認識句型：例如：(1)練習造句：將課文之主要句型列出，並寫出範例及參考句子，供學生練習；(2)選詞造句：類似照樣造句，不過將各種答案列入參考答案欄中，另附每題的提示供學生選擇適當的詞句，接在合適的提示之下，也有接寫句子的功能。

在資優生及資優教學融入普通課程的部分，研究者則針對每課課文設計充實性的學習單。而在多層次教學及入班協助的部分，研究者亦針對不同課程及資優和障礙學生的需要，分別設計較有挑戰性及簡化的學習單，供學生及教師課堂使用，教師認為有了這些學習單，可以使多層次教學較為容易實施（註：此類學習單可參考本書應用篇之「識字學習」、「詞類學習」和「閱讀理解學習」等主題之學習單）。

二、實施結果

研究者為身心障礙學生所設計的套裝學習單在教師及家長間獲得極大的迴響。六位教師都表示她們每課都再加印了幾份給班上程度較差的學生課堂練習或課後複習用，如A老師即表示「學習單很好用，有時愛心媽媽來做補救教學，我就給她一、兩張叫她教」（聊A）。而有些程度較差的普通學生家長也向教師反映學習單適合孩子的能力與程度，可幫助孩子學習。此外有四位障礙學生的家長（SB-家長、SC-家長、SD-家長、SE-家長）認為套裝學習單相當適合學生的程度，且有引導的效果，亦可供加強練習之用，更

有一位障礙學生的家長因此而領悟到自己以前指導方式的錯誤。

　　「我們開家長會的時候，很多（普通生）家長都跟我反應你的學習單內容設計得很好」（研札 F）。

　　「設計的學習單我覺得至少有一點就是可以增加他的信心。因為那個對他來講是比較適合一點啦！……那他學習的態度啊！他的那個信心啦！我覺得有差啦！差滿多的」（訪 SD 家長）。

　　「放學後約媽媽到校談在家輔導的方法，父親一起來，拿學習單給父母看，強調反覆練習筆畫及遊戲方式，用句子學生字及語詞，父母恍然大悟說我們買的數學、國語評量都太難」（研札）。

　　在資優生的家長方面，研究者發現資優生的家長多半會留意孩子的學習單，GS2E 的媽媽甚至會注意誰是學習單的設計者。所有接受訪談的家長皆相當肯定這些充實性質的學習單，認為可以「提高學生的學習興趣」、「較有挑戰性」，且「富有創造性」（訪 GSC-家長、GSD-家長、GS1E-家長、GS2E-家長、GSF-家長）。

三、實施建議

　　由於身心障礙學生的套裝學習單經過研究者發展後形成一固定之模式，因此 A 老師在教學實驗結束之後，表示這些學習單很適合 SA 使用，而向研究者商借學習單的磁片準備自己設計新課文的學習單。由此可知，只要普通班老師願意另外花時間為班級中的障礙學生準備教材，研究者所設計的身心障礙學生套裝學習單是相當適合轉移給普通班教師使用的。根據此一發現，本書亦將應用篇之「語文基礎練習套裝學習單」的全部內容放入隨書所附的光碟片中，方便教師或家長修改使用。

玖、班級經營

一、實施方式

　　基本上，參與課程調整教學實驗的老師在班級經營的實施方面各有不同的特色及風格。之所以會特別提出討論，主要是因為研究者在觀察的過程中發現教師班級經營的方式可能會影響到課程調整的時間問題。

針對課程調整時老師的時間問題，教師們的看法大同小異。例如，F 老師認為實施課程調整在時間的安排上會比較有系統，因為「之前有寫教案嘛！就會比較知道這節課我要教哪些東西，大概有多少時間」（訪 F）。但大部分參與老師則認為實施課程調整在教學時間的安排上會拉長，不過教師亦認為這是值得的且其影響不大，因為「老師本來就有調配時間的能力」（訪 B、D）。然而亦有少部分教師因時間拉長而略感困擾。

> 「我覺得問題是在於拉長那個上課的時間，一定會拉長，因為你要花比較多時間，可是我覺得花時間應該值得的」（訪 B）。
>
> 「要比別人多花一節課的時間做課程調整，一到兩節課也是有可能的，比別人落後進度，但是和從前的經驗比的話，我覺得這樣子的慢是值得的」（訪 C）。

研究者認為實施課程調整會加入許多策略教導及討論活動，還有其他的充實內容，因此時間的延長是屬必然，畢竟每課課文不會很快帶過。不過根據研究者的觀察，實施課程調整並非造成時間延長的唯一原因，教師班級經營管理的能力亦是影響教學時間的因素之一。從研究者多年的觀察經驗中發現班級經營能力佳的老師較少會因處理進行遊戲教學或合作學習等的分組討論時的秩序問題而延長原計畫之時間。研究者認為如要解決時間問題，應使教師更有效利用時間，而其解決途徑之一則為提升教師的班級經營能力，於是便邀請其中一位班級經營能力頗佳的老師和其他參與教師分享其班級經營的理念與作法。關於該老師的班級經營詳細作法，可參考本書應用篇之「用愛鋪路——我的班級經營」一文。

二、實施結果

研究者以為班級經營能力佳的老師，其指導方式除了可營造正向的學習氣氛、陶冶學生的氣質及優良品格之外，更可讓班級運作順暢，讓學生在潛移默化中學習到做事情須按部就班的方法，可能亦有助於其邏輯思考能力的增進，最重要的則是學生能在安靜有序的情境中學習，自然可以提升教學的質與量，學生收穫自然會較多。

至於在研究期間參與班級經營座談的老師中，有一位在隔天馬上很興奮地向研究者表示提供經驗分享的老師介紹的方法真的很有效，由幾次正式和非正式的分享經驗結果，研究者以為欲實施有效的課程調整，除了教師會運用各種調整策略之外，班級經營的能力可能也是重要的配合條件之一。

三、實施建議

關於班級經營實施的相關建議，讀者可參閱本書應用篇之「用愛鋪路——我的班級經營」一文。

而針對實施課程調整所衍生出的時間延長問題，一般老師們解決的方法是「拉別的課」（訪 B、D、F），例如：早自修時間、彈性時間、綜合活動時間等。有些教師則認為時間不夠的問題可以靠老師的經驗來彌補，包括做一些取捨或刪減課文。

> 「雖然說有很多問題都歸在時間不夠，其實也可以說沒有不夠，……只是說資料上給了很多，那就要靠老師的經驗」（訪 E）。
>
> 「我們往後應該要考慮到說要做一些取捨，比如說，這一課是以什麼為重？就走那一個重點，因為每一課都有重點的話，時間就……不會拉那麼長」（訪 E）。
>
> 「課程調整東西有些我會……挑著上。比如說像不要講故事，或者是角色扮演的時間太長的話，我會把它刪掉一部分」（訪 D）。
>
> 「現在做的新課程雖然已經把十八課課文刪減了三課，可是我覺得還有點多，……我覺得應該再少一、兩課」（訪 C）。

研究者以為九年一貫課程的彈性課程安排是相當適合實施課程調整的，彈性時間的安排給了教師更大的教學自主的空間，方便老師用來進行主題教學或相關的充實活動。對於改革傳統教學，使教學活動更活潑、多元，是值得肯定的，而這點也是對實施融合教育的一項有利因素，值得特教老師和普通班教師共同思考。

拾、調整考試的方式

一、實施方式

在課程調整教學實驗中，由於 SD 的障礙程度較嚴重，因此所有參與教師中，以 D 老師針對 SD 在考試方式的調整上運用最多，其調整方法包括：(1)出國字，讓 SD 填注音；(2)聽音辨字；(3)翻課本找答案；(4)給一個範圍，圈出答案；(5)改變考試的題目；(6)另外出一份考卷等。

二、實施結果

從上述教師針對 SD 的學習特質而改變的評量方式來看，其策略使用頗見變化，也表示 D 老師一直在嘗試適合 SD 的考試方法，以提高 SD 考試的能力及其成就動機。根據研究結果，的確也發現了 SD 在考試成績上的進步及自信心的提升。

> 「聽考上回的策略我寫出國字，讓他填注音的方法失效，上次只考4分（只對兩個字）。例如：天空、大家，極簡單的題目。這次換了策略，我將教具中的語詞，如：胖子，拆成「胖」、「胖」、「子」、「子」，差不多九個左右，讓他從中聽聲音辨字。注音幾乎都能找的出來，八題只錯了兩題，但國字的辨識力就弱了許多」（教札 D）。

三、實施建議

針對認知功能輕微缺損的學生來說，通常調整考試的方式確有其必要，否則一般普通的考卷對這類學生來說可能超過其能力範圍，自然無法彰顯出考試對這類學生的意義與功能。然而，由於此類學生個別差異頗大，教師宜透過教學觀察或診斷來設計或調整適合個別化的評量方式。一般來說，適合認知功能輕微缺損學生的評量方式其基本原則包括：(1)根據學生的個別化教育目標的達成程度作為評量依據；(2)避免只用傳統的紙筆測驗，可以用多元評量的方式如動態評量、檔案評量、實作評量、生態評量、課程本位評量等，以了解學生的學習歷程和學習問題，作為改進教學的參考；(3)考試的時間可以延長或以更彈性的方式，如分段考試、中間休息等方式進行；(4)在試題的呈現方面，可以考慮簡化試題和試題指導語、減少題目、提供答題線索或相關範例、將答案欄附上格子或允許翻書找答案等（蔣明珊，2004）。

拾壹、注意力的訓練

一、實施方式

由於參與教學實驗的障礙學生普遍都有注意力不集中的問題，因此除了透過視覺化提示和遊戲教學的方式提高學生注意力之外，研究者建議教師在閱讀課文時，除了傳統

的全班一起朗讀之外，可再加以變化，例如，在一個段落後或一個句子停住，點不同的學生唸。

二、實施結果

教師反映學生的注意力確實有提升。C 老師在手札裡也提到這個作法：「老師領讀及範讀之後，利用個別學生朗讀，一個段落就點不同的學生唸，同時也提高了學生的注意力。SC 也很注意看同學唸到哪個段落，提高 SC 唸課文的注意力」（教札 C）。

三、實施建議

注意力的訓練除了透過小老師的安排、班級經營的技巧、教學活動或策略的調整之外，還可以配合環境的調整以提高注意力。例如，將障礙學生的座位調整在不易受到干擾的區域，如教室中靠近教師講桌的內側部分，或是避免將座位安排在靠近走廊或門口的角落，以免因出入的人較多或外界的刺激較多，而引起學生分心的情形。

拾貳、多元感官教學

一、實施方式與實施結果

多元感官教學的實施主要是盡可能運用不同的感官學習方式，包括視覺、聽覺、觸覺、嗅覺、身體感覺等以提高學生的學習動機，甚至滿足一些不同學習風格學生的學習方式。此種教學在本研究的進行中大量運用在國語科教學的引起動機和課文內容深究階段。

以二年級的第十八課「姑姑要出嫁」課文為例，內容講的是有關新嫁娘訂婚、結婚的習俗，因此研究者在課文的引起動機部分即設計了多元感官的教學，主要是配合錄影帶的內容做介紹及引導討論，不過在教具室由於找不到相關的教學軟體，研究者只好運用手邊的資源，同時到喜餅店林立的地區尋找相關資源，很幸運地向一家餅店要了一卷有關婚禮習俗的錄影帶及相關資料編成學習單，上課當天則由研究者親自上場做解說。結果，小朋友反應及討論相當熱烈，F 老師在手札上記下：「課前告知孩子們將觀賞 video，孩子們是興奮的。平常觀賞影帶時學生總是靜靜觀看，今天卻一反常態，熱切的討論，不時有孩子出言反應自己的經驗之談。由於時間掌握不是頂好的，延至下課，而 SF 則是最專注的一個，坐在電視前直到最後一個才離開」（教札 F）。而「當 SF 到資源班

上課時，研究者發現他對十八課課文的內容及概念相當清楚，想必是多元感官教學的效果吧」（研札）。

在教學實驗中期及以後，教師使用視聽媒體的頻率更多，除了內容深究的部分會運用投影機外，引起動機的部分亦會使用多元媒體，如電腦、單槍投影機、錄影機（帶）、錄音機（帶）等，例如，C老師在第八課時便使用電腦網路結合單槍投影機進行教學。

> 「國語二下第八課，使用電腦網路，配合單槍教學，讓學生認識社區行道樹。(1)先請學生回家蒐集有關社區行道樹的資料；(2)老師上網把相關行道樹的圖片抓下來；(3)使用單槍投影機放給學生看，並引導學生找出其特徵，並作說明；(4)看過圖片之後，再帶孩子們去逛校園外一周，他們便認得好幾種植物了」（教札C）。

二、實施建議

在實施多元感官教學時，教師可先了解特殊需求學生的學習特質、優勢學習管道或學習風格等作為結合多元感官教學的參考。此外，對於資源運用的知識與能力也可透過參與各式研習或主動探詢而獲得提升。而由於科技進步日新月異，許多新式的教學媒體更是教學利器之一，教師不妨關注此一教學議題，學習如何操作及使用教學媒體，進而與教學作結合，相信對多數的學生來說是可以提高學習動機的。對家長來說，有心參與孩子教育的父母除了自行閱讀相關書籍來指導孩子之外，所謂「讀萬卷書不如行萬里路」，許多社會資源的利用包括圖書館、博物館、科學館、美術館、國家公園、坊間特定主題之展覽或導賞活動、私人展示中心等都可以和孩子的學習內容相結合，其中更有許多免費或便宜的資源可運用，擴大孩子的學習經驗並提供廣泛的探索機會，對國小階段的孩子來說是一種很好的引導方式。

拾參、指定小老師

一、實施方式

同儕指導是許多教師會運用的策略之一，然而在研究者與普通班教師的接觸經驗中，卻發現也有一些普通班教師忽略了可以為班級中的身心障礙學生指定小老師以協助其課

堂學習的作法。因此,在研究進行之初,研究者便建議尚未實施障礙學生同儕指導策略的教師,挑選班級中富有服務熱忱、有耐心且成績優秀的孩子擔任障礙學生的小老師,且坐在障礙學生的旁邊或同一組中。

二、實施結果

在課程調整教學的初期階段,運用同儕指導策略的二位教師皆表示運用小老師策略除了「減輕教學上的負擔」(聊 D)之外,亦可「增進學生的人際關係」(聊 C)。

> 「小傑(化名)果然不負期望,和 SC 相處得很好,又能主動指導 SC 聽不懂的地方,看得出 SC 也頗喜歡小傑的。早上上學到教室時,他倆都會微笑應對,並且聊個一、兩句話,SC 的臉上也露出了可愛的笑容」(教札 C)。

三、實施建議

在實施障礙學生同儕指導的過程中,發現有些小老師會過度熱心地幫障礙學生做完教師指定的作業或活動,或是直接告訴障礙學生答案的情形。因此,教師在任命或挑選小老師的同時,即應給與簡單的訓練,包括教導其認識所輔導之身心障礙學生的特質、需要協助的事項、如何進行協助,以及不可過度協助的事項等。當然,如果小老師表現良好,教師也可以適時地給與鼓勵。另外,如能透過良好的班級經營方式,營造一個完全接納且支持身心障礙學生在班級中學習的氣氛則是更理想的情境。

第三節

實施語文課程調整教學之綜合討論

一、教師對實施課程調整教學的看法

(一)課程調整態度的改變

在實施課程調整教學之後,教師對課程調整的看法有了一些改觀。

1.認為課程調整是一種觀念上的改變,不會造成負擔

D 老師認為課程調整「就是在你的能力範圍內,只要你盡力,大部分都是可以做的」

（訪 D）。B 老師則在初期參加研討時向研究者表示許多學界提倡的教學法都不實用，因為不適合目前大班教學的型態，但是做了課程調整之後，她覺得很多改變其實只是舉手之勞，不會花很多時間，但前提是要有人提供協助。而當實驗結束，研究者撤離之後，所有教師一致表示自己會繼續實施課程調整，E 老師更說：「我覺得以後我自己應該可以，七、八分應該有」（訪 E）。

> 「做了這次以後，我是覺得……很多的方法是真的是一個觀念，舉手之勞，
> 有些真的不是要花那麼多時間……。我覺得很重要的一點是因為你有給我們很
> 大的協助，我覺得有人協助差很多，……我不用再多花很多時間去設計，我只
> 要執行」（訪 B）。

2.認為實施課程調整可以照顧到特殊學生的獨特學習需求

教師在實施課程調整之前，多半是以班上多數人的學習程度來進行教學，容易忽略兩個極端（即資優和障礙）學生的學習需求，不過在實施課程調整之後，教師較容易了解學生能力，亦較會注意這兩類學生的反應，因此師生互動的次數也增加了。

> 「以前我會比較忽視那個 SD 的部分，因為以前我都覺得他不懂，……所
> 以你根本抓不到他的能力水準，那做了課程調整，……慢慢的知道他的能力到
> 哪裡，譬如說像聽的東西他就可以」（訪 D）。
> 「以前還沒有調整之前，我沒有為兩邊極端的小朋友特別做什麼，就是中
> 庸這樣走，這樣調整後，我就會……就是有多關心他，……師生的關係有變得
> 比較好，就是互動變多了。……學生反應也多了，增加了」（訪 E）。

整體而言，教師認為參與課程調整教學的身心障礙學生主要的學習進步表現在國語科的認字、拼音、理解、造句、表達及學科學習等方面，人際關係與社交能力也增加了，而這幾個領域也是身心障礙學生在國語科學習上的基本問題。儘管如此，進步的狀況仍有個別差異。以 SB 和 SD 兩位學生為例：

SB 的進步表現在聽理解、聽寫、說話及造句能力，尤其是造句進步大。

> 「上學期他還不太懂什麼叫造句，有時候給他一個詞叫他造句，他會講得
> 落落長（台語），可是完全離題；下學期就常常發表，而且能造完整又很正確

的句子，理解力也進步了」（訪 B）。

SD 的進步主要表現在語文基本的認字、認讀、拼音方面，也會運用策略解決一些學習上的問題，而且人際關係和社交能力也改善了，在學校也變得較快樂。由於 SD 認知障礙的情形較為嚴重（屬臨界智能障礙），因此，家長和 D 老師一致表示 SD「真的進步很大」。

「本來認字能力喔，就支支吾吾的，現在會唸得比較順一點，然後像那天在唸語詞啊！然後他就很高興跟著小朋友一起唸，他是聽著那個聲音的，他唸得很快樂，而且他唸的速度跟得上，看比較慢，可是這也是一種進步了」（訪 D）。

「然後你會發現他現在的拼音比較正確一點，比以前準一點……然後發現他比較喜歡寫國字」（訪 D）。

「初期似乎沒有任何自理能力，比如說他不會的，他不會反應這個我不會，然後我要怎麼去解決不會，那現在因為我們會教他一些解決的方法，比如說你不會，老師准許你翻課本，你找課本去找答案，你自己去找答案至少你會學到東西」（訪 D）。

「SD 的人際關係和社交能力也改善了，因為譬如說像我們班他只要一答對問題他會獲得我們班小朋友正向的鼓勵，然後小朋友知道他這個不會或是說當小朋友知道他考試的時候要翻課本的時候……，然後小朋友對他會有一種認同感啊，然後會想要幫助他」（訪 D）。

「做完調整以後他開口次數慢慢增加，臉上常笑」（訪 D）。

特別的是 SD 經過課程調整教學之後，似乎已慢慢地由消極被動的學習，發展出學習的自主性，D 老師表示：「我有一段時間會請小朋友幫他抄聯絡簿，可是最近他都要自己抄，他好像已經發展到他想要自己做一些事情不要什麼人家幫他做，譬如說聽考他不會等著我說要拿課本出來，他會自動拿課本出來，我覺得他已經有進步啦看得到」（訪 D）。

在資優生的學習方面，綜合 C、D、E、F 四位老師對資優生在課程調整中的學習與改變的看法，發現課程調整對資優生幫助較大的主要是在獨立研究的學習，提供有挑戰性的活動等滿足其學習興趣及需求，以及人際相處能力的改進。

其中在課堂充實活動的設計上，四位老師覺得這些活動提高了資優生的學習興趣。即使是玩遊戲，資優生也很喜歡這樣的活動，差別只是在資優生的表現比一般學生好；而這些原本針對資優生設計的充實活動，四位老師一致表示「也很適合所有普通學生學習」，「屬於加深加廣的部分，充實的部分，有做就是進步」（訪 D），因為「有控制好難度，真的太難的會另外出一份給資優生，然後，障礙學生也有他比較簡化的可以練習就是多層次學習嘛」（訪 D、F）。

「因為一般聰明的小孩子會喜歡有點難又不會太難，他覺得這樣比較有趣，他如果覺得說有一點難然後可以挑戰它，他覺得說比較新鮮，你覺得這樣的課程調整有提供很多這樣子的學習機會嘛」（訪 C）。

在人際相處方面，由於參與實驗的資優生普遍都有因「常堅持己見，而與人發生口角」（聊 D、E、F），或「不考慮到別人」（聊 D、E、F）的情形，致影響人際相處的關係，而由於課程調整所設計的分組合作學習討論活動，可以增進資優生人際相處的能力。

「GSC 的話因為他是資優生所以他也可以學習怎麼跟別人相處，就是在團隊裡面怎麼樣分工合作啊！GSC 就是有時候會比較堅持他自己的意見，所以他就會比較容易跟人家起口角，那其實分組討論就蠻好，因為他可以讓孩子互相學習尊重別人，然後學習聆聽的態度，他就會去想到為什麼別人的想法跟我是不一樣的，但是我們要去尊重別人，而不是說大家想法都要跟我一致才是對的，因為有一些開放性的問題，可是他不是說只有單一的答案，所以他現在就比較能夠去考量一下別人這樣子，當然偶爾還是會有一兩次會發生，可是次數就會愈來愈少」（訪 C）。

「GSD 的部分他最近的狀況就很好，應該是玩得夠多所以發言比較踴躍，上學期還不怎麼發言，他之前的人際關係是不太好的，他現在人際關係比較好，譬如他在小組討論的時候，因為人家意見跟他相衝突的時候，他會試著去協調，這對他的人際關係有幫助」（訪 D）。

3. 認為課程調整不僅對特殊學生，對普通學生一樣有幫助

C 老師認為課程調整有助提高一般學生的注意力及學習興趣，D 老師也認為對班上

程度較落後的學生一樣有幫助，因此她認為特殊教育和普通教育是相通的，而 B 老師則因為課程調整省思到如何幫助學生學習的更好，而不是一味地要求學生。

　　「我覺得這是相通的（指特殊教育和普通教育），因為，一個班級……每個學生本來就是不同特質，怎麼可以把他們同一類化。我們班，我覺得程度落差蠻大的，我覺得這就一定要個別化了」（訪 D）。

　　「我以前教低年級的時候常弄得自己很生氣，就是我已經講的這麼清楚那為什麼你都還不懂，可是我現在終於發現就是，……我覺得就是比較具體化，讓孩子找出問題的關鍵，然後幫他找出好的方法去解決問題，……我們是真的去想一些策略來改變，改變的策略就是可以讓他學習得更好」（訪 B）。

4.體認到課程調整的全面性

　　教師在課程調整之前可能只是狹隘地以為改變教學方法或調整上課內容而已，但實施課程調整之後，就「了解它很多面，做的不僅僅只有這方面，有很多啊」（訪 F）。

(二)參與課程調整教學實驗的收穫

　　六位老師都認為參與課程調整實驗收穫最多的是自己，最主要的部分則是在專業方面的成長，包括：(1)了解且能運用更多策略及教學方法，避免只用傳統的講述式教學；(2)能更了解及更關心特殊教育學生；(3)增加自己編選教材及選擇教法的能力；及(4)在觀念上可以舉一反三，認為應該嘗試一些新的變化，如 B 老師現在遇到理解較差的學生就會利用實物讓學生操作。

　　「我覺得做課程調整學到最多的是自己，譬如說你教一個策略啊，那其實本來我們自己很習慣在用，但是就是不知道那是一種策略」（訪 D）。

　　「我覺得這種讓我懂得很多方法」（訪 B）。

　　「我就覺得像我以前對那個閱讀理解策略就不熟悉啊，那我現在就學到了，那我現在就也可以用這些方法，然後那個合作學習法要如何分工也比較清楚」（訪 C）。

　　「就不再會是那種很傳統的直接宣達式，會有更多的互動」（訪 F）。

　　「我覺得配合這次的調整課程給我很大的幫助，所以在課程上我比較知道要幫助他什麼」（訪 B）。

「收穫包括對特殊教育的知識、學生特質的了解和教學方法。……在教材教法的設計、教法的選擇、教材的篩選方面，專業能力有增加」（訪D）。

「對障礙的小朋友會付出更多的關心，想法也有改變，覺得小朋友其實是真的很有潛能的，然後就比較想說讓小朋友自己去想、自己去討論」（訪F）。

「應該提醒自己打破限制，然後去嘗試一些新的變化」，「或者是想想用什麼方法幫助孩子，可以提高他們的學習興趣」（訪B、C）。

特別值得一提的是，D老師提到她「轉化課程」的能力提高了，這點是相當特殊的。研究者以為課程轉化與課程決定是教師在實施教學時的重要能力之一，而實施課程調整教學更是必備的能力之一，如此才能針對個別化需求進行課程與教學上的調整，甚至有能力實施多層次教學。此外，特殊需求學生的進步，相對地也提升了教師教學上的成就感，同時促進心情上的愉悅。

「孩子的整個學習對我來講，我也比較有成就感，因為他如果一直學不會，我也會很煩惱啊，那我覺得雖然學得很慢，可是有進步啊，心情也是很愉悅啊」（訪B）。

二、學生對課程調整教學之回饋

研究者在課程調整教學實驗結束後，請所有實驗班級的學生填寫課程調整回饋問卷，以了解學生對實施課程調整教學的看法。以下分別說明其結果。

在實施課程調整的過程中，研究者針對不同年級協助教師運用不同的教學策略。一、二、三年級皆有運用的教學策略有：使用提示卡、認識筆順和字形結構、提供學習單、玩語文遊戲及使用字詞卡和長條，二、三年級則額外增加合作學習、從部首學習生字、閱讀理解及記憶策略等方式。

在身心障礙學生方面（共六名），結果顯示所有的策略都有一半以上的身心障礙學生喜歡，而且亦皆有一半以上的學生認為有幫助。至於最多學生喜歡的教學策略為使用視覺提示卡，而最多學生認為對學習國語有幫助的教學策略則為合作學習。在策略的遷移轉化方面，二、三年級的四位身障生中，有三位表示其平時會運用閱讀理解策略來閱讀新課文或課外文章，但只有一位表示其會運用記憶策略來幫助其記住生字、語詞，可見身障生亦能理解及運用閱讀策略。

在資優生方面（共九名），大部分的課程調整教學策略受到一半以上資優生的歡迎，大部分的教學策略亦有一半以上的資優生認為有幫助。而較多資優生不喜歡的項目為學習單內容及合作學習，此點可能顯示因多數資優生不喜歡書寫的工作，加上普通班因實施九年一貫課程的結果，平時已有許多學習單要寫，因而不喜歡寫學習單；也可能因資優生較喜歡獨立作業、思考較同儕迅速而不喜歡與人合作共同討論，此點亦和研究者長年接觸資優生的經驗發現，目前多數資優生不喜歡書寫及文獻中所探討的「資優生是一個獨立工作者」（Frasier, et al., 1995）等資優特質類似。有趣的是，所有的資優生皆喜歡玩語文遊戲，但卻只有四位資優生認為玩遊戲對其語文學習有幫助。此外，只有三位資優生喜歡從部首學習生字，但卻有最高比例（五位）的資優生認為其對學習語文有幫助。此結果可能反映資優生較重實際，較不會將遊戲與學習混在一起。

而比較身障生與資優生的態度，有較高比例的身障生喜歡合作學習，且全部認為其有幫助。但卻有最高比例的資優生不喜歡合作學習，認為其有幫助的人數亦只有一半，此結果可能反映兩者特質的不同。研究者認為多數資優生各有自己的想法，少數更有堅持己見的傾向，不喜歡與人討論，不過這個現象在課程調整的後期教師表示隨著討論過程中衝突的發生及教師的引導，這種情形已漸改善。身心障礙學生則因合作學習而有更多機會參與小組活動，可促進其人際關係，故較喜歡合作學習。而藉由合作學習使其能較深入了解上課內容，故認為合作學習有幫助。

至於普通學生（共一百八十七名）最喜歡的課程調整教學策略為玩語文遊戲（93.4%），其次為認識筆順規則和字形結構（74.1%），有最多學生不喜歡的教學策略則為認識生字部首（17.9%），但還是有60.2%的學生表示喜歡。至於記憶策略對學習的幫助方面，除了認識生字部首與教導記憶策略只有低於68%的學生認為有幫助外，其餘的策略皆有約3/4的學生認為有幫助。可見整體而言，學生對課程調整教學實驗的接納度不差，大多數學生認為對其學習國語有幫助。

三、家長對孩子參與課程調整教學的看法

整體來說，每一位身心障礙學生的家長都覺得自己的孩子有進步，而進步的表現主要在課業學習方面，尤以生字、語詞的認讀與習寫方面普遍都有進步，如SB的媽媽表示：「如果是說以整體來講，我覺得是對他課業方面的幫助很大」（訪SB-家長）。SD的媽媽則說：「進步滿多的，而且他一上的時候都不會唸。我覺得認字方面有進步啦！認字方面，以前他都不太會唸。比較慢，現在他就是有慢慢再加快這樣子，唸的速度比以前還快一點。我是覺得他比上學期還好啦」（訪SD-家長）。而SB的媽媽因為有配合

老師的教學內容，在家幫孩子複習，而且又有安親班老師的配合協助，三管齊下，進步更多，除了生字、語詞之外，連造句的能力也進步很多。

「他回來我都會把長短條貼在家裡，他有上安親班老師也會貼在黑板上，他常看都會記得，他都會有時候生活上都會拿來應用，或是說有時候他想到的時候他會把他舉一反三，譬如說這個字也可以唸成這樣也也可唸成那樣。他會比較記得那個字，看到的時候他會去問那是什麼意思……我覺得他國語部分他進步很多，應用在生活中他也進步很多，我不會具體的舉例……，而且我覺得他的造句進步很多。造句他上學期的時候還沒有那麼好，這學期在家裡的時候他都會說我可以造……，還有……，這樣對不對？」（訪 SB-家長）。

此外，有四位家長提到孩子經過課程調整教學之後，變得較有信心、有成就感，對學習的興趣也提高了。例如，SD 的家長就表示：「覺得像他信心方面有比較有進步，進步滿多的，他可能覺得他自己還可以。以前他是沒有那個信心，因為以前每次考分數根本都很差勁，考那個十分的不然就是鴨蛋的」。因為孩子有信心，連帶地學習也就更專心了，SD 的媽媽說：「因為我覺得他現在比較好比較專心一點，之前他很不專心啦！再加上本身程度又差上課也不專心，那就差一大截啦」（訪 SD-家長）。而 SF 的媽媽則表示孩子因為自己感覺到有進步，加上老師不斷地鼓勵，所以很有成就感。

「老師每一次都有鼓勵寫在那個簿子上啊，進步很多次、好漂亮啊、很好啊，他就很有成就感，然後他就這樣子慢慢的進步很多」（訪 SF-家長）。

在資優學生的家長方面，家長都表示孩子在課程調整的過程中，收穫頗多，特別是在獨立研究的部分，對孩子來說是一種「特別的經驗」（訪 GSC-家長），而且可以「學到許多能力」（訪 GS2E-家長、GS2F-家長），孩子也覺得「很有成就感」（訪 GS2F-家長、普 S2D-家長）。普 S2D3 的家長即表示「行道樹的那個時候，覺得還不錯，蠻有不一樣的感覺，他以前如果自己去走可能就不會有這樣子的觀察」（訪普 S2D3-家長）。

四、課程調整策略的使用

(一)對於各類特殊需求學生特別有效之課程調整策略

整體而言，所有參與教師認為效果較佳的調整策略為合作教學、教導學習策略、運用合作學習、多層次教學、遊戲教學、獨立研究指導及視覺化提示。不過進一步分析對各類特殊需求學生特別有效之調整策略及效果較不顯著的策略結果發現，各類學生對策略的需求不盡相同。研究者根據訪談教師的結果（訪 A、訪 B、訪 C、訪 D、訪 E、訪 F）將各類特殊需求學生特別有效及效果較不顯著的策略整理如表 5-2，其餘未特別做標記的部分則表示教師認為有效果，但效果較普通的策略。

根據表 5-2，整體而言教師認為對聽障學生來說，特別有效的調整策略包括在教學策略方面：提供視覺化的提示、教導注意力策略、遊戲教學、運用科技輔具、個別化的特殊策略及鼓勵家長參與；在學習成果方面則包括提高學生參與學習活動的程度及運用策略增進學生的注意力。沒有教師提到有任何效果較不顯著的策略。其中，特別是視覺化的提示更是三位聽障生的教師共同認為最有效的策略，因為此項策略「可以幫助聽障生了解教學流程，讓聽障生知道目前教師正在進行的活動和教學的內容」（訪 B、訪 C）；而語文遊戲則是「聽障生喜歡玩的活動，對於提高聽障生對語文的學習興趣效果很大，也可以增進其學習動機，提升聽障學生的拼字能力」（訪 C）。至於有實施合作學習的C老師則認為：「合作學習對聽障生的效果普通，這可能和SC個性較害羞有關，而且也和主持人是誰有關，遇到會等待及鼓勵SC的主持人，SC較會發表，而遇到會催促的主持人，因為 SC 較敏感，所以就不太會發表。但是至少他有參與到，他可以近距離地聽到別人在講什麼，比全班一起上課好多了」（訪 C）。另外教師較少提到課程內容的調整，其原因是實驗組的三位聽障生智力及學習能力皆屬正常，除了 SA 因基礎較差，較需要一些簡化的教材以加強練習外，另兩名聽障生都可以學習普通教材，因此教師認為在課程內容方面較不需要調整。

對學障生來說，整體而言教師認為特別有效的策略（訪E、訪F），在教學策略的調整方面包括：提供視覺化的提示（可以提高注意力、加深學習印象），教導注意力、記憶、理解策略（可以幫助學生理解課文和默書），教導考試的技巧（可以幫助學障生應付學校考試，從而提高考試成績、增進學習動機），教導筆順規則、字形結構及部首歸類（可以幫助學障生學習生字和記憶生字），遊戲教學（可以提高學習興趣、加強複習及改善人際關係），同儕指導（可以幫助學障生完成上課作業及理解上課內容），多元

表 5-2　對各類特殊需求學生特別有效及效果較不顯著之課程調整策略一覽表

調整層面及策略	聽障 有效	聽障 不顯著	學障 有效	學障 不顯著	智障 有效	智障 不顯著	資優 有效	資優 不顯著
一、課程內容的調整								
1.1　提供充實的課程及學習單				◎		◎	✓	
1.2　提供簡化的教材					✓			
1.3　調整概念的難易度					✓		✓	
1.4　調整精熟水準					✓			
1.5　調整作業內容及形式					✓			
1.6　調整作業或問題的數量					✓			
1.7　獨立研究的指導							✓	
二、教學策略的調整								
2.1　提供視覺化的提示	✓		✓		✓			
2.2　教導注意力策略	✓		✓		✓			
2.3　教導記憶策略			✓			◎		
2.4　教導理解策略			✓			◎		
2.5　教導問題解決策略					✓			
2.6　教導創造性思考策略						◎	✓	
2.7　教導考試的技巧			✓					
2.8　教導筆順規則、字形結構及部首歸類			✓			◎		
2.9　遊戲教學	✓		✓			◎	✓	
2.10　同儕指導			✓		✓			
2.11　合作學習				◎			✓	
2.12　調整評量與考試的方式				◎	✓		✓	
2.13　多元感官學習			✓					
2.14　多層次教學					✓		✓	
2.15　調整作業時間			✓					
2.16　合作教學					✓			
2.17　運用科技輔具	✓							
2.18　調整教師講課時站立的角度								
2.19　個別化的特殊教學策略	✓							
2.20　獨立研究的指導							✓	
2.21　鼓勵家長參與	✓		✓				✓	
三、教學環境的調整								
3.1　調整座位				◎				
3.2　營造正向的班級氣氛			✓		✓			
3.3　獨立研究的指導							✓	
3.4　變化學習環境							✓	
四、學習成果的調整								
4.1　運用各種增強方式			✓					
4.2　獎勵預期行為								
4.3　提供成功的學習經驗			✓		✓			
4.4　獨立研究的指導							✓	
4.5　運用行為訓練策略					✓			
4.6　調整學習成果或作業的產出及表現方式					✓			
4.7　提高學生參與學習活動的程度	✓		✓		✓			
4.8　運用策略提升人際關係					✓			
4.9　運用策略增進學生的注意力	✓		✓		✓			

註：打「✓」表示特別有效的策略；打「◎」表示效果較不顯著的策略。

感官學習（可以增進學習興趣、加深印象），調整作業時間（可以增進完成作業的動機）和鼓勵家長參與（可以配合教師指導學生完成指定作業並加強複習）等；在教學環境的調整方面則包括營造正向的班級氣氛；在學習成果的調整方面包括運用各種增強方式、提供成功的學習經驗、提高學生參與學習活動的程度及運用策略增進學生的注意力；上述環境及成果兩方面的調整皆有助於提高學習動機及課堂的參與。效果較不顯著的策略則包括內容方面提供充實的學習單（因學生較消極，因此完成度不佳，但簡化之套裝學習單則有助其學習）；在教學策略方面包括合作學習（因為學生較害羞且缺乏自信，因此不敢講話，但會注意別人發言）、調整評量與考試的方式（雖有給與不同的標準及考試形式，但無法判斷其成效）；在環境方面則為調整座位（教師表示不管學生坐哪裡都一樣不專心）。

對臨界智障學生（SD）來說，對其特別有效的策略（訪D），在課程內容方面包括提供簡化的教材、調整概念的難易度、調整精熟水準、調整作業的內容及形式和調整作業或問題的數量，因為這些策略都可以幫助 SD 個別學習且有重複練習的機會；教學策略的調整方面包括：提供視覺化的提示（可以提高注意力、加深學習印象），教導注意力策略（可以幫助學生上課更專心），教導問題解決策略（可以幫助智障生處理學校生活的問題），教導考試的技巧（可以幫助智障生應付學校考試，從而提高考試成績、增進學習動機），同儕指導（可以幫助智障生完成上課作業及理解上課內容），多元感官學習（可以增進學習興趣、加深印象），調整評量與考試的方式（可以提高學習動機），調整作業時間（可以增進完成作業的動機），合作教學（可以幫助課堂學習）等；在學習成果的調整方面包括提供成功的學習經驗、運用行為訓練策略、調整學習成果或作業的產出及表現方式、提高學生參與學習活動的程度、運用策略增進人際關係及運用策略增進學生的注意力，上述的調整亦皆有助於提高智障學生的學習動機、課堂的參與和人際關係。效果較不顯著的策略在課程內容方面則包括提供充實的課程及學習單（因學生先天能力的限制，較無法學習充實的教材，但亦可欣賞或參與）；在教學策略方面包括：教導記憶及理解策略（因為學生缺乏動機學習），教導筆順規則、字形結構及部首歸類（可能太難），遊戲教學（因為 SD 不喜歡有競爭性的遊戲，會有學習壓力），合作學習（因為學生缺乏自信，因此不敢講話，但會注意別人發言）；在環境方面則為營造正向的班級氣氛（教師表示學生好像不受任何影響）。

在資優生的部分，參與教師認為對資優生特別有效的策略包括獨立研究的指導及提供充實的課程和學習單，其餘如內容方面的調整概念的難易度、調整作業或問題的數量；在教學策略方面如教導創造思考策略、遊戲教學、合作學習、調整評量與考試的方式、

多層次教學等；在教學環境方面如營造正向的學習氣氛和變化學習環境等對資優生的學習亦都有顯著的效果。而許多原先針對障礙生所選用的策略則不影響資優生的學習，部分策略如提供視覺化的提示、多元感官學習等甚至同時對資優生有幫助。

　　綜合上述對個別特殊需求類型學生特別有效及效果較不顯著的策略之討論可以知道，整體而言對聽障學生特別有效的策略多半和彌補其感官缺陷有關；而對學障學生來說則較偏重教學策略的調整；對智障學生來說則幾乎內容、策略及成果方面皆需調整，且調整的幅度最大，因此 D 老師特別提到：「實施課程調整須綜合各種策略才會有效，而且在整班教學的情況下，學生也不喜歡一成不變，教師必須多加變化」（訪 D），然而 F 老師卻認為：「某些策略仍可單獨使用也會有效果」（訪 F），關於此點可能有待進一步研究的探討；對資優生來說仍是針對其特殊之學習需求而需要增加充實方面的課程，但是沒有任何策略是效果不顯著的，只要教師有實施，多少對資優生皆有幫助。

　　特別值得一提的是，有些特別有效或普通有效的策略，仍有個別差異的存在。例如，B、C、D三位老師都提到同儕指導對障礙學生有幫助，但是要看是哪一種小老師，有的小老師會直接告訴障礙學生答案，但有的則會引導障礙學生告訴其方法，後者的指導效果明顯優於前者，因此教師必須謹慎選擇小老師的人選，而部分教師則發現某些資優生在這方面的表現相當稱職，未來可以考慮從資優生中篩選適合擔任小老師的人選，以培養資優生服務人群的態度與方法。

　　另外，如每位教師都表示家長參與及配合指導對學生的學習幫助極大，但造成個別差異的原因則在有些家長因為工作因素或教養態度而無法配合，因此像 D 老師即表示如果 SD 的家長能配合指導，則能預期該生將有更大的進步。未來應從鼓勵家長參與及教導家長如何配合指導著手。

　　再如資優生的部分，儘管合作學習是每位有實施的教師認為對資優生有幫助的策略，但是 F 老師表示班上的兩位資優生以 GS1F 在合作學習中的表現較佳，而 GS2F 則因個性問題顯得參與較少。

　　總而言之，儘管研究者整理出對個別特殊學生相關的有效特定策略，但因特殊需求學生的個別差異極大，本研究整理的結果亦僅供參考而已，未來教師在選用策略時仍須斟酌自己學生的狀況再做決定。

(二)課程調整策略的使用時機

　　以本研究的國語科課程調整為例（見圖 5-1），在實施課程階段，根據參與教師實施國語科教學的流程，大致包括：(1)概覽課文；(2)生字語詞教學；(3)課文內容深究；(4)句

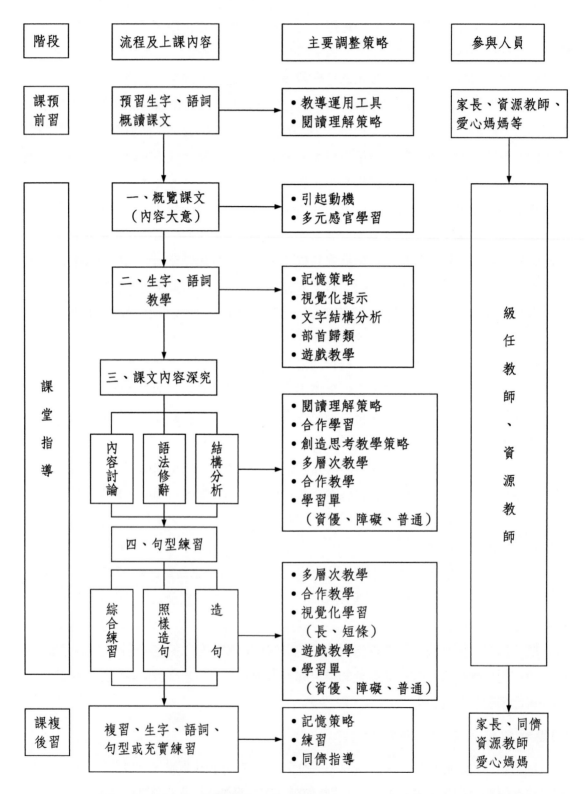

圖 5-1　國語科課程調整教學模式：實施課程調整階段

型練習四個步驟。為了增進學生的學習效果，研究者再加入課前預習及課後複習兩階段，基本上，所有老師也多半會指定查字典或找詞語作為課前預習的內容，而課後複習則是以寫作業或學習單為主，而這兩階段的配合也是維持課程調整實施效果相當重要的配合條件。從課前預習來看，可以提供協助的人員包括特殊學生的家長、資源教師或愛心媽媽，而課後複習除前三類人員外，還可利用同儕指導，至於預習的內容，以障礙學生來說可以包括預習生字、語詞及概讀課文，而資優生則可以引導其查閱與課文相關的主題或資料，而課後複習則可以指導障礙學生生字、語詞、句型等，資優生則可以給與充實性的學習單或指導其發表學習成果。而在課堂指導的部分，依據本研究的結果發現，不同階段的教學可以融入不同的策略（如圖5-1）：(1)在概覽課文階段：可以運用多元感官學習，或各種引起動機的活動；(2)在生字語詞教學階段：可以融入記憶策略、提供視覺化提示、教導筆順規則、分析文字結構、部首歸類及遊戲教學等；(3)在課文內容深究階段：則可以融入閱讀理解策略、合作學習、創造思考教學策略、多層次教學、合作教學及適合資優和障礙學生的學習單等；(4)在句型練習階段：亦可融入多層次教學、合作教學、視覺化學習、遊戲學習及資優和障礙的學習單等。最後在教導寫回家功課時，則可融入給與線索及提示、增加指導語和教導自我管理策略；在評量學習成果的階段則可以融入多元評量、教導考試技巧、改變作業形式內容及數量、提供成功的經驗、在作業或試卷上給與線索等策略。

　　所有階段的調整都必須同時考慮課程內容、教學策略、教學環境及學習成果的調整；在內容的部分，採加深、加廣或簡化方式進行；在教學的部分，則有各種調整策略可供運用；在環境及成果調整方面則是常態的，教師須視學生特質的不同採合適的方式運用之。

五、在普通班中同時調整資優與障礙課程的可行性

　　根據目前在普通班中存在的一個實際現象，即一個班級中可能同時包含資優、普通及身心障礙學生。在傳統的班級教學中，資優與障礙學生的學習需求皆無法獲得滿足。以前者來說，普通班的課程太過簡單，無法提供較具挑戰性的課程以符合其學習能力及速度。因此就研究者在本研究中的觀察，許多資優生在上課中顯得「過動」，而且「一心多用」；至於障礙學生則因本身學習能力的缺陷致使許多課程的學習顯得比一般學生困難，甚至有無法學習，而在課堂上發呆的情形。經過本研究的驗證，研究者以為這兩者的課程皆可藉由課程調整來加以滿足或至少部分滿足，不過卻需要教師課前的規畫與準備，有些課程亦須特殊班教師的合作方能有效進行。

在調整普通課程以符合資優生需求方面，本研究調整的重點係以加深、加廣的方式配合資優教學進行的原則與方法，不論是學習單的設計或所採用的教學方法，基本上都適合資優學生及普通學生的學習，其過程與方法也與九年一貫課程所強調的精神相通。例如，創造思考教學、問題解決教學、教導學習方法與策略、教材內容與學生生活經驗結合，符合個別學生的學習需求，採用適當的教學方法，教學方法多變化，提供學生練習的機會、提供延伸的學習活動、提供團體互動與討論的機會、提供形成性與多元化的評量等資優教學的原則與方法，大部分也適合用在普通與障礙學生身上，所不同的只是在課程內容的難度差異。因此，研究者認為在實施課程調整時，必須利用課堂學習單區分為高、中、低三種層次的難度，分別給資優、普通及障礙學生練習。而多數的充實性學習單，基本上是適合資優及普通學生一起使用的。至於一些特殊的課程，如獨立研究的指導則可能亦須抽離資優生另行指導，但其成果發表則又可以和普通課程結合，對普通生及障礙學生來說則又是一種觀摩學習的機會。

從調整普通課程以符合障礙學生的需求方面來看，透過特殊班教師與普通班教師的合作以及各種教學上的調整，如視覺化的提示、遊戲教學、記憶策略、理解策略的指導及合作學習的方式，讓障礙學生參與普通課程的程度提高了。例如，原先的生字語詞教學與課文內容深究及句型練習等，障礙學生都可以和普通學生一起學習討論，而這些策略的運用並不會妨礙原來教學的進行或降低教學的品質，反而使原本的教學更為精緻、有系統且具結構性。所不同的是，部分認知障礙較嚴重的學生在某些課程的進行，如內容深究和句型練習的部分需要特殊班教師的合作教學，而且由於障礙學生的學習缺陷，因此在部分課程內容上必須做調整，而這些調整則是配合原課程採用簡化及增加提示的方式設計，具體的呈現方式則在於學習單的內容，以提供障礙學生課堂練習之用，而這些學習單也能幫助障礙學生更了解教師課堂討論的內容。這樣的調整方式亦可以同時解決目前許多身心障礙學生在普通班上課時因無法了解課程及活動內容，而在課堂上發呆成為班級中客人的現象，而且可以更積極地提供障礙學生學習機會和促進其參與班級中的活動。

而從整體的國語科教學流程來看，資優、普通、障礙三類學生的課堂學習有「分」有「合」之處，例如，在概覽課文及生字語詞的教學部分是可以全體「合起來」上的，而課文的內容深究及句型練習兩部分則可以「分出程度」，採多層次教學的方式進行。綜合上述的討論，研究者以為在國語課中同時進行資優與障礙學生的課程調整是可行的。

註：本書理論篇一至五章的內容改寫自蔣明珊（2002）：普通班特殊需求學生課程調整之探討及其在國語科應用成效之研究。國立台灣師範大學特殊教育研究所博士論文。

參考文獻

王文科（1991）。**課程論**。台北市：五南圖書出版公司。

王天苗（1999）。迎向二十一世紀的障礙者教育。載於中華民國特殊教育學會編印，**迎千禧談特教**。台北市：中華民國特殊教育學會。

王英君（2000）。**國小閱讀理解障礙學生閱讀理解策略之研究**。國立彰化師範大學特殊教育研究所碩士論文，未出版，彰化市。

毛連塭（1995）。**資優教育──課程與教學**。台北市：五南圖書出版公司。

毛連塭等（編譯）（1989）。**資優學生課程發展**。台北市：心理出版社。

中華民國課程與教學學會主編（2000）。**學校本位課程發展基本理論與實施策略**。台北市：教育部。

王萬清（1997）。**國語科教學理論與實際**。台北市：師大書苑。

行政院教育改革審議委員會（1996）。**教育改革總諮議報告書**。台北市：作者。

江芳盛（1998）。從政策研究的觀點看美國教育改革。**暨大學報，2**（1），253-271。

江惜美（1998）。**國語文教學論集**。台北市：萬卷樓圖書。

何三本（2001）。**九年一貫語文教育理論與實務**。台北市：五南圖書出版公司。

李佳娥（2001）。**漢字教學法**。2006年6月25日，取自http://psyultra.ccu.edu.tw/learning/chinese learning.html

李坤崇（1999）。**多元化教學評量**。台北市：心理出版社。

吳訓生（2000）。**國小低閱讀能力學生閱讀理解策略教學效果之研究**。國立彰化師範大學特殊教育研究所博士論文，未出版，彰化市。

何素華（1996）。**國小普通班與啟智班兒童合作學習效果之研究**。台北市：文景書局。

吳淑美（1997）。融合式班級設立之要件。**特教新知通訊，4**（8），1-2。

李翠玲（2001）。**特殊教育教學設計**。台北市：心理出版社。

何華國（1998）。**特殊兒童心理與教育**。台北市：五南圖書出版公司。

何華國（2000）。澳洲特殊學生之融合教育。**嘉義大學學報，69**，161-181。

李錫津（1990）。合作學習的應用。**教師天地，47**，48-54。

吳麗寬（2000）。**合作學習對國小學習障礙學生閱讀理解效果與同儕社會關係之研究**。國立彰化師範大學特殊教育研究所碩士論文，未出版，彰化市。

邱上真（1991）。學習策略教學的理論與實際。**特殊教育與復健學報，1**，1-49。

邱上真（2000）。**帶好每位學生：理論實務與調查研究——普通班教師對特殊需求學生之因應措施**。行政院國家科學委員會專題研究計畫成果報告（NSC89-2413-H-017-004）

沈姍姍（1998）。教育改革趨向與影響因素分析。**教育資料集刊，23**，39-53。

林天佑（1998）。初等教育改革課題之分析。**教育資料集刊，23**，197-220。

林佩璇（1992）。**台灣省國立高級職業學校合作學習實驗研究**。國立台灣師範大學教育研究所碩士論文，未出版，台北市。

林建平（1994）。**整合學習策略與動機的訓練方案對國小閱讀理解困難兒童的輔導效果**。國立台灣師範大學心理輔導研究所博士論文，未出版，台北市。

林玟慧（1995）。**閱讀理解策略教學對國中閱讀障礙學生閱讀效果之研究**。國立台灣師範大學特殊教育研究所碩士論文，未出版，台北市。

林清江、蔡清田（1997）。**國民中小學課程發展共同原則**。嘉義縣：國立中正大學教育學程中心。

林清江、蔡清田（1999）。國民教育階段學校課程發展之共同原則。**師大校友，295**，4-10。

林淑貞（1992）。**圖畫心像策略對國中輕度智能不足學生記憶文章內容效果之研究**。國立彰化師範大學特殊教育研究所論文，未出版，彰化市。

周淑卿（1999）。論九年一貫課程的「統整」問題。載於**九年一貫課程的展望**。台北市：揚智文化。

胡永崇（譯）（1988）。**輕度障礙學生之研究**。屏東市：國立屏東師範學院特殊教育中心。

胡永崇（1992）。**學習遲緩學生學業成就的相關因素及記憶策略指導效果之研究**。國立屏東師範學院碩士論文，未出版，屏東市。

胡永崇（1995）。**後設認知策略教學對國小閱讀障礙學童閱讀理解成效之研究**。國立彰化師範大學特殊教育研究所博士論文，未出版，彰化市。

胡永崇（1997）。聽覺障礙者之教育。載於王文科（主編），**特殊教育導論**（頁313-357）。台北市：心理出版社。

胡永崇（1999）。學習障礙或書寫障礙？抑或考試障礙？——個案初步觀察及晤談。**教育實習輔導，5**（3），33-37。

柯華葳（1993）。台灣地區閱讀研究文獻回顧。載於**中國語文心理學研究第一年度結案報告**（頁31-76）。嘉義縣：國立中正大學認知科學研究中心。

特殊教育法（1997）。中華民國八十六年五月十四日總統華總（一）義字第八六○○一一二八二○號令修正公布。

特殊教育課程教材教法實施辦法（1998）。中華民國八十七年十二月二日教育部台（八七）參字第八七一一三八○五三號令修正發布。

翁素燕（1989）。學習策略教學對短期記憶及長期記憶效果影響之研究。**資優季刊，32**，44-48。

洪榮照（1997）。智能障礙者之教育。載於王文科（主編），**特殊教育導論**（頁47-108）。台北市：心理出版社。

洪儷瑜（2001）。**英國的融合教育**。台北市：學富文化。

張正男（1983）。**語文遊戲**。台北市：台北市立社會教育會館。

陳弘昌（1999）。**國小語文科教學研究**。台北市：五南圖書出版公司。

陳李綢（1988）。學習策略的言教與教學。**資優教育季刊，29**，15-24。

陳伯璋、周麗玉、游家政（1998）。**國民教育階段課程綱要草案：研訂構想**。作者：未出版。

曹秀美（1990）。**國小聽障學生與普通學生句型理解能力之比較研究**。國立台灣師範大學特殊教育研究所碩士論文，未出版，台北市。

教育部（1998）。**國民教育階段九年一貫課程總綱綱要**。台北市：教育部。

教育部（1999）。**國民教育階段啟智學校（班）課程綱要**。台北市：教育部。

教育部（2000a）。**學校本位課程發展基本理念與實務策略**。台北市：教育部。

教育部（2000b）。**特殊教育學校（班）國民教育階段肢體障礙類課程綱要**。台北市：教育部。

教育部（2001a）。**特殊教育學校（班）國民教育階段聽覺障礙類課程綱要**。台北市：教育部。

教育部（2001b）。**特殊教育學校（班）國中小教育階段視覺障礙類課程綱要**。台北市：教育部。

教育部（2002）。**國民中小學九年一貫課程綱要（草案）**。台北市：教育部。

陳建明（1997）。**閱讀理解策略教學效果之個案研究：以花蓮安通部落阿美族國小學生為例**。花蓮師範大學教育研究所碩士論文，未出版，花蓮市。

陳淑絹（1995）。「指導—合作學習」教學策略增進國小學童閱讀理解能力之實徵研究。國立台灣師範大學教育心理與輔導研究所博士論文，未出版，台北市。

陳莉莉（1990）。資優學生與普通學生記憶策略之比較研究。國立彰化師範大學特殊教

育研究所碩士論文，未出版，彰化市。

張玉成（1995）。**思考技巧與教學**。台北市：心理出版社。

張瑛珊（1995）。**自我發問策略對國小學生閱讀理解與自我發問能力之影響**。國立台灣師範大學心理輔導研究所碩士論文，未出版，台北市。

郭靜姿（1992）。**閱讀理解訓練方案對於增進高中學生閱讀策略運用與後設認知能力之成效研究**。國立台灣師範大學教育研究所博士論文，未出版，台北市。

陳龍安（2000）。創造思考教學。載於毛連塭、郭有遹、陳龍安、林幸台著，**創造力研究**。台北市：心理出版社。

鈕文英（2001）。**身心障礙者行為問題處理——正向行為支持取向**。台北市：心理出版社。

曾世杰（1996）。**閱讀低成就學童及一般學童的閱讀歷程成份分析研究**。國科會專題研究計畫成果報告，未出版。

黃政傑（1992）。**台灣省高級職業學校合作學習實驗研究**。台北市：國立台灣師範大學教育研究中心。

黃政傑（1993）。**課程設計**。台北市：東華書局。

黃政傑（1999）。國教九年一貫課程的展望。**師友，379**，4-9。

黃政傑、林佩璇（1996）。**合作學習**。台北市：五南圖書出版公司。

游家政（1999）。九年一貫課程綱要總綱的理念與架構。**教師天地，102**，34-41。

曾陳密桃（1990）。**國民中小學生的後設認知及其與閱讀理解之相關研究**。國立政治大學教育研究所博士論文，未出版，台北市。

鄭月嬌（1994）。**小組探究式合作學習法對國小資優生專題研究成果問題解決能力及合作技巧之影響**。台北市立師範學院初等教育研究所碩士論文，未出版，台北市。

歐用生（1999）。九年一貫課程之「潛在課程」評析。載於中華民國教材研究發展學會主編：**九年一貫課程研討會論文集：邁向課程新紀元（上）**（頁19-33）。

歐用生（2000）。九年一貫課程改革的經驗。**國民教育，40**（4），2-9。

劉玲吟（1994）。**後設認知閱讀策略的教學對國小低閱讀能力學生閱讀效果之研究**。國立彰化師範大學特殊教育研究所碩士論文，未出版，彰化市。

葉淑真（1993）。**高中音樂科合作學習實驗研究**。國立台灣師範大學音樂研究所碩士論文，未出版，台北市。

盧台華（1992）。智能障礙者之適應行為研究。載於國際特殊兒童評量研討會論文集。彰化市：彰化師範大學特殊教育中心。

盧台華（1998）。身心障礙學生課程教材之研究與應用。載於**身心障礙教育研討會：當前身心障礙教育問題與對策專輯**（頁 185-190）。台北市：行政院國家科學委員會及教育部。

賴惠玲、黃秀霜（1999）。不同識字教學模式對國小學生學習成效研究。**國立台灣師範學院初等教育學報，12**，1-26。

蔣明珊（1996）。**台北市國小資優資源班課程實施狀況之調查分析**。國立台灣師範大學特殊教育研究所碩士論文，未出版，台北市。

蔣明珊（2002）。**普通班特殊需求學生課程調整之探討及其在國語科應用成效之研究**。國立台灣師範大學特殊教育研究所博士論文，未出版，台北市。

蔣明珊（2004）。國語文。載於盧台華（編撰），**國中小學九年一貫課程在特殊教育之應用手冊**（頁 25-78）。台北市：教育部。

蔣明珊、盧台華（2000）。國小資優教材評鑑檢核表建構與試用之研究。**特殊教育研究學刊，19**，347-370。

蔡典謨（譯）（2001）。**濃縮課程：調整能力優異學生一般課程的全盤指引**。台北市：心理出版社。

蔡清田（1999）。九年一貫課程改革之行動探究。**台灣教育，581**，9-21。

蔡清田（2000）。九年一貫國民教育課程改革與學校課程發展。**北縣教育，30**，20-27。

謝順榮（1998）。**合作學習對輕度智障學生閱讀學習成效及同儕關係之研究**。國立台灣師範大學特殊教育學系碩士論文，未出版，台北市。

蔡銘津（1995）。**文章結構分析策略教學增進學童閱讀理解與寫作成效之研究**。國立高雄師範大學教育系博士論文，未出版，高雄市。

羅秋昭（1999）。**國小語文科教材教法**。台北市：五南圖書出版公司。

藍慧君（1991）。**學習障礙與普通兒童閱讀不同結構文章之閱讀理解與理解策略的比較研究**。國立台灣師範大學特殊教育研究所碩士論文，未出版，台北市。

蘇宜芬（1991）：**後設認知訓練課程對國小低閱讀能力學生的閱讀的理解能力與後設能力之影響**。國立台灣師範大學教育心理與輔導研究所碩士論文，未出版，台北市。

Allinder, R. M., & Bse, L. D. (2001). Improving fluency in at-risk readers and students with learning disabilities. *Remedial & Special Education, 22*(1), 48-55.

Association for the Gifted (1989). *Standards for programs involving the gifted and talented.* Reston, VA: Council for Exceptional Children.

Ayres, B., et al. (1992). *Examples of curricular adaptations for students with severe disabilities in the elementary classroom.* (ERIC Document Reproduction Services. No. ED344418)

Betts (1985). *Autonomous learner model: For the gifted and talented.* Greely & Co.: Autonomous Learning Publication and Specialists.

Billingsley, B. S., Farley, M., & Rude, H. A. (1993). *Program leadership for serving students with disabilities.* (ERIC Document Reproduction Services. No. ED372532)

Bjorklund, D. F., & Harnishfeger, K. K. (1987). Development differences in the mental effort requirements for the use of an organizational strategy in free recall. *Journal of Experimental Child Psychology, 44,* 109-125.

Borkowski, J. G., & Kurtz, B. E. (1987). Met cognition and executive control. In J. G. Borkowski & J. D. Day (Eds.), *Cognition in special children: Comparative approaches to retardation, learning disabilities, and gifted* (pp. 123-152). Norwood, N. J.: Ablex.

Bradley, D. F., King-Sears, M. E., & Switlick, D. M. (1997). *Teaching students in inclusive setting: From theory to practice.* Boston: Allyn & Bacon.

Brier, N. (1989). The relationship between learning disabilities and delinquency: A review and reappraisal. *Journal of Learning Disabilities, 22,* 546-553.

Burnette, J. (1987). *Adapting instructional materials for mainstreamed students: Issue brief 1.* (ERIC Document Reproduction Services. No. ED284383)

Cline, B. V., Billingsley, B. S., & Farley, M. (1993). Planning and implementing effective staff development programs. In B. S. Billingsley, et al. (Eds.), *Program leadership for serving students with disabilities.* (ERIC Document Reproduction Services. No. ED372532)

Coleman, M. R., et al. (1993). *Cooperative learning and gifted student: Report on five case studies.* (ERIC Document Reproduction Services. No. ED335675)

Connis, R. T. (1979). The effects of sequential pictorial cues, self-recording and praise on the job-task sequencing of retarded adults. *Journal of Applied Behavior Analysis, 12,* 335-361.

Daris, G. A., & Rimm, S. B. (1989). *Education of the gifted and talented.* N. J.: Prentice-Hall.

Delp, J. (1980). How to live successfully with the gifted. In S. Kaplan (Ed.), *Education the preschool/primary gifted and talented* (pp. 167-182). Los Angeles: National/State Leadership Training Institute on the Gifted and Talented.

DFEE (1997). *Excellence for all children: Meeting special educational need.* London: DFEE.

Ehlers, K., & Montgomery, D. (1999). *Teachers' perceptions of curriculum modification for students who are gifted.* (ERIC Document Reproduction Services. No. ED429750)

Farlow, L. J. (1994). *Cooperative learning to facilitate the insclusion of student with moderate to severe mental retardation in secondary subject-area classes.* (ERIC Document Reproduction Services. No. ED375541)

Foil, C. R., & Alber, S. R. (2002). Fun and effective ways to build your students' vocabulary. *Intervention in School & Clinic, 37*(3), 131-140.

Frasier, M. M., et al. (1995). *A New Window for Looking at Gifted Children.* (ERIC Document reproduction Service No. ED402710)

Fuchs, D., & Fuchs, L. (1994). Inclusive schools movement and the radicalization of special education reform. *Exceptional Children, 60,* 294-309.

Gajrra, M., & Salvia, J. (1992). The effects of summarization instruction on text comprehension of students with learning disabilities. *Exceptional Children, 58*(6), 508-517.

Goldberg, L. F. (1989). *Implementing cooperative learning within six elementary school learning disability classrooms to improve math achievement and social skills.* (ERIC Document Reproduction Services. No. ED312839)

Greene, G. (1999). Mnemonic multiplication fact instruction for students with learning disabilities. *Learning Disabilities Research & Practice, 14*(3), 141-149.

Hallahan, D. P., & Kauffman, J. M. (1991). *Exceptional children: Introduction to specaial education* (5th ed.). Englewood Cliffs, N. J.: Prentice-Hall.

Harrower, J. K. (1999). Educational inclusion of children with severe disabilities. *Journal of Positive Behavior Interventions, 1*(4), 215-235.

Heilman, T., Blair, T., & Rupley, W. (1990). *Principles and practicess of teaching reading.* Columbus, Ohio: Merrill.

Hoover, J. J. (1987). Preparing special educators for mainstreaming: An emphasis on curriculum. *Teacher Education and Special Education, 10,* 58-64.

Hoover, J. J., & Patton, J. R. (1997). *Curriculum adaptations for students with learning and behavior problems: Principles and practices* (2nd ed.). Austin, Texas.

Johnson, C., Graham, S., & Harris, K. R. (1997). The effects of goal setting and self-instruction on learning a reading comprehension strategy: A study of students with learning disabilities. *Journal of Learning Disabilities, 30*(1), 80-92.

Johnson, D. W., & Johnson, R. T. (1986). Mainstreaming and cooperative learning strategies. *Exceptional Children, 52,* 553-561.

Johnson, D. W., & Johnson, R. T. (1987). *Structuring cooperating learning lesson plans for teachers.* Edina MN: Interaction Book Company.

Kirk, S. A., Gallagher, J. J., & Anastasiow, N. J. (1997). *Educating exceptional children.* Houghton Mifflin Company.

Kochhar, C. A., West, L. C., & Taymans, J. M. (2000). *Successful inclusion: Practical strategies for a shared responsibility.* New Jersey: Prentice-Hall, Inc.

Korinek, L. (1993). Positive behavior management: Fostering responsible student behavior. In B. S. Billingsley, et al. (Eds.), *Program Leadership for Serving Students with Disabilities.* (ERIC Document Reproduction Services. No. ED372532)

Kramer, J. J., et al. (1980). Recent advances in mmemonic strategy training with mentally retarded persons: Implications for educational practice. *American Journal of Mental Deficiency, 85* (3), 306-314.

Lebzelter, S., & Nowacek, E. J. (1999). Reading strategies for secondary students with mild disabilities. *Intervention in School & Clinic, 34*(4), 212-220.

Leirer, K., & Dancer, J. (1998). Reading comprehension strategies used by deaf middle-school student. *Perceptional & Motor Skills, 87*(3), 874.

Lipsky, D. K., & Gartner, A. (1998). Taking inclusion into the future. *Educational Leadership, 56,* 72-78.

Lombardi, T., & Butera, G. (1998). Mnemonics: Strengthening thinking skills of students with special needs. *Cleaning House, 71*(5), 284-287.

Madden, N. A., & Slavin, R. E. (1981). *Effects of cooperative learning on the social acceptance of mainstreamed academically handicapped students.* (ERIC Document Reproduction Service No. ED209882)

Maker, C. J. (1982). *Curriculum Development for the Gifted.* Rockville, MD: Aspen.

Mastropieri, M. A., & Scruggs, T. E. (1998). Constructing more meaningful relationships in the classroom: Mnemonic research into practice. *Learning Disabilities Research & Practice, 13,* 138-145.

Mastropieri, M. A., & Scruggs, T. E. (1998). Enhancing school success with mnemonic strategies. *Intervention in School & Clinic, 33*(4), 201-209.

Mastropieri, M. A., Scruggs, T. E., & Levin, J. R. (1985). Maximizing what exceptional students can learn: A review of research on the keyword method and related mnemonic techniques.

Remedial and Special Education, 6(2), 39-45.

Mastropieri, M. A., & Sweda, J. (2000). Putting mnemonic strategies to work in an inclussive clas s-room. *Learning Disabilities Research & Practice, 15*(2), 69-75.

McLaughlin, V. L. (1993). *Curriculum adaptation and development.* (ERIC Document Reproduction Services. No. ED372535)

McMahan, C. (1993). *Developing vocabulary skills in a learning disability calss through cooper-ative learning groups. Application Project-Model 6. Collaborative and cooperative tech-niques.* (ERIC Document Reproduction Services. No. ED363870)

McMaster, K. N., & Fuch, D. (2002). Effects of cooperative learning on the academic achie-vement of students with learning disabilities: An update of Tateyama-Sniezek's review. *Learning Disabilities Research & Practice, 17*(2), 107-118.

Melser, N. A. (1999). Gifted students and cooperative learning: A study of grouping strategies. *Roeper, Review, 21*(4), 315.

Mevarech, Z. R. (1993). Who benefits from cooperative computer-assisted indtruction? *Educa-tional Computing Research, 9*(4), 451-464.

Neary, Tom, Halvorsen, A., Kronberg, R., & Kelly, D. (1992). *Curriculum adaptation for inclu-sive classroom.* (ERIC Document Reproduction Services. No. ED358637)

Neber, H., Finsterwald, M., & Urban, N. (2001). Cooperative learning with gifted and high-achieving students: A review and meta-analyses of 12 studies. *High Ability Studies, 12*(2), 199-214.

Ostoits, J. (1999). Reading strategies for students with ADD and ADHD in the inclusive class-room. *Preventing School Failure, 43*(3), 129-133.

Palincsar, A. S., & Brown, A. C. (1984). Reciprocal teaching of comprehension-monitoring ac-tivities. *Cognition and Instruction, 1,* 117-175.

Paris, S. G. (1988). Theories and metaphors about learning strategies. In C. E. Weinstein, E. T. Goetz, & P. A. Alexander (Eds.), *Learning and study strategies: Assessment, instruction and evaluation* (pp. 299-321). N. Y.: Academic Press.

Paris, S. G., Newman, R. S., & McVey, K. A. (1982). Learning the functional significance of mne-monic actions a microgenetic study of strategy acquisition. *Journal of Experimental Child Psychology, 34,* 490-509.

Passow, A. H. (1987). Issues and trends in curriculum for the gifted. *Gifted International, 4.*

Pressley, D. C., & Gillies, L. A. (1985). Children's flexible use of strategies during reading. In M. Pressley & J. R. Levin (Eds.), *Cognitive Strategy Research Educational Applications*. NY: Springer-Verlag.

Putnam, J., & Markovchick, K. (1996). Cooperative learning and peer accptance of students with learning disabilities. *Journal of Social Psychology, 136*(6), 741-756.

Ramsay, S. G., & Richards, H. C. (1997). Cooperative learning environments: Effects on academic attitudes of gifted students. *Gifted Child Quarterly, Fall, 41*(4), 160-169.

Renzulli, J. S. (1979). *What makes giftedness? A reexamination of the difinition of gifted and talented.* Ventura, CA: Ventura Country Superintendent of School Office.

Ross, D. M., & Ross, S. A. (1978). Facilitative effect of mnemonic strategies on multiple-associate learning in EMR children. *American Journal of Mental Deficiency, 82*(5), 105-121.

Salisbury, C. L., Gallucci, C., Palombaro, M., & Peck, C. A. (1995). Strategies that promote social relations among elementary students with and without disabilities in inclusive school. *Exceptional Children, 62*(2), 125-137.

Scruggs, T. E. (1985). Maximizing what gifted students can learn: Recent findings of learning strategy research. *Gifted Child Quarterly, 29*(4), 181-185.

Scruggs, T. E., Mastropieri, M. A., & Levin, J. R. (1985). Vocabulary acquisition by mentally retarded students under direct and mnemonic instruction. *American Journal of Mental Deficiency, 89*, 546-551.

Scruggs, T. E., et al. (1986). Effective mnemonic strategics for gifted learners. *Journal for the Education of the Gifted, 9*(2), 105-121.

Sharan, S., & Hertz L. R. (1982). Effects of an instructional change program on teacher's behavior, attitudes, and perception. *The Journal of Applied Behavior Science, 18*(2), 185-201.

Slavin, R. E. (1984). Team assisted individualization: Cooperative learning and individualized instruction in the mainstreamed classroom. *RASE, 5*(6), 33-42.

Slavin, R. E. (1990). Cooperative learning. Celin Rogers: *The social psychology of the primary school.* N. T.: KKY.

Spagna, M. E., & Silberman, R. K. (1999). *Curriculum, assessment, and instruction for students with disabilities.*

Stephens, J. A. H., & Dwyer, F. M. (1997). Effect of varied mnemonics strategies in facilitating student achievement of different educational objectives. *International Journal of Instruc-*

tional Media, 24(1), 75-89.

Stevens, R. J., et al. (1989). *A cooperative Learning Approach to Elementary Reading and Writing Instruction: Long-Term Effects. Report No. 42.* (ERIC Docuemtn Reproduction Service No. ED328901)

Stout, J. (1993). *The use of cooperative learning with elementary gifted students: Practical and theoretical implications.* (ERIC Document Reproduction Service No. ED360782)

Swanson, H. L. (1989). The effects of central processing strategies on learning disable, mildly retarded, average, and gifted children's elaborative encoding abilities. *Journal of Experimental Child Psychology, 47,* 370-397.

Taylor, H. E., & Larson, S. M. (2000). Teaching elementary social studies to students with mild disabilities. *Social Education, 64*(4), 232-236.

Thoutman, A. C. (1998). *A survey of general education elementary teachers' attitudes toward including stduents with disablties in the general education classroom.* The University of Memphis. Ed. D. Dissertation.

VanTassel-Baska, J. (1991). Gifted education in the balance: Building relationships with general education. *Gifted Child Quarterly, 35*(1), 20-25.

VanTassel-Baska, J. (1994). *Comprehensive curriculum for gifted learners.* Boston: Allyn and Bacon.

VanTassel-Baska, J., & Compbell, M. (1988). *Developing scope and sequence for the gifted learner: A comprehensive approach.* GCT, March/April, pp. 2-7.

Wagner, R. K., Torgesen, J. K., Laughon, P., Simmons, K., & Rashotte, C. A. (1993). Development of young readers phonological processing abilities. *Journal of Educational Psychology, 85,* 83-103.

Walker, C., Munro, J., & Rickard, F. W. (1998). Teaching inferential reading strategies through pictures. *Volta Review, 100*(2), 105-116.

Wang, A. Y., & Thomas, M. H. (1996). Mnemonic instruction and the gifted child. *Roeper Review, 19*(2), 104-106.

Webb, N. M. (1985). Student interaction and learning in small groups: A research summary. In R. Slavin, et al. (Eds.), *Learning to cooperate, cooperating to learn* (pp. 147-172).

Weisberg, R. (1988). 1980s: A change in focus of reading comprehension research: A review of reading/learning disabilities research based on an interactive model of reading. *Learning Pis-*

ability Quarterly, 11(1), 149-159.

Wigle, S. E., & Wilcox, D. J. (1996). Mainstreaming in education-United States. *Remedial & Special Education, 17*(5), 323-329.

Wong, B. Y. L. (1985). Metacognition and learning disabilities. In D. L. Forrest-Pressley., G. E. MackKinnon, & T. G. Waller (Eds.), *Metacognition, Cognition, and Human Performance* (pp. 137-180) (vol. 1). New York: Academic Press.

Ysseldyke, J., Algozzine, B., & Thurlow, M. L. (1995). *Critical Issues in Special Education.* Boston: Houghton Mittlin Company.

應用篇

總使用說明

蔣明珊、黃知卿

一、設計理念

　　因應融合教育的潮流，所以現在的普通班中可能包含了資賦優異、普通、身心障礙等各類學生，為了因應學生能力的差異，教師必須做適當的課程調整，甚至實施多層次教學，以滿足不同學生的學習需求。如何根據學生的能力及需求來做課程的調整，則是大部分的普通班教師所面臨到的問題。本應用篇就是將課程調整的理論結合實際的課程，提供一個語文科課程調整的範例，希望可以讓教師及家長知道該如何調整課程，進而將課程調整的概念、方法應用到其他課程中，讓所有的學生都能夠達到有效的學習。

　　本應用篇中除了有最基本的「語文課程調整教案範例」之外，還包含了「識字學習」、「語文基礎練習套裝學習單」、「詞類學習」、「閱讀理解學習」、「語文遊戲」及「班級經營」等各主題學習的內容，至於為什麼挑選這些主題作為本書介紹課程調整實施之參考學習單呢？我們有下列幾個選取的原則：

1. 研究發現這些主題是對學生語文學習有幫助的重要策略

　　例如：在蔣明珊（2002）的研究中，「語文基礎練習套裝學習單」原先的設計是要給學習障礙、智能障礙、聽覺障礙等學生練習，後來發現此語文基礎套裝學習單也適用於一般學業低成就的學生，用來增加學生語文基礎練習的機會；「語文遊戲」則是教師及學生都表示成效很好、很喜歡的主題；而「班級經營」則是研究發現實施課程調整需要花較多的時間，如果教師的班級經營能力較佳，就能較有效地節省時間以提高課程調整實施的效率，因此特別邀請了一位參與課程調整教學實驗中在班級經營方面成效卓著的老師來分享她的班級經營經驗。

2.坊間語文教學書籍中較少提及的主題

例如，識字學習及閱讀理解策略是在課程調整教學實驗中，教師認為效果佳，但坊間語文教學類書籍較少出現的內容。

3.在課堂中常見、常用、出現率高、重要性亦高的主題

例如，識字學習中的筆順規則、部首歸類；語文基礎套裝學習單、詞類學習等。

二、設計方式

㈠適用對象

本應用篇中所有的主題及學習單主要是針對國小中、低年級的學生而設計的，高年級的學生若有需要，當然也可以參考使用。

其中「語文課程調整教案範例」、「語文遊戲」、「班級經營」是寫給教師及家長參考；「語文基礎練習套裝學習單」的難度較低，主要是希望教師及家長改編後，讓學習障礙、智能障礙、聽覺障礙及低成就等需要加強語文基礎的學生做語文基礎練習之用，當然亦可用於一般學生的語文基礎練習；「識字學習」包含「筆順規則」、「字形結構」、「部首歸類」及「六書說明」，前三者為字的基本認識，提供教師及家長介紹給學生的說明範例，最後的「六書說明」難度較高，教師及家長可以斟酌是否介紹給學生認識；「詞類學習」及「閱讀理解學習」可以讓教師及家長直接使用或改編為教材，亦可讓學生自我練習。

另外，在「詞類學習」及「閱讀理解學習」中又將學習單依難度分成了「紮穩馬步篇」、「融會貫通篇」及「出神入化篇」三層次，其主要內容及適用對象說明如下：

1.紮穩馬步篇：讓學生奠定基礎，對於該學習主題有基本的認識。

總使用說明

對象：認知功能輕度缺損的學生、沒有認知功能缺損的特殊需求學生、一般普通學生。

2. **融會貫通篇**：符合普通學生程度的學習單，讓學生經由學習單的練習，增進對每一個主題的了解。

對象：普通學生、資賦優異學生及沒有認知功能缺損的特殊需求學生。

3. **出神入化篇**：比較具有挑戰性的學習單，學生必須對於每個主題的內容有一定的了解或精熟，才能進行這一部分的學習。

對象：資賦優異學生、普通學生的延伸學習或是高年級學生的練習。

　　以上是一個概略性的使用建議，教師可根據學生的能力及程度自行選擇適合的層次。

(二)內容重點

　　本應用篇分成「語文課程調整教案範例」、「識字學習」、「語文基礎練習套裝學習單」、「詞類學習」、「閱讀理解學習」、「語文遊戲」、「班級經營」七大部分，茲將其內容概說如下：

1. **語文課程調整教案範例**：應用篇的第一個主題是語文課程調整教案範例，應用篇的其他主題學習，都是依據這篇教案而來，可以將其他主題與此教案搭配閱讀使用，在教案的後一頁附有「主題學習單應用架構圖」，可以從圖中知道各單元主題與教案中各教學流程間的關聯性及在課程及本書中的「位置」，方便教師與課程調整的實施連結。此外，在範例之後另附有兩位參與課程調整教學實驗教師的心得，提供讀者參考。

2. **識字學習**：包含「筆順規則」、「字形結構」、「部首歸類」及「六書說明」等基礎的識字練習。

3.**語文基礎練習套裝學習單**：分成「認識生字」、「認識語詞」、「認識句型」三類，每類均設計有一系列的學習單供學生練習或複習之用。

4.**詞類學習**：包含「量詞」、「相似相反詞」、「詞性」、「關聯詞」、「修辭」等在詞類教學中較常見且重要的主題學習。

5.**閱讀理解學習**：包含「畫線策略」、「摘要策略」、「自問自答」、「結構分析」、「心智圖法」及「推論策略」等重要及實用的閱讀理解策略的介紹與練習。

6.**語文遊戲**：包含「生字遊戲」、「語詞遊戲」及「句型遊戲」等三類教師可用來配合語文教學的趣味遊戲。

7.**班級經營**：提供一位優秀的資深教師在班級經營方面的技巧及策略，並分享其班級經營的經驗。

　　以上是各主題學習的概略介紹，在「識字學習」、「語文基礎練習套裝學習單」、「詞類學習」、「閱讀理解學習」、「語文遊戲」的主題中另外附有詳細的使用說明，若想要更深入的了解各主題內容，請參閱其使用說明。

總 使 用 說 明

三、使用方法

《誰可以用這本書》

使用對象	使用說明
普通班教師、身心障礙班教師、資優班教師	可以用來將普通班的課程做適當的調整，以滿足在班級中各類特殊需求學生及普通學生的需求；也可以根據本應用篇的方式，挑選適合應用在身心障礙學生的單元，將課程加以簡化或是改編，成為適合身心障礙學生使用的教材；或挑選適合應用在資賦優異學生的單元，將課程加以加深、加廣，改編成為適合資賦優異學生使用的教材。
家長	可以根據自己孩子的能力及程度，挑選適合的單元或練習層次，直接使用本書引導孩子做練習或配合學校課程內容，甚至加以改編成為孩子課後練習的學習單。
安親班教師	可以根據學生的能力，將學校的課程加以改編成為學生的課後學習單，加強學生的學習。
學生	可以參考每一份學習單的「給小朋友的話」後，自行練習各項主題單元。

《如何使用這本書》

【教師】

　　教師可以先閱讀「語文課程調整教案範例」，知道語文教學流程中實施課程調整的方式之後，配合「主題學習單應用架構圖」，根據各單元的教學進度，搭配各項主題的學習單，斟酌選用在教學中。

【家長】

　　家長可以根據您孩子的能力，挑出適合的部分，或是根據學校中

的教學進度，並參考各主題的使用說明，直接用來教導孩子，或改編各類學習單，讓您的孩子來做練習。

【學生】

　　國小的學生可以參考每一份學習單的「給小朋友的話」後，自行練習各項主題單元。

語文課程調整
教案範例

蔣明珊

語文課程調整教案範例

一、原教材課文內容

第六課　一個好地方（@01　90學年度康軒版國語二下第四冊第六課）

　　媽媽說我們剛搬來的時候，這裡只有兩排新建的房子，四周都是稻田、菜園和草地。媽媽上街買東西，要走過彎彎曲曲的小路，很不方便。

　　過了不久，稻田一塊一塊都不見了，蓋起一棟又一棟的樓房，成了一個新社區。社區裡有小公園，有小朋友玩耍的地方，還有可以看書、看報和開會的活動中心。

　　我的學校就在社區附近，出了巷口一轉彎，過了郵局，再往前走幾步就到了。最近，我們學校旁邊又設立了一所中學，以後我讀中學，不用走很遠的路。

　　社區裡的人一天比一天多了，商店開了一家又一家，人來人往很熱鬧。我很高興，我們住的社區是一個好地方。

二、調整之教材單元活動設計（即教案）
　　與本單元有關的語文領域能力指標如下：

A-1-1 能正確認念、拼讀及書寫注音符號。

A-1-7 能應用注音符號，檢索資料，解決學習上疑難問題。

B-1-1 能培養良好的聆聽態度。

B-1-2 能確實把握聆聽的方法。

C-1-1 能正確發音並說標準國語。

C-1-2 能有禮貌的表達意見。

C-1-3 能生動活潑敘述故事。

C-1-4 能把握說話主題。

D-1-2 會使用字（辭）典，並養成查字（辭）典的習慣。

D-1-4 能養成良好的書寫習慣。

D-1-5 能認識楷書基本筆畫的名稱、筆順，並掌握運筆原則，練習用硬筆書寫。

E-1-1 能熟習常用生字語詞的形音義。

E-1-2 能讀懂課文內容，了解文章的大意。

E-1-7 能掌握閱讀的基本技巧。

F-1-1 能經由觀摩、分享與欣賞，培養良好的寫作態度與興趣。

F-1-2 能擴充詞彙，正確的遣辭造句，並練習常用的基本句型。

F-1-4 能練習運用各種表達方式習寫作文。

　　註：教案中使用之符號及相關說明

　1.關於教室中各類障礙學生的簡稱

　　感：指純感官障礙學生：如視障、聽障、語障等。

　　肢：指純肢體障礙學生：包括上肢障礙、下肢障礙、腦性麻痺等。

　　輕：指認知功能輕度缺損學生：包括智障、學障、情障、自閉症等。

　　重：指認知功能嚴重缺損學生：包括智障或智障伴隨其他障礙等。

　　優：指資賦優異學生：包括資優或資優伴隨其他障礙等。

　2.教案中如涉及特殊需求學生調整的部分才會使用如上之符號，並在符號後說明各
　　該類特殊需求學生課程調整方式，在不需調整的部分則不做另外說明。

　3.教案中有框起來的語詞、句型或問題等部分可視實際需要以書面紙製作長短條，
　　以利學生學習。

單元名稱	一個好地方	教材來源	90 學年度康軒版國語二下第四冊第六課
教學地點	普通班	教學對象	國小二年級（普通生及特殊需求學生）
教學時間	240 分，共六節	設　計　者	1.普通班教學流程：黃敏菁 2.課程調整之建議：蔣明珊
學生先備能力	1.知道利用字、辭典可以查出讀音和意義。 2.會認讀注音符號及拼音。 3.能了解常用字至少兩百個字。 4.能理解簡單的語詞和句型。		
單元目標 vs. 能力指標	具體目標（普通學生）及調整後的目標		

（續）

1. 了解什麼是社區	1-1 能仔細聆聽故事。
區	輕、重 1-1 能安靜專心地聆聽故事。
B-1-1	優 1-1 能仔細聆聽故事並介紹一個有關社區的故事。
B-1-2	
C-1-1	1-2 能說出自己所生活的社區是屬於都市型或鄉村型社區。
C-1-2	
C-1-3	1-3 能說出自己所住的社區有什麼商家。
	輕 1-3 能說出一間自己家附近的商家。
	重 1-3 能根據教師事先拍好的社區商家照片，逐一指認。
	優 1-3 能說出自己所住的社區有什麼商家，同時在教師指導下進行簡單的社區調查。
	1-4 樂意和同學分享自己所知道的商家。
2. 研讀本課課文，習說大意	2-1 能順暢的讀完本課課文。
	感、肢 2-1 能以適當的發音朗讀本課課文。
B-1-1	輕 2-1 能在引導下順暢的讀完本課課文。
B-1-2	重 2-1 能仿說一段課文。
C-1-1	
C-1-2	2-2 能清楚回答課文問題。
E-1-2	輕 2-2 能說出教師所提問的問題答案在課文中的哪一段。
E-1-7	重 2-2 能專心聽教師與其他學生的問答，或能以點頭／搖頭方式回答問題。
	優 2-2 能將課文有關的問題做成摘要並發表。
	2-3 能表現出積極回答問題的態度。
	2-4 能說出本課課文主題。
	重 2-4 能唸出長條上課文的主題。
	優 2-4 能根據本課課文主題，蒐集相關資料，了解自己所住社區的演變並作口頭報告。
3. 認識本課生字新詞	3-1 能正確讀出本課生字新詞，並解釋它的意義。
新詞	輕 3-1 能正確讀出本課生字新詞。

（續）

A-1-1	重3-1 能仿說課文的生字新詞。
A-1-7	優3-1 能正確讀出本課生字新詞，解釋它的意義，同時用新詞造句。
D-1-2	3-2 能正確寫出本課生字新詞的字形。
D-1-4	感3-2 聽語障及低（弱）視學生：能正確寫出本課生字新詞的字形。全盲
D-1-5	學生：能以點字或盲用電腦打出本課生字和新詞。
E-1-1	肢3-2 下肢障礙：能正確寫出本課生字新詞的字形。上肢障礙及腦性麻痺：
	能正確寫出本課生字新詞的字形，或能利用科技輔具（如改裝過的
	電腦）打出生字和新詞。
	輕3-2 能正確找出教師所說的語詞並圈詞。
	重3-2 能仿寫或描寫課文的生字新詞。
	優3-2 能正確寫出本課生字新詞的字形，並能辨別相似字形。
	3-3 能正確寫出本課生字的部首筆畫及筆順。
	感3-3 聽語障及低（弱）視學生：能正確寫出本課生字的部首筆畫及筆順。
	全盲學生：能認識本課生字的部首筆畫及筆順。
	肢3-3 下肢障礙：能正確寫出本課生字的部首筆畫及筆順。上肢障礙及腦
	性麻痺：能正確寫出或能認識本課生字的部首、筆畫及筆順。
	輕3-3 能正確寫出本課生字的部首筆畫及筆順。
	重3-3 能指認本課生字的部首筆畫並用手描摹筆順，或以電腦打字呈現部
	首筆畫。
4.朗讀課文，並	4-1 能用正確而自然的語音讀出課文。
了解課文含意	輕4-1 能用正確而自然的語音讀出課文。
B-1-1	重4-1 能仿唸一段課文。
B-1-2	
C-1-1	4-2 能正確解釋課文詞句。
C-1-2	輕4-2 能正確解釋簡單的詞句。
C-1-4	重4-2 能在教師的說明與協助（例如以詞卡提示）下找出簡單的語詞，或
	以點頭／搖頭回答問題。
	優4-2 能主動查閱工具書，正確解釋疑難詞句。

（續）

	4-3 能分工合作完成分組討論。
	輕 4-3 能參與分組討論，並做好自己角色的工作。
	重 4-3 能參與分組討論，並做簡單的工作，例如分發講義或問題討論單。
	4-4 能主動參與討論，並聆聽別人的發表。
	輕 4-4 能回答出小老師所問的一題問題。
	重 4-4 能專心聆聽別人的發表。
5. 了解本課題材與結構 E-1-2 E-1-7	5-1 能說出本課是一篇記敘文。
	輕 5-1 能在教師引導下了解本課是一篇記敘文。
	重 5-1 能在協助下傾聽教師對課文形式的講解。
	5-2 能排出本課的樹狀結構圖。
	感 5-2 聽語障及低（弱）視學生：能排出本課的樹狀結構圖。全盲學生：能理解課文結構並用點字作摘要。
	肢 5-2 能說出樹狀結構圖中的各長條內容應放在什麼位置。
	輕 5-2 能唸出課文段落大意長條上的字。
	重 5-2 能仿說課文重點之長條內容，對於無口語能力者，則請其上台排出長條的正確順序。
	優 5-2 能用自己的方式以圖像方式說明課文結構。
6. 認識周圍環境 B-1-1 B-1-2 C-1-1 C-1-2 C-1-4	6-1 能報告住家附近有趣的地方。
	輕 6-1 能在全班面前唸出自己的社區介紹學習單內容。
	重 6-1 能將住家附近的商家、建築物或自然景觀等照片貼在指定的位置上，完成填圖作業。
	優 6-1 能在全班面前發表自己所完成的社區調查報告。
	優 6-1 能針對社區的今昔做一專題報告，態度大方且口齒清晰。
	6-2 能勇於發表，態度自然。
7. 本課生字造詞練習及句型造句練習	7-1 能用生字做造詞練習。
	肢 7-1 全盲學生以點字的方式做練習。
	輕 7-1 能習寫教師示範之生詞或利用工具書查出與生字相關之語詞。

（續）

E-1-1 F-1-1 F-1-2 F-1-4	重 7-1 另外練習與生字結合之生活性語詞。 7-2 能用本課句型做造句練習。 肢 7-2 全盲學生以點字的方式做練習。 輕 7-2 能利用線索或範例做造句練習。 重 7-2 能利用本課句型，在教師指導下練習說與日常生活有關的簡單句子。 7-3 能完成習作的練習作業。 肢 7-3 全盲學生以點字的方式做練習。 輕、重 7-3 能完成教師另行設計的簡易學習單。 優 7-3 能根據教師所給予的課文語詞，完成一篇短文。

具體目標	教學活動（普通學生）	教學資源	評量標準與（方式）	教學時間
1-2 1-3	壹、準備活動： *1.* 輔導學生記住家中地址及觀察住家附近有哪些商店、公共建設。 *2.* 輔導學生課前預習課文查生字部首、造詞並準備生字教學。		能認真做預習工作（觀察、學生檢核）	課前時間
1-1	*3.* 教師準備繪本教學──「哈利的家」，並於綜合活動課時講述此故事並配上背景音樂──帶有鄉村風味的小調，於故事說完時再播放感覺較現代的音樂。	圖畫書「哈利的家」 CD	能仔細聽故事（觀察）	綜合活動課
1-3	感、肢、輕、重障礙學生在特殊班教師或家長協助下先預習課文內容及生字、新詞。 優介紹一個有關社區的故事。另外在本單元教學前一個月教師先指導資優生進行社區調查及社區歷史演變報告。社區調查方式可包括訪問商家、畫出社區地圖（包括有特色的商家）、拍攝幻燈片，或以一條主要街道調查並統計商家分布情形等。社區歷史演變報告的指導可包括指導學生查閱圖書期刊或上網檢索文獻資料（包括歷史、行政區劃分、地名演變、自然景觀、人文風俗等）、訪問耆老等。		能自行或在協助下運用工具書檢索生字和新詞（學生或協助者檢核） 優能在教師指導下自行分配時間蒐集資料進行調查（觀察、討論、檔案、作品）	
1-3	貳、發展活動： 一、引起動機： ㈠玩「我家附近有什麼」的遊戲（教師說明遊戲規則後進行遊戲）： *1.* 一個學生當「主人」，邊走在行間，邊拍某位同學的肩膀，被拍到的人要跟在「主人」的後面。 *2.*「主人」邊拍要邊說：「我家附近有……」把拍到同學所舉著的短條唸出來，如：「我家附近有銀行、鞋店……」（教師於講解完規則後，將愛心媽媽寫好的短條發給認真聽講的幾位學生）	短條（由愛心媽媽協助製作，內容為各種商店性質之名稱）： 醫院、麵包店、郵局、書局、麥當勞、安親班	能用心聆聽遊戲規則並遵守規則（觀察） 能認真參與遊戲（觀察）	20分

（續）

具體目標	教學活動（普通學生）	教學資源	評量標準與（方式）	教學時間
	3.當「主人」後面已有超過十人左右時，大喊「回家」，除「主人」的位置不算外，其他空位都是可以回家的地方。 4.有一人沒家可回，是新的「主人」，遊戲另起一局。 感聽障生亦可參與此遊戲，但要注意短條上的商家名稱要加注音符號，以協助學生閱讀。且要指導當「主人」的學生要拍聽障生時需對著聽障生說話。而視障生由於行動需注意安全，教師需提醒「主人」放慢行走速度，且要提醒其他學生適度引導其移動。 肢對於坐輪椅或藉助輔具行動的學生教師需調整好座位的安排，空出走道空間，同時注意移動安全及秩序。 輕障礙學生亦可參與此遊戲，但要注意短條上的商家名稱要加注音符號，以協助學生閱讀。另外教師在解釋規則時，需先示範一遍。 重班級中有重度障礙學生時，教師宜先就短條內容拍攝照片，例如實地拍攝社區中的銀行、鞋店、花店、麥當勞等，再貼在短條上，以方便學生學習，此遊戲亦伴隨重度障礙學生需學習社區生活相關語詞的目標。 ㈡歸納遊戲——「商家大收集」： 1.以小組為單位，老師各發下一張四開的書面紙。 2.各組將住家附近可能有的商店，盡量寫在四開的紙上，限時六分鐘，之後即上台發表。 3.討論結束後，各組派一人上台發表，收集最多商家的那一組獲勝，教師給與精神鼓勵——全班給他們個「愛的你好棒」——「愛的鼓勵」之後加「哦！Yes，你好棒！」 4.教師最後再將孩子討論重複的店家刪去，得	⸱學校⸱唱片行⸱頂好超市⸱餐廳⸱小吃店⸱銀行⸱早餐店⸱攤販⸱公園⸱眼鏡行⸱服飾店⸱鞋店⸱咖啡館 社區商家照片 各色書面紙	 重能將商店名稱和商店照片配對，正確率達80%（操作、動態評量） 能認真參與小組討論（觀察、同儕評量、口語發表） 能適時給與同學鼓勵（觀察）	 20分

1-3 1-4				

（續）

具體目標	教學活動（普通學生）	教學資源	評量標準與（方式）	教學時間
	出全班所討論的結果。 感視障學生教師需注意盡量以口語重複學生討論或發表內容。聽語障學生則要鼓勵多發言。 肢肢障學生可與其他學生共同討論，不需特別調整。 輕、重障礙學生可練習讀出短條上的商家名稱，並在教師引導下了解其性質或功能；輕度障礙學生也可練習自行說明常去的商家都做些什麼事。 優此一遊戲相當適合資優生與普通學生，因此在活動中教師可鼓勵小組運用腦力激盪法，寫愈多答案愈好。而在遊戲結束後則可以引導資優生或普通學生共同討論獲勝的方法——即如何在短時間內透過分工合作寫最多的答案。 ------------------第一節完------------------		輕、重能至少讀出或指認（指無口語能力者）三家商店名稱，並說出一件常做的事（口語發表） 優至少說出十五家商店名稱（口語發表）	
2-1	二、概覽課文： 1.輔導學生閱讀課文 輕、重教師宜特別指導學障或智障等注意力易分散的學生拿筆點字閱讀，以協助其順暢閱讀。		能用默讀、輕聲讀或仿說方式閱讀課文，正確率達80%（觀察）	5分
2-2 2-3 2-4	三、講述大意： 1.以問題方式引導學生說出課文大意。 (1)我們剛搬來時，這裡看起來怎麼樣？ (2)慢慢的，增加了哪些新建設？ (3)社區和以前有什麼不同？ (4)我覺得社區是個怎樣的地方？ 感聽障學生增加視覺化的提示。盲生要以口語多重複幾次題目的說明。 肢肢障學生不需特別的調整。 輕障礙學生可以透過引導討論，說出課文或指出問題的答案。	長條	能正確說出本課大意（口語發表） 輕能至少回答一個問題的答案（口語發表）	5分

（續）

具體目標	教學活動（普通學生）	教學資源	評量標準與（方式）	教學時間
	重障礙學生可以練習將問題與答案配對。		重能在引導下將答案與問題配對，正確率達70%（操作、口語發表、動態評量）	
	四、認識生字、新詞：			
3-1	1.由學生上台當老師並講解生字。	字卡、詞卡、部首歸類遊戲表、字形結構說明、筆畫順序說明	能用心聽講、勇於上台（觀察）	10分
3-2	2.老師解釋新詞，再揭示生字卡。從詞語中分析出生字，進行形音義指導。		能正確唸出教師揭示的語詞卡，正確率達 80%（觀察）	20分
3-3				
4-2	感、肢教導筆順規則及字形結構，以協助其了解及記憶生字。視障生除了以口頭說明字形結構和部首等之外，還可以用手指在盲生背上寫字，使其感受字的筆畫順序及字形。		能辨認出形音義相近的字，正確率達 80%（觀察）	
	輕、重教師可以透過圖像教學、兒歌，或以故事方式解釋字詞的結構和涵義，同時教導學生反覆唸誦和用筆練習寫等記憶策略協助學生學習字詞。		輕、重能在引導下認識字詞涵義和習寫字詞，正確率達80%（紙筆、口語）	
	優教導筆順規則及字形結構，另外完成部首歸類遊戲表。			
	------------------------第二節完----------------------			
	五、認識生字、新詞之語文遊戲（複習上一節）：			10分
3-1	感、肢筆畫接力。小組根據教師指定之生字，依序以書空或在黑板上書寫等方式，接力完成一個字的筆畫順序。其中，視障學生可改成「書背傳字」遊戲，即教師先將學生分組（座位以長條行為佳），再指定各組學生一個字，由最後一名學生在前一名學生的背後書寫指定的字，依次傳寫，再由最前面的學生報告所得的字，比賽各組的正確性和速度（也可以每組分派好幾個生字）。		能認真參與遊戲（觀察）	
3-2				

（續）

具體目標	教學活動（普通學生）	教學資源	評量標準與（方式）	教學時間
	輕、重 拼字遊戲。教師可將出版商提供之字卡依字形結構，剪成二至三個部分，再讓障礙學生練習拼成完整的字。重度障礙學生可減少練習生字的數目。		輕、重 至少拼對三個字（操作）	
	優 教師可在示範幾課的生字遊戲教學（如鬥牛猜字、大風吹）之後指導資優學生自行設計適合的語文遊戲。		優 設計或想出一個適合的遊戲（作品、口語表達）	
4-1	六、內容深究： （一）朗讀課文： 可領讀範讀或由學生試讀。 感、肢、輕、重、優 隨機指導發音及朗讀的方法。	課文內容討論單、問題記錄單、討論觀察單	能以正確語音正確朗讀課文（觀察）	5分
4-2	（二）講解課文： 老師一面唸一面講解，同時複習生字新詞。			10分
4-3 4-4	（三）深究課文內容： 教師提出課文相關問題，由學生自由回答。例如：作者剛搬來時，這裡的房子有多少？作者住的社區是怎樣的地方？ 感、肢、輕、重、優 教師另行設計問題討論和記錄學習單，運用修正後較簡化的合作學習之學生小組成就區分法（STAD）進行分組討論。在討論中，教師需引導小組主持人給障礙學生發表的機會。而資優生則加強領導能力和溝通與人際技巧的訓練；其中討論的題目需注意能培養資優學生的創造思考或其他高層思考能力。例如教師可以問：怎樣的社區才是好社區？維護社區清潔的方法有哪些？		能認真參與討論、踴躍回答問題（觀察、口語表達）	15分
	--------------- 第三節完 ---------------			
5-1 5-2	（四）課文賞析（形式深究）： 1. 文體：記敘文。 2. 分段大意與課文結構： 先說 我們剛搬來時，這裡只有兩排房子，四	長條	能說出本課文體為記敘文（口語表達）	10分

（續）

具體目標	教學活動（普通學生）	教學資源	評量標準與（方式）	教學時間
	周是稻田、菜園和草地，路彎彎曲曲，很不方便。 再說：不久，稻田消失，樓房蓋起，形成新社區。學校在附近，將來又要再設一所中學。 後說：我們社區的建設越來越多，生活越來越方便，真是一個好地方。		能瞭解課文大意（口語發表）	
	感、肢、輕、重、優教導閱讀理解策略（配合畫線策略或摘要策略學習單）。其中全盲學生需先將教材轉換成點字。輕度障礙學生唸出課文段落大意長條上的字。重度障礙學生則仿說課文重點之長條內容。（註：普通生亦共同學習）	閱讀理解策略學習單（畫線策略或摘要策略擇一）	輕能唸出課文段落大意長條上的字（口語） 重能仿說課文重點之長條內容（口語）	
5-2	㈤課文結構分析： 教師先將以下所製作的長條放在黑板上，請小朋友先找出主題是什麼（全班回答，教師把長條擺在樹狀圖的頂端），再將各段的重點、小細節放進去，並加以組合、整理成一個完整的樹狀圖。（各組指派代表） ＊一個好地方（橫書） ＊剛搬來時有（直書） ＊現在有（直書） ＊感覺（直書） ＊兩排房子（直書） ＊稻田、菜園、草地（直書） ＊彎彎曲曲的小路（直書） ＊小公園（直書） ＊活動中心（直書） ＊學校（直書） ＊郵局（直書） ＊商店（直書） ＊很高興（直書）	短條	能拼湊出樹狀圖架構的答案，正確率達80%（觀察、操作）	15分

（續）

具體目標	教學活動（普通學生）	教學資源	評量標準與（方式）	教學時間
	*真是一個好地方（直書） 感全盲學生練習用點字作摘要，或者教師另外準備點字之結構圖短條，讓盲生練習排出課文樹狀結構圖。 肢說出或指出樹狀結構圖中各短條內容應放在什麼位置。 輕、重參與或傾聽課文內容結構的討論。 優用自己的方式以圖像方式（如心智圖法）說明課文結構。		輕、重能專心傾聽討論（觀察）能畫出一個結構圖並加以說明（作品、口語發表）	
4-2	(六)句型分析： 1.語句： (1)「媽媽上街買東西，要走過彎彎曲曲的小路，很不方便。」是條件句，「要」怎麼樣，表示受到限制。 (2)「社區裡有小公園，有小朋友玩耍的地方，還有可以看書、看報和開會的活動中心。」其中「有……有……還有」表示社區內有許多建設。 (3)「最近，我們學校旁邊又設立了一所中學。」「最近」表示時間並不久。	愛心媽媽協助做各種疊字詞的長短條及其結合的語詞，例如：彎彎曲曲的、河流、高高低低的、房子、	能了解課文句型（觀察、口語發表）	15分
4-2	2.詞語： (1)「彎彎曲曲」是疊詞。 (2)「一塊一塊」、「一棟又一棟」、「一天比一天」、「一家又一家」重疊使用量詞，表示數量很多。 (3)「新建」、「蓋起」、「設立」都有建新建築物的意思。 感聽語障學生練習將長短條排出正確的組合，如高高低低的房子。盲生則用點字之學習單做練習或直接以口語表達。	長長短短的、鞋子、黑黑暗暗的、夜晚等	能了解並運用課文語詞（觀察、口語發表） 感、肢能排出正確的語句，正確率達80%（觀察	

（續）

具體目標	教學活動（普通學生）	教學資源	評量標準與（方式）	教學時間
	肢肢障學生可以口述結合語詞。 輕障礙學生練習將長短條排出正確的組合，如高高低低的房子。 重障礙學生唸出或仿說其上的語句。 優資優生另外做教師設計之充實性質的疊字詞學習單。		、操作、口語發表） 輕能至少排出二個正確的語句（操作、觀察） 重能唸出或仿說二個正確的語句（口語表達） 優能完成學習單，正確率達80%（紙筆）	
	----------------第四節完----------------			
2-4	3.欣賞： (1)本課在文章最後再強調主旨：我們住的社區是一個好地方。 (2)各段的描述按時間的順序，先說剛搬來的情形，再逐步把社區內的改變寫出。 (3)先說環境的改變，由不便到方便，居民常在不知不覺中付出代價。可與學生討論，例如文中「稻田不見了」、「商店變多了」各有什麼利弊，便於指導學生懂得環保及生活方式。 (4)教師總結。	長、短條	能分工合作完成討論（觀察、自評、口語發表）	20分
4-3 4-4	優腦力激盪（提問）：分組討論還有哪些事物的改變有利也有弊？ 和要怎樣才能減少這些事物的缺點，發揮優點？列出優缺點，再報告。教師將先預備好的題目（如電腦的發明、大眾運輸的發明、冷暖氣的發明）做成籤，請小組長上台抽籤，接著進行討論的活動。小組代表上台報告討論的結果。 此一討論活動可培養資優生的批判思考、分析			

（續）

具體目標	教學活動（普通學生）	教學資源	評量標準與（方式）	教學時間
	歸納、溝通發表等能力。			
6-1 6-2	七、說話練習（請到我家玩——生活報告）： (1)指導學生報告住家附近有趣的遊玩場所、商店或其他吸引人的建設。 (2)結尾都以「請到我家玩」的邀約作結。 感、肢可與普通學生做同樣的說話練習。 輕採合作教學的方式，障礙學生根據教師事先設計好的說話練習學習單，在特殊班教師的協助下上台發表學習單上已寫好的內容。 重障礙學生在特殊班教師協助下，採用多元層次教學的方式繼續練習第一節課附有實際照片之商家名稱短條。如果學習得不錯可以考慮練習簡單發表，例如：我喜歡到麥當勞吃漢堡。 優資優生發表社區調查和歷史演變專題報告，教師可另外準備投影機或幻燈機（介紹社區商家）供學生報告用。	「請到我家玩」引導說話學習單	能流暢自然地報告住家附近有趣的地方（口語發表） 優能運用媒體發表報告（操作、口語發表、書面報告）	20分

7-1
 	
7-2
	--------------第五節完--------------
	八、綜合活動：
	(一)照樣寫短語：
	  *1.*一棟又一棟
	    （一隻又一隻）
	  *2.*彎彎曲曲的小路
	    （白白胖胖的小孩）
	(二)造句：
	  *1.*有……有……還有……
	  *2.*最近
	
	感、肢、輕障礙學生練習短句加長，盲生可先將長短條內容轉成點字，教學時要重複口語說明。
	重學生則在教師協助下根據提示語詞組合成句
		長、短條	能用生字做造詞練習，正確率達80%（口語發表）
			
			能用句型做造句練習，正確率達80%（口語發表）
				20分

（續）

具體目標	教學活動（普通學生）	教學資源	評量標準與（方式）	教學時間
	子。範例如下。 1. 一家又一家 (1) 商店一家又一家 (2) 商店開了一家又一家 (3) 商店開了一家又一家，人來人往很熱鬧。 2. 彎彎曲曲 (1) 彎彎曲曲的小路 (2) 走過彎彎曲曲的小路 (3) 媽媽到市場買菜要走過彎彎曲曲的小路。 ※範例： 1. 我家的冰箱裡有水果、有飲料，還有點心。 2. 最近我家附近常遭小偷光顧。	各式生字、語詞和句型等學習單		
7-3	(三)習作指導： 教師先把教具的輔助海報貼在黑板上，先全班討論，再練習寫。 感、肢障礙生做認識句型學習單。教師設計學習單時宜注意多給範例，及參考答案。盲生的學習單需轉成點字。 輕障礙生做認識句型學習單。教師設計學習單時宜注意減少題目、避免出現較難的句型、多給範例，及參考答案，以選詞填寫的方式也是相當適合的。 重障礙生做語詞的辨認——利用字卡，教師將晴、天、眼、睛等字放在學習角，由障礙生將其拼成完整的語詞，若有困難，則可看提示卡，提示卡上有完整的「晴天」兩字，下方還有圖案以做補充，之後再請障礙生說出他所拼出的語詞是什麼。 優資優生做短文創作。 資優生運用教師設計之學習單，將課文出現之語詞或句型串連成一篇自訂題目的短文，寫完後教師可用其他時間指導資優生在班級中發表		感、肢、輕能完成學習單，正確率達80%(紙筆) 重能在引導下練習字詞辨認及說出完整語詞，正確率達80%（操作、口語） 優完成短文創作學習單（作品、自評、書面或口語發表）	20分

（續）

具體目標	教學活動（普通學生）	教學資源	評量標準與（方式）	教學時間
	短文。			
	------------------------第六節完----------------------			

※教案原載於蔣明珊（2004）：九年一貫課程在特殊教育上之應用手冊的國語篇。

　本手冊係由盧台華教授編撰，教育部出版。

主題學習單應用架構圖

　　本架構圖主要是以應用篇所引用的「一個好地方」課文之課程調整教案為例，說明其與應用篇中相關主題學習單之間的關係，協助教學者明瞭各主題學習單在語文課程調整過程裡的應用方式，因此詳細的教學流程不在此贅述，教學者如欲了解詳細的教學流程及課程調整方式，請參閱前述教案範例。下面為架構圖的使用說明：

　　1. 框起來的部分，可依照標示頁碼找到相對應之主題學習單配合使用。

　　2. 教學時，教學者可視需要，自行從對應的主題學習單中選取合適學習單或加以修改後使用。

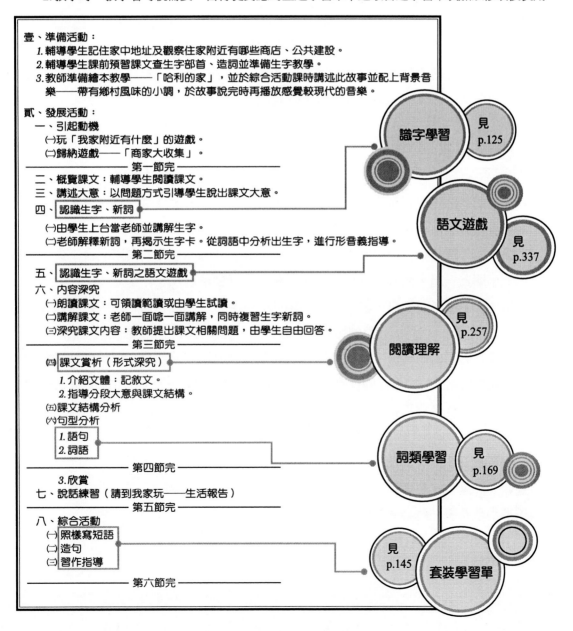

壹、準備活動：
　1. 輔導學生記住家中地址及觀察住家附近有哪些商店、公共建設。
　2. 輔導學生課前預習課文查生字部首、造詞並準備生字教學。
　3. 教師準備繪本教學──「哈利的家」，並於綜合活動課時講述此故事並配上背景音樂──帶有鄉村風味的小調，於故事說完時再播放感覺較現代的音樂。

貳、發展活動：
一、引起動機
　㈠玩「我家附近有什麼」的遊戲。
　㈡歸納遊戲──「商家大收集」。
──────第一節完──────
二、概覽課文：輔導學生閱讀課文。
三、講述大意：以問題方式引導學生說出課文大意。
四、認識生字、新詞
　㈠由學生上台當老師並講解生字。
　㈡老師解釋新詞，再揭示生字卡。從詞語中分析出生字，進行形音義指導。
──────第二節完──────
五、認識生字、新詞之語文遊戲
六、內容深究
　㈠朗讀課文：可領讀範讀或由學生試讀。
　㈡講解課文：老師一面唸一面講解，同時複習生字新詞。
　㈢深究課文內容：教師提出課文相關問題，由學生自由回答。
──────第三節完──────
　㈣課文賞析（形式深究）
　　1. 介紹文體：記敘文。
　　2. 指導分段大意與課文結構。
　㈤課文結構分析
　㈥句型分析
　　┌1. 語句
　　└2. 詞語
──────第四節完──────
　　3. 欣賞
七、說話練習（請到我家玩──生活報告）
──────第五節完──────
八、綜合活動
　㈠照樣寫短語
　㈡造句
　㈢習作指導
──────第六節完──────

識字學習　見 p.125
語文遊戲　見 p.337
閱讀理解　見 p.257
詞類學習　見 p.169
套裝學習單　見 p.145

參與國語科課程調整的心得

吳淑貞老師

壹、參與課程調整的動機

融合教育是全世界的主流趨勢，但是常見到普通班的老師往往不知如何來幫助特殊兒童來進行個別化的學習；所以，如何能照顧好全班又能兼顧特殊兒童的學習，這就是我參與蔣明珊博士「課程調整研究計畫」的動機。

貳、國語科的作法

一、身為一個老師是要對全班三十幾位小朋友負責的，一方面要帶好特殊兒童，另一方面更要確保其他小朋友的學習良好。

所以，我不單是我自己要努力，也要結合資源班老師和家長共同來配合；更要教導班上小朋友一起來關心特殊兒童的學習和人際互動情形。

二、珍珍（化名）是我們班上的聽障生，珍珍的認字、造詞能力都不錯，聽寫都有九十分以上的表現。但是，完整的造句能力較缺乏，無法有前因加後果完整地描述出來，只能寫很簡單的短句子。例如：媽媽去買菜。課文深究的部分，對於老師發問的問題，通常較不了解題目在問什麼？情意表達的部分較困難。但是，由於聽障的緣故，珍珍有時候會掌握不到當下我們在討論的主題與內容，而導致上課容易有分心的情形發生。

三、我除了和資源班老師及家長共同努力之外，也參與了蔣明珊老師的「聽障生課程調整研究計畫」，蔣老師每週會有二至三節課參觀我的國語科教學，並共同討論作法與提供教學者一些參考的資料。

參、針對珍珍做了什麼課程調整，而且效果顯著？

一、增加視覺上的學習效果

㈠國語科的教學流程製作了提示卡。例如：讀課文、段落大意、課文結構分析、造詞造句、習作練習……等，讓珍珍能用視覺感官來輔助了解目前正在進行的活動是什麼？

㈡愛心媽媽協助製作課文深究之問題長條和多音字、相似字的生字詞語短條，幫助珍珍掌握討論的題目意思，並學習更多的詞語。

㈢造句長條──珍珍在照樣寫短語的部分表現很好；在完整句子的造句方面，需給與珍珍較多的提示，她才能完成一個完整的造句。在使用造句長條提示之後，珍珍就較能掌握題型並且照樣造句。

㈣使用流程提示卡和課文問題長條和造句長條之後，對珍珍的學習幫助很大，珍珍明顯地較以往專心，也較能了解老師談話的內容。對於普通孩子注意力不集中的情形也有明顯的幫助。因為老師口語上的告知，可能聽過馬上又忘了，有長條提醒，效果比較好。整體來看，教具長條之使用，增加了視覺上學習，並且提升了全班的學習效果。

二、增加語文遊戲

㈠喜愛遊戲是人的天性，常讓孩子在遊戲中學習，更可增加孩子們專注學習及提升學習效果，更可提升孩子們學習的專注力。

㈡我在複習生字時，最喜歡使用語文遊戲，例如：翻牌對對樂、拼拼湊湊、我的朋友在哪裡？超級記憶王……等。在遊戲中讓孩子複習拼音、認字、造詞，也藉由完整國字的拼湊過程中，讓孩子記憶更深刻。

㈢珍珍對這些語文遊戲很感興趣，也能在「翻牌對對樂」中，快速並正確地讀出生字並造詞。同時，語文遊戲活動也激發了全班同學學習生字詞語的動機；在回饋問卷中，孩子們更是表達語文遊戲能幫助他們記住生字和詞語。

三、閱讀理解策略的運用

㈠大意的指導

1.剛開始利用課文段落提問的方式，來引導珍珍及其他孩子找出每段落的重要意思

在哪裡？並且用色筆將重點圈選出來。

2. 接著，讓孩子們試著把圈選出來的重點連接起來，並試著用自己的話說出課文的大意。

3. 珍珍也能清楚的看著色筆重點的部分，試著說出段落大意。對於語言表達較弱的孩子，這樣畫線的方式對其幫助很大，孩子自覺說出大意並非那麼困難也不會有挫折感！

(二)畫線策略、摘要策略運用在段落大意的指導

1. 先將課文一段一段的文字，用投影片和小朋友討論這一段最重要的內容在哪裡？並且把重點用彩色筆畫線畫下來。

2. 剛開始小朋友們畫線的內容仍較多文字，我們就再一起討論，看看如何讓文字更精簡？經過幾次的練習之後，孩子們愈來愈能找出段落中最重要的文字。

3. 課文的段落大意都整理之後，就可引導學生課文的結構，先說什麼？再說什麼？後說什麼？孩子們對於課文架構的掌握就很清楚了。

四、合作學習法分組討論

(一)就課文深究的部分，列出各組不同的題目來讓學生們分組討論，並完成記錄上台發表。

每組學生選出一位主持人，

一位記錄員，

一位觀察員（記錄組員發言次數及是否尊重他人發言並守秩序），

一位發言人，

其他皆為討論員。

(二)施行分組討論合作學習對珍珍及其他同學的幫助——

1. **學習聆聽的態度、尊重他人之發表**。在營造一個互相尊重的氣氛之下，平時較沈默的同學，在分組討論中也有機會發表自己的意見，也比較不會緊張。當各組上台報告時，也可觀察他組的答案和自己有什麼不同？可相互學習。

珍珍在小團體的討論中，較願意討論，也較敢說出自己的答案（想法）。

2. **訓練學生溝通表達、分工合作的能力**。在進行第二次的分組討論時，學生們已知如何選擇出適合的人選，例如：誰適合記錄？誰適合主持？誰又適合代表小組發言？

每次討論氣氛都很熱烈，而且常常會令老師有意外的驚喜。例如：有一題目「假

如行道樹是一個人，你覺得是像你身邊的哪一個人？」

小朋友每一組的答案都很棒！有的人說像「郵差」，因為都是身穿綠衣裳；有的人說像「愛心媽媽」，因為行道樹美化環境、清新空氣，就像愛心媽媽為我們服務一般。又有人說像「警察」，站在馬路旁指揮交通；又有人說像「氧氣筒」，提供我們氧氣……。學生們都非常有想像力。

3. **學習領導主持的能力，觀察、記錄的能力。**讓孩子們學習扮演不同的角色，及承擔在團體中的任務。在討論時，我也發現珍珍那組的主持人往往會很體貼地把題目面向珍珍，讓珍珍更清楚大家在討論什麼？這份細膩的溫情，讓我很感動！

4. **學習評鑑的能力及問題解決的能力。**曾經在分組討論中發生過一次衝突事件，題目是討論：「母親節要送媽媽什麼禮物？」並選出全組最想送的禮物。

第二組發生一個狀況：討論員文文（化名）提出想送一隻小動物給媽媽，主持人欣欣（化名）問文文原因，文文說可以幫忙看家；欣欣覺得狗可以看家，但是並不是每一種小動物都可以看家，所以，欣欣就不把文文的答案請記錄員記上去，而寫了自己的答案：想要送媽媽康乃馨。待欣欣上台報告全組的答案是康乃馨時，文文即當場落淚，很委屈地認為欣欣完全不尊重他。（後來我了解情況之後，就先暫停欣欣的報告，請欣欣要學習尊重每一位成員的答案，並寫在記錄紙上。因第二組並未投票決定全組到底最想送什麼禮物給媽媽？所以，我讓第二組重新再表決一次。）

◎希望孩子們能了解全組的答案和個人的希望的答案不一定是一樣的。而個人的答案也不能代表全組的答案。經過這次的事件之後，孩子們更懂得尊重他人的想法，並了解每個人的想法都是很珍貴的。

五、結語

1. 此次實驗的基礎是資源班老師入班協助，幫忙製作學習單；愛心媽媽也幫忙製作長條、教具。否則光靠一個老師是忙不過來的。

2. 很感激蔣明珊博士，讓我有機會能參加這次國語科課程調整的研究計畫，也謝謝愛心媽媽的協助製作教具，讓我們班的聽障生珍珍及全班同學，在國語科學習上進步很多，我個人也學習到很多的教學策略及方法，相信在未來的日子裡，我的語文領域教學一定是愈來愈豐富、多元的。

課程調整實施心得

黃敏菁老師

前言

　　一下的時候，班上來了位轉學生小其，學習上出現了很大的障礙，教過的字總是記不起來，問他什麼，也總是一問三不知，看著他空洞的眼神，真不知他腦子裡在想些什麼。那時的我不知道該用什麼樣的方法把他帶起來，每次考試他的分數總是個位數或不及格，在因緣際會下，得知他的資源班老師——蔣明珊正在做課程調整的研究，當她來找我合作的時候，我馬上答應了，因為我知道做了課程調整之後，我的教學能力會相對提高不少，除了使自己的教學變得更專業外，也可能對這孩子有所幫助。以下是我做了一年的課程調整之後所理出的一些心得。

一、課程做了哪些調整

(一)教師編寫教案，由幾位老師輪流寫教案，透過與同儕的分享及討論，逐一修改教學模式，使其適合班上能力不同的孩子學習，也讓協助教具製作的愛心媽媽更清楚如何幫助老師製作教具及相關學習單。

(二)教學活動更多樣化，教學設計分為簡易、中、稍難等原則——生字遊戲、角色扮演、示範、語詞接龍、故事接力、遊戲教學、合作學習、閱讀策略的搭配使用……等，學習資源著實豐富了許多。

(三)允許同一時間內不同能力的孩子做著不同的作業或替代練習。

(四)安排特殊需求學生——小其專屬的小老師，並予以獎勵。

(五)在合作學習的情境中培養小組分工合作的機會，並逐步教導溝通、協調的能力。

二、孩子的轉變

(一)全班

1. 漸漸懂得為特別的孩子著想，願意多把機會讓給小其或嘗試著教導他。

2. 藉由較多的活動的參與，逐漸習得多鼓勵及幫助同學，並從中獲得成就感（小老師制度）。

3. 上課參與度提高，在合作教學中，每人皆有輪流擔任記錄、主持及發言的機會，透過內容深究的問題單嘗試扮演不同的角色，雖不是每組的表現都盡如人意，但每一次總會有進步的地方。

4. 孩子喜歡拆字教學，除了程度較好的孩子之外，一般孩子的反應也很好。

5. 整個的課程調整，受惠的不只是小其及班上程度較好的孩子，大部分的孩子受益更多，藉由活動的實施、參與，孩子不但習得較豐富、多元的語文科教學，更學會為他人著想及互助合作的重要。

㈡小其個人

1. 變得較敢嘗試。

2. 自信心有略為提升一些。

3. 空洞的眼神似乎偶爾有些靈光出現。

4. 知道重複練習會讓他自己更熟練生字的長相。

三、教師的成長

1. 透過多種活動的體驗，逐漸地從孩子的反應中調整適合學生的教學方式。

2. 藉由諸多活動的刺激，找出小其有哪些基本能力，發現小其的腦中似乎沒有記憶體，記憶能力雖經重複的練習仍無所助益，在生字教學「拆字遊戲」中發現他有「比對」的能力，自此開始慢慢思索幫助他的方式。

3. 較多的活動課程讓教學只有一年經驗的我剛開始步調顯得有些凌亂，但經過資深老師的經驗分享及自己實作的結果，常規的管理的確更加進步及有效率。

4. 透過與明珊老師及一些參與研究的同仁們的討論及學習，對於課程調整、教學法、閱讀理解策略、班級經營……等方面，藉由「做中學」的實際演練的確有更深的體會及認識。

四、愛心媽媽的協助

要感恩愛心媽媽——多多媽媽的協助，因有她協助寫大字報，省下老師在語詞比較、照樣造句、語句教學時板書的時間，真的很感謝她。

註：學生的名字皆以化名方式處理。

識字學習

- 筆順規則
- 字形結構
- 部首歸類
- 六書說明

蔣明珊、施伊珍、王瑩禎
辛盈儒、陳麗帆、黃知卿

識字學習

一、設計理念

　　識字學習這部分設計了「筆順規則」、「字形結構」、「部首歸類」、「六書說明」四個單元。筆順規則設計的主要原因是考慮到有許多小朋友在初學寫字時，因忽略了筆畫的書寫順序，而產生畫字的問題，不僅影響字的美觀，也可能影響到寫字的速度。除了筆順的問題外，一些教師進行生字、部首教學時，常常只是針對個別的文字做介紹，極少進行系統性的介紹，以致學習生字、部首時無法「望文生義」，或做適當的連結。因此我們便將字形結構、部首及造字法則做歸類整理，希望小朋友可以從對中國文字的結構、部首及文字的組成有基本的認識開始，再由這些基本觀念的建立，未來擴展應用到其他更複雜的文字。

二、設計方式

　　識字學習整體設計是由生字的筆畫到六書的分類說明，由個別到整體對中國文字做概念的介紹。簡而言之，先由筆畫的基本順序開始，建立寫字時筆畫順序的概念，再逐步擴展到了解字的結構及其部首，最後再依據許慎的《說文解字》及相關學者的論著，將六書做白話的說明。教師教學時若遇未收錄之字形結構或部首，亦可自行補充。

三、使用方法

＊每單元第一頁均為概念介紹

【教師及家長】

　　每個單元的開頭，均有相關概念的介紹，教師或家長可以視兒童

的程度對相關概念做深淺不同程度的說明，讓兒童複習筆畫的順序、認識常見的字形結構、發現部首的歸類及六書的分類，奠定基礎概念。

＊各部分視需要附加學習單以供兒童練習之用

【教師】

在奠定基礎概念後，識字學習的前三部分「筆順規則」、「字形結構」、「部首歸類」因與國語教學息息相關，學生接觸機會頻繁，均附有參考的學習單，可供學生練習。唯有在最後一部分「六書說明」因難度較高，大部分的小朋友只要了解六書的分類及其概念即可，因此未附上參考的學習單。若班上有語文能力較好的資優學生，則可視其能力深入介紹概念。

此外，教師在教學時，除可利用語文課做完整的介紹外，亦可配合各課課文內容，適時提醒學生筆畫順序、字形結構或部首歸類，以加深學生印象。

【家長】

家長可以配合教師授課進度，課後讓兒童練習相關概念的學習單，藉此了解孩子的學習效果，並個別指導孩子需要補強之處。

【學生】

小朋友可以將老師教完的生字或是部首套到學習單裡，自己練習寫寫看，假使有不懂的，要記得詢問爸爸媽媽、學校的老師，或是自己動手查字、辭典。

識字學習　學習單架構

筆順規則

筆順規則【筆順規則概念】　見 p. 130
參考何三本（2001）及王萬清（2000）的著作，製成表格形式介紹筆順規則的種類。

字形結構

字形結構【字形結構概念】　見 p. 131
參考何三本（2001）及王萬清（2000）的著作，整理常見的字形結構，並附加例字。

積木國的門牌【字形結構】　見 p. 132
觀察文字所屬的字形結構，將正確的名稱圈起來。

部首歸類

部首歸類【部首概念】　見 p. 133
依據屬性及意義將部首整理成七大類，分別為人體類、器物類、生活類、天地類、植物類、動物類及符號類，並附加例字。

人體部首大搜查【人體類部首】　見 p. 136
找出相同部首的課文生字，填寫在同一片花瓣中。

部首歸類（續）

生病的吃字獸【生活類部首】　見 p. 137

找出相同部首的課文生字，填寫在同一隻吃字獸的嘴巴中。

人體剖析【人體類部首】　見 p. 138

依據圖片提示，找出相同部首的課文生字，填寫在下方的括號中。

我們有關係【部首「水」】　見 p. 139

圈出可能與「水」有關的字，利用字典查出所圈字的部首，思考部首與生字的相關。

鳥爸爸找小孩【部首配對】　見 p. 140

圈出鳥爸爸身上生字的部首，再用線條將有相同部首的鳥寶寶連接起來。

十字路口大抉擇【辨別相似部首】　見 p. 141

依據線索推出謎底部首，依循與謎底相同部首的生字走出迷宮。

六書說明

六書說明【六書概念】　見 p. 142

依據許慎說文解字，介紹象形、指事、會意、形聲、轉注、假借六書的概念。

一、筆順規則

　　關於筆順的規則，以前的人們都持有不同的看法，但大體來說中國字筆順的規則是「自左而右，自上而下，由外而內。」筆順的先後可以影響筆畫的起落、筆法的運轉，和文字間架的組合。同時，了解筆順，更可以幫助初學寫字的人寫出方正勻順的好字喔！

※改寫自教育部國語推行委員會編輯「常用國字標準字體筆順手冊」。

http://www.edu.tw/files/site_content/m0001/bishuen/c8.htm (2010/10/10)

　　下面就是參考何三本（2001）及王萬清（2000）的著作，所整理出來的筆順規則。

序號	規則	例字
1	前頭上之後下	旦、青、言
2	前頭左之後右邊	仁、語、川、掛
3	先外後內（無封口）	問、周
4	先外後內再封口（有封口）	田、因、回、國
5	先中後左再右	小、水
6	先中後旁	樂、變
7	先右上再左下	幾、為
8	最後寫連串全字的筆順	手、牛、毛、串
9	先長豎後短豎	非

　　生字教學時，要是教學者和學習者都有筆順規則的概念，就可以節省一筆一畫指導的時間；另外，身心障礙學生常會有筆畫接續的問題，若使其了解筆順規則，可能可以減少其停頓思考的時間，增加寫字的速度。

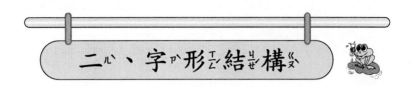

二、字形結構

　　下面是參考何三本（2001）及王萬清（2000）著作，所整理出來的字形結構表。

類　　別	例　　　　　　　如	
獨體字	① 乙ㄧˇ、人ㄖㄣˊ	
合體字		
上下合體字	①②/ 要ㄧㄠˋ、炎ㄧㄢˊ	
	①②/③ 想ㄒㄧㄤˇ、習ㄒㄧˊ　　①/②③ 晶ㄐㄧㄥ、品ㄆㄧㄣˇ	
上中下合體字	①/②/③ 意ㄧˋ、實ㄕˊ、舊ㄐㄧㄡˋ	
	①②/③/④⑤ 器ㄑㄧˋ、　①②/③/④ 翼ㄧˋ、　①/②③/④ 籃ㄌㄢˊ	
左右合體字	①②｜ 村ㄘㄨㄣ、刪ㄕㄢ、的ㄉㄜ˙、師ㄕ、副ㄈㄨˋ、慢ㄇㄢˋ	
左中右合體字	①②③ 測ㄘㄜˋ、腳ㄐㄧㄠˇ、漸ㄐㄧㄢˋ、搬ㄅㄢ	
包圍字	□ 回ㄏㄨㄟˊ、四ㄙˋ、這ㄓㄜˋ、廷ㄊㄧㄥˊ、同ㄊㄨㄥˊ、間ㄐㄧㄢ、向ㄒㄧㄤˋ、凶ㄒㄩㄥ、區ㄑㄩ、床ㄔㄨㄤˊ、句ㄐㄩˋ	

積木國的門牌

班　級	＿年＿班	姓　名		座　號	＿號
評　量	👍 GOOD!	✌ YA～	👌 OK!	家長簽章	

◎字形結構遊戲：

　　積木國的房子都是由一塊塊的積木拼湊起來的，糊塗的工程師只在外牆漆上文字，卻沒注意門牌的標示不清。請你看清楚外牆上文字的結構，圈出正確的門牌說明吧！

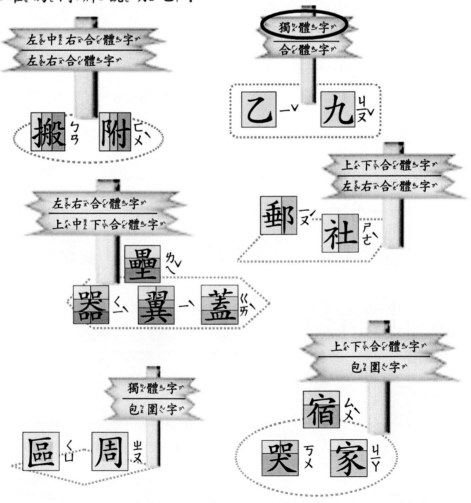

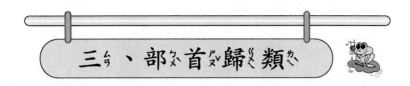

三、部首歸類

下面的表格是根據何三本（2001）及王萬清（2000）所著的書整理而成，從表格中可以：(1)知道哪些部首的意義跟性質比較相近；(2)了解部首的意義後，可以減少錯別字的發生。

如：袍跟神、膚跟期、籃與藍。

一、　人體類（系列／例字）					
1.人	仁、今、以、來	8.女	好、妻、威、姦	15.目	相、直、看、眼
2.大	天、太、奇、夾	9.父	爸、爹、爺	16.舌	舍、舒、舔
3.又	叉、友、及、取	10.口	可、右、句、吧	17.耳	耶、聖、聞、聲
4.尸	尺、尾、居、屬	11.鼻	鼾	18.手	抓、捉、拔、拉
5.力	加、勇、功	12.心	必、忙、念、慶	19.牙	牙
6.彳	往、很	13.止	正、此、步、武		
7.士	壯、壹、壺、壽	14.頁	順、頭、題、願		

二、　器物類（系列／例字）					
1.皿	盒、益、盡、盤	7.車	軍、軒、載、輝	13.衣(衣)	表、初、裂
2.弓	引、弦、彎、彈	8.玉	玩、班、琴、現	14.系	紅、素、縣、辮
3.矢	知、短、矮、矯	9.貝	財、負、貨、賴	15.片	版、牌
4.戈	我、成、戰、戔	10.工	左、巨、巧、巫	16.示	票、祭、社、福
5.豆	豐、豈、豎	11.刀	分、切、別、前	17.缶	缸、缺、罐
6.巾	市、布、師、帶	12.斤	斥、新		

（續）

三、生活類（系列／例字）

	1.火	灰、炎、為、炒	5.食	飢、飲、飯、飽	9.言	記、謎、謝、譬
	2.肉（月）	肝、育、肴、背	6.門	閒、開、關、間	10.行	衍、術、街、衝
	3.田	略、界、畏、甸	7.凵	凶、凹、凸、出		
	4.米	粒、粥、糖、糕	8.囗	四、困、國、圖		

四、天地類（系列／例字）

	1.日	早、明、昔、春	5.土	在、地、坐、墓	9.夕	外、多、夜、夙
	2.月	有、服、朗、望	6.風	風、颱、颳、颶	10.石	破、碧、磨、磊
	3.山	岩、岬、岳、島	7.雨	雪、雷、霜、霝		
	4.水	永、汁、求、準	8.厂	厚、原、厭、屬		

五、植物類（系列／例字）

	1.艸	花、芽	4.禾	秋、移、程、穗、秀、秦、穀、穎
	2.瓜	瓢、瓣	5.木	本、未、末、宋、架、梯、桃、條、栽
	3.竹（竹）	籃、筆		

六、動物類（系列／例字）

	1.鹿	麗、麒、麋	5.羊	群、羚、美、羞、善	9.虫	虹、蝴、虱、螢
	2.牛	牢、牡、牽	6.犬	獎、猋、狗、獲、獅	10.魚	魯、鮮、鱗、鯊
	3.虎（虍）	號、處、虧	7.豕	豪、象、豫、豚、豬	11.鳥	鳴、鳳、鴛、鴻
	4.馬	馮、驗、駕	8.隹	隻、雀、雁、難、雙		

（續）

七、	符號類（系列／例字）					
	1.數目	一	丁、七、丑、丙、且、並	2.天干	乙	乞、乾、九、也、乳、亂
		二	些、云、五、互、亞、井		己	巳、巴、巷
		八	公、共、六、兵、典、兼		辛	辛、辣、辨、辦
		十	千、午、升、廿、半、南	3.地支	子	孔、孕、字、存
					酉	酒、配、醫、醜

參考書目

@02 何三本（2001）。**九年一貫語文教學理論與實務**。台北市：五南圖書出版公司。

@03 王萬清（2000）。**國語科教學理論與實際**。台北市：師大書苑。

※周何主編（1987）。**國語活用辭典**。台北市：五南圖書出版公司。

註：請注意各個例字的結構。

人體部首大搜查

班　級	＿年＿班	姓　名		座　號	＿號
評　量	👍 GOOD!	✌ YA～	👌 OK!	家長簽章	

◎識字歸類遊戲：

　　小朋友，請看看各朵花片中的例字，在各課的課文中找出相同部首的字，並將國字寫在同一朵花片中。

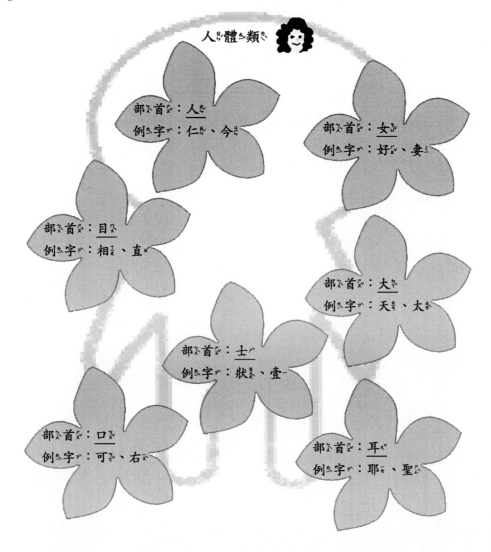

人體類

部首：人
例字：仁、今

部首：女
例字：好、妻

部首：目
例字：相、直

部首：大
例字：天、太

部首：士
例字：狀、壹

部首：口
例字：可、右

部首：耳
例字：耶、聖

生病的吃字獸

班　級	＿年＿班	姓　名		座　號	＿號
評　量	👍 GOOD!	✌ YA～	👌 OK!	家長簽章	

◎識字歸類遊戲：

　　這八隻生病的吃字獸，需要吃跟牠頭上相同部首的字來補充體力。請你在各課的課文中找出相同部首的字，填進牠們的嘴巴，幫牠們補充一下能量吧！

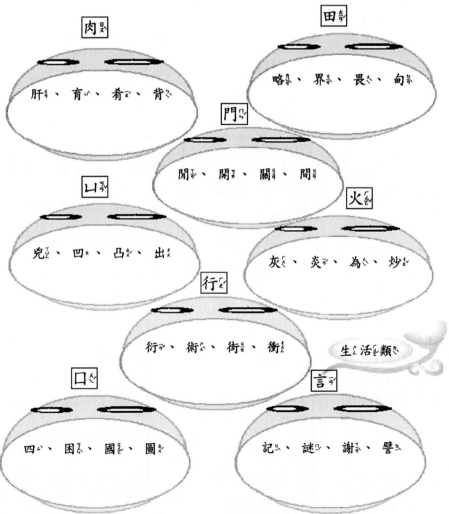

肉　肝、育、肴、背

田　略、界、畏、甸

門　閒、開、關、間

凵　兇、凹、凸、出

火　灰、炎、為、炒

行　衍、術、街、衝

生活類

口　四、困、國、圖

言　記、謎、謝、譬

人體剖析

班 級	一年一班	姓 名		座 號	一號
評 量	👍 GOOD!	✌️ YA~	👌 OK!	家長簽章	

　　小朋友， 請依據線條所指的部位， 在各課的課文中找出相同部首的字， 填進下方的括弧中。

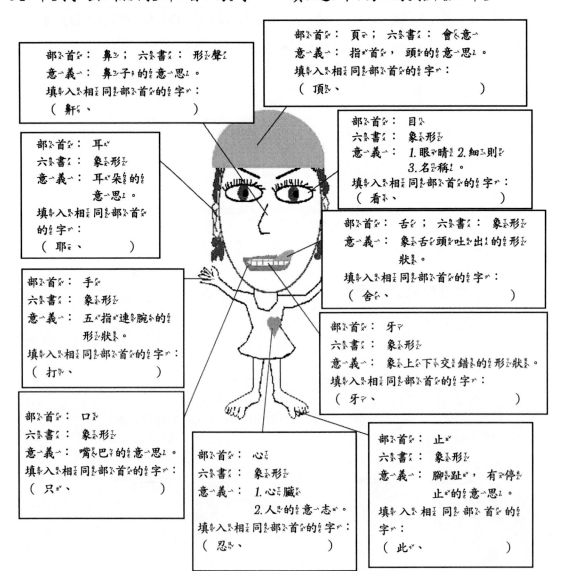

部首： 頁； 六書： 會意
意義： 指首， 頭的意思。
填入相同部首的字：
（ 頂、　　　　　　　）

部首： 鼻； 六書： 形聲
意義： 鼻子的意思。
填入相同部首的字：
（ 齁、　　　　　　　）

部首： 目
六書： 象形
意義： 1.眼睛 2.細則
　　　 3.名稱。
填入相同部首的字：
（ 看、　　　　　　　）

部首： 耳
六書： 象形
意義： 耳朵的
　　　 意思。
填入相同部首
的字：
（ 耶、　　　　）

部首： 舌； 六書： 象形
意義： 象舌頭吐出的形
　　　 狀。
填入相同部首的字：
（ 舍、　　　　　　　）

部首： 手
六書： 象形
意義： 五指連腕的
　　　 形狀。
填入相同部首的字：
（ 打、　　　　）

部首： 牙
六書： 象形
意義： 象上下交錯的形狀。
填入相同部首的字：
（ 牙、　　　　　　　）

部首： 口
六書： 象形
意義： 嘴巴的意思。
填入相同部首的字：
（ 只、　　　　）

部首： 心
六書： 象形
意義： 1.心臟
　　　 2.人的意志。
填入相同部首的字：
（ 忍、　　　　）

部首： 止
六書： 象形
意義： 腳趾， 有停
　　　 止的意思。
填入相同部首的
字：
（ 此、　　　　　　　）

我們有關係

班　級	＿年＿班	姓　名		座　號	＿號
評　量	👍 GOOD!	✌ YA～	👌 OK!	家長簽章	

◎識字歸類遊戲：

　　小朋友，　請將你認為跟【水】有關係的「字」圈出來，　並在字典中找出它們的部首，　然後填在文字下面的括弧裡。

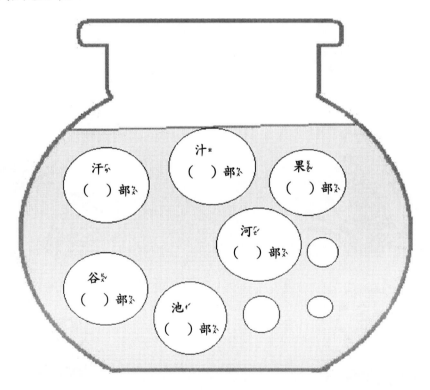

汗　（　）部
汁　（　）部
果　（　）部
河　（　）部
谷　（　）部
池　（　）部

　　請你再仔細看一下，　你圈起來的字跟它的部首，　是不是有些關係呢？

　　在中國字中，　許多文字跟它的部首都是有相關的，　所以一當我們看到一個文字時，　其實就可以從文字中大概地猜出它的部首了。

鳥爸爸找小孩

班　級	＿年＿班	姓　名		座　號	＿號
評　量	👍 GOOD!	✌ YA~	👌 OK!	家長簽章	

◎識字歸類遊戲：

　　這四隻鳥爸爸要找屬於牠們的鳥寶寶，請你圈出鳥爸爸身上生字的部首，並把跟牠相同部首的鳥寶寶連在一起，讓牠們父子相認吧！

周

垂

阜

附

寸

吉

設

几

口

邑

郵

言

十字路口大抉擇

班　級	＿年＿班	姓　名		座　號	＿號
評　量	👍 GOOD!	✌ YA～	🤟 OK!	家長簽章	

◎識字歸類遊戲：

　　小朋友，請依照提示想出謎底部首，並將它填在括弧內，只要循著相同部首的字，就可以順利地走出迷宮喔！

（注意！走迷宮時，不可以斜線越過格子）

【提示一】照完鏡子變別人。

【提示二】字裡字外不一樣。

【提示三】大家都叫它右耳朵。

【提示四】「部、陪」兩字其中一字有它。

我覺得這個部首是（　　　　　）

入口 ⇩

局	那	都	郊	部	
設	邑	邊	阜	垂	陪
沿	邦	鄉	郵	挫	附
彎	轉	蓋	鄰	動	阿
	邱	郭	鄧	陳	除
意	院	陸	險	隔	棟

算你厲害！ ⇦

四、六書說明

《六書說明》

類　別	說　明
象形文字	象形文字的特色，就是幾乎可以直接藉由觀看字的表面，就可以了解它所代表的象物。 如：日、月、山、水。
指事文字	指事文字就是在象形文字上無法清楚地表現出特色，而用加上一種抽象符號的方式，使人們了解的文字。 如：本、文。
會意文字	會意文字是結合幾個不同的字或不同的形體，產生出一個跟它原本組成元件有相關意義的文字。 如：信→「人」、「言」結合。
形聲文字	形聲文字是中國文字最多的一種，是由「形」的部分和「聲」的部分結合所組成，可細分為： 1.左形右聲：（江、松） 2.右形左聲：（郡、削） 3.上形下聲：（客、篇） 4.下形上聲：（留、鴛） 5.外形內聲：（固、圍） 6.內形外聲：（聞、問）
轉注文字	是指在同一個字詞中，取其中一部分來造成新字詞。在轉注之中有大部分是音義與字形有關聯（也就是兩字之間可互相解釋，多字一義）。 如：1.父、爸；2.老、考（如先考，指已逝的父親，也有老者之義）
假借文字	是利用現有的同音字或近音字來表示意思，形成的新用詞（也就是從別的字借用為另外一個字，一字有多種意義），又分為：「有本義」的假借與「無本義」的假借。 ※「有本義」：如令、長，長有高大之義，令則為發號施令，借為縣令，引申為一縣之長的意思。 ※「無本義」：如原來的「箕」借為「其」。

說明：六書中，象形、指事、會意、形聲為文字的基礎製作部分，轉注、假借則為應用的部分，屬文字學探討範圍，小朋友們只要大概了解前面四種就可以了。

參考書目

@04 董金裕等（2003）。國中國文第三冊。台北縣：康軒文教事業。

@05 楊宗元（2001）。中國古代的文字。台北市：文津出版社。

語文基礎練習
套裝學習單

 認識生字

認識語詞

認識句型

蔣明珊、黃知卿、施伊珍
王瑩禎、辛盈儒、陳麗帆

語文基礎練習套裝學習單

一、設計理念

　　每個班級裡學生能力難免都有一些差異，如果要達到適性教育的目標，針對每個學生不同的能力設計不同的教材，又需要耗費大量的時間與精神。尤其是語文的基礎學習，通常包含了大量的基礎生字、語詞及句型的練習，教師在編輯教材時不但費時又費力，所以我們設計了這一份語文基礎練習套裝學習單，希望可以幫助教師及家長，提供讓學生及孩子語文基礎練習的方法，並節省教師及家長編製教材的時間。

二、設計方式

　　本套裝學習單分成認識生字（八張）、認識語詞（六張）、認識句型（四張）三大類，茲將其內容重點分述如下：

㈠生字：共八張

1. 筆順練習：利用中空字及輔助的箭頭與數字，讓學生了解筆畫的順序；中空的部分可讓學生用色筆進行描摹，以加深印象。

2. 字音配對：利用連連看的方式，讓學生練習配對生字及其注音。

3. 部件的加法：利用生字部件的相加，讓學生認識字形結構。

4. 部件的減法：利用生字部件的相減，讓學生認識字形結構。

5. 部件先減後加：利用生字部件的加減，讓學生認識字形結構。

6. 缺漏的部件：給學生一段短文，讓學生從中尋找生字缺漏的部件，加強學生對生字字形結構的認識。

7. 字形的辨別：提供短詞及兩個相似字，讓學生練習分辨相似的字形。

8.字音的辨別：提供短詞及兩個相似音，讓學生練習分辨相似的字音。

(二)語詞：共六張

1.連字成詞：利用連連看的方式，藉由提示的目標語詞，讓學生做簡單的語詞練習。

2.看注音寫語詞：給學生一段短文，並提供參考的語詞及注音，讓學生做簡單的語詞練習。

3.詞義連連看：利用連連看的方式，讓學生練習做語詞與詞義的配對。

4.填詞成文：給學生一段短文，並提供參考的語詞，讓學生做語詞練習。

5.相似詞配對：利用塗顏色的方式，讓學生練習找出相似的語詞。

6.相反詞配對：利用圈圈看的方式，讓學生練習找出相反的語詞。

(三)句型：共四張

1.選詞造句：提示參考的語詞，讓學生挑選合適的語詞完成句子。

2.連詞造句：利用連連看的方式，讓學生練習連接語詞完成句子。

3.填詞造句：提示參考的語詞，讓學生練習造出通順的句子。

4.照樣造句：提供參考的句型，讓學生學習照樣造句。

三、使用方法

《使用方式》

　　本語文基礎練習套裝學習單主要提供學生做語詞基礎的練習，幫助學生精熟基本的生字、語詞及句型。本語文基礎練習套裝學習單的三大部分——生字、語詞及句型學習單的安排皆是由淺入深，教師或家長可以根據您的學生或孩子的程度，自行挑選部分或全部的學習單讓您的學生或孩子練習。每張學習單沒有必要的連貫性，可以任意抽

選，不必擔心沒有做其中一張就不能跳下一張的問題。

《適用時機》

【教師】

1. 課堂中的課程調整：每個班級中，學生的程度難免有所差異，所以
   教師可根據不同課文中的生字、語詞及句型，改編出套裝學習單，
   在課堂中依據學生的能力程度，發下不同難易程度或不同數量的學
   習單讓學生練習。此外，這些學習單也可以當作課後練習之用。

2. 低成就兒童的補救教學：每個班級中，或多或少都會有一些學業低
   成就或是學習障礙、聽覺障礙、輕度智能障礙等特殊需求學生，而
   他們的語文基礎往往都跟不上同年齡的孩子，教師就可以利用本套
   裝學習單，引導他們做語文基礎的學習。

【家長】

1. 配合學校課程：在教師進行某課教學時，套用該課的生字、語詞及
   句型改編出套裝學習單，讓您的孩子做語文基礎的練習。

2. 預先奠定基礎：如果您想讓您的孩子打好語文的基礎，可以先為他
   挑選合適的課外讀物，再從中挑選出重要的生字、語詞及句型，套
   用本學習單，讓您的孩子奠定良好的語文基礎。

3. 課後補救教學：如果您發現您的孩子在語文學習方面有落後的現象，
   您可以參考他舊有或現有的課本，挑選出他需要加強的部分，改編
   本套裝學習單，讓您的孩子增加語文基礎練習的機會，為他進行補
   救教學。

《改編方式》

　　本語詞基礎練習套裝學習單提供完整的電子檔案於本書所附上的
光碟片中，教師或家長可以在電腦上，選擇需要的檔案開啟後，將您
想要教導您的學生或孩子的課程內容，在檔案中直接做生字、語詞、

句型的套用或修改，再印下來，就可以成為一套新的教材了。

　　在修改檔案前請您注意，在您的電腦中須安裝「標楷體」、「華康標楷體」、「華康楷書體注音」、「華康楷書體破音」、「華康注音體」等字形，否則本學習單的版面極有可能亂掉或是部分的字形不能顯現出來。

　　注意：在「認識生字㈠」的學習單中，教師或家長在列印出學習單後，必須再為每個字填上筆順的箭頭及數字；「認識生字㈥」的學習單中，教師或家長在列印出學習單後，必須再用立可白將欲缺少的生字部件塗掉。

我是最可愛的：＿＿年＿＿班＿＿＿＿＿　　　日期：＿＿月＿＿日

認識生字（一）　第六課　一個好地方
（配合90學年度康軒版國語二下）

畫畫看

小朋友，請依照數字的順序，將每一個生字的筆順，按照箭頭的方向畫畫看。

ㄍㄤ	ㄐㄧㄢ	ㄓㄡ
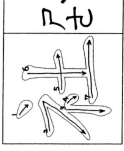	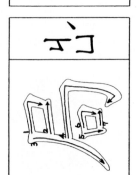	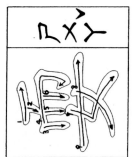

ㄕㄜ	ㄑㄩ	ㄕㄨㄚ
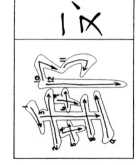		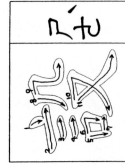

ㄧㄡ	ㄐㄩ	ㄕㄜ

 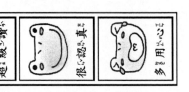
家長簽章：

我是最可愛的：＿＿＿年＿＿＿班＿＿＿＿＿＿＿　　日期：＿＿＿月＿＿＿日

認識生字（二）

第六課　一個好地方
（配合90學年度康軒版國語二下）

連連看

小朋友，請幫這些生字小白兔找到牠的注音紅蘿蔔，然後用線連起來。

剛	ㄐㄩ
周	ㄍㄤ
耍	ㄕㄨㄚˇ
附	ㄈㄨ
局	ㄓㄡ
訊	ㄕㄜ

評量　超級讚　很認真　多用心

發家長草：

我是最可愛的：＿＿年＿＿班＿＿＿＿＿＿＿　　日期：＿＿月＿＿日

認識生字（二）

第六課　一個好地方

（配合90學年度康軒版國語二下）

加加看

小朋友，想想看將第一個字或偏旁和第二個字加起來會變成什麼字，請將答案寫在空格中。

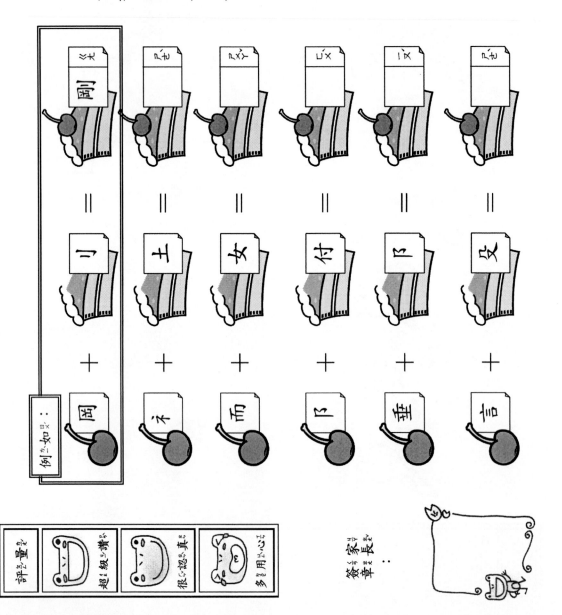

家長簽章：

我是最可愛的：＿＿年＿＿班＿＿＿＿＿＿　日期：＿＿月＿＿日

認識生字（四）

第六課　一個好地方
（配合90學年度康軒版國語二下）

減減看

小朋友，想想看用第一個字減去第二個字或偏旁會變成什麼字，請將答案寫在空格中。

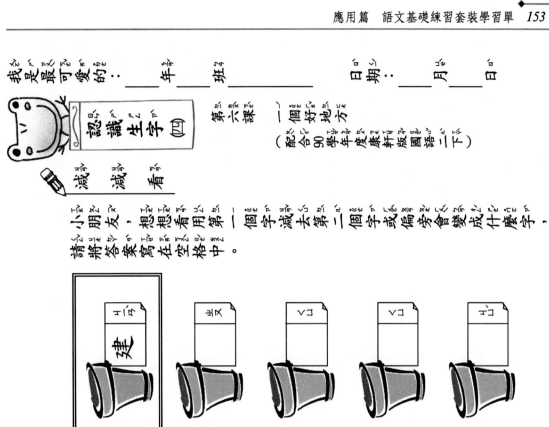

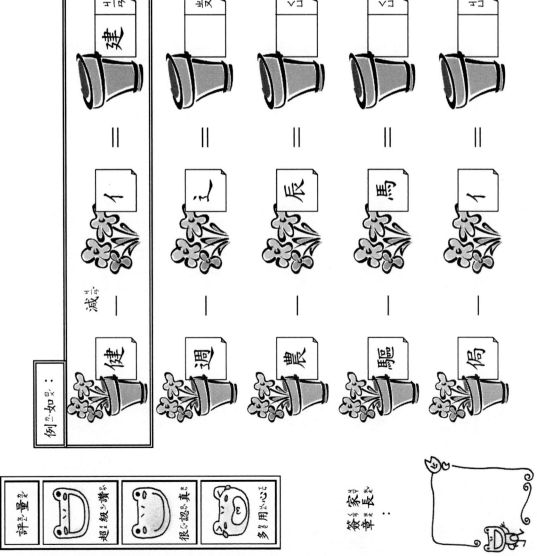

評量表：　超級讚　很認真　多用心

家長簽章：

我是最可愛的：＿＿年＿＿班＿＿＿＿＿ 日期：＿＿月＿＿日

認識生字（五）

第六課 一個好地方
（配合90學年度康軒版國語二下）

超級變變變

小朋友，想想看用第一個字減去第二個字，再加上第三個字會變成什麼字，請將答案寫在空格中。

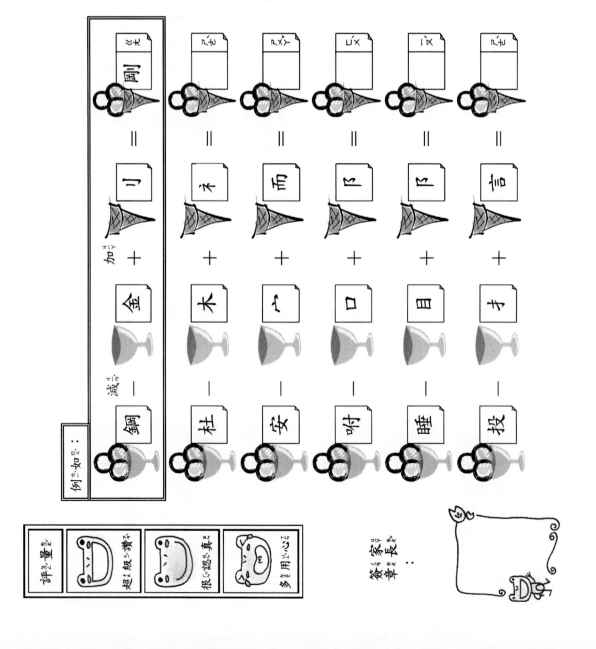

評量量 超級讚 很認真 多用心

家長簽章：

我是最可愛的：＿＿年＿＿班＿＿＿＿＿　　日期：＿＿月＿＿日

認識生字（六）

第六課　一個好地方

（配合90學年度康軒版國語二下）

寫寫看

小朋友，有些在□中的國字少了一部分，請把這些不完整的國字寫正確，並且補上要寫的注音。

		ㄌㄧˇ	ㄒㄧㄣ	ㄅㄜ	ㄍㄨㄥ	ㄩㄢ		ㄧㄡˇ
社	匸	里	新	建的	公	口	，	有

ㄨㄢ	ㄨㄢ		ㄉㄜ	ㄇㄧ	ㄍㄨㄥ		ㄎㄜˇ	ㄧˇ
繞	彎	曲曲	的	米	宮	，	可	以

ㄖㄤˋ		ㄐㄧㄣ	ㄉㄜ	ㄒㄧㄠˇ	ㄆㄥ	ㄧㄡˇ	ㄨㄢˊ	
讓	付	近	的	小	朋	友	玩而	。

ㄍㄨㄥ	ㄩㄢ	ㄆㄤ			ㄌㄧ	ㄉㄜ	ㄧ	ㄐㄧㄢ
公	園	旁	之	設	立	了	一	門郵

		ㄈㄤ	ㄅㄧㄢ	ㄐㄩ	ㄇㄧㄣ	ㄅㄢ	ㄕˋ	
尸	，	方	便	尸	民	辛	事	。

評量　超級讚　很認真　多用心

家長簽章：

我是最可愛的：＿＿年＿＿班＿＿＿＿＿＿　日期：＿＿月＿＿日

認識生字(七)　第六課　一個好地方
（配合90學年度康軒版國語二下）

畫畫看

小朋友，請幫小老鼠找到可以正確配對的乳酪，然後在○中畫出正確的路線。

例如：

屘區
- 社
- 社

1. 玩ㄕㄚˇ
- 耍
- 要

2. ㄈㄨˋ近
- 附
- 付

3. 彎ㄑㄩ
- 曲
- 由

4. ㄍㄤ好
- 剛
- 岡

5. ㄕㄜˋ立
- 設
- 說

6. ㄧㄡˊ局
- 陸
- 郵

7. 四ㄓㄡ
- 周
- 週

評量星級　超級讚　很認真　多用心

家長簽章：

我是最可愛的：＿＿＿年＿＿＿班＿＿＿＿＿＿　日期：＿＿＿月＿＿＿日

認識生字（八）

第六課　一個好地方
（配合90學年度康軒版國語二下）

畫畫看

小朋友，請幫小猴子找到可以正確配對的香蕉，然後在◯中畫出正確的路線。

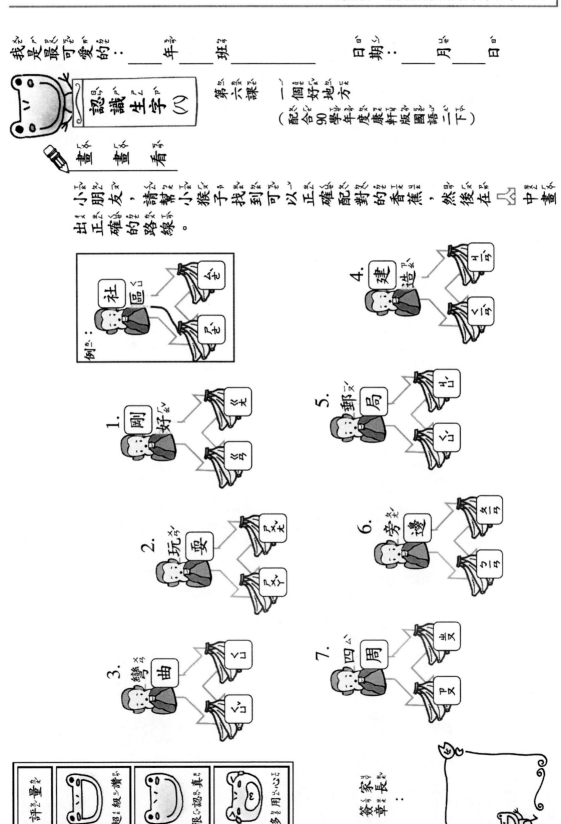

評量　超級讚　很認真　多用心

簽章家長：

我是最乖巧的：＿＿年＿＿班＿＿＿＿＿　　日期：＿＿月＿＿日

認識語詞（一）

第六課　一個好地方
（配合90學年度康軒版國語二下）

速速看

小朋友，請幫上面的生字小貓咪找到下面配對的字詞小魚，然後用線連起來。

目標語詞			
郵局	彎曲	設立	玩耍
四周	旁邊	社區	附近

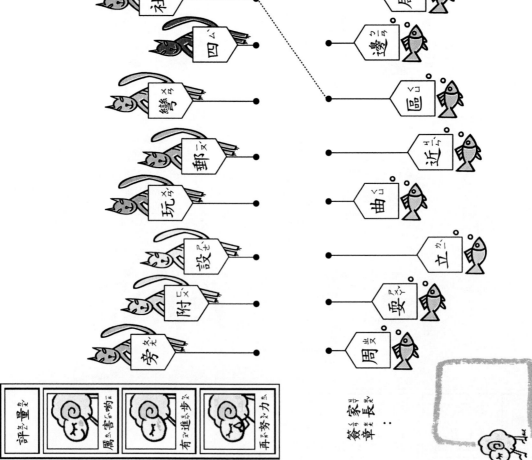

評量星　屬達成的　有進步的　再努力的

簽家長章：

我是最乖巧的：＿＿年＿＿班＿＿＿＿＿　日期：＿＿月＿＿日

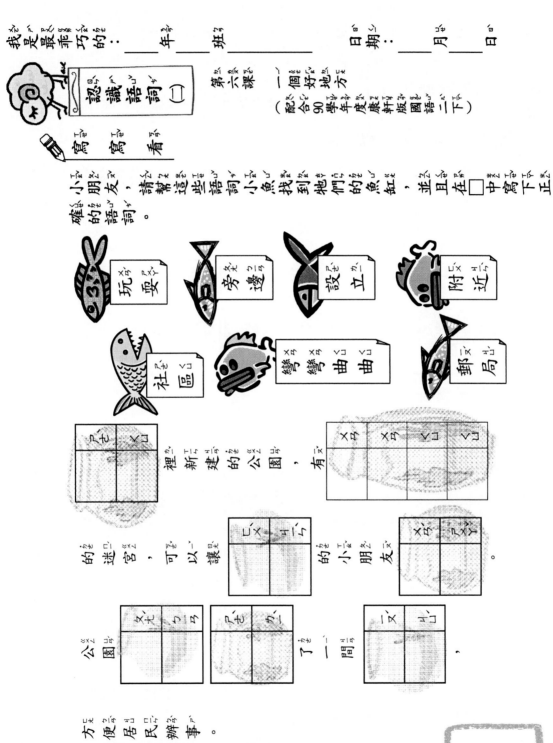

認識語詞（二）

第六課　一個好地方
（配合90學年度康軒版國語二下）

寫寫看

小朋友，請幫這些語詞小魚找到牠們的魚缸，並且在□中寫下正確的語詞。

玩耍

旁邊

設立

附近

社區

彎彎曲曲

郵局

| 社區 | | 裡新建的公園，有 | 彎彎曲曲 |

的迷宮，可以讓 | 附近 | 的小朋友 | 玩耍 |。

公園 | 旁邊 | 設立 | 了一間 | 郵局 |

方便居民辦事。

評量量　屬於肯定的　有進步的　再努力的

簽章

家長

學習不落單——語文教室裡的課程調整

我是最乖巧的：＿＿年＿＿班＿＿＿＿＿＿　日期：＿＿月＿＿日

認識語詞（二）　第六課　一個好地方
（配合90學年度康軒版國語二下）

詞義連連看

用小朋友，請幫上面的生字小貓咪找到下面配對的解釋老鼠，然後用線連起來。

四周	周圍。
附近	設置建立。
設立	遊戲。
旁邊	側面、近側。
玩耍	距離不遠的地方。
社區	所一些居住的人以自由特定區域由結合的方式。
彎彎曲曲	辦理郵政事務的機關。
郵	不直的，彎折的樣子。

評量表　應多加油哦　有進步哦　再努力哦

家長簽章：

我是最乖巧的：＿＿年＿＿班＿＿＿＿＿　日期：＿＿月＿＿日

認識語詞（四）

第六課　一個好地方

（配合90學年度康軒版國語二下）

寫寫看

小朋友，請幫這些語詞小鳥找到牠們的鳥巢，並且在ㄕ中寫下正確的語詞。

玩耍　旁邊　設立　附近

社區　彎彎曲曲　郵局

＿＿裡新建的公園，有

的迷宮，可以讓＿＿的小朋友＿＿，

公園＿＿了一間＿＿，

方便居民辦事。

評量　　廣告欄的　有進步　再努力

家長簽章：

我是最乖巧的：＿＿年＿＿班＿＿＿＿＿＿ 日期：＿＿月＿＿日

認識語詞(五)　第六課 一個好地方
（配合90學年度康軒版國語二下）

相似詞塗塗看

小朋友，請找出意思相近的語詞小綿羊，並且在牠們的身上塗上相同的顏色。

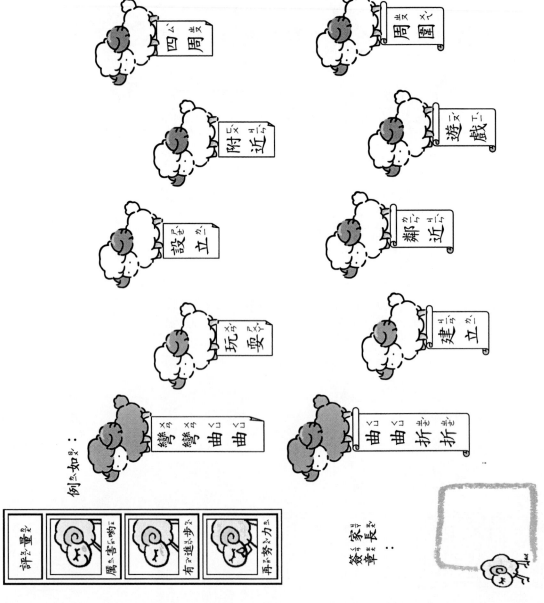

四周
周圍
附近
遊戲
設立
鄰近
玩耍
建立

例如：
彎彎曲曲
曲曲折折

我是最乖巧的：＿＿年＿＿班＿＿＿＿＿　　日期：＿＿月＿＿日

認識語詞(六)　第六課　一個好地方
（配合90學年度康軒版國語二下）

相反詞圈圈看

小朋友，請找出和語詞黑羊意思相反的語詞白羊，並將兩隻語詞小羊圈在一起。

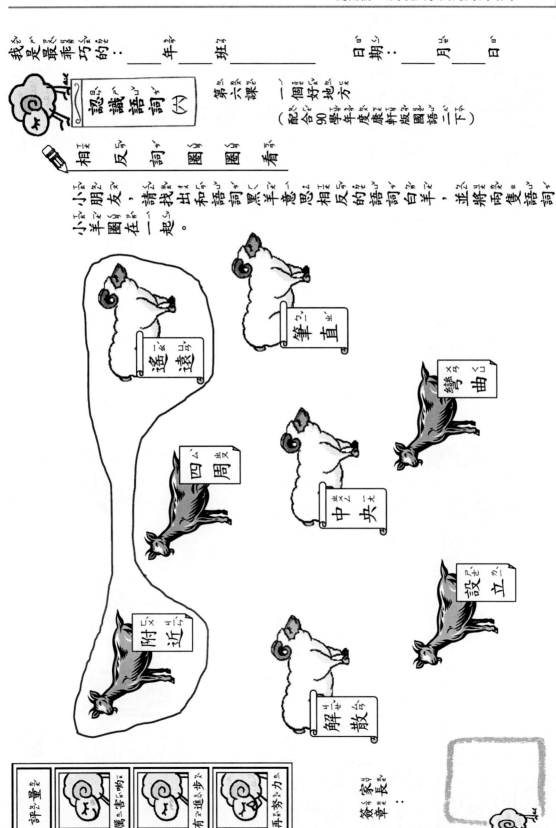

遙遠

筆直

彎曲

四周

中央

設立

附近

解散

評量：應處告知　有些進步　再努力

簽章家長：

我是最健康的：＿＿年＿＿班＿＿　　日期：＿＿月＿＿日

認識句型（一）

第六課　一個好地方

（配合90學年度康軒版國語二下）

選詞造句

小朋友，請選擇合適的語詞，並且將合適的語詞寫在（　　　　）中，使句型完整。

一塊	一塊
一家	一家
一所	一所
一棟	一棟
一天	一天

例如：稻田（一塊一塊）的不見。

1. 樓房（　　　　）的蓋。

2. 商店（　　　　）的開。

3. 日子（　　　　）的過。

4. 學校（　　　　）的設立。

☆想一想：小朋友，想一想其他的例子，寫在旁邊的空格裡。

5. （　　　　　　　　）。

6. （　　　　　　　　）。

評量：很棒喔　不錯喔　再加油喔

家長簽章：

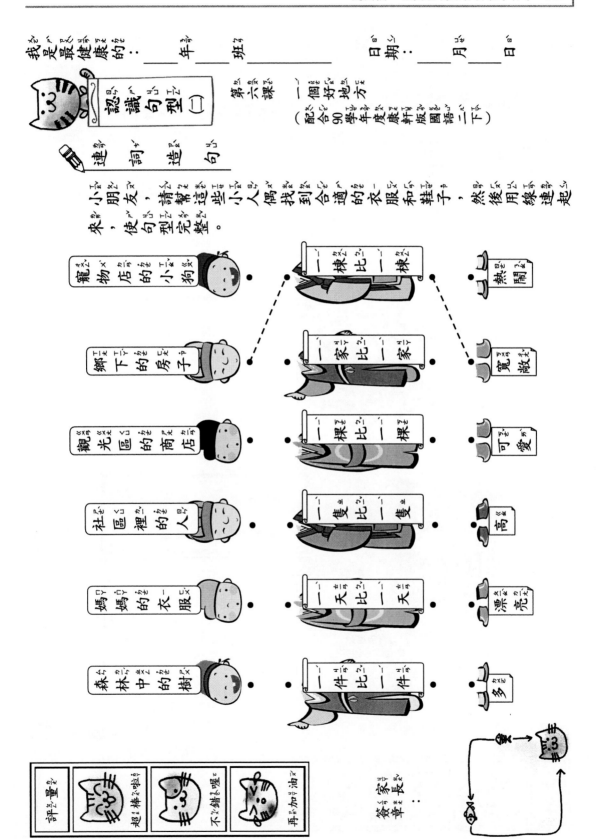

我是最健康的：＿＿年＿＿班＿＿＿＿＿ 日期：＿＿月＿＿日

認識句型（二） 第六課 一個好地方

（配合90學年度康軒版國語二下）

連詞造句

小朋友，請幫這些小人偶找到合適的衣服和鞋子，然後用線連起來，使句型完整。

寵物店的小狗	一樣比一樣	熱鬧
鄉下的房子	一家比一家	寬敞
觀光區的商店	一棵比一棵	可愛
社區裡的人	一隻比一隻	高
媽媽的衣服	一天比一天	漂亮
森林中的樹木	一件比一件	多

評量表　超級棒啦　不錯喔　再加油

家長簽章：

我是最健康的：＿＿年＿＿班＿＿＿＿　　日期：＿＿月＿＿日

認識句型（三）　第六課　一個好地方
（配合90學年度康軒版國語二下）

填詞造句

小朋友，請仔細觀察各題的情境圖片裡有什麼東西，並參考旁邊的提示，在（　）中填入適當的詞語。

媽媽、我的家、爸爸、我

還有有（　　　　）裡，有（　　　　），有（　　　　），有（　　　　）。

雲霄飛車、旋轉木馬、遊樂場、摩天輪

還有有（　　　　）裡，有（　　　　），有（　　　　），有（　　　　）。

評量表　超棒的啦　不錯喔　再加油

家長發章：

我是最健康的：＿＿年＿＿班＿＿＿＿＿　日期：＿＿月＿＿日

認識句型（四）

第六課　一個好地方
（配合90學年度康軒版國語二下）

照樣造句

小朋友，請仔細觀察各題的情境圖片裡有什麼東西，並參考例題的句子，在（　）中填入適當的詞語。

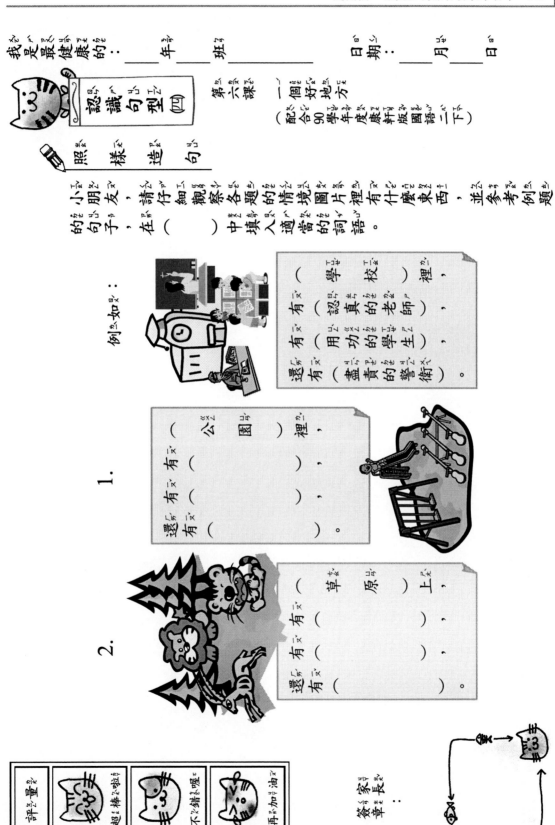

例如：

學校裡，
有（認真的老師），
有（用功的學生），
還有（盡責的警衛）。

1. 公園裡，
有（　　），
有（　　），
還有（　　）。

2. 草原上，
有（　　），
有（　　），
還有（　　）。

評量章　超棒的啦！　不錯喔！　再加油！

簽家長章：

詞類學習

- 量詞
- 相似相反詞
- 詞性
- 關聯詞
- 修辭

蔣明珊、陳麗帆、黃知卿
施伊珍、王瑩禎、辛盈儒

詞類學習

一、設計理念

　　詞類學習設計了量詞、相似相反詞、詞性、關聯詞、修辭等五個單元。設計的主要原因是有許多小朋友在語言表達或寫作時，因為無法清楚地分辨各種詞的使用方式，而導致語意表達不清的問題，和別人產生溝通上的誤會，可能也會影響到文章寫作的流暢性和優美性。另外，一些教師進行詞類的教學時，往往只利用一些時間針對某一詞類做大略的介紹，學生無法對各種詞類有整體性的了解，也沒有機會進一步做深入的練習。因此我們從各種詞類的使用方式、重要性和使用時機來引導小朋友學習，希望建立小朋友對各詞類的基本概念，並透過由淺入深的練習精熟各種詞類的使用。

二、設計方式

　　本書應用篇的詞類學習單分為量詞、相似相反詞、詞性、關聯詞、修辭五個單元。每個單元由淺而深分成三個學習階段。「紮穩馬步篇」是建立孩子對各種詞基本的概念，內容簡單適合學習動機低或是學習困難的孩子來使用。「融會貫通篇」則是讓孩子有更多的思考和選擇，加入文章閱讀、照樣造短句、比較、歸類等，以培養理解思考、比較和歸納的能力。「出神入化篇」則是在前述的基礎上提高概念的難度，同時訓練孩子將各類詞綜合運用，並能流暢地寫作和表達意思。

三、使用方法

【教師及家長】

　　每個單元都有對詞類相關概念的介紹，教師或家長可以視兒童的

程度對相關概念做深淺不同程度的說明。各部分視需要附加學習單。

【教師】

　　前兩部分「紮穩馬步篇」和「融會貫通篇」適用於一般普通班的學生，可以在老師解說詞類後，提供給學生作為練習之用。輕度認知功能障礙的學生也可在指導下學習「紮穩馬步篇」或「融會貫通篇」的內容。而「出神入化篇」的內容對中低年級學生來說較深入，高年級學生亦可視需要選擇使用。若班上有語文能力較好的普通生或資優學生，則可視其能力深入介紹概念。

【家長】

　　因為詞類各個單元是分開且獨立的，因此家長可以選擇一單元，利用課餘時間讓兒童練習相關概念的學習單，藉此提升孩子的語文程度，並彌補老師在課堂上講述不足之處。至於學習單的選擇也建議斟酌考量孩子的能力及程度，如上述教師的說明。

【學生】

　　可先閱讀「給小朋友的話」，再依程度由淺到深搭配學習單學習。

量詞

給大人的話

　　量詞，是我們時常使用到的詞，簡單來說，就是表示事物或動作數量單位的詞。隨著社會的發展、生活語彙的改變，量詞也逐漸趨於豐富且多樣化。

　　根據統計，目前常用量詞約有五、六百種，依照性質可歸納為三大類：分別是物量詞、動量詞、標準量詞。若能讓小朋友清楚地了解量詞的使用，不但可以讓他們精準地表達意思，對作文語句的修飾也有很大的幫助。

　　量詞學習單的單元內容由易而難分成三個部分：
　(一)紮穩馬步篇：能認識各類量詞。
　(二)融會貫通篇：了解量詞的使用與辨別相似量詞。
　(三)出神入化篇：透過量詞學習單增進閱讀的理解，與推論出量詞的使用。

推薦書籍

教育部國語推行委員會（1997）。常用量詞手冊。台北市：教育部。
中央研究院詞庫小組（1997）。國語日報量詞典。台北市：國語日報出版社。
黃居仁、陳克健、賴慶雄（1996）。常用量詞詞典。台北市：國語日報出版社。

量詞

給小朋友的話

What 什麼是量詞？

「量詞」就是表示計量單位的詞。依據性質又可分為「物量詞」、「動量詞」、「標準量詞」三類。

一、物量詞
◎解釋：表示事物的單位，通常附帶在數字後面。形式是「數詞＋量詞＋名詞」
◎舉例：一「粒」米、兩「朵」花、三「張」紙、四「隻」腳、五「本」書、六「輛」車

二、動量詞
◎解釋：表示事物動作的量
◎舉例：打一「棒」、踢一「腳」、讀一「遍」、看一「眼」、跑一「圈」、摔一「跤」

三、標準量詞
◎解釋：標準量詞是度、量、衡的單位
◎舉例：寸、丈、公斤、公尺、元

Why 為什麼要學量詞？

一、可以更清楚地表達意思
　　在日常生活中，我們不論是開口說話、書寫文章都會使用到量詞。如果使用錯誤就容易和別人產生誤會。例如：「老闆，我要買兩『粒』葡萄」；「老闆，我要買兩『串』葡萄」，雖然兩句話只有量詞不同，卻會讓你買到的葡萄數量大不相同。所以，學習正確使用量詞，可以讓我們更準確地說清楚、講明白！

二、 可以讓詞句更加吸引人

一個詞語通常可以搭配一個以上不同的量詞使用。多多熟悉量詞之後，當我們要描述一個詞語時，你就能運用不同的量詞相互替代，讓別人對你要表達的事物印象深刻！

例如：

> （修飾性的描述）
>
> 一道彩霞 → 一抹彩霞
>
> 一個希望 → 一線希望
>
> （等級的描述）
>
> 一滴雨水 → 一陣雷陣雨 → 一場狂風暴雨
>
> （數量的描述）
>
> 一張紙 → 一疊紙
>
> 一朵花 → 一束花
>
> （狀態的描述）
>
> 條： 形容長形東西； 一條蛇、 一條繩子
>
> 塊： 形容團狀物體； 一塊石頭、 一塊磚
>
> 粒： 形容圓形細小物； 一粒米、 一粒沙
>
> 把： 形容有柄物體； 一把刀、 一把傘
>
> 片： 形容薄而平的東西； 一片葉子、 一片玻璃

量詞的使用時機？

量詞的使用常出現在生活溝通中， 但是不容易被我們察覺。 恰當地使用量詞， 可以使模糊的概念變得清楚具體。 使用機會包括：

一、 買東西時： 清楚地說出所需東西的數量。

◎ 例如： 我要買一瓶汽水、 兩塊雞排。

二、 在寫作時： 可省去多餘的字句， 使文句整齊、 生動。

◎ 例如： 下課後他坐在座位上， 感覺上很孤單。

➡ 下課後他一個人孤單地坐在座位上。

利用量詞明確地點出「一個人」， 是比較容易表達出他下課時的孤單寂寞。

學習單架構

紮穩馬步篇

美麗的新衣-【事物量詞】　見 p. 178
透過著色和唸讀的活動， 讓小朋友認識一一些常用量詞。

看圖填填看【事物量詞】　見 p. 179
觀察圖片， 請小朋友將正確的量詞填入提示的詞語中。

量詞小袋鼠【事物量詞】　見 p. 180
用剪貼的方式， 將正確的量詞貼到適當的地方， 完成詞語。

鍵盤高手【事物量詞】　見 p. 181
判斷某些特定量詞所代表的屬性。

一個蘿蔔一個坑【動量詞】　見 p. 182
熟悉動量詞的使用習慣。

融會貫通篇

超級比一比【事物量詞】 見 p. 183
思考不同量詞所代表的數量多寡。

量詞小迷宮【事物量詞】 見 p. 184
辨識易混淆量詞的能力。（如：字形相近、字音相同……等）。

地雷拆除家【事物量詞】 見 p. 185
依據名詞線索，思考出正確的量詞，培養選擇、統整的能力。

量詞火車頭【事物量詞】 見 p. 186
聯想出使用同一個量詞的事物。

說說唱唱【事物量詞、動量詞、標準量詞】 見 p. 187
以童謠引發學習興趣，依前後文意推測出正確的量詞。

吃不飽的貓【事物量詞】 見 p. 188
依照類別（動、植、物）分類整理，熟悉量詞使用上的習慣。

飆「量」出擊【事物量詞、動量詞】 見 p. 189
造出含有一個以上量詞的句子，以檢視使用量詞的能力。

出神入化篇

量詞狀元郎【混合】　見 p. 190

認識在常見且熟悉詩詞裡量詞的使用方式。

花花的日記【動量詞】　見 p. 191

根據上下文意，尋找合適的動量詞。

量入為出【混合】　見 p. 192

訓練推理能力，讓學生了解量詞在日常生活中使用的方式。

大嘴王選拔【事物量詞】　見 p. 193

讓小朋友思考各類別事物所涵蓋的量詞，並舉出實例。

看圖說話【動量詞】　見 p. 194

了解動量詞，並能造出一個完整的句子。

美麗的新衣

班　級	＿年＿班	姓　名		座　號	＿號
評　量	👍 GOOD!	✌ YA～	👌 OK!	家長簽章	

　　親愛的小朋友，　請為下面的圖案塗上漂亮的顏色，　為它們穿上美麗的新衣服，　並唸一唸圖下的文字。

一「枝」鉛筆

一「碗」飯

一「張」沙發

兩「本」書

一「雙」鞋子

一「隻」小狗

看ㄎㄢˋ圖ㄊㄨˊ填ㄊㄧㄢˊ填ㄊㄧㄢˊ看ㄎㄢˋ

班　級	＿年＿班	姓　名		座　號	＿號
評　量	👍 GOOD!	✌ YA～	✋ OK!	家長簽章	

請ㄑㄧㄥˇ仔ㄗˇ細ㄒㄧˋ地ㄉㄧˋ觀ㄍㄨㄢ察ㄔㄚˊ圖ㄊㄨˊ片ㄆㄧㄢˋ，在ㄗㄞˋ空ㄎㄨㄥ格ㄍㄜˊ中ㄓㄨㄥ填ㄊㄧㄢˊ入ㄖㄨˋ適ㄕˋ當ㄉㄤ的ㄉㄜ量ㄌㄧㄤˋ詞ㄘˊ。

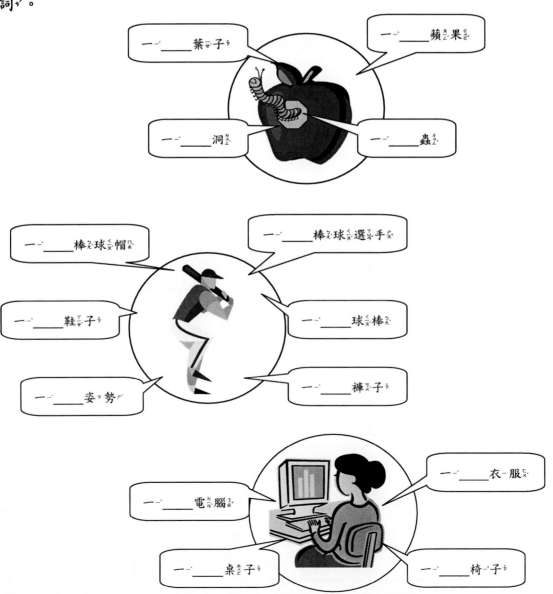

量詞小袋鼠

班　級	＿年＿班	姓　名		座　號	＿號
評　量	👍 GOOD!	✌ YA～	🤏 OK!	家長簽章	

　　有六隻量詞小袋鼠貪玩亂跑，要回家的時候卻找不到自己的媽媽。請從下面框框中沿虛線剪下量詞小袋鼠，把牠們貼回自己媽媽的袋子裡吧！

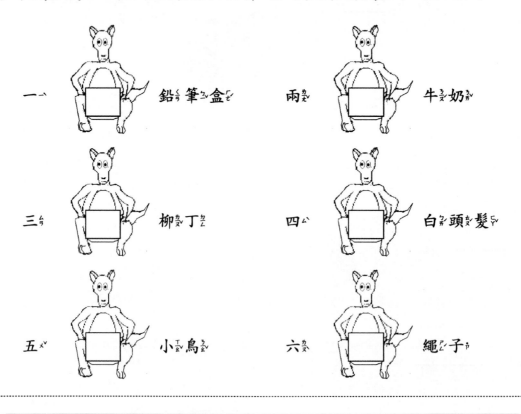

一、□ 鉛筆盒　　　兩□ 牛奶

三□ 柳丁　　　四□ 白頭髮

五□ 小鳥　　　六□ 繩子

 個　 瓶　 根　 隻　 條　 粒

鍵盤高手

班　級	＿年＿班	姓　名		座　號	＿號
評　量	👍 GOOD!	✌ YA～	👌 OK!	家長簽章	

條： 形容長形東西；一條蛇、一條繩子
塊： 形容團狀物體；一塊石頭、一塊磚
粒： 形容圓形細小物；一粒米、一粒沙
把： 形容有柄物體；一把刀、一把傘
片： 形容薄而平東西；一片葉子、一片玻璃
張： 能展開的東西；一張床、一張桌子

波比參加一年一度的鍵盤打字大賽，卻總是在每次打字的時候漏掉了句子裡的量詞，請你替他在按鍵上圈出一個正確的量詞吧！

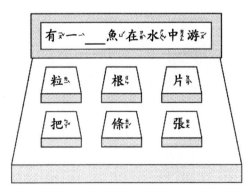

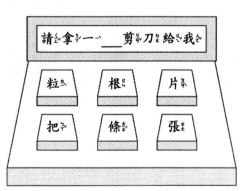

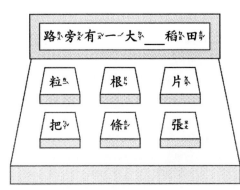

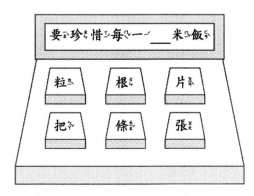

一個蘿蔔一個坑

班　級	___年___班	姓　名		座　號	___號
評　量	👍 GOOD!	✌ YA～	👌 OK!	家長簽章	

下面句子都不完整，請聰明的你幫幫小兔子的忙，選出最適當的動量詞用法，並將答案號碼寫在兔子的身上。

A　弟弟一直調皮搗蛋不聽話，結果挨了爸爸幾「　　」。

① 棍　② 聲　③ 翻

B　馬匹被抽了一「　　」之後立刻奔馳了起來。

① 手　② 刀　③ 鞭

C　突然刮了一「　　」狂風，樹木的樹葉掉了滿地。

① 槍　② 陣　③ 口

D　每天早上起床我都會自己把棉被摺一「　　」，媽媽說我是好寶寶。

① 趟　② 摺　③ 回

E　小琦不小心踩到小傑的腳，因此被小傑瞪了一「　　」。

① 手　② 眼　③ 鼻子

超級比一比

班　級	＿年＿班	姓　名		座　號	＿號
評　量	👍 GOOD! ✌ YA～ 👌 OK!			家長簽章	

請根據圖中小朋友的對話，判斷出哪一戶人家的東西比較多，在東西比較多的那個小朋友的圖片旁邊的括弧內打「∨」。

量詞小迷宮

班　級	＿年＿班	姓　名		座　號	＿號
評　量	👍 GOOD! ✌ YA～ 🤟 OK!			家長簽章	

　　鳥媽媽在回家的途中，誤闖了量詞迷宮，遇到許多岔路，選出和圖相對應的正確量詞才能找到回家的路，快！別讓小鳥寶寶們挨餓了！

地雷拆除家

班　級	＿年＿班	姓　名		座　號	＿號
評　量	👍 GOOD!	✌ YA～	👌 OK!	家長簽章	

　　下面有九顆地雷，每顆地雷都有自己的密碼，破解的方法就是把正確的量詞填進去，一旦密碼符合就可以安全地拆除地雷。在這個地雷區，隱藏著許多容易誤判的密碼，因此更要小心謹慎，以免判斷錯誤引爆地雷。

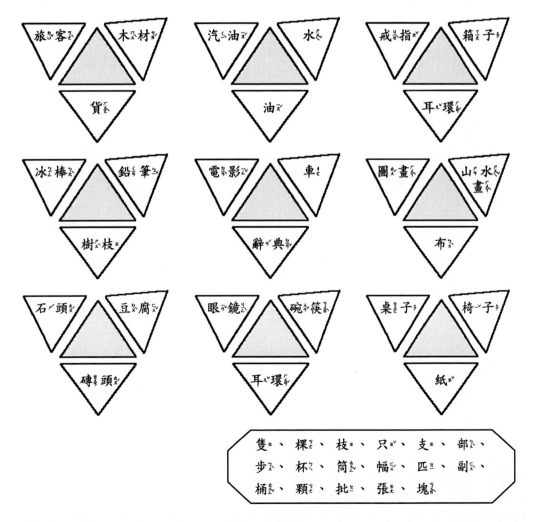

旅客　木材　貨

汽油　水　油

戒指　箱子　耳環

冰棒　鉛筆　樹枝

電影　車　辭典

圖畫　山水畫　布

石頭　豆腐　磚頭

眼鏡　碗筷　耳環

桌子　椅子　紙

隻、棵、枝、只、支、部、
步、杯、筒、幅、匹、副、
桶、顆、批、張、塊

量詞火車頭

班 級	__年__班	姓 名		座 號	__號
評 量	👍 GOOD!	✌ YA~	👌 OK!	家長簽章	

嘟！嘟！火車就要開囉！可是乘客都還沒有坐滿，請幫量詞火車頭找到它的乘客，不要讓它孤單地開走了。每節車廂都要填入含有火車頭上量詞的詞語。

詞語包含：│數詞│＋│量詞│＋│名詞│

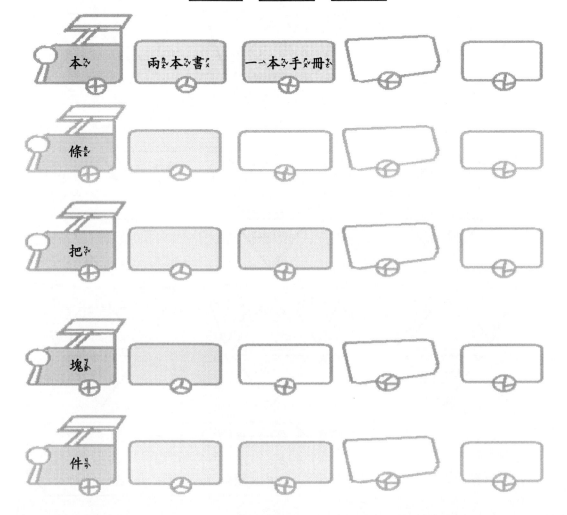

說說唱唱

班　級	＿年＿班	姓　名		座　號	＿號
評　量	👍 GOOD!	✌ YA～	👌 OK!	家長簽章	

　　下面是一一些我們所熟悉的童謠歌曲，請你把童謠裡缺少的量詞填進空格中，完成後可以唱給爸爸媽媽聽喔！

【青蛙跳下水】
一（　　）青蛙，一（　　）嘴，
兩（　　）眼睛，四（　　）腿，
乒砰、乒砰、跳下水呀！
青蛙不吃水，太平年！
青蛙不吃水，太平年！

【奇怪不奇怪】
三輪車，跑得快，上面坐（　　）老太太，
要五（　　），給一（　　），你說奇怪不奇怪！
小猴子，吱吱叫，肚子餓了不能叫，
給牠香蕉牠不要，你說好笑不好笑！
城門城門雞蛋糕，三十六（　　）刀。
騎白馬，帶（　　）刀，走進城門滑一（　　）。

【蝸牛與黃鸝鳥】
園邊一（　　）葡萄樹，
嫩嫩綠綠剛發芽，
蝸牛背著重重的殼，
一（　　）一（　　）的往上爬，
樹上兩（　　）黃鸝鳥，
嘻嘻哈哈在笑牠！
葡萄成熟還早得很，
現在你上來幹什麼？

吃不飽的貓

班 級	＿年＿班	姓 名		座 號	＿號
評 量	👍 GOOD!	✌ YA~	👌 OK!	家長簽章	

　　卡里卡里是一隻吃不飽的貓。一天，牠的男主人和女主人商量著：等牠吃完飯，就把牠丟到大海裡去。可是這些話被躲在桌下的卡里卡里聽到了。等牠吃完飯之後，牠便把二位主人給吃了。摸一摸肚子，還是好餓，又開始四處尋找食物，牠在屋頂上遇到了一位掃煙囪的人，飢餓的牠卡茲卡茲……牠把掃煙囪的人給吃了。在鄉村的小路上，牠吃了一隻大肥豬。卡里卡里走進教堂，又一口氣把三個人都吃掉了，牠吃了一位牧師、一位新娘和一位新郎！

　　這時候卡里卡里已經成了一隻大肥貓。牠還是不滿足！走到了海邊看見了一艘大船，牠跳上了甲板，卡茲卡茲……把船長和水手們都吞下了肚子。這隻貪吃的大肥貓爬上了山頂，跳上了天空，把月亮給吃了！牠得意地摸一摸肚子。熱情的太陽公公對牠說：「卡里卡里，你吃飽了嗎？」「沒有，我才吃了一盤魚，一杯牛奶，一碗稀飯，一位男主人，一位女主人，一位掃煙囪的人，一隻大肥豬，一位牧師，一位新娘，一位新郎，一位船長，一群水手，還有一個大月亮。我的肚子還餓得很呢！我～～要～～吃了你！」「碰」！大肥貓的大肚子被炎熱的太陽晒得爆開了，從此之後，大家再也不擔心會被大肥貓給吃掉了！

@06 文章出處：改編自比優克利德 Haakon Djorklid 著，林真美譯（1997）。永遠吃不飽的貓。台北市：遠流。

讀完整篇文章，試著把躲在句子裡的量詞都找出來吧！

1. 有關人物：

   兩位主人、_____

   _____

2. 有關食物：

   一盤魚、_____

3. 有關動物：

   一隻吃不飽的貓、_____

4. 其他：

   一口氣、_____

漂「量」出擊

班　級	＿＿年＿＿班	姓　名		座　號	＿＿號
評　量	👍 GOOD!	✌ YA～	👌 OK!	家長簽章	

　　請在球棒裡造出含有一個以上量詞的句子，再把量詞圈出來並且填在棒球內，注意！避免重複使用同一個量詞。

例句：大家爭相去觀看動物園裡的那一（隻）國王企鵝寶寶。 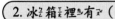 隻

1. 他有一對水汪汪的眼睛和一張櫻桃小嘴，讓人忍不住多看一眼。

2. 冰箱裡有（ 　　　　　　　　　　　），都是我愛吃的食物！

3. 公園裡除了有許多棵樹之外，還有（　　　　　　　　　　）

4. 他家很富有，有好幾棟房子、（　　　　　　　　　　　　　）

5.

量詞狀元郎

班　級	＿＿年＿＿班	姓　名		座　號	＿＿號
評　量	👍 GOOD!	✌ YA～	👌 OK!	家長簽章	

　　這兩位即將要進京趕考的糊塗書生， 竟然把詩詞裡的量詞給忘記了， 請你幫他們找到正確的量詞， 好讓他們能順利地去參加考試吧！

層、 枝、 歲、 度、 杯、 行、
里、 丈、 刻、 日

1. 欲窮千里目， 更上一（　　　）樓。 …………………… 王之渙 登鸛鵲樓

2. 勸君更盡一（　　　）酒， 西出陽關無故人。 … 王維 送元二使安西

3. 兩個黃鸝鳴翠柳， 一（　　　）白鷺上青天。 ………………… 杜甫 絕句

4. 白髮三千（　　　）， 離愁似個長。 ………… 李白 秋浦歌

5. 花有清香月有陰， 春宵一（　　　）值千金。 ……… 蘇軾 春宵

6. 青山依舊在， 幾（　　　）夕陽紅。 ………… 楊慎 臨江仙

7. 紅豆生南國， 春來發幾（　　　） ……………… 王維 相思

8. 三（　　　）入廚下， 洗手做羹湯。 ………… 王建 新嫁娘

9. 離離原上草， 一（　　　）一枯榮。 ………… 白居易 賦得古原草送別

10. 但願人長久， 千（　　　）共嬋娟 …………… 蘇軾 水調歌頭

花花的日記

班　級	＿年＿班	姓　名		座　號	＿號
評　量	👍 GOOD!	✌ YA～	👌 OK!	家長簽章	

哇　天空突然下起大雨，雨水滴在花花的日記本上，使一些字都模糊了，請聰明的小朋友根據下面的提示幫幫花花的忙，把這些不見的動量詞補上，使它成為完整的文章。

白走一遭、掉了一地、望一望、撿一撿、等了一上午、跑一跑、解釋一番、吠了三聲、咬了一口、躺了一整天、踹一腳、撲通一聲

　　今天早上我在學校的圖書館門口＿＿＿＿＿，結果小英一直沒有出現，這已經是小英第八百五十一次爽約了，我氣呼呼地向旁邊的垃圾桶＿＿＿＿＿，結果垃圾桶倒了，裡面的垃圾＿＿＿＿＿，為了不讓別人看到，我只好趕快蹲下來把垃圾＿＿＿＿＿。心想：「來了學校總不能＿＿＿＿＿，就到操場去＿＿＿＿＿好了。」

　　假日的學校就像一座空城，我孤零零地跑著，抬頭＿＿＿＿＿天空，居然下起了傾盆大雨，無處可躲的我自然淋成了落湯雞，回家後一直覺得不舒服，原來我發燒了，媽媽不准我出去玩，我的星期假日就是在床上＿＿＿＿＿。

　　隔天，小英打電話來＿＿＿＿＿，我才知道小英的遭遇比我更悲慘。原來在昨天來學校的路上，一隻大狼狗對小英＿＿＿＿＿，怕狗的她嚇得拔腿就跑，「＿＿＿＿＿」，小英跌到水溝裡去了，還被追趕而來的狼狗＿＿＿＿＿。我們真是難姊難妹啊！

量入為出

班　級	__年__班	姓　名		座　號	__號
評　量	👍 GOOD!	✌ YA～	👌 OK!	家長簽章	

　　請你利用下面的題目推理作答，依照題號找到圖表上相對應的數字，並把你所推論的量詞填入空格中！

```
                      兩⁴
      五³ 一      銀
                      熱
         鉛      淚        十 舀  一⁷      水
                      九 ⁶一    彩  虹
一¹ 二²    經 費                      刀
         七大 哭  八 一⁵    暴 雨  疤
                                傘
   梟 孝         一⁹ 六 ⁸    駕 鴦
一萬 雄¹¹ 心
   霸 看¹⁰         聯
   一¹²  一 火 鏡
     四買   車 子
   硯     電
三 一  錄 影 機
```

【直式】
1. 人稱曹操是……。
2. 她很孝順，大家都被她的……所感動。
3. 我有兩塊橡皮擦和……。
4. 看著電視裡感人的情節，他流下了……。
5. 上聯、下聯，合稱為……。
6. 下雨了，他們兩人共撐……。
7. 她穿長袖衣服是為了遮住手上的的……。
8. 妹妹很愛漂亮，總是隨身攜帶……。
9. 我看見有……急駛過山洞。
10. 電影院最近大大優惠，我們去……吧！
11. 三國鼎立時期，魏國……。
12. 書法課要帶一枝毛筆、一瓶墨汁和……。

【橫式】
一、他這個人有著……、野心勃勃的。
二、要辦一場聖誕舞會，需要……。
三、我想錄下喜愛的節目，拜託爸爸幫我買……。
四、哥哥想買……載全家出去旅遊。
五、你想領錢嗎？巷子出去右轉有……。
六、駕鴦常成雙成對出現，所以我們習慣稱……。
七、心愛的寵物小狗過世了，他難過地……。
八、颱風來襲，下了……。
九、雨過天晴，天邊出現……。
十、我從水桶裡……去澆花。

大嘴王選拔

班　級	＿年＿班	姓　名		座　號	＿號
評　量	👍 GOOD!	✌ YA～	👌 OK!	家長簽章	

　　一毛、二毛、三毛參加了一年一度的鳥國大嘴王比賽，嘴巴裡放進最多「量詞」的大嘴鳥就能獲勝，請你幫個忙，替牠們贏得比賽吧！比賽規則如下：

1. 先選擇一個類別，填入鳥嘴上的方框中。
　（建議類別：建築、動物、水果、蔬菜、服飾、交通工具……。）
2. 再找出可以配合方框中的類別，將量詞填在鳥嘴上。
3. 配合量詞舉出實例，填入右邊橢圓框中。

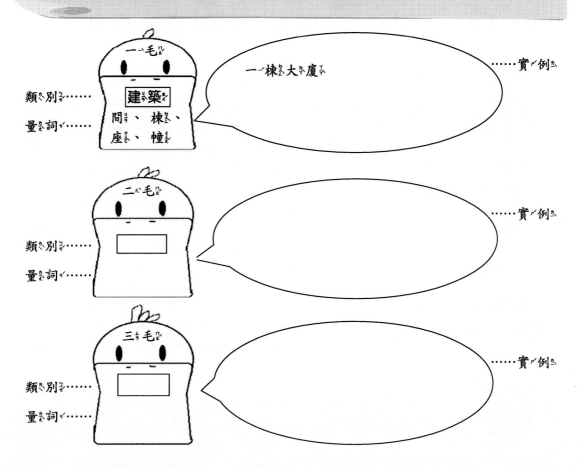

類別……
量詞……

一毛
建築
間、棟、座、幢
……實例
一棟大廈

二毛
類別……
量詞……
……實例

三毛
類別……
量詞……
……實例

看圖說話

班　級	—年—班	姓　名		座　號	—號
評　量	👍 GOOD!	✌ YA~	🖐 OK!	家長簽章	

　　動量詞是計算動作或行為單位的詞，大都由名詞借用來的，例如：走一「回」、咬一「口」、看兩「眼」、畫一「筆」、開一「槍」等。下面有五幅圖，請你用一個適當的動量詞來描述它，並造一個完整的句子。

【例如：】
跑一「趟」
媽媽每天一大早，都會去跑三趟操場。

打一「　　　」

思考一「　　　」

大哭一「　　　」

講了一「　　　」

相似相反詞

給大人的話

　　相反詞，是指兩個字詞意思完全不一樣，而且是互相對立的。如：「黑／白」、「男／女」、「輕／重」……等。

　　相似詞，是指兩個不同的語詞，卻有接近的意思，如：「高興／開心」、「直爽／乾脆」……等。但是，兩個相似詞語之間不完全相等，只會是相近或幾乎相似。例如：「乾淨」和「清潔」是互為相近的相似詞，我們可以說：「我把教室打掃得很乾淨」，但卻不能說：「我把教室打掃得很清潔」。因此，有必要讓孩子了解不同詞彙適當的使用時機。

　　學習相似相反詞對於孩子詞彙的擴充十分有幫助，藉由一個語詞聯想出各種意思相近的單字、短語到成語，累積對某一個概念的形容詞彙，例如：「美」→「漂亮」→「沉魚落雁」都是在形容美麗的樣子，而成語又比單字的形容更顯得生動許多！所以，多增加小朋友對各種相似相反詞的熟悉度，可以讓孩子在語意表達上更加精準；運用到文章寫作時，也能避免重複、單調地使用同一語詞，使原本平淡無奇的文章更富有變化性！

推薦書籍

Jenny Miglis 著，張馨尹、馨文譯（2003）。跟著巴布學相反詞。台北市：時報文化。

Dagald Steer 著，賴雅靜譯（2001）。有趣的相反詞。台北市：上人文化。

Claire Henley 著，信誼出版社譯（1996）。相反詞圖畫字典。台北市：上誼文化。

Tim Healey 著，鄭榮珍譯（1995）。一隻貓咪兩個家。香港：讀者文摘。

黃錦珠（1994）。一字之差。台北市：錦繡文化企業。

黃錦珠（1994）。傷心的姊妹。台北市：錦繡文化企業。

推薦網站

重編國語辭典（修訂本）：附錄六 相似詞索引表。
http://www.sinica.edu.tw/~tdbproj/dict/htm/fulu/same.htm (2010/10/10)

重編國語辭典（修訂本）：附錄七 相反詞索引表。
http://www.sinica.edu.tw/~tdbproj/dict/htm/fulu/anti.htm (2010/10/10)

相似相反詞

給小朋友的話

What 什麼是相似相反詞？

一、 相似詞

相似詞，就是兩個語詞雖然不同，意思卻非常接近，兩個詞語就好像是雙胞胎一樣。但是，即使是雙胞胎也還是不同的人，所以，兩個字詞之間不會完全相等，只會是「相近」或是「幾乎相似」。

◎例如：「高興／開心」、「幫助／支援」、「直爽／乾脆」、「好處／益處」……等。

二、 相反詞

兩個字詞的意思完全不一樣，而且是互相對立的。

◎例如：「黑／白」、「男／女」、「輕／重」、「舒服／難過」、「進步／退步」……等。

Why 為什麼要學相似相反詞？

一、 使表達更加精確

例如： 凝望、眺望、鳥瞰指的都是「看」的意思，「凝望」是盯著一直看；「眺望」是向遠處看；「鳥瞰」是由高處向下看，相似詞可以把意思更精確地表達出來。

※資料來源：黃錦珠（1994）。一字之差。台北市：錦繡文化。

二、 避免重複、單調

例如： 她一見到喜歡的人，就害羞地紅了臉，靦腆地躲在角落。害羞和靦腆意思相近，交替使用可以使文句更加有變化。

三、　加強語氣

接連使用相似詞除了避免重複外， 還可以加強所要表達的意思， 例如： 這個人真是一個<u>呆板</u>、 <u>落伍</u>的<u>老古板</u>！

四、　讓文句更有說服力

相反詞往往用來做對比， 例如： 每次我一聽到這首歌， 我就會<u>勇氣百倍</u>， 不再覺得<u>膽怯害怕</u>了。

Timing　相似相反詞的使用時機？

寫文章遇到意思相同或相近的地方時， 為了不重複使用同一個詞， 就需要用到相似詞； 另外， 當我們要敘述相反論點的時候， 也會需要用到相反詞。

相似相反詞

學習單架構

紮穩馬步篇

蜜蜂採花兒【相反圖示的配對】　見 p. 199
配對相反圖示，能培養小朋友辨認的能力。

翻來覆去曇破魚互【找出意思不同的語詞】　見 p. 200
了解各個詞語的意思，並找出不同語意的詞。

融會貫通篇

飄揚鯉魚旗【相似詞的擴充】　見 p. 201
發揮聯想力，擴充詞語的相似詞彙。

一念之差【填寫相反詞】　見 p. 202
填入相反詞，了解使用相反詞會讓語意完全改變。

出神入化篇

誰偷走我的乳酪？【推測出相反詞】　見 p. 203
閱讀文章找出相反詞，並了解相反詞的用法。

齒輪轉轉轉【聯想相似詞】　見 p. 204
運用聯想力，想出詞意相似的詞語。

蜜蜂採花兒

班 級	＿年＿班	姓 名		座 號	＿號
評 量	👍 GOOD!	✌ YA～	👌 OK!	家長簽章	

　　勤勞的小蜜蜂們要出來採花蜜了！ 每隻蜜蜂和每朵花都有一張圖片， 請你找出意思相反的圖片，把蜜蜂連到相反的花朵上， 完成這次的任務。

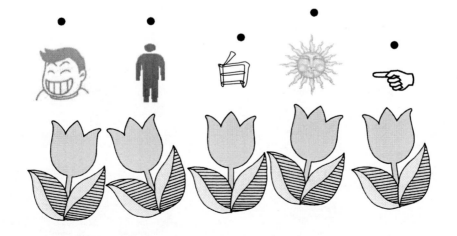

翻來覆去曼波魚工

班　級	＿年＿班	姓　名		座　號	＿號
評　量	👍 GOOD!	✌ YA~	👌 OK!	家長簽章	

　　楊老闆抓了很多曼波魚，並將這些魚都取了名字，現在他想要依照魚的名字分類，將詞意相似的魚放在一起，請你幫楊老闆把每個池子裡，詞意不同的魚圈出來。

飄揚鯉魚旗

班　級	＿年＿班	姓　名		座　號	＿號
評　量	👍 GOOD!	✌ YA～	👌 OK!	家長簽章	

　　下面每一根竹竿上都有三面鯉魚旗，前兩面旗子是語詞，第三面旗子則要填上和語詞意思相似的成語，現在就請你動動腦想一想吧！

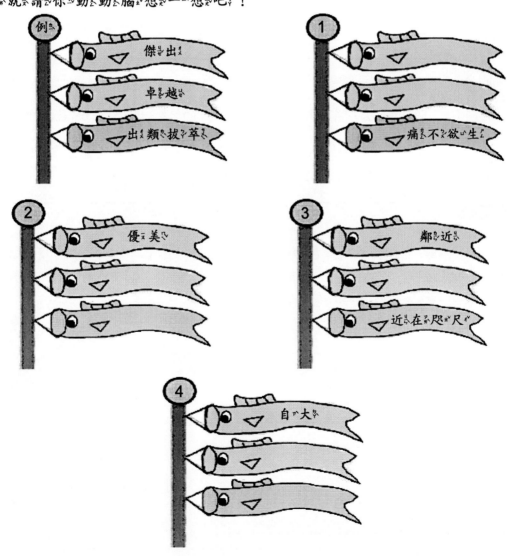

例
傑出
卓越
出類拔萃

1
痛不欲生

2
優美

3
鄰近
近在咫尺

4
自大

一念之差

班 級	＿年＿班	姓 名		座 號	＿號
評 量	👍 GOOD!	✌ YA～	👌 OK!	家長簽章	

對於同一人、事、物，我們常常會加上自己的喜惡，因此就會產生不一樣的評價。下面是小莉對廖老師的看法：

廖老師學問<u>淵博</u>，講起課來<u>生動有趣</u>，時常<u>公開讚美</u>同學們的表現。而且他是一位<u>認真盡責</u>的老師，每天都<u>最早</u>到學校，大家都很<u>喜歡</u>他。

請你對照畫線的語詞，在下面的（ ）中填入意思相反的語詞並唸讀一遍，你會發現，你們兩個人對老師的評價會是截然不同的喔！

廖老師學問（淺薄），講起課來（

），時常（ ）（ ）

同學們的表現。而且他是一位（ ）

的老師，每天都（ ）到學校，大

家都很（ ）他。

誰偷走我的乳酪？

班　級	__年__班	姓　名		座　號	__號
評　量	👍 GOOD!	✌ YA～	👌 OK!	家長簽章	

　　乳酪蛋糕被小老鼠偷咬了好幾口，請你從下面幾隻老鼠裡，盡快找出和句子中<u>畫雙線部分</u>意思相反的語詞，並填入空格中，才能抓到真正的小偷！

1. 不要氣餒，只要突破目前<u>黑暗</u>的窘境，就會有 ⬭ 未來。

2. 這是魔鬼的<u>詛咒</u>？還是上帝的 ⬭ ？

3. 他不停告訴自己要<u>持之以恆</u>努力下去，如果 ⬭ 這十年的努力就都白費了。

4. 在一片<u>反對</u>改革的聲浪中，<u>光緒</u>皇帝的 ⬭ ，是他繼續革新的動力。

5. 看見地上的一百塊錢，⬭ 告訴我應該要把它送到學務處，可是<u>私心</u>卻想要用它來買玩具。

6. 醫生的責任相當重大，常常要搶救徘徊在<u>生</u>與 ⬭ 之間的病人。

7. 春神降臨後大地一掃<u>蕭條</u>的景色，百花盛開、鳥獸雀躍，氣氛 ⬭ 不已。

良心　　熱鬧　　死　　半途而廢

光明的　　支持　　祝福

齒輪轉轉轉

班　級	＿年＿班	姓　名		座　號	＿號
評　量	👍 GOOD!	✌ YA～	👌 OK!	家長簽章	

　　齒輪有一個特性是相鄰的兩個齒輪轉動的方向是相反的，　一個順時針轉，　另一個逆時針轉，　請小朋友在同一個齒輪的「牙齒」上填入相似詞，　在旁邊的齒輪上填入相反詞，　填越多越好喔！

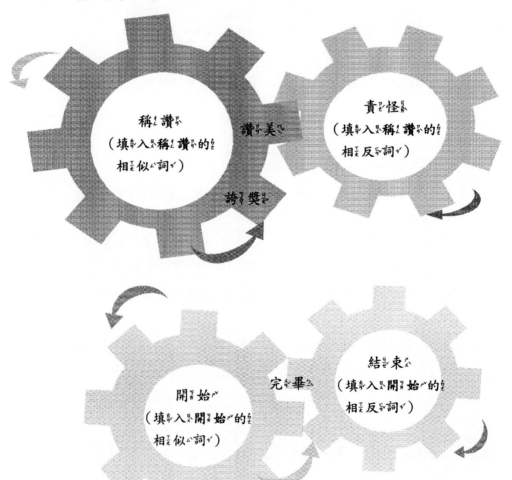

詞性

給大人的話

　　每一篇文章都是由句子組成段落，而句子是由各種詞性所組成的，每一種詞性在句子中都扮演獨一無二的角色，也因為角色不同，而有不同的名稱，常見的詞性有：名詞、動詞、形容詞、副詞、連接詞……等等。名詞是用來表示人或事物的名稱；動詞是用來表示人或物的行為、動作；形容詞是用來表示人、事、物的形狀、性質、狀態；副詞則用來表示程度、範圍、時間、頻率、語氣、情貌等狀況；連接詞是連接詞語、句子、段落的詞。這些詞性連接起來能產生一個有意義的句子，並使句子通順流暢。

@07 資料來源：93 學年度康軒版國中國文課本第五冊（九上）。

　　除了熟悉詞性外，能將詞性巧妙地運用到句型結構裡面使用才是重要的！不同國家的語言，句子組成的結構往往不相同，舉例子來說：

中文：今天早上，我看了一本有趣的書

日文：け さ わ た し は 面白い　本 を よ み ま し た
　　　（今早）　　（我）　　（有趣的）（書）　　（閱讀）過去式

英文：I　read　an　interesting　book　this　morning.
　　　（我）（閱讀）　　（有趣的）（書）　　（今早）

　　日文的文法上，習慣將動詞放在句子的後面，英文則是習慣將副詞置於句末，每種語言都有屬於自己的句型結構，各種詞性擺放的位置也都不完全相同。所以，在本單元的練習中，不僅要引導孩子認識各類詞性，還要讓他們了解詞性在句子中使用的方式和擺放的位置。

　　如此一來，孩子們就可以清楚地了解各類詞性在句子中如何適當使用，還可以幫助孩子生動、貼切地表達意思，更能在寫作時讓文句更加通順優美。

 推薦書籍

許學仁編審（1988）。**童畫童話**。台北市：護幼社文化事業。
董金裕等（2004）。**國中國文課本第五冊**。台北縣：康軒文教事業。

詞性

給小朋友的話

What 什麼是詞性？

　　詞性是組成句子的重要成分，每一種詞性在句子中都扮演獨一無二的角色，也因為擔任的角色不同，而有不同的名稱：名詞、動詞、形容詞、副詞、連接詞……等。這些詞性可以串聯成有意義的句子，使句子通順流暢。

一、名　　詞：表示人或事物的名稱。

二、動　　詞：是用來表示人或物的行為、動作。

三、形容詞：是用來表示人事物的形狀、性質、狀態。

四、副　　詞：用來表示程度、範圍、時間、頻率、語氣……等狀況的詞。

五、連接詞：是連接詞語、句子、段落的詞。

Why 為什麼要學詞性？

一、能更生動貼切地表達

　　清楚地分辨各類詞性的功能和使用方式，才能選擇出貼切的語詞擺放在句子中適當的位置。運用的詞性越多，句子就會越長、意思也越精確。例如：

● 當你手指夜空，你會喊：

<u>星星</u>、　<u>月亮</u>
（名詞）　（名詞）

● 如果你加上形容詞，那會更吸引我的注意：

<u>閃閃發亮的</u>　<u>星星</u>、　<u>彎彎的</u>　<u>月亮</u>
（形容詞）　（名詞）　（形容詞）　（名詞）

- 加上動詞和代名詞之後，任何誰都想抬頭看看夜空的美麗：

我　　看到　　閃閃發亮的　　星星、　彎彎的　　月亮
（代名詞）（動詞）　（形容詞）　　（名詞）　（形容詞）　（名詞）

- 加入副詞、連接詞後，句子的意思變得更加完整。想必你今晚一一定看見很美的夜空！

今晚　我　看到　閃閃發亮的　星星　和　彎彎的　月亮
（副詞）（代名詞）（動詞）　（形容詞）　（名詞）（連接詞）（形容詞）（名詞）

二、詞性是學習修辭法的基礎

　　大家都希望能說出或寫出讓人稱讚的語句，修辭就是一一種能讓語句更加生動有趣的方法，不過，在學習修辭之前就必須先認識基本的各類詞性，才能巧妙的運用修辭法！

Timing　詞性的使用時機？

　　配合不同的句型，詞性會有不同的擺放位置，不論寫作或是口語表達，都會使用到各類詞性。

詞性

學習單架構

紮穩馬步篇

名詞花園【名詞】　見 p. 210
讓小朋友分辨有關人、 事、 物的名詞。

遊樂園【名詞、 句型】　見 p. 211
藉由有趣的遊樂器材讓小朋友認識名詞。

母親節卡片【形容詞、 句型】　見 p. 212
用適切的形容詞， 寫一一張卡片表達對母親的感謝。

氣球先生【形容詞、 副詞、 句型】　見 p. 213
分辨副詞和形容詞， 並歸類兩種詞性。

找回你我他【代名詞】　見 p. 214
思考、 並推理出句子中正確的代名詞。

融會貫通篇

蓋房子【敘事句】　見 p. 215
依照圖片情境，選擇適當詞性填入，完成一個句子。

文字項鍊【有無句】　見 p. 216
將不同的詞性排出一個完整的句子。

天才小畫家【有無句】　見 p. 217
畫出符合文字敘述的圖或寫出文意相符的句子。

出神入化篇

聰明工程師【形容詞、句型】　見 p. 218
利用名詞聯想適當的形容詞，讓詞句能通順達意。

小艾的晚餐【動詞】　見 p. 219
尋找表示動作的詞並圈出來。

阿悟搬新家【各種詞性、句型】　見 p. 220
閱讀文章，並圈出各類詞性加以分類歸納。

柯南的筆記本【形容詞、句型】　見 p. 221
依照不同形容程度，了解形容詞的使用方式。

名詞花園

班　級	＿年＿班	姓　名		座　號	＿號
評　量	👍 GOOD!	✌ YA～	👌 OK!	家長簽章	

　　在花園裡，每朵花都已經被主人標上了文字。主人請<u>小黑皮</u>找出花園裡有名詞的花朵，只要是人或事物名稱就是名詞哦！花園這麼大，請你先幫<u>小黑皮</u>把被寫上名詞的花朵塗上顏色，讓他早點把工作做完。

郵局　　　　　跑　　　　動物園　　　跳一跳

哈哈笑　　　身體　　　喜歡

　　　　　　　　　　　　　白

　　　　　　紅紅的

稻田　　　　　　　　老師

圓滾滾　　迷人的

遊ㄧㄡˊ樂ㄌㄜˋ園ㄩㄢˊ

班　級	＿年＿班	姓　名		座　號	＿號
評　量	👍 GOOD!	✌ YA～	👌 OK!	家長簽章	

　　今ㄐㄧㄣ天ㄊㄧㄢ是ㄕˋ學ㄒㄩㄝˊ校ㄒㄧㄠˋ的ㄉㄜ˙校ㄒㄧㄠˋ外ㄨㄞˋ教ㄐㄧㄠˋ學ㄒㄩㄝˊ日ㄖˋ，毛ㄇㄠˊ毛ㄇㄠˊ來ㄌㄞˊ到ㄉㄠˋ了ㄌㄜ˙一ㄧ座ㄗㄨㄛˋ公ㄍㄨㄥ園ㄩㄢˊ。他ㄊㄚ看ㄎㄢˋ到ㄉㄠˋ公ㄍㄨㄥ園ㄩㄢˊ裡ㄌㄧˇ面ㄇㄧㄢˋ有ㄧㄡˇ很ㄏㄣˇ多ㄉㄨㄛ人ㄖㄣˊ正ㄓㄥˋ在ㄗㄞˋ玩ㄨㄢˊ遊ㄧㄡˊ樂ㄌㄜˋ器ㄑㄧˋ材ㄘㄞˊ，好ㄏㄠˋ奇ㄑㄧˊ的ㄉㄜ˙毛ㄇㄠˊ毛ㄇㄠˊ想ㄒㄧㄤˇ要ㄧㄠˋ知ㄓ道ㄉㄠˋ每ㄇㄟˇ個ㄍㄜˋ遊ㄧㄡˊ樂ㄌㄜˋ器ㄑㄧˋ材ㄘㄞˊ的ㄉㄜ˙名ㄇㄧㄥˊ稱ㄔㄥ，可ㄎㄜˇ是ㄕˋ問ㄨㄣˋ了ㄌㄜ˙很ㄏㄣˇ多ㄉㄨㄛ人ㄖㄣˊ，他ㄊㄚ還ㄏㄞˊ是ㄕˋ有ㄧㄡˇ點ㄉㄧㄢˇ搞ㄍㄠˇ不ㄅㄨˋ懂ㄉㄨㄥˇ。請ㄑㄧㄥˇ你ㄋㄧˇ幫ㄅㄤ幫ㄅㄤ他ㄊㄚ，把ㄅㄚˇ在ㄗㄞˋ句ㄐㄩˋ子ㄗ˙中ㄓㄨㄥ每ㄇㄟˇ個ㄍㄜˋ器ㄑㄧˋ材ㄘㄞˊ的ㄉㄜ˙名ㄇㄧㄥˊ稱ㄔㄥ圈ㄑㄩㄢ起ㄑㄧˇ來ㄌㄞˊ吧ㄅㄚ˙！

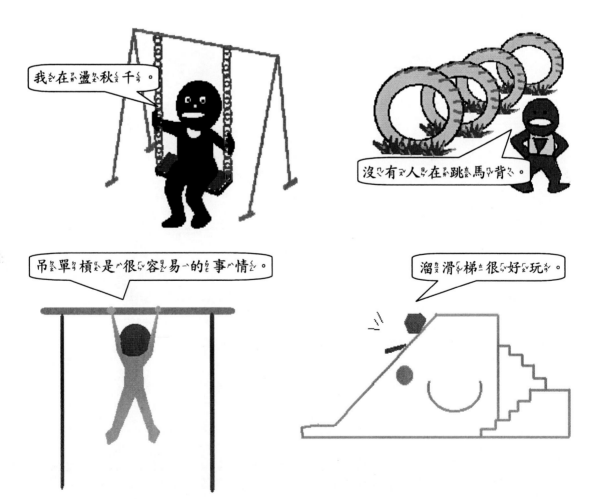

母親節卡片

班 級	一年_班	姓 名		座 號	_號
評 量	👍GOOD! ✌YA~ 👌OK!			家長簽章	

　　小朋友，在這一年中，你接受了媽媽的照顧，是不是想對她表示感謝呢？為了表示我們的真誠，最好多使用形容詞來修飾文字喔。下面卡片中畫有橫線的地方，都可以加上形容詞修飾，請你用自己的心意把沒填上的形容詞填上去，然後沿著虛線剪下來，對摺成一張卡片送給媽媽吧！

　　_____媽媽：

　　　母親節即將到來！在這個_____日子，我要感謝您每天煮_____的菜給我們吃，唸_____的故事書哄我入睡，買_____的衣服給我穿，也把家裡打掃得乾乾淨淨，讓我能有一個_____家，謝謝您多年來的照顧！

　　　我有很_____感謝的話想對您說，可是卡片太_____寫不下了，想跟您說一聲：謝謝您，我真的很愛您喔！

　　　　　　　　　　　　　　　　　　（　　　）敬上

◎參考使用的形容詞：
親愛的、舒適的、囉唆的、漂亮的、好吃的、吵鬧的、快快樂樂的、好聽的、溫馨的、多、少、大、小。

　　使用建議：如果使用對象為單親或隔代教養，請教師自行更改對象及稱謂。

氣ㄑㄧˋ球ㄑㄧㄡˊ先ㄒㄧㄢ生ㄕㄥ

班 級	＿年＿班	姓 名		座 號	＿號
評 量	👍 GOOD!	✌ YA~	👆 OK!	家長簽章	

　　賣ㄇㄞˋ氣ㄑㄧˋ球ㄑㄧㄡˊ的ㄉㄜ˙先ㄒㄧㄢ生ㄕㄥ想ㄒㄧㄤˇ要ㄧㄠˋ把ㄅㄚˇ他ㄊㄚ的ㄉㄜ˙氣ㄑㄧˋ球ㄑㄧㄡˊ分ㄈㄣ成ㄔㄥˊ「形ㄒㄧㄥˊ容ㄖㄨㄥˊ詞ㄘˊ氣ㄑㄧˋ球ㄑㄧㄡˊ」和ㄏㄢˋ「副ㄈㄨˋ詞ㄘˊ氣ㄑㄧˋ球ㄑㄧㄡˊ」兩ㄌㄧㄤˇ大ㄉㄚˋ類ㄌㄟˋ。 形ㄒㄧㄥˊ容ㄖㄨㄥˊ詞ㄘˊ氣ㄑㄧˋ球ㄑㄧㄡˊ的ㄉㄜ˙下ㄒㄧㄚˋ面ㄇㄧㄢˋ都ㄉㄡ接ㄐㄧㄝ名ㄇㄧㄥˊ詞ㄘˊ， 副ㄈㄨˋ詞ㄘˊ的ㄉㄜ˙氣ㄑㄧˋ球ㄑㄧㄡˊ下ㄒㄧㄚˋ面ㄇㄧㄢˋ都ㄉㄡ會ㄏㄨㄟˋ接ㄐㄧㄝ動ㄉㄨㄥˋ詞ㄘˊ或ㄏㄨㄛˋ形ㄒㄧㄥˊ容ㄖㄨㄥˊ詞ㄘˊ， 請ㄑㄧㄥˇ你ㄋㄧˇ觀ㄍㄨㄢ察ㄔㄚˊ氣ㄑㄧˋ球ㄑㄧㄡˊ裡ㄌㄧˇ面ㄇㄧㄢˋ的ㄉㄜ˙語ㄩˇ詞ㄘˊ在ㄗㄞˋ句ㄐㄩˋ子ㄗ˙中ㄓㄨㄥ是ㄕˋ哪ㄋㄚˇ一ㄧ種ㄓㄨㄥˇ詞ㄘˊ性ㄒㄧㄥˋ， 畫ㄏㄨㄚˋ出ㄔㄨ氣ㄑㄧˋ球ㄑㄧㄡˊ的ㄉㄜ˙線ㄒㄧㄢˋ連ㄌㄧㄢˊ到ㄉㄠˋ正ㄓㄥˋ確ㄑㄩㄝˋ的ㄉㄜ˙詞ㄘˊ性ㄒㄧㄥˋ上ㄕㄤˋ面ㄇㄧㄢˋ。

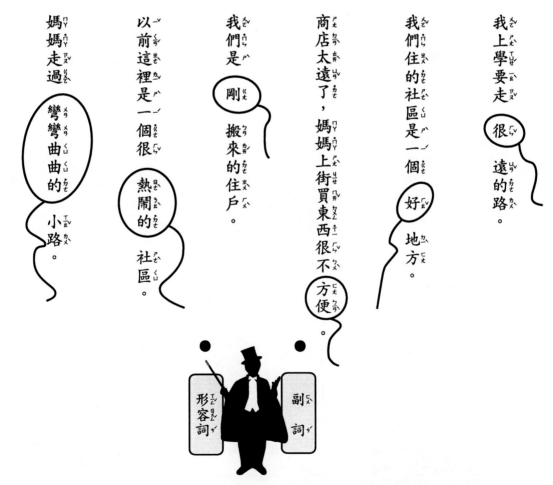

※配合 90 學年度康軒版二下第四冊第六課「一個好地方」。

找回你我他

班　級	＿年＿班	姓　名		座　號	＿號
評　量	👍 GOOD!	✌ YA～	👌 OK!	家長簽章	

　　這群人在玩不說代名詞的遊戲，請你仔細觀察圖片對話，把原來應該使用的代名詞填到括弧裡面。

　　常用的代名詞有：我（們）、你（們）、您、他（們）、它、自己、人家、別人、這、那、誰、哪裡、什麼。

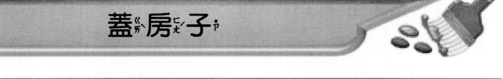

蓋房子

班　級	＿年＿班	姓　名		座　號	＿號
評　量	👍 GOOD!	✌ YA~	👌 OK!	家長簽章	

　　地震把大寶家的房子震掉了好幾塊磚塊，大寶只知道每一直行的磚塊從上唸到下就是說明上面圖片的完整句子，可是他卻不知道該怎麼填入磚塊，請你將磚塊裡的字填入適當的位置，幫大寶重建他的家。

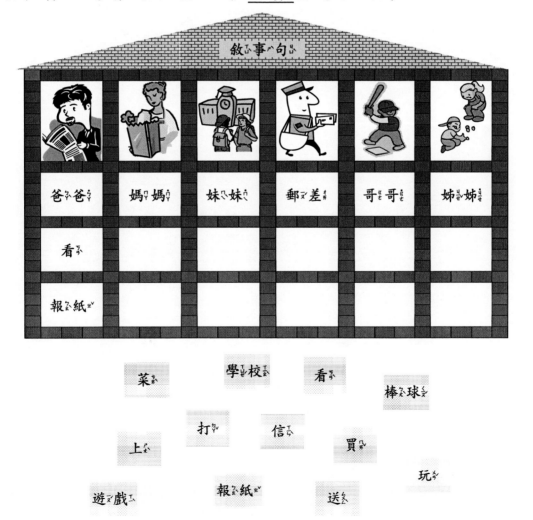

文字項鍊

班　級	__年__班	姓　名		座　號	__號
評　量	👍 GOOD!	✌ YA～	👌 OK!	家長簽章	

　　調皮的小動不小心把媽媽的文字項鍊弄斷了，請你幫他把文字項鍊重新組合回去，將正確的組合方式填在空白的項鍊上。

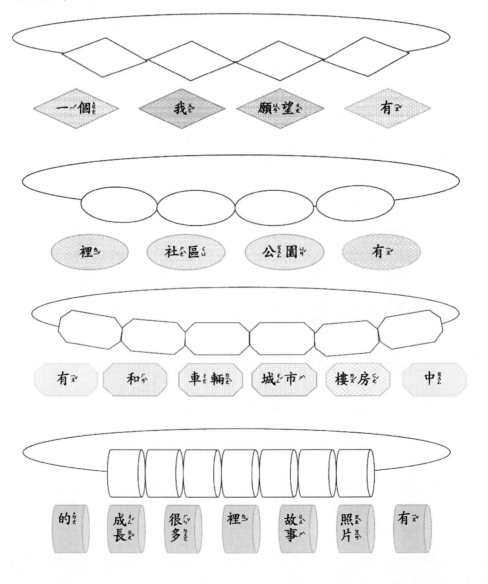

天才小畫家

班　級	＿年＿班	姓　名		座　號	＿號
評　量	👍 GOOD!	✌ YA～	👌 OK!	家長簽章	

請將下列的句子畫成一幅圖畫，或將圖畫寫成一個句子（句子中需有「有」或「沒有」）。

1.海裡有魚。

2.我有紙和筆。

3.樹下有一個人。

4.蘋果裡有蟲。

5.＿＿＿＿＿＿＿＿＿＿

6.＿＿＿＿＿＿＿＿＿＿

聰明工程師

班級	＿年＿班	姓　名		座　號	＿號
評量	👍 GOOD!	✌ YA～	👌 OK!	家長簽章	

　　這是一條正在設立路燈的道路，工程師辛苦地將燈泡裝好之後，才發現設計圖弄丟了，沒有正確的線路就不能點亮路燈。原來「每根路燈上的文字由上唸到下都是一句意思完整的句子，而且管線上的文字都是形容詞，用來修飾形容燈泡上的文字。」小朋友，你也一起來想想管線上該填上的文字，讓路燈發光吧！

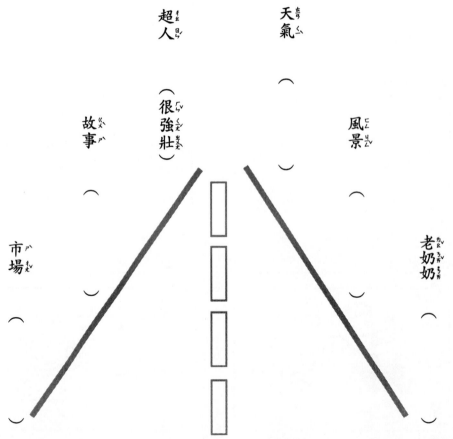

※配合90學年度康軒版二下第四冊第六課「一個好地方」。

小艾的晚餐

班　級	＿年＿班	姓　名		座　號	＿號
評　量	👍 GOOD!　✌ YA～　👌 OK!			家長簽章	

　　粗心的主人不小心把土貓<u>小艾</u>和小狗 momo 的晚餐混在一起了，只知道<u>小艾</u>的晚餐上有標示著<u>動詞</u>的字，請你幫牠找出牠的晚餐並圈出來。

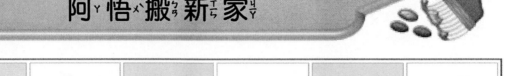

阿悟搬新家

班 級	—年—班	姓 名		座 號	—號
評 量	👍 GOOD! ✌ YA～ 👌 OK!			家長簽章	

　　小朋友請你看看下面的故事， 故事主角——阿悟要搬新家遇到了問題， 請你依照故事中畫雙線句子所說的方法， 幫幫阿悟的忙吧！

　　阿悟是一個住在附近只有稻田、 菜園跟草地的人。 日子久了， 阿悟覺得很無聊， 都沒有人可以陪他說話， 所以他決定要搬新家， 要搬到一個有學校、 郵局、 商店、 銀行、 花店還有很多房子的地方。

　　他走過彎彎曲曲的小路， 轉了很多很多彎， 終於來到一個很熱鬧的社區， 可是到了社區門口卻被一個賣蕃茄的老奶奶攔住了。 老奶奶告訴他， 這個社區的人很重視詞性的分類， 要進這個社區必須要把圓圈中圈起來的字， 分類填到它所屬的蕃茄中， 都分對了， 你才有資格可以進入這個社區。

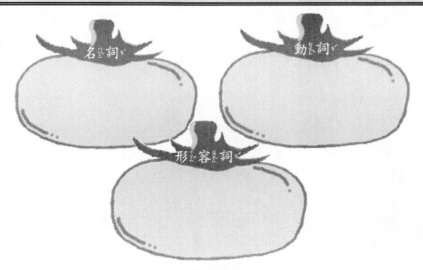

※配合90學年度康軒版二下第四冊第六課「一個好地方」。

柯南的筆記本

班　級	＿年＿班	姓　名		座　號	＿號
評　量	👍 GOOD!	✌ YA～	✋ OK!	家長簽章	

　　柯南最近對詞性中的形容詞用法很感興趣，所以就跑去調查了一番。他把查到的資料寫在筆記本上。小朋友，請你把空格填上答案，讓他省一點時間去調查其他案子。

柯南的筆記本

- 【形容詞】
  是用來修飾名詞的詞。它可以用來表示人、事、物的性質或狀態。
  如：
  地震→強烈的地震。
  天空→（　　　　）天空。
  稻田→（　　　　）稻田。
  小路→（　　　　）小路。
  夏天→（　　　　）夏天。

- 【形容詞的用法】
  ★形容詞前面可以加上「很」、「非常」、「最」修飾它程度變化的詞（程度副詞）。
  如：
  大→非常大
  　→真的非常大。
  遠→（　　　　遠）
  　→（真的　　　　）。

★形容詞後面可以加「極了、得很」，來表示形容詞所形容的程度特別。
如：舒服→舒服得很。
　　熱鬧→熱鬧（　　　　）。
　　方便→方便（　　　　）。

★形容詞可以重疊。
(1)一個字的形容詞，重疊完後面要加「的」。
　如：　紅→紅紅的
　　　　濕→（　　　的）
　　　　空→（　　　的）

(2)兩個字的形容詞，第一個字寫兩次後再接第二個字寫兩次
　　（○□→○○□□）。
　如：　快樂→快快樂樂。
　彎曲→（　　　　　　）
　高興→（　　　　　　）

※配合90學年度康軒版二下第四冊第六課「一個好地方」。

柯南的筆記本

★ 可以加入「不」來表示
詢問的意思。
常用的形式有兩種，以
下舉例說明：

• （對）＋不＋（對）？
• （難過）＋不＋（難過）？

如：

1. 美→美不美？
   →這個洋娃娃美不美？

2. 遠→（　　）不（　　　）？
   →（造句）
   _____

3. 開心→（　）不（　）？
   →（造句）
   _____

4. 愉快→（　）不（　）？
   →（造句）_____
   _____

【填入形容詞】

　　小黑走了好（　　　）
的路到百貨公司買襪
子，當他到了百貨公司
看到襪子專櫃上面寫著
「特價一雙 100 元」，心
裡想著：「這樣的價錢
（　　　）不（　　　）
呢？」他考慮完之後還是
很（　　　）下決定。

　　這時候，旁邊走來
一位（　　　）的小姐，
嘴裡喊著「好（　　　）！」
馬上就拿走了十雙襪子
去付錢。

關聯詞

給大人的話

　　關聯詞，是用來表示分句與分句之間的關係，通常是一組詞語，分別放在兩個句子不同的部分，表示前一句和後一句的關係。句子和句子之間使用了不同的關聯詞，整個句子就會被重新賦與不同的意義！

　　如果在閱讀過程中，能正確掌握關聯詞的使用，對句意的理解也就明白了大半；相對地，善用關聯詞寫起文章來，文句也變得靈活生動許多，讓人讀後回味無窮！因此，熟悉關聯詞，不僅可以加速閱讀理解文章的速度，還可以增進作文寫作能力。

使用不同的關聯詞，可能會出現以下十種語意關係

⑴並列關係：表示事物有幾個性質相同或相近的特點。如：「……又……」、「……也……也」。

⑵承接關係：表示後面的事情緊跟著前面的事情發生。如：「……才……」、「……然後……」。

⑶遞進關係：表示後面的事物發展比前面的事物發展更進一層，程度更深、範圍更廣。如：「……不僅……還……」、「……不但……而且……」。

⑷選擇關係：表示在幾件事物中選擇其中一樣。如：「不是……就是……」、「是……還是……」。

⑸轉折關係：表示事物在發的過程中，後面的不是順著前面的，而是做了一個轉折，與前面的相反。如：「……卻……」、「……不過……」、「雖然……但是……」。

⑹假設關係：前面的句子說出假設，後面的句子說出推論結果。如：「如果……就……」。

⑺條件關係：表示後面的事情是基於前面的事情而發生。如：「只有……才……」、「只要……就……」、「除非……才……」。

⑻因果關係：表示說明因果的，一個句子說明原因，另一個分句表示結果。如：「……以致……」、「因為……所以……」、「由於……因此……」。

⑼目的關係：表示為了達到某種結果而做出的動作。如：「為了……」、「以便……」。

⑽緊縮關係：是以類似的句子來表達複句內容，多半含有假設、條件等關係。如：「越……越……」、「再……也……」、「不……也……」。

@08 資料來源：賴慶雄（民89）。關聯詞造句手冊。台北縣：螢火蟲出版社。

推薦書籍

賴慶雄（2000）。關聯詞造句手冊。台北縣：螢火蟲出版社。

推薦網站

國小兒童句子學習的層次和內容劃分

http://home.educities.edu.tw/wei3128/paper/clauteachpaper.htm (2010/10/10)

課室網—關聯詞

http://www.classroom.com.hk/member/e-supple/new_chi/p5b/cs01.asp (2010/10/10)

關聯詞

給小朋友的話

What 什麼是關聯詞？

關聯詞，是用來表示句子與句子之間的關係，通常是一組詞語，分別放在兩個句子不同的部分，表示前一句和後一句的關係。

下面為十種常用的句子關係及其關聯詞：

一、並列關係

◎解　　釋：表示事物有幾個性質相同或相近的特點。

◎關聯詞：「……又……」、「一方面……一方面……」、「既……又……」。

◎舉　　例：每到週末假日，百貨公司裡總是「既」擁擠「又」吵雜。

二、承接關係

◎解　　釋：表示後面的事情是緊跟著前面的事情發生的。

◎關聯詞：「……才……」、「……然後……」、「……一……就……」。

◎舉　　例：只要「一」有人在上課時講話聊天，老師「就」會停下來等他把話講完。

三、遞進關係

◎解　　釋：表示後面的事物發展比前面的事物發展更進一層，程度更深、範圍更廣。

◎關聯詞：「……不僅……還……」、「……不但……而且……」、「……不但……反而……」。

◎舉　　例：小華「不僅」功課好，「還」很會運動。

四、選擇關係

◎解　　釋：表示在幾件事物中選擇其中一樣。

◎關聯詞：「不是……就是……」、「是……還是……」、「或者……或者……」、「與其……不如……」。

◎舉　　例：你究竟「是」哥哥「還是」弟弟？你們雙胞胎長得真是太像了！

五、轉折關係
　　◎解　　釋：表示事物在發展的過程中，後面的不是順著前面的，而是做了一個轉折，與前面的相對或相反。
　　◎關聯詞：「……卻……」、「雖然……但是……」、「儘管……還……」。
　　◎舉　　例：「儘管」外面是風雨交加的颱風天，郵差伯伯「還」是挨家挨戶地送信。

六、假設關係
　　◎解　　釋：前面的句子說出假設，後面的句子說出推論的結果。
　　◎關聯詞：「如果……就……」、「假如……」、「……若是……便……」。
　　◎舉　　例：「如果」明天下雨，校外教學「就」會取消。

七、條件關係
　　◎解　　釋：表示後面的事情是基於前面的事情而發生的。
　　◎關聯詞：「只有……才……」、「除非……才……」、「無論……都……」。
　　◎舉　　例：「除非」你先洗完澡，「才」可以去睡覺。

八、因果關係
　　◎解　　釋：表示說明因果的，一個句子說明原因，另一個分句表示結果。
　　◎關聯詞：「……以致……」、「因為……所以……」、「由於……因此……」。
　　◎舉　　例：「因為」元宵節到了，「所以」媽媽買了好多湯圓回家。

九、目的關係
　　◎解　　釋：表示為了達到某種結果而做出的動作。
　　◎關聯詞：「為了……」、「以便……」、「為的是……」、「免得……」。
　　◎舉　　例：「為了」避免感冒，晚上出門記得帶件外套。

十、緊縮關係
　　◎解　　釋：是以類似的句子來表達複句內容，多半含有假設、條件等關係。
　　◎關聯詞：「越……越……」、「再……也……」、「非……不可……」。
　　◎舉　　例：弟弟「越」長「越」高，很多人都說他變帥了。

為什麼要學關聯詞？

一、幫助我們理解句子的涵義

　　在日常生活中，不論是和人溝通，或是書寫、閱讀文章時，如果我們能確實理解關聯詞，就能清楚地了解句子的涵義，這樣才可以深刻體會別人字裡行間所表達的意思，和人溝通時也能更清楚地表達自己的想法。

　　兩個句子，使用了不同的關聯詞連接在一起，就會呈現不一樣的關係、不一樣的情意。

例如：

◎姊姊愛吃冰淇淋，我也愛吃冰淇淋。（並列）
◎不僅姊姊愛吃冰淇淋，而且我也愛吃冰淇淋。（遞進）
◎姊姊愛吃冰淇淋，所以我也愛吃冰淇淋。（因果）
◎如果姊姊愛吃冰淇淋，我也愛吃冰淇淋。（假設）

二、增進作文能力

　　造句是寫作文的基礎，而關聯詞就是幫助我們讓句子流暢的重要元素，如果我們可以恰當地使用關聯詞，就可以寫出準確、有條理且生動的文句。善用關聯詞還可以使句子的書寫更強而有力、更優美動人！

例如：「不經一番寒徹骨，焉得梅花撲鼻香」、
　　　　「與其詛咒四周黑暗，何不點燃一支蠟燭」

關聯詞的使用時機？

　　關聯詞的使用在日常生活的對話中，或是文章書寫是非常容易遇見的，我們往往需要關聯詞的幫助，才可以連貫句子與句子之間的關係，正確傳達一段話所代表的意義。

關聯詞

學習單架構

紮穩馬步篇

彩色世界【找出關聯詞】 見 p. 229
用彩繪的方式，找出在句子裡的關聯詞。

動物找食物【簡單關聯詞配對】 見 p. 230
透過爬樓梯遊戲，熟悉常用的關聯詞配對。

超級好朋友【簡單關聯詞配對】 見 p. 231
利用連連看，讓小朋友尋找相配對的關聯詞。

融會貫通篇

小蜜蜂來做工【關聯詞配對】 見 p. 232
利用連連看，了解關聯詞習慣的用法。

大搜查線【選擇正確關聯詞】 見 p. 233
根據上下文意，推測出正確的關聯詞。

生活小日記【關聯詞的使用】 見 p. 234
在文句中選擇並填入正確的關聯詞。

看圖造句【用關聯詞造句】 見 p. 235
發揮想像力，看圖利用關聯詞造出一個句子。

關聯詞大不同【依語意推測關聯詞】 見 p. 236
了解提示後，利用不同的關聯詞造出符合提示的文句。

出神入化篇

關聯詞家族(一)【並列關係】 見 p. 237
讓小朋友練習造出「並列關係」的句子。

關聯詞家族(二)【承接、 遞進關係】 見 p. 238
讓小朋友練習造出「承接關係」、「遞進關係」的句子。

關聯詞家族(三)【選擇、 轉折關係】 見 p. 239
讓小朋友練習造出「選擇關係」、「轉折關係」的句子。

關聯詞家族(四)【假設、 條件關係】 見 p. 240
讓小朋友練習造出「假設關係」、「條件關係」的句子。

關聯詞家族(五)【因果、 目的關係】 見 p. 241
讓小朋友練習造出「因果關係」、「目的關係」的句子。

關聯詞家族(六)【緊縮關係】 見 p. 242
讓小朋友練習造出「緊縮關係」的句子。

彩色世界

班 級	＿年＿班	姓 名		座 號	＿號
評 量	👍 GOOD!	✌ YA～	👌 OK!	家長簽章	

　　小朋友， 你知道什麼是關聯詞嗎？ 框框中是一些常見的關聯詞， 請你在下面的句子中找到關聯詞藏在哪裡， 並將它畫上漂亮的顏色， 然後把句子唸出來。

> 不是……而是……； 不但……還……； 不是……就是……；
> 儘管……還……； 除非……才……； 如果……就……；
> 因為……所以……； 越……越……； 不只……而且……；
> 雖然……卻……

1. 這枝鉛筆 不是 小明的， 而是 我的。

2. 婷婷 不但 上課認真， 還 會幫助其他同學， 真是一個乖寶寶。

3. 我的蛋糕不見了， 不是 被哥哥吃掉， 就是 被弟弟吃掉了。

4. 儘管 今天下著大雨， 我 還 是準時到學校上課。

5. 老師說： 「 除非 我上課表現好， 下課 才 可以出去玩。 」

6. 如果 我今天出門有帶雨傘， 現在 就 不會淋成落湯雞了。

7. 因為 今天的天氣很熱， 所以 大家都流了很多汗。

8. 隨著天氣 越 來 越 冷， 大家漸漸穿起長袖衣服和外套。

9. 雖然 小華的成績很好， 卻 不會因此而驕傲。

10. 這題數學 不只 我不會算， 而且 連哥哥都不會。

動物找食物

班　級	＿年＿班	姓　名		座　號	＿號
評　量	👍 GOOD!	✌ YA～	👌 OK!	家長簽章	

　　下面有許多動物， 他們肚子餓了， 只要你順著每隻動物下面的直線往下走， 一碰到橫線就轉彎， 最後就可以找到小動物喜歡的食物了。 然後， 請你唸出動物的名字， 和所吃食物代表的字詞， 就會發現這兩個詞語是有關聯的。

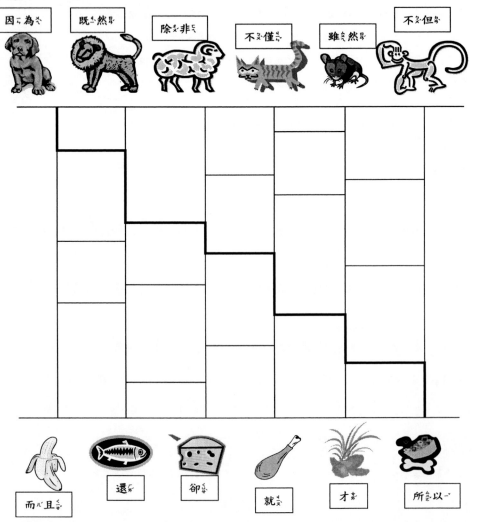

超級好朋友

班　級	＿年＿班	姓　名		座　號	＿號
評　量	👍 GOOD!	✌ YA～	✌ OK!	家長簽章	

　　有許多組的超級好朋友們失散了，　請你幫這些小朋友找到他們的朋友，　線索就是兩個好朋友衣一服上的字，　會是一組經常放在一起使用的關聯詞，　請聰明的你動動腦幫幫他們。

小蜜蜂來做工

班　級	＿年＿班	姓　名		座　號	＿號
評　量	👍GOOD!	✌YA～	👌OK!	家長簽章	

　　小朋友，　我們知道句子與句子之間可以用關聯詞來表示他們之間的關係，　現在請你幫忙把常常配對使用的關聯詞找出來，　這樣小蜜蜂才可以順利採到花蜜喔！

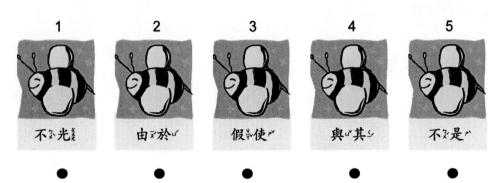

不光　　由於　　假使　　與其　　不是

而是　　不如　　因此　　而且　　那麼

大搜查線

班　級	＿年＿班	姓　名		座　號	＿號
評　量	👍 GOOD!	✌ YA～	🤟 OK!	家長簽章	

　　下面這些分句之間的關聯詞被粗心的<u>小新</u>弄錯了，現在請你當個小偵探，根據上、下句子間的關係，推敲應該用哪個關聯詞比較適當，再將選項前的數字填在括號中。

1. （　）社區裡□□人一天比一天多，□□開了一家又一家的商店，真是熱鬧！
   【1】不僅……而且……　　【2】不是……而是……
   【3】與其……寧可……

2. （　）我們社區附近只有一所小學，□□我們社區附近設立了一所高中，以後我讀中學□□不用走很遠的路。
   【1】假如……那麼……　　【2】只要……就……
   【3】無論……都……

3. （　）這本繪本的故事內容很不錯，□□插圖過於粗糙，真是可惜。
   【1】但是　　　【2】還　　　【3】於是

4. （　）力宏□□會唱歌，□□會跳舞，難怪擁有眾多的歌迷，只要有他在的地方總是人山人海。
   【1】與其……寧可……　　【2】不但……反而……
   【3】不但……而且……

5. （　）□□這一局韓國隊可以追回8分，□□有可能擊敗中華隊。
   【1】即使……也……　　【2】雖然……可是……
   【3】除非……才……

6. （　）□□有一些不負責任的駕駛酒後駕車，□□不會有那麼多重大車禍，造成許多破碎的家庭。
   【1】要不是……就……　　【2】既然……就……
   【3】假如……那麼……

生活小日記

班　級	＿年＿班	姓　名		座　號	＿號
評　量	👍GOOD!	✌YA~	✋OK!	家長簽章	

　　我們知道句子與句子之間，常常使用一組詞語連接起來，以表示上一句與下一句的關係。現在，下面有一些句子，他們缺少了關聯詞，請聰明的你參考下面方框中的關聯詞，找到下面空格的答案，使整篇文章意思完整。

> 因為……所以……；　哪怕……也……；　不僅……而且……；
> 寧可……也不……；　有……還有……；　不是……就是……

　　_____我從前居住的地方四周都是稻田、菜園，_____媽媽上街買東西很不方便。現在蓋起了許多樓房，成了一個新社區，社區內有小公園，_____小朋友玩耍的地方，_____社區活動中心。

　　在這個社區內我有許多好朋友、好玩伴，下課後我們_____一起騎腳踏車，_____一起玩捉迷藏，到了晚餐時間才回家吃飯。

　　我的學校就在社區附近，但是要經過一個非常大的十字路口，為了安全起見，媽媽_____每天親自接送我上下學，_____讓我一個人走路去學校。

　　我很喜歡上學，_____上學要寫很多功課，我_____覺得沒有關係，因為去學校可以學到很多東西，下課時間還可以跟許多同學一起玩。

　　現在，_____社區裡的人越來越多，_____連商店也一家接著一家開，我居住的地方熱鬧又方便，真是一個好地方。

@01 文章改編自 90 學年度康軒版二下國語第四冊第六課「一個好地方」。

看圖造句

班級	一年一班	姓名		座號	一號
評量	👍 GOOD!	✌ YA～	👌 OK!	家長簽章	

　　請小朋友根據框框中的圖片，發揮你們的想像力，並根據提供的條件完成下面的問題。

1.

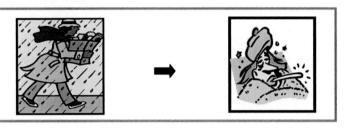

用「只要……就……」或其他關聯詞，說明「要如何做，安安才不會生病」。

2.

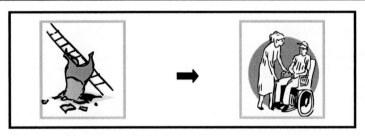

用「因為……所以……」或其他關聯詞，說明「工人坐輪椅的原因」。

3.

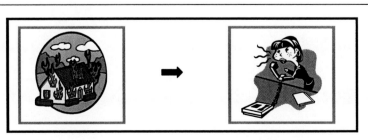

用「一……就……」或其他關聯詞，說明「看到火災，應該趕緊打119給消防隊」。

關聯詞大不同

班　級	──年──班	姓　　名		座　　號	──號
評　量	👍 GOOD!	✌ YA～	☝ OK!	家長簽章	

我們知道兩個分句之間，如果使用不同的關聯詞，句子所呈現的意思也會有所不同，現在請你從下面的關聯詞中，挑出適當的關聯詞，讓句子的意義符合題目的要求。

> 不但……而且……；　如果……就……；　只有……才……；
> 不是……而是……；　一邊……一邊……；　不是……就是……
> 為了……起見……；　因為……所以……；

例：　　　這本書是弟弟的或是哥哥的。

⇒　這本書 不是 哥哥的 就是 弟弟的。

_____

　　　這本書是哥哥的不是弟弟的。

⇒　這本書 不是 弟弟的，而是 哥哥的。

_____

(1)　　　姊姊愛跳舞。姊姊也愛唱歌。

⇒

_____

　　　姊姊愛跳舞。姊姊愛在唱歌時跳舞。

⇒

_____

(2)　　　弟弟生病了。弟弟看醫生。

⇒

_____

　　　弟弟生病時，才去看醫生。

⇒

_____

關聯詞家族(一)

班　級	＿年＿班	姓　名		座　號	＿號
評　量	👍 GOOD!	✌ YA～	👌 OK!	家長簽章	

◎使用關聯詞可以讓句子產生下列十種關係：

一、 並列關係	六、 假設關係
二、 承接關係	七、 條件關係
三、 遞進關係	八、 因果關係
四、 選擇關係	九、 目的關係
五、 轉折關係	十、 緊縮關係

接下來，我們就要一起來學學這十種關聯詞家族，了解它們有什麼不同？ **Let's Go!!**

○ 第一家族： 並列關係家族

1

並列關係： 表示事物有著幾個性質相同或相近的特點。
（……又……；……也……也；一方面……一方面……；……是……也是）

……又……	哥哥是體育健將，喜歡打棒球，又喜歡打籃球。
……也……也……	妹妹的興趣實在很多，＿＿愛讀書，＿＿愛唱歌跳舞。
一方面…… 一方面……	軍人一方面心繫家中的親人，一方面＿＿＿＿＿＿＿＿＿＿＿＿＿＿＿
是……也是……	＿＿＿＿＿＿＿＿＿＿＿＿＿＿＿ ＿＿＿＿＿＿＿＿＿＿＿＿＿＿＿

關聯詞家族(二)

◎第二家族： 承接關係家族

2

承接關係： 表示後面的事情是緊跟著前面的事情發生的。

（……才……； ……然後……； 起初……後來……； ……一……就……）

……才……	我先跟爸爸、媽媽說晚安，才刷牙睡覺。
……然後……	媽媽先看過菜單，_____再決定要點些什麼菜。
起初……後來……	今天去動物園郊遊時， 起初還艷陽高照， 後來_____
一……就……	

◎第三家族： 遞進關係家族

3

遞進關係： 表示後面的事物發展比前面的事物發展更進一層，如： 程度更深、 範圍更廣。

（……不僅……還……； ……尚且……何況……； ……不但……而且……； ……不但……反而……）

……不僅……還……	這次園遊會我們班不僅要賣茶葉蛋， 還要賣紅茶。
……尚且……何況……	國中的哥哥寫這個題目_____感到困難，_____是讀五年級的我！
……不但……而且……	小狗不但會幫忙看家， 而且_____
……不但……反而……	

關聯詞家族(三)

◎第四家族：　選擇關係家族

4

選擇關係：　表示在幾件事物中選擇其中一樣。
（不是……就是……；　或者……或者……；　要麼……
要麼……；　與其……不如……）

不是……就是……	媽媽規定我放學後不是先寫功課，　就是先洗澡，　不可以看電視。
或者……或者……	媽媽說：「今天晚餐＿＿＿吃牛肉麵，＿＿＿吃海鮮粥，你們決定吧！」
要麼……要麼……	天氣變涼了，　要麼穿件毛衣，要麼＿＿＿＿＿＿＿＿＿
與其……不如……	＿＿＿＿＿＿＿＿＿

◎第五家族：　轉折關係家族

5

轉折關係：　表示事物在發展的過程中，　後面的不是順著前面的，　而是做了一個轉折，與前面的相對或相反。
（……卻……；　……不過……；　雖然……但是……；　儘管……可是……）

……卻……	姊姊想吃漢堡薯條，　卻怕體重上升，會穿不下新買的窄裙。
……不過……	老王想要賺大錢，＿＿＿＿他整天遊手好閒，　天下豈有不勞而獲的事。
雖然……但是……	雖然小明考前盡力準備這次的段考，但是＿＿＿＿＿＿＿
儘管……可是……	＿＿＿＿＿＿＿＿＿

關聯詞家族(四)

◎ 第六家族： 假設關係家族

6

假設關係： 前面的句子說出假設， 後面的句子
說出推論的結果。

（如果……； 假如……； ……若是……便……； 即使
……也……）

如果……	如果牛頓沒有坐在樹下被蘋果打到，就不會發現地心引力了。
假如……	_____我是一隻小鳥， 我就可以自由自在地在天空翱翔。
……若是……便……	這世界若是沒有戰爭發生， 便_____ _____
即使……也……	_____ _____

◎ 第七家族： 條件關係家族

7

條件關係： 表示後面的事情是基於前面的事情而
發生的。

（只有……才……； 只要……就……； 除非……才……；
無論……都……）

只有……才……	只有持之以恆的運動和注意飲食均衡， 才可以鍛鍊健康的體魄。
只要……就……	只要給種子陽光、 水、 空氣， 和細心的照料， 它_____可以成為苗壯的小樹。
除非……才……	除非我們坐計程車， 才_____ _____
無論……都……	_____ _____

關聯詞家族(五)

◎ 第八家族：　因果關係家族

8

因果關係：　表示說明因果的，一個句子說明原因，另一個分句表示結果。

（……以致……；　因為……所以……；　由於……因此……；　既然……就……）

……以致……	都怪我跟弟弟頑皮搗蛋，以致於打破了爸爸珍藏的古董花瓶。
因為……所以……	＿＿＿＿＿小美一直都有閱讀和寫日記的習慣，＿＿＿＿＿寫得一手好文章。
由於……因此……	由於颱風的關係，天候不佳且能見度低，因此＿＿＿＿＿＿＿＿＿
既然……就……	＿＿＿＿＿＿＿＿＿＿＿＿＿＿＿＿＿＿＿＿＿＿＿＿

◎ 第九家族：　目的關係家族

9

目的關係：　表示為了達到某種結果而做出的動作。

（為了……；　以便……；　為的是……；　免得……）

為了……	為了取得 2004 年奧運參賽權，選手們無不使出渾身解數，奮力一搏。
以便……	公共場所都應有無障礙空間的規畫或設備，＿＿＿＿＿身心障礙者使用。
為的是……	大寶兼了好幾份工作，且勤儉存錢，為的是＿＿＿＿＿＿＿＿
免得……	＿＿＿＿＿＿＿＿＿＿＿＿＿＿＿＿＿＿＿＿＿＿＿＿

關聯詞家族（六）

◎ 第十一家族： 緊縮關係家族

10

緊縮關係： 是以類似的句子來表達複句內容，多半含有假設、 條件等關係。
（ 越……越…… ； 再……也…… ； 非……不可…… ； 不……也…… ）

越……越……	小美越長大越漂亮， 而且氣質出眾， 真是人見人愛。
再……也……	國父在革命的過程中， 即使遭受再大的挫折，_____ 從未放棄希望，終於建立中華民國。
非……不可……	這次的會議十分重要，_____ _____
不……也……	_____ _____

關聯詞真是一個大家族啊！ 做完這些練習之後， 相信你對它們已經有了進一步的認識， 如此可以幫助我們更正確地使用它們， 也幫助我們更流暢地表情達意， 寫出通順的文章！

修辭

給大人的話

　　一篇好文章往往必須具備三項條件，一是要內容豐富，二是要有感情，三是要優美生動，而要讓文章優美動人就得靠修辭技巧了。因此，要能寫出讓人拍案叫絕的文章，內容的選擇和修辭技巧的運用都必須兼具，彼此相輔相成才行！

　　修辭在語文教學的過程中，是不可或缺的一環。如果能讓孩子有系統地學習各類修辭，除了可以培養孩子在閱讀時的文辭鑑賞能力、了解文辭之美之外，更可以幫助他們流暢地表情達意，同時，增進文學創作的能力。

　　修辭大致上包括：誇飾、譬喻、擬人、摹寫、設問、引用、轉化、頂真、排比、回文……等。這裡我們介紹了「譬喻」、「類疊」兩種常用的修辭法，提供大人們引導孩子學習修辭時的參考。譬喻，是一種「借彼喻此」的修辭方法。聯想出有共同類似特點的人、事、物來加以形容描述要表達的事物。類疊，是以同一字詞語句反覆地使用，用來加強語氣。

 ## 推薦書籍

王家珍（2000）。**快快樂樂學修辭**。台北縣：螢火蟲出版社。

王家珍（2000）。**修辭學習單**。台北縣：螢火蟲出版社。

王派仁（2000）。**過五關學修辭**。台北縣：螢火蟲出版社。

鄭發明（1997）。**用修辭學作文**。台北縣：螢火蟲出版社。

 ## 推薦網站

燦爛的中國文明──中國文辭之美。

http://www.chiculture.net/php/frame.php? id=/cnsweb/html/0611 (2010/10/10)

修辭

給小朋友的話

什麼是修辭？

　　修辭細分起來其實有很多種，總括來說，包括：誇飾、譬喻、擬人、類疊、摹寫、設問、引用、轉化、頂真、排比、回文……等。這裡我們介紹了「譬喻」、「類疊」兩種常用的修辭法。

一、譬喻：用「打比方」的方法來說明事物。通常句子裡都會出現「像」、「好像」、「似」的詞語。

二、類疊：同一個字詞語句，接二連三反覆地使用，分為：
　　　　　1. 疊字：柔柔的風
　　　　　2. 疊詞：到街上閒逛閒逛
　　　　　3. 疊句：盼望著，盼望著，東風來了，春天的腳步近了

為什麼要學修辭？

一、增進文意表達的能力

　　有系統地學習修辭，可以幫助我們更深刻地表達自己的意思，使原本平淡無奇的詞句充滿變化，引起別人的共鳴。

二、培養對文章的鑑賞能力

　　熟悉修辭後，能幫助我們去欣賞文句優美之處，感受作者所要表達的意境和感情！

修辭的使用時機？

一、閱讀文章時：更貼切地了解作者要表達的情意。

二、寫作時：讓文章變得生動活潑，富有趣味。

修辭

學習單架構

譬喻法篇

創意點子王【三角形的聯想】　見 p. 247
藉由對三角形的聯想，培養孩子使用譬喻修辭的能力。

祝福小卡片【譬喻法練習】　見 p. 248
選擇適當的語詞填入語句中，讓句子成為一個譬喻修辭。

特質大考驗【以動物譬喻性格】　見 p. 249
讓孩子藉由觀察動物的特質，以動物為例譬喻一個人的性格。

動動腦時間【推測譬喻的事物】　見 p. 250
利用語句中畫線的部分推測可能譬喻的事物。

動物園之旅【利用譬喻法擴句】　見 p. 251
將短文裡的語詞利用譬喻修辭來擴句，讓文句更有趣。

明察秋毫【譬喻法練習】　見 p. 252
培養小朋友仔細觀察和譬喻聯想的能力。

類疊法篇

疊字詞城堡【類疊字詞練習】　見 p. 253
讓孩子了解並熟悉疊字的規則。

層層疊疊【辨別疊字疊詞】　見 p. 254
分辨疊字和疊詞的不同，並試著用類疊的語詞造出完整的句子。

疊疊樂【練習四種疊字詞】　見 p. 255
讓小朋友練習四種不同疊字詞的類型。

創意點子王

班級	＿年＿班	姓　名		座　號	＿號
評量	👍 GOOD!	✌ YA～	👌 OK!	家長簽章	

　　下面的圖形裡都藏了一個粗框的「三角形」，請你仔細地找一找。 你覺得這些三角形看起來像什麼呢？ 把你的答案寫在空格處。

三角形像是　　帽子　　。

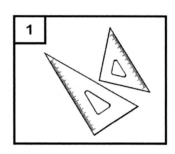

三角形像是　＿＿＿＿＿＿。

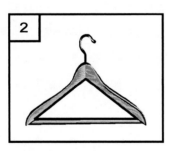

三角形像是　＿＿＿＿＿＿。

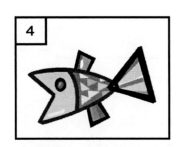

三角形像是　＿＿＿＿＿＿。

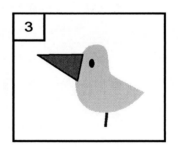

三角形像是　＿＿＿＿＿＿。

三角形像是　＿＿＿＿＿＿。

祝福小卡片

班　級	——年——班	姓　名		座　號	——號
評　量	👍 GOOD! ✌️ YA~ 👌 OK!			家長簽章	

　　小朋友，運用你的創造力，試著用「譬喻法」完成下面的卡片，讓收到這張卡片的人感受到你的誠意和祝福吧！可以依照下面提示中的選項作答。

親愛的小咪：

　　你總是像_____一樣，在我最需要幫助的時候出現在我身邊。當我難過、悲傷時，你的笑容就好像是_____，帶給我溫暖和安慰，很高興有妳這樣的朋友！

　　我們兩個人身高一樣高、體重一樣重，都有圓滾滾的眼睛、也都綁著馬尾，大家都說我們長得很像_____！我們像是沾了_____一樣，不論上學、讀書或玩耍都在一塊，過去的點點滴滴，現在回憶起來還是讓我很懷念。在這個特別的日子裡，希望獻上我滿滿的祝福！祝妳

生日快樂

好友小婷　敬上

民國____年____月____日

財神、天使、夫妻、師生、墨汁、寒冷的狂風、雙胞胎、同學、暖和的陽光、強力膠、惡魔、泥土

特質大考驗

班　級	＿年＿班	姓　名		座　號	＿號
評　量	👍GOOD!	✌YA～	🤙OK!	家長簽章	

　　小朋友，我們有時候會拿動物的特質（外型、習性、動作……）來做比喻，這樣的譬喻方式常常更能貼切地形容人物的性格，請先依照動物的特質連連看，並在（　　）中填上答案。

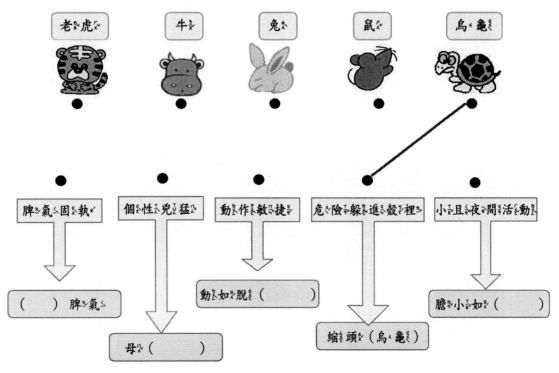

小朋友！再請你利用上面五個譬喻語詞，造一個句子。

一、小志的脾氣就像是（　　　　　一樣固執又倔強），他發
　　（　　　　　脾氣）的時候，連爸媽都拿他沒辦法！

二、做事情不能遇到困難就像（　　　　　　）一樣躲起來，
　　要勇敢地負起責任。

三、胖虎的媽媽很兇就像是＿＿＿＿＿＿＿＿＿＿＿＿＿。

動動腦時間

班　級	＿年＿班	姓　名		座　號	＿號
評　量	👍 GOOD!	✌ YA～	🤟 OK!	家長簽章	

請你想一想，下面這些句子裡畫線的語句，究竟是在比喻什麼東西呢？

動動腦時間……

○ 午後，天空突然蓋上了灰色的布幔。
1 烏雲　　2 飛機　　3 烏鴉

○ 下過雨後，花朵上出現了一顆顆圓滾滾的珍珠。
1 瓢蟲　　2 彈珠　　3 雨滴

○ 草地上、池塘邊有好多小飛機翩翩飛舞。
1 青蛙　　2 蜻蜓　　3 蝴蝶

○ 穿著黑色燕尾服的小勇士們，在雪地裡游泳。
1 北極熊　　2 企鵝　　3 烏龜

○ 今晚天氣真晴朗，滿天星星，還有一個又大又亮的銀盤掛天空。
1 月亮　　2 太陽　　3 鏡子

○ 馬路上吐黑煙的大烏賊，應該要嚴格取締！
1 行人　　2 小狗　　3 汽、機車

值日生！

動物園之旅

班　級	——年——班	姓　名		座　號	——號
評　量	👍 GOOD!	✌ YA～	👌 OK!	家長簽章	

　　下面這篇日記是大雄的暑假作業，偷懶的大雄只把去動物園玩的事記錄下來，卻沒有讓別人感受到他去玩的喜悅、興奮、還有讓他印象深刻的事，實在很可惜！你可以用「譬喻法」幫大雄把這篇暑假作業寫得更有趣一點嗎？

2004 年 8 月 16 日　　星期一　　天氣

　　今天一大清早，天氣很好，太陽很大。我們全家人一起到動物園玩，路上我們經過一大片稻田，最後終於到了動物園，我看到了長鼻子的大象、超級可愛的企鵝、大肚子的母猩猩，和許多動物。我覺得動物園真的很好玩！

　　　　　　　　　　　　　　　　　　　　　　　大雄

2004 年 8 月 16 日　　星期一　　天氣

　　今天一大清早，天氣很好，太陽就像一顆大火球高高掛在天空中。我們全家人一起到動物園去玩，路上我們經過一大片稻田，綠油油的稻田就像

　　　　　　　　　　　　　　。最後，我們終於到了動物園，我看到了鼻子像　　　　　　　　　的大象、超級可愛的企鵝、肚子圓得像是　　　　　　　　　的母猩猩，和許多動物們，我覺得動物園真的很好玩！

　　　　　　　　　　　　　　　　　　　　　　　大雄

明察秋毫

班　級	＿年＿班	姓　名		座　號	＿號
評　量	👍 GOOD!	✌ YA～	👌 OK!	家長簽章	

　　仔細觀察每一種動物， 你會發現牠們都有各自的特色， 從「動物的外觀」和「動物的性格」兩方面想一想， 各種動物像什麼呢？

從外觀來做比喻

例：　蛇的身體， 好像<u>一根彎彎曲曲的水管</u>， 時常出沒在草叢裡。

1. 大象的耳朵， 像是_____，
好可愛啊！

2. 兔子的眼睛， 好像_____
_____。

3. 樹上小猴子的屁股紅通通的， 好像_____
_____。

從性格來做比喻

例：　人家都說：「馬路如<u>虎口</u>」， 形容馬路上是很危險， 要多多注意！

4. 嗡嗡嗡， 蜜蜂像是_____，
每天忙著採蜜。

5. 小狗就好像是_____，
還能幫忙看家。

6. 清晨天都還沒亮， 公雞就好像是_____，
準時地啼叫報時。

疊字詞城堡

班　級	＿年＿班	姓　名		座　號	＿號
評　量	👍 GOOD!	✌ YA～	👌 OK!	家長簽章	

　　小黑人們正在忙著疊積木，他們正打算利用積木蓋一座又高又大的城堡，積木堆疊的語詞必須是疊字詞才行（例如：水汪汪），請你加入他們的行列，一起幫忙把散落的字填入城堡中適合的積木上吧！

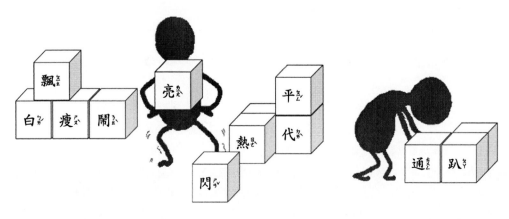

層層疊疊

班 級	＿年＿班	姓 名		座 號	＿號
評 量	👍 GOOD!	✌ YA～	🖐 OK!	家長簽章	

- 疊字： 同一個字接連地使用。
  例如： 柔柔亮亮、 閃閃動人。
- 疊詞： 同一個語詞接連地使用。
  例如： 新年快樂， 恭喜！ 恭喜！

一、 下面有哪些是疊字的拼圖？ 哪些是疊詞的拼圖呢？ 請你找找看， 並將找到的疊字和疊詞分別填在空格中。

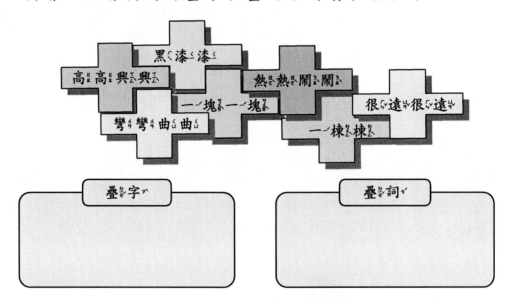

疊字	疊詞

二、 動動腦！ 上面的疊字詞有哪些可以填在下面的句子裡面呢？

- 早上天氣晴朗， 我們（　　　　　）地到公園玩耍。
- 以前沒有腳踏車的時候， 我們上學都要走（　　　　　）的路。
- 媽媽上街買菜， 都要走過（　　　　　）的小巷子。
- 都市裡的稻田（　　　　　）都不見了， 蓋起好多好多的樓房。

※配合90學年度康軒版二下第四冊第六課「一個好地方」。

疊疊樂

班　級	__年__班	姓　名		座　號	__號
評　量	👍 GOOD!	✌ YA~	👌 OK!	家長簽章	

　　小朋友，類疊修辭的呈現方式有很多種，下面分為四種形式，請你分別在空格裡填入適當的類疊語詞！

A──A

兩個字重複使用。例如：「洋洋得意」

1.（　　　　）相扣
2.小心（　　　　）
3.（　　　　）道路通羅馬
4.野心（　　　　）

A──B──B

一個字再加上兩個重複的疊字。例如：「綠油油」

1.蝸牛和烏龜走路都（　　　　　　）
2.那個可愛的女孩有雙（　　　　　　）的大眼睛。
3.鬧飢荒的地區，人們因為營養不良都長得（　　　　　　）
4.從賣鹽酥雞的攤子飄來（　　　　　　）的氣味。

A──A──B──B

字兩兩重複使用。例如：「開開心心」

1.下課了，但她卻（　　　　　　）一個人坐在位子上哭泣。
2.他找不到他的眼鏡，眼前的景物看起來都（　　　　　　）。
3.每個父母親都希望孩子能（　　　　　　）地長大。

A──B──A──B

一個詞語重複使用。例如：「一遍一遍」

1.要不要參加登山攀岩活動，讓我再（　　　　　　）。
2.（　　　　　　）的雨聲是一首自然的交響樂。
3.一道閃電出現，接著就聽到（　　　　　　）的雷聲。

閱讀理解學習

畫線策略

蔣明珊、黃敏菁、辛盈儒、王瑩禎、陳麗帆、黃知卿、施伊珍

摘要策略

蔣明珊、辛盈儒、王瑩禎、陳麗帆、黃知卿、施伊珍、洪怡靜

自問自答

蔣明珊、王瑩禎、辛盈儒、陳麗帆、黃知卿、施伊珍、陳師潔

結構分析

蔣明珊、黃敏菁、辛盈儒、王瑩禎、陳麗帆、黃知卿、施伊珍

心智圖法

蔣明珊、辛盈儒、王瑩禎、黃知卿、施伊珍、陳麗帆

推論策略

蔣明珊、黃敏菁、王瑩禎、辛盈儒、陳麗帆、黃知卿、施伊珍

閱讀理解學習

一、設計理念

　　閱讀理解能力是語文學習中很重要的一項能力，有良好閱讀理解能力的孩子可以加快吸收知識的速度、增進表達的能力、奠定寫作的基礎。相對地，閱讀理解有困難的學生不僅無法享受閱讀的樂趣、阻礙學習的腳步，甚至日常生活上與人交談都會受影響。幫助孩子增進閱讀理解的方法有很多，我們挑選了在日常生活或教學中常運用的策略來設計學習單，包含畫線策略、摘要策略、自問自答——7W、結構分析、推論策略和以圖像來幫助記憶理解的心智圖法共六大單元，且有分階段的設計，方便教師實施課程調整的教學，讓不論是何種程度的孩子都可以根據學習需求，找到適宜的學習角度切入，得到最好的學習效果。

二、設計方式

　　為了讓各種程度的學生都能使用這部分的學習單，也讓老師可以方便進行課程調整，每個單元的設計都由淺而深分成三個階段。其中「紮穩馬步篇」是讓孩子奠定基礎，使孩子可以對於每個閱讀理解策略有基本的認識，可讓一般普通生作為入門，而輕度認知功能障礙的學生也可在師長指導下學習這個部分的內容；「融會貫通篇」則是符合一般學生程度的學習單，讓學生可以經由各種不同形式的練習，增進對每一個策略的了解；「出神入化篇」是比較具有挑戰性的內容，學生必須對於每個主題的內容有一定的了解或精熟才能完成，因此可以給程度較好的學生或資優生使用。不論如何，這只是一個概略性的原則，教師可根據學生的能力及程度自行取捨選用。

三、使用方法

＊每單元第一頁均為概念介紹

【教師及家長】

　　本單元的主題是「閱讀理解策略」，每個策略都是用來教導孩子如何閱讀一篇文章，如何找到重點，理解文章主旨大意等。這樣的策略可以用在許多的地方，例如：閱讀報章雜誌、複習和預習課文、書寫文章，甚至是與人對話的時候，都可以讓我們更容易抓到重點，因此，閱讀理解策略的應用是很廣的，家長、教師可以視需要，在指導孩子閱讀、寫作時任意搭配使用。因為每個策略的難易度有差異，結構分析策略、推理策略是需要運用較高的認知能力，因此，師長在教導孩子運用閱讀策略時可以從較簡單的畫線策略、自問自答策略開始。每種策略均附有練習用的學習單。

【教師】

　　在教學上，本主題部分學習單是配合課本進行設計的，可以視為範例，老師可自行搭配課文進行修改、調整，應用於國語課文內容深究、課外閱讀及作文寫作的教學上。

　　此外，教師也可將部分的學習單修改後當作課後作業，用來檢視孩子們對課文的理解有多少。

【家長】

　　家長可以配合課外閱讀或課本內容的延伸學習，利用這些學習單增進孩子的閱讀能力，並了解孩子對於文章的理解度，或是配合課文調整學習單的題目當作考前複習，以檢視孩子對於課文的學習效果。

【學生】

　　學生自學時，可以先讀每個策略前的「給小朋友的話」，再依據程度由淺到深搭配學習單做練習。

畫線策略

給大人的話

　　曾經考過一關又一關大考、小考的諸位看倌們一定相當熟悉，若沒有「畫線」這個動作的輔助，想必考試複習時一定不知道該如何著手，到底該從哪裡讀起呢？

　　是的，現在所要介紹的這個閱讀策略就是要培養孩子這方面的能力，一步一步地學會找出文章的重點處並把它畫下來，藉以得到更高的讀書效率，讓讀書更 easy！現代是個講究效率的時代，這個閱讀策略將為您的孩子提供一個將知識有效吸收的好方法。

　　本學習單先向小朋友介紹各種畫重點的形式，提供小朋友畫線的變換形式，再針對最基本的畫線作練習，讓小朋友比較畫重點的好處，再提供重點的方法，練習畫線策略在不同形式的文章上的使用。然而，孩子最需要的還是家長和老師適時的指導，請師長可以參考推薦的書籍或網站，幫助孩子在學習閱讀理解的路上更順利。

推薦書籍

沈惠芳（1999）。**來玩閱讀的遊戲**。台北縣：螢火蟲出版社。

瑞琦・路德曼著，郭妙芳譯（2004）。**飛向閱讀的王國**。台北市：阿
　　布拉出版社。

推薦網站

閱讀與你。http://home.ied.edu.hk/~s0156961 (2004/11/15)

語文教師的閱讀教學策略。

http://trdc.kta.kh.edu.tw/achieve/5-Study%20Activity/970825-1.htm (2010/10/10)

可預測讀物——閱讀的啟蒙教材。

http://sulanteach.msps.tp.edu.tw/2008%A6%E6%A8%C6/970804%BB%B2%
　　BE％C9%B9%CE％EB％B6i％AC％E3%B2%DF/970811.htm
　　(2010/10/10)

布克斯島——大家來閱讀。

　　http://w3.nioerar.edu.tw/reading/read/read.htm (2004/11/15)

閱讀雜議——如何教孩子閱讀。

　　http://www.hongniba.com.cn/bookclub/reading.htm (2004/11/15)

畫線策略 給小朋友的話

What 什麼是畫線策略？

畫線策略就是當你在讀書的時候，將書中的重點處、有疑問的地方或者是優美的句子……等畫下來，它是一個讓你可以方便記憶、問問題及欣賞好句子的方法。

Why 為什麼要學畫線策略？

學了畫線策略可以幫助你將書中重要的地方找出來，讓閱讀變得更有效率，而且使考前複習更方便。除此之外，平常在看課外書時也可以用這個方法學到很多好句子喔！

Timing 畫線策略的使用時機？

1. 將課本重點畫起來，當作考前複習的內容。
2. 傳字條或寫信給別人，把特別重要的地方畫起來以提醒對方注意你的訊息。
3. 看書時碰到自己喜歡的句子，畫下來做記錄。
4. 自己容易忘記的地方，將它畫起來以便提醒自己。
5. 先將文章中的重要元素畫下來，以便組織文章架構圖，方便記憶。
6. 看不懂的地方，例如：英文單字或是較難的語詞可以將它們先畫起來，方便之後想進一步了解。

畫線策略

學習單架構

紮穩馬步篇

重點放大鏡【畫線的秘訣】 見 p. 263
教導小朋友常用畫記重點的形式和方法。

超級比一比【畫重點優劣的比較】 見 p. 264
讓小朋友比較重點畫得好和畫不好的差別。

融會貫通篇

牛刀小試【練習畫重點】 見 p. 265
畫重點的技巧提示，練習將簡單的文章畫重點。

大展身手【幫課文畫線】 見 p. 266
利用之前的經驗，在課文重點底下畫線。

出神入化篇

自導自演【自尋文章並畫線】 見 p. 267
請小朋友找到合適的短文並在底下畫線。

 重點放大鏡

| 班 級 | ＿年＿班 | 姓 名 | | 座 號 | ＿號 |
| 評 量 | GOOD! | YA～ | OK! | 家長簽章 | |

　　小朋友， 從小到大你應該有許多閱讀或考試的經驗， 你有注意過你是用什麼方式去看書或者找出考試的重點嗎？ 想一想， 你的讀書方法有哪些呢？ 以下有幾種方式， 如果是你曾經用過的請在□內打✓。 如果是你還沒用過， 可是你覺得它可能是個很棒的方法， 請在□畫上☆。 準備好了嗎？ Let's Go！

□ 1. 把每一段的第一句或是最後一句做個記號， 因為那是「做個開始」或「做總結」的動作。

□ 2. 找出文中列舉的項目（如： 第 1 點、 第 2 點、 第 3 點……等）。

□ 3. 找出故事中的人、 事、 時、 地、 物……等。

□ 4. 畫出和文章題目有關的內容或關鍵字。

□ 5. 畫出文中特別標示或粗黑體的字。

□ 6. 畫出文章的架構圖。

□ 7. 在重點的下方、 右方或左方畫線或做其他的記號。

□ 8. 用直線 ———— 或曲線 ～～～～～ 做記號。

□ 9. 用色筆把重點字、 關鍵詞圈起來。

□ 10. 找出事件的先後順序， 並幫它標上(1)、(2)、(3)、(4)……等的標號。

□ 11. 找出優美的詞句， 並在旁邊或下面畫線。

□ 12. 畫出自己喜歡的句子。

□ 13. 用螢光筆把自己認為重要的句子塗上顏色。

超級比一比

班　級	＿年＿班	姓　名		座　號	＿號
評　量	👍 GOOD!	✌ YA～	🖐 OK!	家長簽章	

小朋友，請你閱讀下面這一篇文章，有畫線的地方就是重點，跟你想的一樣嗎？

> 　　樹木皆屬於木本植物，而木本植物依據它的<u>高度和分枝情形</u>，又可分為喬木與灌木兩大類。
> 　　<u>喬木的最大特徵就是每棵樹都長得又高又大</u>，其中又可分成常綠性和落葉性兩種。常綠性喬木依其名字來看，<u>大概就可以知道他們幾乎整年都是綠色的</u>，即使在寒冷的冬天也是如此，木麻黃、榕樹、尤加利等即屬於此種。
>
> @9 文章摘錄自賴伊麗（2001）。

看完了以上這篇畫的重點，底下是相同的文章，但是畫線的地方不一樣了，我們也來看看吧，並且請你想想看，哪一種畫線的方法比較容易記住重點呢？

> 　　樹木皆屬於木本植物，而木本植物依據它的<u>高度和分枝情形</u>，又可分為<u>喬木與灌木兩大類</u>。
> 　　<u>喬木</u>的最大特徵就是每棵樹都長得<u>又高又大</u>，其中又可分成<u>常綠性</u>和<u>落葉性</u>兩種。常綠性喬木依其名字來看，大概就可以知道他們<u>幾乎整年都是綠色的</u>，即使在寒冷的冬天也是如此，木麻黃、榕樹、尤加利等即屬於此種。
>
> @9 文章摘錄自賴伊麗（2001）。

◎原來如此

　　第一篇例子幾乎把整段文章都當成重點了，請注意——畫線策略是在幫助閱讀的人找出文章中最重要的元素，所以可以省略的字句就不用畫了。

牛ぅ刀ぇ小ぇ試ぇ

班 級	＿年＿班	姓 名		座 號	＿號
評 量	👍 GOOD! ✌ YA～ 🤟 OK!			家長簽章	

◎畫ぇ線ぇ小ぇ技ぇ巧ぇ

　　除ぇ了ぇ前ぇ面ぇ提ぇ過ぇ可ぇ以ぇ畫ぇ線ぇ的ぇ部ぇ分ぇ外ぇ， 底ぇ下ぇ再ぇ提ぇ供ぇ一ぇ些ぇ文ぇ章ぇ裡ぇ可ぇ能ぇ是ぇ重ぇ點ぇ的ぇ地ぇ方ぇ， 方ぇ便ぇ你ぇ畫ぇ下ぇ重ぇ點ぇ。

　　1. 文ぇ章ぇ的ぇ第ぇ一ぇ句ぇ或ぇ最ぇ後ぇ一ぇ句ぇ。

　　2. 和ぇ題ぇ目ぇ有ぇ關ぇ的ぇ內ぇ容ぇ或ぇ關ぇ鍵ぇ字ぇ。

　　以ぇ下ぇ的ぇ這ぇ篇ぇ小ぇ短ぇ文ぇ就ぇ請ぇ你ぇ運ぇ用ぇ之ぇ前ぇ所ぇ學ぇ到ぇ的ぇ方ぇ法ぇ和ぇ提ぇ示ぇ， 試ぇ著ぇ將ぇ重ぇ點ぇ畫ぇ下ぇ來ぇ。 Let's Go !

◎牛ぅ刀ぇ小ぇ試ぇ區ぇ 1

> **《我ぇ的ぇ寫ぇ作ぇ秘ぇ訣ぇ》**　作ぇ者ぇ：劉ぇ宇ぇ真ぇ
>
> 　　當ぇ我ぇ有ぇ空ぇ時ぇ， 我ぇ就ぇ會ぇ拿ぇ起ぇ身ぇ旁ぇ的ぇ書ぇ， 坐ぇ下ぇ來ぇ靜ぇ靜ぇ的ぇ閱ぇ讀ぇ， 慢ぇ慢ぇ的ぇ走ぇ入ぇ書ぇ中ぇ世ぇ界ぇ， 陶ぇ醉ぇ在ぇ其ぇ中ぇ， 遨ぇ遊ぇ美ぇ妙ぇ的ぇ境ぇ界ぇ。 當ぇ我ぇ發ぇ現ぇ美ぇ詞ぇ佳ぇ句ぇ時ぇ， 便ぇ會ぇ把ぇ它ぇ多ぇ寫ぇ幾ぇ次ぇ， 並ぇ且ぇ記ぇ在ぇ腦ぇ子ぇ裡ぇ。 除ぇ了ぇ多ぇ看ぇ書ぇ以ぇ外ぇ， 我ぇ還ぇ喜ぇ歡ぇ旅ぇ遊ぇ， 因ぇ為ぇ旅ぇ遊ぇ可ぇ以ぇ增ぇ廣ぇ見ぇ聞ぇ， 增ぇ加ぇ作ぇ文ぇ題ぇ材ぇ， 讓ぇ我ぇ的ぇ文ぇ章ぇ更ぇ多ぇ采ぇ多ぇ姿ぇ。
>
> @10 文章節錄自小河兒童文學。http://www.ypes.tpc.edu.tw/funaleture/child/secret.htm (2004/11/15)

◎牛ぅ刀ぇ小ぇ試ぇ區ぇ 2

> **《著ぇ作ぇ權ぇ法ぇ》**
>
> 　　著ぇ作ぇ權ぇ法ぇ是ぇ保ぇ護ぇ人ぇ類ぇ的ぇ精ぇ神ぇ創ぇ作ぇ， 凡ぇ屬ぇ文ぇ學ぇ、 科ぇ學ぇ、 藝ぇ術ぇ或ぇ其ぇ他ぇ學ぇ術ぇ範ぇ圍ぇ之ぇ創ぇ作ぇ等ぇ均ぇ屬ぇ之ぇ， 以ぇ促ぇ進ぇ人ぇ類ぇ文ぇ化ぇ之ぇ進ぇ步ぇ。 由ぇ於ぇ文ぇ化ぇ方ぇ面ぇ的ぇ精ぇ神ぇ創ぇ作ぇ是ぇ人ぇ類ぇ思ぇ想ぇ、 智ぇ慧ぇ的ぇ結ぇ晶ぇ， 屬ぇ於ぇ人ぇ類ぇ文ぇ化ぇ資ぇ產ぇ的ぇ一ぇ部ぇ分ぇ， 對ぇ於ぇ人ぇ類ぇ文ぇ化ぇ的ぇ進ぇ步ぇ與ぇ發ぇ展ぇ有ぇ所ぇ貢ぇ獻ぇ， 是ぇ以ぇ有ぇ必ぇ要ぇ對ぇ從ぇ事ぇ創ぇ作ぇ之ぇ人ぇ加ぇ以ぇ保ぇ障ぇ， 同ぇ時ぇ並ぇ藉ぇ以ぇ鼓ぇ勵ぇ其ぇ他ぇ人ぇ從ぇ事ぇ精ぇ神ぇ創ぇ作ぇ活ぇ動ぇ， 使ぇ人ぇ類ぇ文ぇ化ぇ的ぇ資ぇ產ぇ更ぇ豐ぇ富ぇ， 文ぇ化ぇ發ぇ展ぇ更ぇ迅ぇ速ぇ， 此ぇ乃ぇ著ぇ作ぇ權ぇ法ぇ最ぇ主ぇ要ぇ的ぇ目ぇ的ぇ。
>
> @11 文章節錄自工研院 ITRI Family 電子報——生活百科單元網路著作權（上）。
> http://itrifamily.itri.org.tw/life/91/life910930-2.html (2004/11/15)

大展身手

班　級	＿年＿班	姓　名		座　號	＿號
評　量	👍 GOOD!	✌ YA～	🖐 OK!	家長簽章	

　　經過上面的練習，想必你的功力又進步了一些，現在就讓我們拿課文的兩段來做練習吧！

◎ 大展身手區 1

> 　　媽媽說我們剛搬來的時候，這裡只有兩排新建的房子，四周都是稻田、菜園和草地。媽媽上街買東西，要走過彎彎曲曲的小路，很不方便。
>
> 　　過了不久，稻田一塊一塊都不見了，蓋起一棟又一棟的樓房，成了一個新社區。社區裡有小公園，有小朋友玩耍的地方，還有可以看書、看報紙和開會的活動中心。
>
> 　　　　　　　　　　@01 文章節錄自 90 學年度康軒版國語第四冊第六課「一個好地方」。

◎ 大展身手區 2

> 　　從電視和書報上，我們常常看到國外許多有趣的民俗活動。比如在以色列，孩子出生的時候，有些父母會為他種下一棵樹，讓這棵樹陪著孩子一起長大。日本人在「女兒節」時，有女兒的家裡，會陳列各種人紙娃娃，祈求女兒幸福平安。「男童節」有些男孩家裡會掛上鯉魚旗，希望男孩健康成長，成為一個有用的人。
>
> 　　這些和兒童相關的民俗活動，告訴我們：不同的國家就有不同的風土民情。想多了解各地的風俗，除了多看書報，觀賞電影、電視，還可以利用網路，打開視野，也可以到各地參觀旅行，認識不同的國家文化。
>
> 　　　　　　　　　　@12 文章節錄自 92 學年度康軒版國語第五冊第八課「有趣的兒童民俗」。

自導自演

班　級	＿年＿班	姓　名		座　號	＿號
評　量	GOOD!	YA～	OK!	家長簽章	

　　恭喜你通過前面的挑戰，　接下來要請你自己試著找出一篇大小不超過底下方框的小文章，　把它影印並貼在以下的方格中，　之後再畫出你覺得是重點的部分，　Let's Go！

【文章黏貼處】

摘要策略

給大人的話

如果小朋友具備摘要的能力，就能充分運用文章提供的訊息，所以培養小朋友的摘要能力除了可以讓他快速找出文章之中的重點外，對於聆聽別人說話的重點、挑選有用的資訊等方面的能力都會增加，這對於學習有很大的幫助。此外透過對文章和段落文句等的拆組，再用自己的話說出或寫出來，更可訓練小朋友的統整和表達能力。家長或教師也可以從小朋友的摘要中了解他閱讀理解有哪些不足的地方，進而對他做適當的指導。

摘要在不一樣的文體中可能有不一樣的定義，大部分的學者認為摘要可以分成故事文和解說文來做摘要。（吳敏而，1994）

一、故事文

故事文指的是記敘文體，其結構包含背景、主題、情節、結局。學生依序找出故事中的各種內容，就能找出摘要。

二、解說文

解說文包含說明論點、說明事件、描述風景及描述情感等類的文章，其結構通常較故事文體複雜。有學者建議可以用樹狀圖表示，並將解說文架構分為說明式、列舉式、時間順序式、比較式和因果關係式五種。理解說明文結構就多能掌握文章大意。（吳敏而，1994）

 以下是摘要常用的方法，提供老師或家長教學上的參考

1. 使用圖畫介紹

◎意義

運用具體圖畫，幫助學生辨別整體和細節的能力，等學生較有概念後，可以再加進較抽象的文字。

◎適用時機

低年級學生看圖畫故事書。

2. 使用實物比喻

◎意義

利用物體的圖像提供小朋友「包含」的概念。

◎適用時機

由舊經驗引導學生學習大意的包含性。

◎舉例

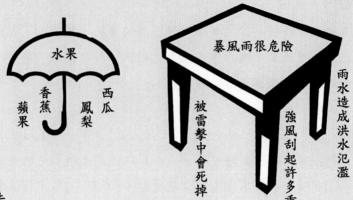

3.摘句法

◎意義

　　摘用課文中現成的重點句子來概括段意。往往是總起句、關鍵句、警句、結束句等，從段首摘總起句，從段中摘關鍵句、警句，從段末摘結束句。

◎適用時機

　　(1)先總述後分敍的段落　　(2)先分敍後總敍的段落

　　(3)先概括後具體的段落　　(4)先具體後概括的段落

◎舉例

　　中國節慶有很多，不同的節慶有不同的慶祝活動。~~端午節時划龍舟、元宵節時提燈籠、中秋節時吃月餅……~~

4.串連法

◎意義

　　讓學生抓住一段中的幾個主要內容和事件，然後把它們串連起來。

◎適用時機

　　段落中各層段意有先後之分，一層接一層的時候。

◎舉例

　　武松打虎的故事中，可以整理為武松進村、武松上山、為了引誘學老虎叫、武松打死了老虎，串連為：武松打虎的經過。

5.合併法

◎意義

　　指導學生把一段的幾層內容合併起來進行概括。

◎適用時機

　　從好幾個方面，去描寫同一件事物的段落。

◎舉例

　　海底有各種美麗的珊瑚、懶洋洋的海參、威武的大龍蝦，還有小丑魚、燈籠魚、海馬等各種各樣的魚。可合併為：海底有珊瑚、大龍蝦、海參和各式各樣的魚類。

6.改寫法

◎意義

　　把段落中的關鍵詞或重要成分加以改寫成中心句的方法。

　　(1)刪除：刪掉不重要的說明文字。

　　(2)增加：重點詞句加上自己的話來描述。

◎適用時機

　　當段落中沒有直接的中心句。

◎舉例

　　社會專業分工合作的現象愈來愈明顯，因此我們日常生活，不管是食、衣、住、行、育、樂等方面，都需要許多不同行業的人為我們提供服務，這樣我們的生活才會更加的舒適與便利。

@13 例句節錄自 91 學年度康軒版社會第六冊第三單元第一課「分工的各行各業」。

7.提問法

◎意義

　　由老師提出問題，幫助學生歸納段落大意。

◎適用時機

　　有些較為複雜的段落，可採用老師提問歸納法來概括。

◎舉例

　　這段故事中「小紅帽要去哪裡？做什麼？路上發生了什麼狀況？」由答案歸納成：小紅帽要去外婆家探望生病的外婆，遇到大野狼。

※參考資料：吳敏而（1994）。摘取文章大意的教材教法。國民小學國語科教材教法研究，3，93-105。

智慧教育網。http://www.wisdomedu.net/ReadNews.asp? NewsID=2674

(2004/11/15)

進行摘要策略教學前的暖身活動

GAME 分門別類

一、準備：1.各類名詞的詞語卡數組。例如：鋼琴、小提琴、口琴、鉛筆、
　　　　　　橡皮擦、尺……等。
　　　　　2.詞語組的總稱字卡。例如：樂器、文具……等。

二、玩法：1.請學生先將分散的名詞分類，再與學生討論該名詞組的屬性，
　　　　　　與名詞總稱加以配對。
　　　　　2.教學者拿出名詞總稱，請學生找出與名詞總稱同屬性的名詞，
　　　　　　加以配對。

三、遊戲目的：同一屬性的不同名詞會有一個統稱，而這統稱的練習常常是
　　　　　　　摘要或定標題的基礎。

GAME 分門別類

一、準備：1.各類名詞的詞語卡數組，夾上迴紋針並用膠帶於背面固定。例
　　　　　　如：【鋼琴、小提琴、口琴】、【鉛筆、橡皮擦、尺】……等。
　　　　　2.詞語組的總稱，夾上迴紋針並用膠帶於背面固定。
　　　　　　例如：樂器、文具……等。
　　　　　3.磁鐵釣竿或末端綁線吊有磁鐵之長竿一支。

二、玩法：1.請學生先用釣竿釣起詞語卡，再加以分類放置。
　　　　　2.教學者拿出名詞總稱，請學生找出與名詞總稱同屬性的名詞，
　　　　　　加以配對。

三、遊戲目的：同一屬性的不同名詞會有一個統稱，而這統稱的練習常常是
　　　　　　　摘要或定標題的基礎。

推薦書籍

沈惠芳著（1999）。**來玩閱讀的遊戲**。台北縣：螢火蟲出版社。

瑞琦・路德曼著，郭妙芳譯（2004）。**飛向閱讀的王國**。台北市：阿布拉出版社。

推薦網站

閱讀與你。http://home.ied.edu.hk/~s0156961 (2004/11/15)

語文教師的閱讀教學策略。
http://trdc.kta.kh.edu.tw/achieve/5-Study%20Activity/970825-1.htm (2010/10/10)

可預測讀物——閱讀的啟蒙教材。
http://sulanteach.msps.tp.edu.tw/2008%A6%E6%A8%C6/970804%BB%B2%BE%C9%
　　B9%CE%BA%EB%B6i%AC%E3%B2%DF/970811.htm (2010/10/10)

布克斯島——大家來閱讀。
　http://w3.nioerar.edu.tw/reading/read/read.htm (2004/11/15)

閱讀雜議——如何教孩子閱讀。
　http://www.hongniba.com.cn/bookclub/reading.htm (2004/11/15)

摘要策略　給小朋友的話

What 什麼是摘要策略？

摘要策略是文章的瘦身大師！他會幫有很多行文字的胖文章瘦身，變成健康的文章，也就是字句雖然變少了，可是仍會留下原文所要表達的意思，讓看的人在短時間內很快地了解文章內容。

Why 為什麼要學摘要策略？

小朋友，當你讀完一篇故事後，閉上眼睛想一想，還記得剛剛的故事在說什麼嗎？有人問你故事內容大概在說什麼，你要怎麼回答呢？學了摘要策略，你就可以很快知道文章要告訴你的事情，也可以輕鬆介紹你喜歡的故事給別人，當然更可以幫你讀書時花少少的時間複習，就記住長長的內容。

Timing 摘要策略的使用時機？

1. 可以當重點複習。
2. 節省重新閱讀長篇文章的時間。
3. 向別人介紹文章、故事的內容。
4. 要記住長篇文章時，可以利用摘要當提示。
5. 將他人的談話或演講內容摘出重點。

摘要策略 — 學習單架構

紮穩馬步篇

圖片要說話【分辨整體和細項的句子】 見 p. 274
根據圖片選出代表整張圖片的句子。

一家之燭【找重點摘要句】 見 p. 275
教導小朋友常用摘要句的位置。

融會貫通篇

拼裝地板【合併要點做摘要】 見 p. 276
刪除不必要的形容描述，將要點合併。

分段瘦身【依文章段落做摘要】 見 p. 277
請小朋友在已分好的段落中，練習寫摘要。

出神入化篇

新裝上市【文章重點句不完整】 見 p. 278
利用關鍵字或文章宗旨，加上自己的話寫摘要。

圖片要說話

班 級	——年——班	姓 名		座 號	——號
評 量	👍 GOOD! ✌ YA~ 👌 OK!			家長簽章	

底下的每張圖都想說話，請小朋友幫它選擇可以代表整張圖片的話並將對話框塗上顏色，讓它說出正確的話吧！

1.

> 女孩正在幫小狗洗澡。

> 因為小狗在洗澡，所以牠全身濕答答的。

2.

> 小男生看見一隻彩色的蝴蝶。

> 小男生正在抓蝴蝶。

3.

> 房間裡，小朋友專心地看著圖畫書。

> 媽媽說故事給小朋友聽。

4.

> 巫婆騎著掃把在夜空中遨遊。

> 巫婆說：「今天的月亮好大、好圓喔！」

一家之燭

班　級	＿年＿班	姓　名		座　號	＿號
評　量	👍 GOOD!	✌ YA～	👌 OK!	家長簽章	

颱風夜裡，每段文章家庭都要找出他們唯一的一支蠟燭，每家都有三把火，可是只有最亮、最熱又能代表整段文章之大意的火才能把蠟燭點著，通常這把火會出現在文章的最前面或最後面，現在讓我們一起把它們找出來吧！

（　　）阿強 *1.* 參加成年禮之前，先在家中祭拜天地和祖先。爸爸對阿強說：「*2.* 我們要感謝上天，讓你平安長大。」長得比爸爸高的阿強很興奮地說：「*3.* 參加成年禮以後，我就是大人了。」

@14 文章節錄自 94 學年度南一版國語第七冊第二課「阿美族成年禮」。

（　　）*1.* 我們的社區裡，人一天比一天多了，商店開了一家又一家，人來人往很熱鬧。 *2.* 還有公園和文化中心，學校就在附近，十分方便。 *3.* 我很高興，我們住的社區是一個好地方。

@01 文章改編自 90 學年度康軒版國語第四冊第六課「一個好地方」。

（　　）*1.* 孩子們在公園裡玩得非常開心。 *2.* 不論是草地上、沙堆裡都有他們的足跡。 *3.* 他們可以玩盪鞦韆、溜滑梯、捉迷藏，笑聲讓整座公園充滿歡樂的氣氛。

（　　）*1.* 你總是像天使一樣，在我最需要幫助的時候出現在我身邊。 *2.* 當我難過、悲傷時，你的笑容就像是暖和的陽光，帶給我溫暖和安慰。 *3.* 很高興有妳這樣的朋友！

拼裝地板

班　級	＿年＿班	姓　名		座　號	＿號
評　量	GOOD!	YA~	OK!	家長簽章	

　　文章有時會從好幾個方面去描寫同一事物，這個時候你可以去掉多餘的形容詞和敘述。在底下的拼裝地板裡，請你將左邊散亂地板中多餘的字詞畫掉，在右邊拼出一塊漂亮的地板！
例如：

1. 下午，阿強參加爬竿和鋸木的活動；

2. 接著，用母語說出一段感謝的話，謝謝上天，也謝謝父母。

3. 所有年輕人通過各種考驗以後，

4. 長老們帶著族人一起唱歌、跳舞，唱出對祖先和大自然的感謝。

阿強參加爬竿、鋸木、說母語等考驗以後，族人一起歌舞對祖先和大自然的感謝。

@14 文章節錄自 94 學年度南一版國語第七冊第二課「阿美族成年禮」。

1. 過了不久，稻田一塊一塊都不見了，

2. 蓋起一棟又一棟的樓房，成了一個新社區。

3. 社區裡有小公園，有小朋友玩耍的地方，

4. 還有可以看書、看報和開會的活動中心。

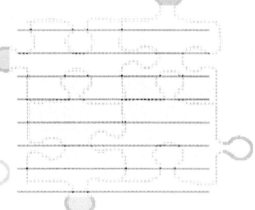

@01 文章節錄自 90 學年度康軒版國語第四冊第六課「一個好地方」。

分段瘦身

班　級	＿年＿班	姓　名		座　號	＿號
評　量	GOOD! YA～ OK!			家長簽章	

　　現在讓我們來挑戰整篇文章， 比較容易下手的方法是依據文章段落做摘要， 加起來就是整篇文章的摘要了， 請你用分段的方式幫底下短文瘦身吧！

看煙火　　作者： 顏福南

　　夜幕低垂， 一聲巨響拉開了序幕。 天空瞬間爆出美麗的圓形火花， 一朵接著一朵， 夜空成為閃爍的花海。 有些人情不自禁的驚呼： 「好美呀！ 」我想， 大家的心中一定像燦爛的煙火， 開出一朵朵小花， 點綴著國慶的夜晚。

摘要：＿＿＿＿＿＿＿＿＿＿＿＿＿＿＿＿

＿＿＿＿＿＿＿＿＿＿＿＿＿＿＿＿＿＿＿

　　煙火的形式很多， 令人目不暇給。 有些開出針狀的銀花， 有些像項鍊交疊在一起， 有些如瀑布一樣流瀉， 有些像星星一閃一閃慢慢掉落……。 煙火閃亮， 紅綠紫藍相互交錯， 天空彷彿成了火花的舞臺， 讓人忘記了工作的疲憊。

摘要：＿＿＿＿＿＿＿＿＿＿＿＿＿＿＿＿

＿＿＿＿＿＿＿＿＿＿＿＿＿＿＿＿＿＿＿

　　回家途中， 我的腦海裡一直閃爍著美麗的煙火。 我想， 煙火再燦爛， 也只是短暫的曇花一現。 人生需要持續不停的努力。 求學也一樣， 要耐心和恆心才能脫穎而出。 我有許多小學同學， 小時候功課很好， 上了國中卻一敗塗地， 因為他們並沒有持續努力。 小學的成績就成了他們一生中短暫的煙火， 多麼令人惋惜呀！

摘要：＿＿＿＿＿＿＿＿＿＿＿＿＿＿＿＿

＿＿＿＿＿＿＿＿＿＿＿＿＿＿＿＿＿＿＿

　　成功不困難， 問題在於自己是不是能堅持下去， 我相信持續的努力， 人生才能永遠閃爍著璀璨的煙火。（國語日報 1995.10.24）

摘要：＿＿＿＿＿＿＿＿＿＿＿＿＿＿＿＿

新裝上市

班　級	＿年＿班	姓　名		座　號	＿號
評　量	👍 GOOD!	✌ YA~	👌 OK!	家長簽章	

　　如果文章中你找不到適合的句子當摘要句，或文章有它深一層的涵義，沒有直接寫出來，這時候可就是考驗小朋友功力的時候了，看看你能不能在文章中找出關鍵詞或主要概念，然後用自己的話寫出摘要。

母雞下金雞蛋

　　一位農夫去摸雞窩，看看母雞生蛋了沒。哪知他摸到的不是普通的雞蛋，而是一顆金光閃閃的雞蛋，這使他非常高興。他抓起這枚金蛋，很高興地往家裡跑去，把這個好消息告訴他的妻子。那天之後，這隻雞每天都下一粒金雞蛋，農夫漸漸變富有了，可是他也越來越貪心了。他想，如果把這隻雞殺了，那不就能一次把全部的財寶都取出來了嗎？於是，他就把雞給殺了，將牠的肚子剖開，可是裡面卻什麼也沒有。

@16 文章改編自 http://140.113.34.46/chengyu/pho/fyb/fyb00334.htm (2010/10/10)教育部成語典——殺雞取卵。

《竹籃運水》

　　王府新來了一位長工憨大，管家看了看憨大，想了想後說：「柴房裡有木桶和水缸，你以後就拿著木桶去後山的小河挑水吧！每天都要裝滿一缸水。」

　　憨大來到柴房看到木桶和水缸，心裡想：「木桶這麼小，水缸那麼大，那我要跑幾次才能裝滿一缸水呀！」轉個身，他看到了一個竹籃，憨大發現竹籃比木桶大，又比木桶輕，他覺得用竹籃運水一定比用木桶運水來的省時又省力，越想越覺得自己很聰明，於是就擔了兩個大竹籃去挑水了。

　　憨大的力氣不小，很努力的運水，可是憨大怎麼也不明白，明明原來在後山河邊裝滿兩籃子的水，回到了王府卻連一滴都不剩，用竹籃運水的他，怎麼都裝不滿一缸水。

　　竹籃可以挑水嗎？為什麼在河邊裝滿水的竹籃，回到王府卻一滴都不剩？憨大選擇用大竹籃而不是小木桶來運水，他真的很聰明嗎？現在請你想想看這個小故事在告訴我們什麼樣的道理，並且用簡短的話語摘出本文重點。

_____

_____

_____

_____

_____

自問自答

給大人的話

當孩子慢慢長大，有些問題我們開始無法給他滿意的答案，其實，不用緊張，以小朋友的眼光來看這世界是充滿著新奇的，當然會產生許多的問題，然而我們正可以利用他們問問題的機會，引導他們思考問題或找到問題的答案。自問自答策略的教導正是提供孩子練習自己提問自己回答的一種閱讀理解策略，例如，閱讀前，從文章的題目、標題找些問題自問自答，可以增進閱讀的動機，並專心閱讀以便找到解答。閱讀後的自問自答可以幫助自己檢視閱讀的成效，增進對文章的了解。孩子學會自問自答後可以隨時隨地自己執行這項閱讀策略，幫助他養成主動積極的學習態度。

 以下是如何引導自問自答策略，提供老師或家長教學上的參考

1. 以「7W 法」教導孩子如何提問，7W 指：
   (1) who（誰）……？用來問人名。
      例如：是誰救了白雪公主呢？
   (2) when（時間）……？用來問時間。
      例如：幾點的鐘聲響起灰姑娘就會變回原貌？
   (3) where（哪裡）……？用來問地方。
      例如：沒有被大野狼吃掉的小羊躲在哪裡呢？
   (4) what（什麼事情）……？用來問什麼事情。
      例如：傑克爬上豌豆樹後看到了什麼事情？
   (5) why（為什麼）……？用來問原因。
      例如：小紅帽為什麼要去探望奶奶？
   (6) how（如何）……？用來問方法？
      例如：柯南是如何找出這次的兇手呢？
   (7) which（哪一個）……？用來挑選其中一個選項。
      例如：三隻小豬中，哪一隻小豬建造的房子最牢固？
2. 不論是哪一種文體，只要想要更加了解文章內容都可以使用自問自答策略。

 推薦書籍

1. 段秀玲、張清珊（2001）。大家一起來閱讀。台北市：幼獅文化。

自問自答　給小朋友的話

What　什麼是自問自答策略？

　　有時候我們的腦袋瓜裡總會浮現很多問號，這些問題若不能馬上解決，就會在你的腦海裡久久不散，若是你自己能找到答案，恭喜你！你就做到「自問自答」了。

　　所謂自問自答策略，應用在閱讀時簡單地說，就是依照文章中所提到的內容，自己提出問題並能夠自己找出答案。問問題時我們通常用以下的詞作為問題的開始：

1. who（誰）……？ 用來問人的名字。 例如：是誰救了白雪公主呢？

2. when（時間）……？ 用來問時間。 例如：幾點的鐘聲響起灰姑娘就會變回原貌？

3. where（哪裡）……？ 用來問地方。 例如：沒有被大野狼吃掉的小羊躲在哪裡？

4. what（什麼事情）……？ 用來問什麼事情。 例如：傑克爬上豌豆樹後看到了什麼事情？

5. why（為什麼）……？ 用來問原因。 例如：小紅帽為什麼要去探望奶奶？

6. how（如何）……？ 用來問方法？ 例如：柯南是如何找出這次的兇手呢？

7. which（哪一個）……？ 用來挑選其中一個選項。 例如：三隻小豬中，哪一隻小豬建造的房子最牢固？

　　上面七個詞的英文名稱中都含有「W」，所以我們稱它為「7W」法。

為什麼要學自問自答策略？

面對不斷浮現的問題，我們總是希望趕快獲得解答，但是父母、師長並不可能時時刻刻在我們的身旁，這時候求人不如靠自己，自己動手找答案比較快，而且自己找到答案的成就感與快樂更是加倍的！

此外，自問自答策略還可以用在熟悉文章或課文，透過自己發問、自己找答案的過程，可以讓你更清楚內容，讓你的學習更有效率，並可以複習學過的知識、經驗，讓你不再只是死背文章或課文。藉由提問和自己回答的過程，讓你動動腦想答案，訓練自己對語言的組織和表達能力。

自問自答策略的使用時機？

1. 想要更了解課文的時候，不論哪種文體都可使用。
2. 考試前複習的時候，可以想想老師可能會出什麼樣的考題。
3. 閱讀課外讀物或報章雜誌的時候。如：名人傳記、報紙……等。
4. 在探討專題報導的時候。如：人物專訪、文物展覽……等。

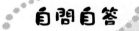

學習單架構

紮穩馬步篇

無敵答題王【從短文找答案】 見 p. 284
例一： 回答 where、who、why、what 問題的範例。
例二： 學習回答 where、who、what 的問題。
例三： 學習回答 how、which、when 的問題。

融會貫通篇

我是小老師【從短文找問題】 見 p. 286
例一： 用 where、which、why、what 提問的範例。
例二： 當看到答案時，知道如何提問。
例三： 當看到答案時，知道如何提問。

出神入化篇

快問快答【課文的問與答】 見 p. 289
從課文內容找答案， 或從回答的提示中學習擬定問題。

超級特派員【活用七 W 擬定問題】 見 p. 290
如何活用七 W 擬定問題， 學習擬定問題完成一一份採訪報告。

無敵答題王

班　級	＿年＿班	姓　名		座　號	＿號
評　量	👍 GOOD! ✌ YA～ ✋ OK!			家長簽章	

【自問自答策略——從短文找答案】

知道自問自答策略對於閱讀的幫助後，讓我們先來學學如何從簡短的文章中找出問題的答案吧！

◎ 例一

> 某國小一年級的老師向新生介紹教室的佈置，公佈欄貼著班級公約：
>
> > 我會準時到學校
> > 愛護大家的公物
> > 打掃時間不嬉鬧
> > 人人都要相親相愛
>
> 老師徵求自願的學生唸給大家聽，小寶馬上舉手大聲的說：「我愛打人。」全班聽了哄堂大笑。

▶ 問：事情發生的地方在哪裡？（where）
　答：某間國小。
▶ 問：鬧笑話的人是誰？（who）
　答：小寶。
▶ 問：為什麼全班會哄堂大笑？（why）
　答：因為小寶不懂國字的排列方式，誤將橫向排列的文字直的唸。
▶ 問：這一班的班規是什麼？（what）
　答：準時到校、愛護公物、打掃時不嬉鬧、人人相親相愛。

看了上面的例題，現在換你來試試看囉！請你讀完下面的短文之後，試著從文章中找出問題的答案。

◎ 例二

> 機智的小和尚一休走到何老闆的菜園裡，要跟小氣的何老闆買高麗菜，他選了一個又大又漂亮的去問價錢。
> 「要二百塊。」何老闆故意一說。
>
> ～下面還有喔～

　　「可是我只有一百塊錢。」一休動動腦之後說。

　　「那麼，」何老闆指著旁邊一個小的高麗菜說：「不然這個賣給你。」

　　「好，就那一個！」一休說，「不過，先不要摘，過兩個星期我再來拿。」

▶問：　事情發生的地方在哪裡？（where）

答：＿＿＿＿＿＿

▶問：　要買東西的人是誰？（who）

答：＿＿＿＿＿＿

▶問：　他要買什麼東西？（what）

答：＿＿＿＿＿＿

▶問：　為什麼他兩個星期後才要來拿買的東西？（why）

答：＿＿＿＿＿＿＿＿＿＿

◎ 例三

　　樹木皆屬於木本植物，而木本植物依據它的高度和分枝情形，又可分為喬木與灌木兩大類。

　　喬木的最大特徵就是每棵樹都長得又高又大，其中又可分成常綠性和落葉性兩種。常綠性喬木依其名字來看，大概就可以知道他們幾乎整年都是綠色的，即使在寒冷的冬天也是如此，木麻黃、榕樹、尤加利等即屬於此種。

　　@10 文章摘錄自賴伊麗（2001）。**小學生趣味閱讀（二下）**。台北縣：康軒文教事業。

▶問：　樹木皆屬於哪一種植物？（which）

答：＿＿＿＿＿＿＿＿＿＿

▶問：　如何區別喬木和灌木？（how）

答：＿＿＿＿＿＿＿＿＿＿

▶問：　為什麼我們稱榕樹、尤加利等樹為常綠性喬木？（why）

答：＿＿＿＿＿＿＿＿＿＿

　　經過那麼多練習，相信你一定發現從文章中找答案並不難吧！

我是小老師

班　級	——年——班	姓　名		座　號	——號
評　量	👍 GOOD!	✌ YA~	👌 OK!	家長簽章	

【自問自答策略——從短文找問題】

　　學會了如何從短文中找答案之後，我們還要學會如何從文中找問題。現在請你想像自己就是一位老師，從下列的文章中，你會出什麼樣的問題來考考大家呢？

🌀 例一

頑石點頭

　　晉朝時有一位道生法師，當時涅槃經剛傳入中國，接受的人不多，他就到蘇州虎丘山隱居，鑽研佛法。傳說他曾在山中搬了一些石頭，排列整齊後，把這些石頭當作學生，每天不厭其煩地講述涅槃經。道生法師因為主張眾生皆可成佛，所以對沒有反應的石頭，依舊滔滔不絕地講解。說也奇怪，一段日子後，石頭們竟然個個都點起頭來了。

@17 文章改編自教育部成語典。http://140.111.34.46/chengyu/pho/fyc/fyc01016.htm (2010/10/10)

▶ 答：　法師隱居在蘇州虎丘山。

　　你可以這樣問：　道生法師隱居在哪？（where）

▶ 答：　高僧對它們講解涅盤經。

　　你可以這樣問：　法師對這一群石頭講解哪一部經書？（which）

▶ 答：　因為法師主張眾生皆可成佛，希望石頭可以受到經書感化。

　　你可以這樣問：　為什麼法師把石頭當作學生，每天講述涅槃經？（why）

▶ 答：　用來比喻說理透澈，使人心服。

　　你可以這樣問：　頑石點頭這句成語用來比喻什麼？（what）

◎ 例二

守株待兔

　　春秋時代，宋國有一個農夫，有天在耕作時，看見一隻兔子跑過來。那隻兔子可能太驚慌了，沒注意前方，就撞上一棵樹，把脖子撞斷死了，農夫便不勞而獲地得到那隻兔子。他想：「以後如果都可以這樣得到兔子，不就發大財了嗎？」

　　於是他扔掉手中的耕具，天天守在樹旁等兔子送上門來。結果從此以後再也沒得到任何一隻兔子，反而讓自己成為全宋國的笑柄。

　　@18 文章改編自教育部成語典。http://140.111.34.46/chengyu/pho/fyc/fyc00039.htm (2010/10/10)

▶ 答：　農夫是春秋時代的人。

　　你可以用 when 問：＿＿＿＿＿＿＿＿＿＿＿＿＿＿

▶ 答：　他是宋國人。

　　你可以用 which 問：＿＿＿＿＿＿＿＿＿＿＿＿

▶ 答：　因為有一天他在耕種時，撿到一隻撞上大樹而死掉的兔子，便心想每天都能撿到兔子的話就可以發大財。

　　你可以用 why 問：＿＿＿＿＿＿＿＿＿＿＿＿＿

　　＿＿＿＿＿＿＿＿＿＿＿＿＿＿＿＿＿＿＿＿＿

▶ 答：　用來諷刺一些固執不知變通的人，或是想不勞而獲的人。

　　你可以用 what 問：＿＿＿＿＿＿＿＿＿＿＿＿＿

◎ 例三

畫牛

　　一個有名的官員解職後回到家鄉，買了一座山林，在那兒建起房屋，假惺惺的表示自己過起隱居的生活。

　　為了顯示自己清高淡雅的情趣，以及不追求功名利祿的決心，他叫來一位作畫的名手，為他畫了一幅林泉勝景。畫家畫完以後，又在圖上林泉邊畫了一頭牛，作為點綴。

　　官員問：「這是什麼意思？」

 ～下面還有喔～

畫家回答說：「沒有這頭牛，恐怕這山林太寂寞了。」

隱士不過是想沽名釣譽，而並非真正的歸隱山林，聰明的畫家看出了官員的心態，指出他不會甘於寂寞的山林的。

@17 文章來源：何海鷗、孫黎編（1997）。寓言三百篇（下）。台北市：風車圖書出版有限公司。

▶ 答： 家鄉的山林。

　　 你可以這樣問：＿＿＿＿＿＿＿＿＿＿＿＿＿＿＿＿＿＿

▶ 答： 一位作畫的名手。

　　 你可以這樣問：＿＿＿＿＿＿＿＿＿＿＿＿＿＿＿＿＿＿

▶ 答： 官員叫來一位作畫的名手，為他畫了一幅林泉勝景。

　　 你可以這樣問：＿＿＿＿＿＿＿＿＿＿＿＿＿＿＿＿＿＿

▶ 答： 又在圖上林泉邊畫了一頭牛。

　　 你可以這樣問：＿＿＿＿＿＿＿＿＿＿＿＿＿＿＿＿＿＿

▶ 答： 因為隱士不過是想沽名釣譽，而並非真正的歸隱山林，
　　　　畫牛指出他不會甘於寂寞的山林的。

　　 你可以這樣問：＿＿＿＿＿＿＿＿＿＿＿＿＿＿＿＿＿＿

像個老師出題目考大家有沒有很威風呢？相信你現在已經可以稍微了解老師是如何從文章中找考題了，這樣對你以後準備考試是很有幫助的唷！接下來就讓我們挑戰更難的文章吧！

快問快答

班　級	＿年＿班	姓　名		座　號	＿號
評　量	👍 GOOD!	✌ YA～	👌 OK!	家長簽章	

【自問自答策略——課文的問與答】

　　請小朋友拿出課文，從課文找到問題的答案，或是根據下面的提示，想想看應該怎麼問。 Let's START~~!!

※配合90學年度康軒版國語二下第四冊第六課「一個好地方」。

➤ 例：　why 的問題？

　　問：　為什麼媽媽上街買東西很不方便？

　　答：　因為要走過彎彎曲曲的小路。

➤ (1) where 的問題？

　　問：　哪裡是居民可以看報紙、開會的地方？

　　答：

➤ (2) when 的問題？

　　問：　學校旁邊什麼時候設立一所中學？

　　答：

➤ (3)請用 what 提問……

　　問：

　　答：　只有兩排新建的房子，四周都是稻田。

➤ (4)請用 how 提問……

　　問：

　　答：　出了巷口一轉彎，過了郵局，再往前走幾步就到學校了。

超級特派員

班 級	＿年＿班	姓 名		座 號	＿號
評 量	👍 GOOD!	✌ YA~	👌 OK!	家長簽章	

　　陳詩欣、朱木炎、黃志雄這幾位跆拳好手在 2004 年的雅典奧運會上，為台灣運動史寫下光輝的一頁，我們也都感到無比光榮，在榮耀的背後，是每一位選手艱辛的奮鬥過程。現在就請你當我們的特派記者為我們進行專訪，請善用七 W 的提問技巧擬定一份提問大綱，幫我們完成一份內容豐富又精彩的報導。

民眾想知道的事

- 印象深刻的一場比賽
- 每天練習時間
- 奪得金牌的原因
- 學習跆拳道的原因
- 贏得比賽的感想
- 啟蒙教練

特派員的提問大綱

why ⇒ ＿＿＿＿＿＿＿＿＿＿＿＿＿＿＿＿＿＿＿＿

when ⇒ ＿＿＿＿＿＿＿＿＿＿＿＿＿＿＿＿＿＿＿＿

who ⇒ ＿＿＿＿＿＿＿＿＿＿＿＿＿＿＿＿＿＿＿＿

which ⇒ ＿＿＿＿＿＿＿＿＿＿＿＿＿＿＿＿＿＿＿＿

how ⇒ ＿＿＿＿＿＿＿＿＿＿＿＿＿＿＿＿＿＿＿＿

what ⇒ ＿＿＿＿＿＿＿＿＿＿＿＿＿＿＿＿＿＿＿＿

結構分析

給大人的話

您知道聰明人的讀書方法嗎？他們總是能有條有理地將外在知識轉化成自己的想法，並且能有組織地將現有的知識組成一個架構圖，藉以釐清事件中的重要過程、關鍵點及發展順序……等，能夠確實達到方便記憶的效果，簡要來說，「建構清楚的思慮過程、培養組織性的思考」便是結構分析策略所要達到的目標。

首先，我們會以一個小遊戲帶進門，讓孩子們了解句子的基本結構；接著會在「融會貫通篇」裡加廣句子的元素，以此來做進一步的練習；做完以上的遊戲及訓練思考的練習之後，我們就要帶領著孩子們進入一篇比較長的文章了，期望透過這樣循序漸進的方式，一步步讓孩子學到這個閱讀時不可或缺的好方法。

進行結構分析教學前的暖身活動

GAME 雞同鴨講

◎<u>準備材料</u>：1. 三個小紙箱，分別標上①②③。

2. 每個學生三張小紙片。

3. 短牌——　主角　、　在什麼地方　、　做什麼事　。

◎<u>遊戲步驟</u>：1. 教師先發給學生三張小紙片，按照以下的方式來寫——一張寫　主角　，一張寫　在什麼地方　，最後一張寫　做什麼事　。

　　例：　弟弟　、　客廳　、　看電視　　（唸成：弟弟在客廳裡看電視。）

2. 將寫好「主角」的紙片放進①號紙箱裡，「在什麼地方」的紙片放進②號紙箱裡，「做什麼事」的紙片放進③號紙箱裡。

3. 教師請學生們輪流抽出紙箱中的字條並加以組合成句子。

◎<u>遊戲目的</u>：藉以引起學生的學習興趣，了解句型的架構，學習掌握重要元素，容易延伸至文章結構分析。

◎教學建議：1.發展出的句子可能會有些不合常理，但有蠻大的樂趣，並可以讓孩子們對句子的結構有初步認識，方便之後對文章的結構有更快的思考，如：<u>小強在游泳池看電視</u>；<u>皮卡丘在冰箱中上廁所</u>；<u>白雪公主在馬桶裡睡覺</u>……等。

2.遊戲還可延伸，教學者可以擴充句子的元素，如：「配角」、「時間」、「故事背景」……等。以下是示範的句子。

$$\boxed{時\ 間} + \boxed{主\ 角} + \boxed{配\ 角} + \boxed{地\ 方} + \boxed{做什麼事}$$

<u>今天下午放學後</u>，<u>我</u>和我的好朋友一起到<u>公園玩溜滑梯</u>。

3.教師說明完後，請小朋友練習做做看，可直接以「紮穩馬步篇」的學習單當作練習。

推薦書籍

沈惠芳（1999）。**來玩閱讀的遊戲**。台北縣：螢火蟲出版社

瑞琦・路德曼著，郭妙芳譯（2004）。**飛向閱讀的王國**。台北市：阿布拉出版社。

推薦網站

閱讀與你。http://home.ied.edu.hk/~s0156961 (2004/11/15)

語文教師的閱讀教學策略。

http://trdc.kta.kh.edu.tw/achieve/5-Study%20Activity/970825-1.htm (2010/10/10)

可預測讀物——閱讀的啟蒙教材。

http://sulanteach.msps.tp.edu.tw/2008%A6%E6%A8%C6/970804%BB%B2%BE % C9% B9% CE % BA % EB % B6i % AC % E3% B2% DF/970811.htm (2010/10/10)

布克斯島——大家來閱讀。

http://w3.nioerar.edu.tw/reading/read/read.htm (2004/11/15)

閱讀雜議——如何教孩子閱讀。

http://www.hongniba.com.cn/bookclub/reading.htm (2004/11/15)

結構分析

給小朋友的話

What　什麼是結構？

　　世界上許多事物都有它的元素或要素，而這些元素的排列組合可以組成一個結構，以「人體」當例子來說，「人體」包含了骨骼、肌肉、毛髮、血管……等元素；透過這些元素有系統的組合而形成了人體的結構。房子也有它的結構，那就是透過鋼筋、水泥或磚瓦、木頭等不同的元素所組合而成的。

　　想想看，文章的結構會是什麼呢？要有哪些元素才可以組成一篇文章呢？

What　什麼是結構分析？

　　小朋友，所謂的結構分析策略，就是以你自己的方式分析一篇文章，通常我們會以 主角 、 地點 、 發生事件 、 時間先後 以及其 關聯性 等要素做歸納及整理，以便了解這篇文章的來龍去脈，能正確地、有條理地閱讀文章的內容。

Why　為什麼要學結構分析？

　　小朋友，你有過這樣的經驗嗎？讀書讀很久，卻還是搞不清楚書中的重點是什麼，或者沒有辦法用自

己的話說出整個故事，結構分析策略是教導你如何找出事情的開始、發展及結果，或是弄清楚文章的重點及組織方式，也可以藉由架構圖的方式，幫助你更清楚整篇文章的結構。

學習結構分析策略可以：

1. 幫助你讀書的時候很快就能找出重點，更可以讓你用自己的方式重新說出文章概要或理解文章內容，記錄事件發生的順序。

2. 能夠幫助你看完一篇文章後，清楚地知道文章的主角是誰、在什麼時間、發生地點……等元素。

3. 能以圖表的方式畫出文章的結構，方便你很快地掌握文章的架構。

Timing 結構分析的使用時機？

1. 平常唸課文的時候，無論是詩歌、故事、小說、記敘文或論說文的文體皆可使用。

2. 考前找重點時。

3. 閱讀繁雜難懂的文章時。

4. 想要破解如「名偵探柯南」那樣難解的謎題時。因為要推理事情之前，得先把事件的前後經過弄清楚。

結構分析　學習單架構

紮穩馬步篇

人時地事物【找出句中元素】 見 p. 296
練習從各式短句中找出人、時、地、事、物等元素。

條理分明【文句中多件事情】 見 p. 298
文章有多個事件時，可以合併事、物，依序條列事件。

蝸牛畢卡索【短文結構分析】 見 p. 300
引導小朋友找出短文的元素。

融會貫通篇

整形大師【結構圖範例】 見 p. 301
將文章「蝸牛畢卡索」畫成結構圖的範例說明。

扁鵲形蟲【練習結構圖】 見 p. 302
閱讀短文，在提示下嘗試將它畫成架構圖。

出神入化篇

瓶中信【由架構圖創造故事】 見 p. 303
請小朋友看架構圖，推想、創造原文。

人時地事物

班 級	＿年＿班	姓 名		座 號	＿號
評 量	👍 GOOD! ✌ YA~ 👌 OK!			家長簽章	

　　小朋友，在學習結構分析策略之前，你得先學會如何去找出句子裡的元素，現在請你跟著以下的例子，一步步地找出結構分析策略的重要成員——元素。

> 【例一】：　去年的夏天，小麗和她的爸爸媽媽一起到花蓮去賞鯨，他們除了看到鯨魚外，還看到海豚呢！

　　句中的元素可以分成「主角」、「時間或背景」、「地點」、「發生的事情或做什麼事」、「物品或對象」等五方面，簡單記為人、時、地、事、物，像【例一】中，我們就可以找到：

人——**主要人物**：
小麗、小麗的爸爸和媽媽。

時——**事情發生的時間、季節或年代**：
去年夏天。

地——**事情發生的地點**：
花蓮。

事——**主角做的事或發生的事情**：
去賞鯨，看到鯨魚和海豚。

物——**與事件相關的物品或對象**：
鯨魚、海豚。

　　請你依照上面的分類，找出下面文句的人時地事物。

【例二】：昨天晚上，<u>皮卡丘</u>在<u>紫堇武道館</u>內對戰<u>大嘴鱷</u>，他發揮超強電擊，輕鬆獲勝為主人贏得第三枚徽章。

人——主要人物：＿＿＿＿＿＿＿＿＿＿＿＿＿＿＿＿

時——事情發生的時間、季節或年代：＿＿＿＿＿＿＿＿＿＿

地——事情發生的地點：＿＿＿＿＿＿＿＿＿＿＿＿＿＿

事——主角做的事或發生的事情：＿＿＿＿＿＿＿＿＿＿＿＿＿＿

物——與事件相關的物品或對象：＿＿＿＿＿＿＿＿＿＿＿＿＿＿

文句的要素並不是固定不變的，你可以根據文章的內容做調整，例如有些故事的時間不明確、有些介紹科學常識的文章並沒有地點描述，就可以將它們省略，接下來的【例三】中，請你填入元素，句中沒有的元素就打╳。

【例三】：<u>萊特</u>兄弟在 1903 年製作一架飛行了 49 秒的飛機。

人——主要人物：＿＿＿＿＿＿＿＿＿＿＿＿＿＿＿＿

時——事情發生的時間、季節或年代：＿＿＿＿＿＿＿＿＿＿

地——事情發生的地點：＿＿＿＿＿＿＿＿＿＿＿＿＿＿

事——主角做的事或事情的敘述：＿＿＿＿＿＿＿＿＿＿＿＿＿＿

物——與事件相關的物品或對象：＿＿＿＿＿＿＿＿＿＿＿＿＿＿

條理分明

班 級	＿年＿班	姓 名		座 號	＿號
評 量	GOOD!	YA～	OK!	家長簽章	

聰明的小朋友應該發現了， 文章中的元素不一定只有單一一個， 主角或許有兩個人， 事件可能發生兩、三個， 相關的東西也會變多， 這個時候你可以將「事」與「物」合併成事件， 利用摘取大意的方式， 依照時間順序或文章的安排來記錄。

元宵節的傍晚， 我們搭火車來到平溪， 平溪的老街傍著溪谷， 溪水映著夕陽， 群山環繞整個村子， 原本平靜的山城， 因為放天燈的活動， 湧進一波一波的人潮而熱鬧起來。

天色暗了下來， 空地上人山人海， 大家忙著準備放天燈， 突然， 第一個天燈飄向天空， 引來一陣歡呼。 接著， 天燈從每個角落紛紛升起， 夜空一下子亮了起來， 好像有千百萬隻眼睛在天空注視著我們。 這時， 我和媽媽也把天燈做好了， 寫上「環遊世界」四個字後， 我們提起天燈的四個角， 請爸爸點火。 天燈漸漸鼓起， 我們把手放開， 天燈就慢慢飄向天空， 加入夜空中的燈海。 望著天燈， 大家祈求著心願能早日實現。 雖然夜裡的山風很冷， 我們的心卻暖洋洋的。

@18 文章節錄自 93 學年度南一版國語第六冊第二課「天燈飛起來」。

 人： 我、 媽媽和爸爸。

 時： 元宵節的傍晚。

 地： 平溪。

事： 1.很多人一起來參加放天燈的活動。

2.天燈一個接著一個地升空。

3.在爸爸媽媽的幫助下，我也放了一個環遊世界的天燈。

4.天燈溫暖了大家的心。

【試試看】

　　小瑩搬來之後，稻田一塊一塊都不見了，蓋起一棟又一棟的樓房，成立了一個新社區。社區裡有小公園，有小朋友玩耍的地方，還有可以看書、看報和開會的活動中心。

　　她的學校就在社區附近，出了巷口一轉彎，過了郵局，再往前走幾步就到了。最近，她們學校旁邊又設立一所中學，以後她讀中學，不用走很遠的路。

@01 文章改編自 90 學年度康軒版國語第四冊第六課「一個好地方」。

人： ＿＿＿＿＿＿＿＿＿＿＿＿＿＿＿＿＿＿＿＿

時： ＿＿＿＿＿＿＿＿＿＿＿＿＿＿＿＿＿＿＿＿

地： ＿＿＿＿＿＿＿＿＿＿＿＿＿＿＿＿＿＿＿＿

事： ＿＿＿＿＿＿＿＿＿＿＿＿＿＿＿＿＿＿＿＿

＿＿＿＿＿＿＿＿＿＿＿＿＿＿＿＿＿＿＿＿

＿＿＿＿＿＿＿＿＿＿＿＿＿＿＿＿＿＿＿＿

＿＿＿＿＿＿＿＿＿＿＿＿＿＿＿＿＿＿＿＿

＿＿＿＿＿＿＿＿＿＿＿＿＿＿＿＿＿＿＿＿

蝸牛畢卡索

班　級	──年──班	姓　名		座　號	──號
評　量	👍 GOOD! ✌ YA~ 🖐 OK!			家長簽章	

　　內容較長、較複雜的文章，可以將人、時、地當作背景資料，依照時間順序或文章的安排來記錄各個事件，也可附上事件發生的原因或結果，最後加上整個故事的結果。讓我們利用底下小蝸牛的故事來做練習。

　　在快樂森林裡，曾經有著一隻不太快樂的小蝸牛，在他七歲那年，他上了小學，在那兒，小蝸牛沒有朋友，因為同學都嫌他動作慢，膽子又小，所以不想和他一起玩。

　　孤單的小蝸牛只好拿起筆塗鴉，同學笑他在「鬼畫符」，老師責怪他亂畫課本，爸媽罵他不認真讀書，只曉得畫畫。

　　為了慶祝校慶，學校特別舉辦了繪畫比賽。小麻雀雙腳沾上綠顏料，在紙上蹦蹦跳跳畫出翠綠的竹子，小花貓在紙上踩出雪白的梅花，小松鼠拿長尾巴當畫筆，刷出湛藍的海洋。小蝸牛動作慢，他畫了一大片翠綠的草地，草地上盛開著嬌豔的玫瑰、優雅的紫羅蘭、純潔的百合，大家的目光都被這幅畫深深吸引住。

　　成績揭曉後，小蝸牛得了第一名，大家都對他刮目相看，稱讚他是「蝸牛畢卡索」。

@19 文章改編自賴伊麗（2001）。

一、背景資料

    1. 主角：

    2. 時間：

    3. 地點：

二、發生事件

    1. 小蝸牛沒有朋友，同學嫌他（　　　　　）、（　　　　　）。

    2. 小蝸牛躲在（　　　　　）的世界裡，但是老師責怪他、同學笑他、爸媽罵他。

    3. 學校舉辦（　　　　　），小蝸牛的畫打敗麻雀、（　　　　　）、（　　　　　）獲得第一名。

三、結果

    大家稱讚小蝸牛是（　　　　　）。

整形大師

班　級	__年__班	姓　名		座　號	__號
評　量	👍 GOOD!	✌ YA~	👌 OK!	家長簽章	

　　除了用文字的方式說明文章的結構，還可以用圖表來作結構分析。以上一篇蝸牛的故事為例，原本條列的文章結構，只要加上幾個框框和箭頭，就可以改頭換面囉！底下就是整形後蝸牛畢卡索的結構圖。比較一下，用圖表的方式呈現，是不是也相當清楚呢？

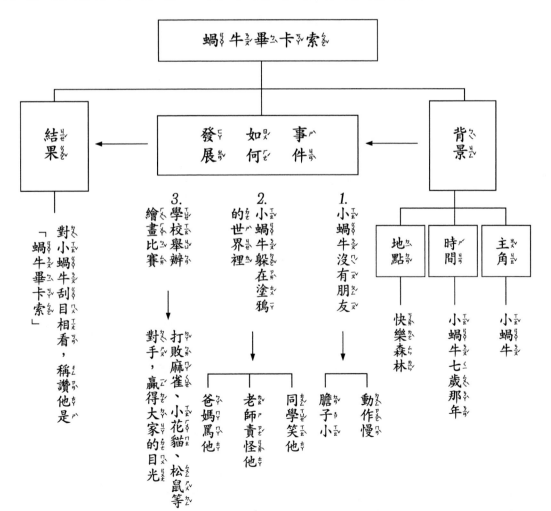

班 級	一年一班	姓 名		座 號	一號
評 量	GOOD! YA~ OK!			家長簽章	

　　除了故事類的文章，科學類的說明文也可以用圖表將內容的結構表現出來。請閱讀完下面文章，根據提示畫出它的結構圖。

扁鍬形蟲

　　小朋友，每年的三月到十一月在山林裡仔細觀察，常會發現垃圾鍬的出沒喔！垃圾鍬又叫台灣扁鍬形蟲，牠的生活範圍是海拔1300公尺以下，遍及東南亞，在台灣到處都可以看見牠的蹤影，因而得到「垃圾鍬」的封號。

　　台灣扁鍬的個性很有趣，非常注重氣氛和隱私，和另一半在一起時不喜歡被看見，另外牠們還具有強韌的生命力，能夠耐旱、耐餓，非常容易飼養，極適合做為寵物。

　　對於剛開始想養鍬形蟲的人，專家多會建議他們從台灣扁鍬入門。

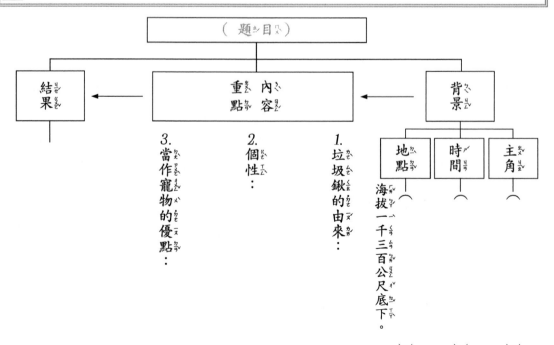

瓶中信

班　級	＿年＿班	姓　名		座　號	＿號
評　量	👍 GOOD!	✌ YA～	👌 OK!	家長簽章	

海面上漂來一個瓶子，你把它撿起來，發現裡面有一張紙，是一封用架構圖所寫的文章，請你發揮想像力把架構圖解讀回原本完整的文章，並把它寫在下一頁。

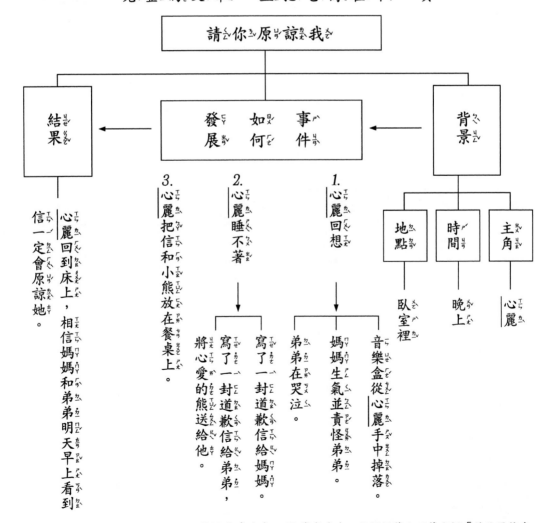

請你原諒我

結果　　發展如何事件　　背景

背景
- 地點：臥室裡
- 時間：晚上
- 主角：心麗

發展如何事件
1. 心麗回想
   - 弟弟在哭泣。
   - 媽媽生氣並責怪弟弟。
   - 音樂盒從心麗手中掉落。
2. 心麗睡不著
   - 寫了一封道歉信給媽媽。
   - 寫了一封道歉信給弟弟，將心愛的熊送給他。
3. 心麗把信和小熊放在餐桌上。

結果
- 心麗回到床上，相信媽媽和弟弟明天早上看到信一定會原諒她。

＠20 文章出處：93學年度南一版國語第六冊第十課「請你原諒我」。

請你原諒我

　　臥室裡一片寂靜，只有時鐘的滴答聲。心麗閉著眼睛躺在床上，

心智圖法

給大人的話

　　心智圖法（Mind Mapping）是最近興起的創造思考方式，在企業界和教育界都掀起一股心智圖風潮。它是從一個中心主題開始，延伸出相關的思考、內容或記錄後，將它們用簡單的文字或符號表達出來，再加上顏色的直覺輔助、越接近中心的涵蓋性越高的原則下，所產生具有思考性、結構性、趣味性的地圖。

　　當我們想把接受的訊息用心智圖記錄時，就是把要點以關鍵詞記下，將相關的意念用線連上，加以組織。無論資訊表達的次序是如何，都能放在適當的位置上，每個意念，都以關鍵詞表達，容易記憶。在畫心智圖的過程中，可幫助了解及總結資訊與意念並且透過圖像化的方式，讓人更快掌握讀書重點、加強記憶、訓練思考能力，還可幫助建立有架構的思緒和行事計畫，這個策略將為您的孩子提供一種另類享受知識的方法。

 推薦閱讀

孫易新（2002）。多元知識管理系統——心智圖法基礎篇。香港：耶魯國際文化事業有限公司。

孫易新（2002）。多元知識管理系統——心智圖法進階篇。香港：耶魯國際文化事業有限公司。

孫易新（2002）。心智圖思考法套書。香港：浩域企業出版社。

許素甘（2004）。展出你的創意。台北市：心理出版社。

孫易新心智圖法。

　　http://www.mindmapping.com.tw/ (2010/10/10)

心智圖法　　給小朋友的話

What　什麼是心智圖法？

心智圖法是利用線條、顏色、文字、數字、符號、圖形……以清楚的結構、有序的排列，快速記錄下你吸收的資訊和想法，將原本需要大量文字才能記錄的資訊，清楚地壓縮在一一張心智圖上，可以幫助你記憶或思考喔！

Why　為什麼要學心智圖法？

學了心智圖法可以幫助你將大量、複雜的資料簡單化，讓你輕而易舉地記住整本書的內容，也可以用來幫助你做時間、生活的規畫等，應用相當廣泛。

Timing　心智圖法的使用時機？

1.做筆記，重點整理。
2.做會議紀錄。
3.複習功課。
4.寫日記。
5.做計畫，設定目標。
6.分析問題，解決難題。

心智圖法　學習單架構

紮穩馬步篇

我的百寶盒(一)【顏色的聯想】　見p. 310
教導小朋友練習對具體圖形、 抽象名詞的顏色聯想。

我的百寶盒(二)【圖案的聯想】　見p. 311
教導小朋友練習對名詞的象徵符號聯想。

無厘頭狂想曲【聯想方式的介紹】　見p. 312
介紹擴散性聯想和延續性聯想。

家庭計畫【擴散式聯想訓練】　見p. 313
利用對家庭的熟悉來做簡單的擴散性聯想訓練。

聯想列車【延續性聯想訓練】　見p. 314
利用相連的火車車廂做簡單延續性的聯想訓練。

融會貫通篇

八腳蜘蛛怪【擴散式聯想訓練】　見 p. 315
利用蜘蛛八隻腳的特徵來做擴散性的聯想訓練。

響尾蛇【延續性聯想訓練】　見 p. 316
利用節節相連的蛇身來做進階的延續性聯想。

圖畫世界【心智圖範例、課文練習】　見 p. 317
心智繪圖範例，請小朋友將課文內容畫成心智圖。

出神入化篇

另類日記【用心智圖寫日記】　見 p. 321
請小朋友將精采的一天畫成心智圖日記。

　　小朋友，每個人的腦袋瓜中都藏有一個百寶盒，據說百寶盒裡面藏著思考、幻想，每當我們接觸到不同的人、事、物時，百寶盒裡的思考、幻想就會開始增多。

　　這個百寶盒很特別，只存放著你自己才會懂的思考、幻想。最近百寶盒的守護小精靈開始要忙著整理百寶盒裡的東西，請小朋友動手幫幫自己的小精靈整理東西。

親愛的小主人，請仔細聽我的說明。

　　這個任務是將你的想法，依照我的說明把它呈現出來，呈現的東西主要是寫給自己看，不用在意別人是否懂。接下來有幾個小任務等待聰明的你完成唷！準備好了嗎！ GO~GO~GO~

我的百寶盒(一)

班 級	年 班	姓 名		座 號	號
評 量	👍 GOOD!	✌ YA~	🤟 OK!	家長簽章	

小朋友，看到下面的圖片和文字，會讓你想到什麼顏色呢？請你將想到的顏色塗在圖形裡和框框中。

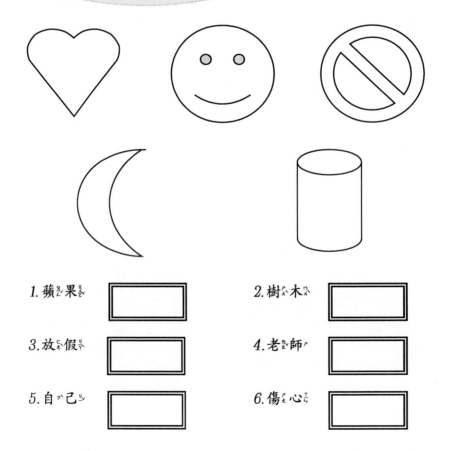

1.蘋果 [　　　]　　2.樹木 [　　　]

3.放假 [　　　]　　4.老師 [　　　]

5.自己 [　　　]　　6.傷心 [　　　]

我的百寶盒(二)

班　級	＿年＿班	姓　名		座　號	＿號
評　量	👍 GOOD!	✌ YA～	👌 OK!	家長簽章	

小朋友，請你看著下面的文字，試著把想到的人、事、物畫在每個格子中，利用圖畫方式把自己的想法表達出來。

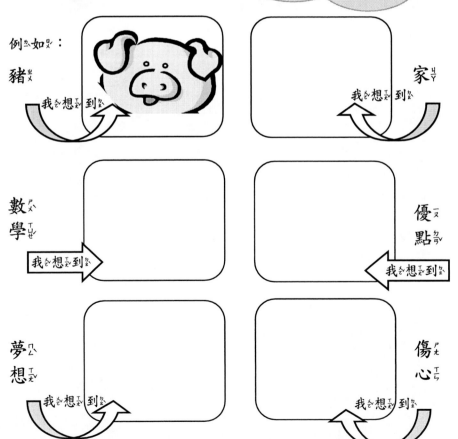

例如：

豬　　　我想到

家　　我想到

數學　　我想到

優點　　我想到

夢想　　我想到

傷心　　我想到

無厘頭狂想曲

班　級	——年——班	姓　名		座　號	——號
評　量	GOOD!	YA～	OK!	家長簽章	

　　腦筋靈活的無厘頭可以很容易地聯想很多東西，他想出來的東西別人不一定了解，可是無厘頭卻很清楚自己在想些什麼。

　　小朋友，你想擁有像無厘頭那樣豐富的聯想力嗎？那就請你跟著他的方法練習，也可以自己想一些題目，試試看會不會比無厘頭更厲害。

嗨！你好，我就是無厘頭。聽說你要跟我學聯想啊？好吧！那我告訴你我的方法。

　　就是把腦袋裡想到的東西，都寫下來。不用擔心別人看不懂，因為記錄下來的東西是自己要看的，所以自己了解自己寫什麼就好了。我們介紹兩種聯想方式，一種完全從主題出發如圖一，另一種是一項接著一項如圖二，底下我們就分這兩種模式做聯想練習。

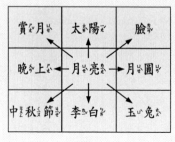

圖一

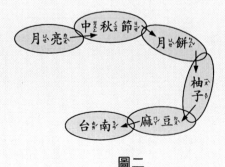

圖二

家ㄐㄧㄚ庭ㄊㄧㄥ計ㄐㄧ畫ㄏㄨㄚ

班　級	＿年＿班	姓　名		座　號	＿號
評　量	👍 GOOD!	✌ YA~	👌 OK!	家長簽章	

　　小ㄒㄧㄠ朋ㄆㄥ友ㄧㄡ，看ㄎㄢ到ㄉㄠ「家ㄐㄧㄚ」，你ㄋㄧ想ㄒㄧㄤ到ㄉㄠ了ㄌㄜ什ㄕㄣ麼ㄇㄜ呢ㄋㄜ？請ㄑㄧㄥ你ㄋㄧ用ㄩㄥ文ㄨㄣ字ㄗ把ㄅㄚ它ㄊㄚ們ㄇㄣ記ㄐㄧ錄ㄌㄨ下ㄒㄧㄚ來ㄌㄞ，最ㄗㄨㄟ後ㄏㄡ再ㄗㄞ幫ㄅㄤ各ㄍㄜ分ㄈㄣ枝ㄓ塗ㄊㄨ上ㄕㄤ適ㄕ合ㄏㄜ的ㄉㄜ顏ㄧㄢ色ㄙㄜ。
　　注ㄓㄨ意ㄧ：一ㄧ條ㄊㄧㄠ線ㄒㄧㄢ上ㄕㄤ面ㄇㄧㄢ可ㄎㄜ使ㄕ用ㄩㄥ多ㄉㄨㄛ種ㄓㄨㄥ方ㄈㄤ式ㄕ記ㄐㄧ錄ㄌㄨ，如ㄖㄨ配ㄆㄟ合ㄏㄜ文ㄨㄣ字ㄗ跟ㄍㄣ圖ㄊㄨ畫ㄏㄨㄚ記ㄐㄧ錄ㄌㄨ。所ㄙㄨㄛ記ㄐㄧ錄ㄌㄨ的ㄉㄜ東ㄉㄨㄥ西ㄒㄧ都ㄉㄡ要ㄧㄠ填ㄊㄧㄢ在ㄗㄞ括ㄍㄨㄚ弧ㄏㄨ內ㄋㄟ，也ㄧㄝ就ㄐㄧㄡ是ㄕ寫ㄒㄧㄝ在ㄗㄞ分ㄈㄣ枝ㄓ的ㄉㄜ上ㄕㄤ面ㄇㄧㄢ！

聯想列車

班　級	＿年＿班	姓　名		座　號	＿號
評　量	GOOD!	YA～	OK!	家長簽章	

現在我們來試試環環相扣的聯想方式吧！火車頭是主題，請在後面的車廂上，填入你所想到的東西，每一節車廂要和前一節車廂有關喔！

例：

拖鞋

（蟑螂）（廚房）（　　）（　　）

籃球

（　　）（　　）（　　）（　　）

自己

（　　）（　　）（　　）（　　）

♪

（　　）（　　）（　　）（　　）

八（ㄅㄚ）腳（ㄐㄧㄠ）蜘（ㄓ）蛛（ㄓㄨ）怪（ㄍㄨㄞˋ）

班　級	＿年＿班	姓　名		座　號	＿號
評　量	👍 GOOD!	✌ YA～	🍴 OK!	家長簽章	

　　小朋友，請你看著下面的蜘蛛，把你想到的人、事情、物品、感覺，或是其他你想的到的，都用簡短的文字、圖畫、數字、符號……等把它們寫在蜘蛛腳上的框框中，最後別忘了將蜘蛛的腳塗上適合的顏色！

　　注意一：你自己知道你寫下來的文字所代表的意思就可以了，不用擔心別人不懂喔！

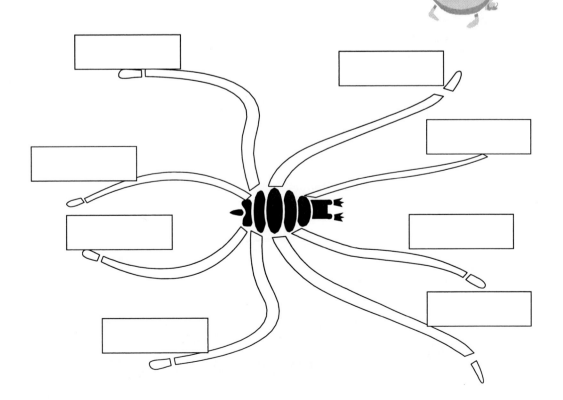

響尾蛇

班　級	＿年＿班	姓　名		座　號	＿號
評　量	GOOD!	YA～	OK!	家長簽章	

接著我們來挑戰長一點的聯想，一樣從頭到尾要有連續性，內容可以是人、事、物或感覺，文字要簡短，不限填入的形式，可以是文字、圖畫或符號，最後別忘了幫每一格塗上顏色，讓牠成為彩色的響尾蛇喔！

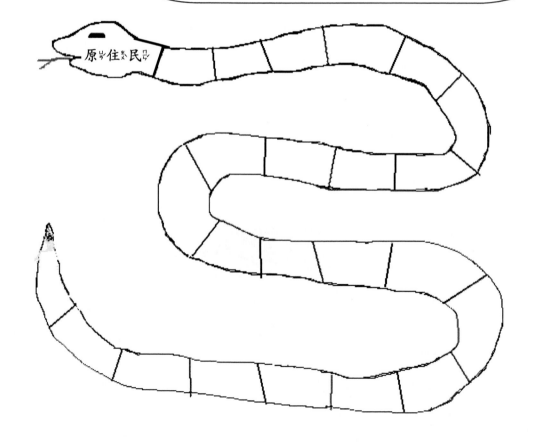

原住民

圖畫世界

班　級	＿年＿班	姓　名		座　號	＿號
評　量	👍 GOOD!	✌ YA～	👌 OK!	家長簽章	

請小朋友先閱讀底下的文章。

《有趣的兒童民俗》

　　從電視和書報上，我們常常看到國外許多有趣的民俗活動。比如在以色列，孩子出生的時候，有些父母會為他種下一棵樹，讓這棵樹陪著孩子一起長大。日本人在「女兒節」時，有女兒的家裡，會陳列各種人紙娃娃，祈求女兒幸福平安。「男童節」有些男孩家裡會掛上鯉魚旗，希望男孩健康成長，成為一個有用的人。

　　這些和兒童相關的民俗活動，告訴我們：不同的國家就有不同的風土民情。想多了解各地的風俗，除了多看書報，觀賞電影、電視，還可以利用網路，打開視野，也可以到各地參觀旅行，認識不同的國家文化。

　　@13文章節錄自92學年度康軒版國語第五冊第八課「有趣的兒童民俗」。

翻到下一頁看心智圖的畫法。

畫心智圖要把握的
原則和方法

1. 準備工具： **A4** 或更大的紙以及方便著色的筆。

2. 紙張橫擺，將主題放在正中央。

3. 由第一層的主題中分出第二層的次主題，第二層的次主題中可再分出第三層、第四層，幾層項目依作者的需要來決定。

4. 分支由中間向外延伸，愈中間越粗，越外面越細，相關的項目可用箭號連結。

5. 使用「關鍵字」重點式記下各主題的內容。

6. 可以使用抽象符號、圖畫來代表關鍵字。

7. 著色的過程很重要，替主題、分支、項目尋找代表的顏色也可以幫助記憶。

8. 建立自己的風格，所畫的圖能幫助自己記憶，才是最有意義的事。

9. 最後別忘了寫上自己的名字。

◎重畫能使心智圖更簡潔，有助於長期記憶，不會花很多時間，卻能牢牢地記住。

翻到下一頁看有趣的兒童民俗的心智圖。

底下是「有趣的兒童民俗」這篇文章的心智圖（註：原圖為彩色），原本長長的文章是不是變得很有趣又容易懂呢？請小朋友將下一頁橫擺，畫出「一個好地方」課文的心智圖。

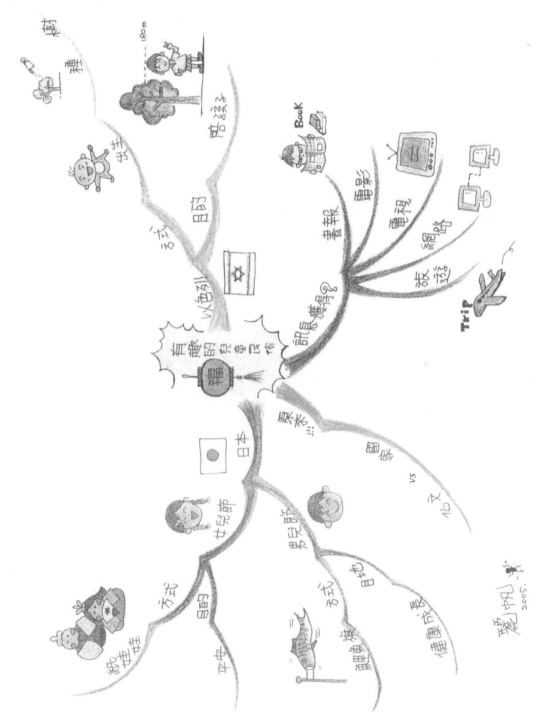

一個好地方心智圖文

另類日記

班　級	＿年＿班	姓　名		座　號	＿號
評　量	👍 GOOD!	✌ YA～	👌 OK!	家長簽章	

　　親愛的小朋友，請根據心智圖的基本原則，在以下的空白處，畫下屬於自己的另類日記心智圖。

我的另類日記心智圖

推論策略

給大人的話

　　在日常生活中不論是看偵探小說或是推理劇，亦或是和其他人聊天時推測話語中透露的玄機，我們一定都有推論的經驗。推論策略運用的時機很廣，在閱讀時，它更是幫助我們理解文章的重要方法之一，讓孩子學習使用推論策略，不僅可以讓他們學習推論文意，還可以知道孩子理解的程度。在推論策略的幫助下，孩子可以依上下句推測看不懂的語詞，這是中英文閱讀都非常強調的閱讀技巧，不一定需要去查每個生字的意義，利用推論策略可以省去繁雜的查詢時間。依文法或字義來了解全文或段落的主要涵義，推論作者隱藏在故事背後的絃外之音，了解真正的涵義。

 以下是推論策略的引導方式，提供老師或家長教學上的參考

1. 閱讀時如果碰到看不懂的語詞或字句，讓孩子們試著從上下文的意思去推論字句的意思。舉例來說：

   今天的打掃工作，大家把教室打掃的乾乾淨淨的，還把圖書櫃整理的井井有條，老師直說我們真是長大了呢！

   ❓ 協助孩子藉由上下文推論出「井井有條」的涵義。

2. 讀完一篇文章或一段文字之後，請孩子想一想，作者寫這段話，是要表達什麼或是描述什麼。舉例來說：

   「深夜裡

   　街上靜悄悄。

   　走路的人看到○○，

   　就像看到一個

   　醒著的人。」

   @21 文章出處：林良（2001）。林良的詩。台北市：國語日報出版社。

   ❓ 根據上面的文字描述，試著推論出作者在描述什麼？答案：路燈。

3.藉由閱讀的過程，可推論出作者省略了哪些部分或隱喻著什麼樣的涵義。舉例來說：

　　宋國有一位農夫，一直擔心他的秧苗長不大，就到田裡把所有的苗都拔高一點。疲憊地回到家後，告訴家人說：「今天真是累死了，我幫助秧苗長大了。」他的兒子聽了，連忙跑到田裡一看，那些秧苗都已經枯死了。

※摘錄自教育部成語典。http://140.111.34.46/chengyu/pho/fyc/fyc00056.htm (2010/10/10)

⑦ 讀完上面這段小故事後，大人可以引導孩子推論出故事背後的涵義。

進行推論策略教學前的暖身活動

1.大人們可先準備幾樣動物造型的剪影，接著再利用光線投射，使其產生影子，讓孩子猜猜那是什麼動物。

2.蒐集孩子有興趣的圖案，利用遮蓋一部分的效果，逐步揭示，讓孩子從剩餘的線索中推論出那是什麼東西。可參考 紮穩馬步篇1 的學習單。

推薦書籍

鍾思嘉主編（1982）。智力遊戲《培養推理力》。高雄市：愛智圖書。

蒙永麗著（2002）。我是神探。台北市：國語日報社。

推薦網站

語文教師的閱讀教學策略。

http://trdc.kta.kh.edu.tw/achieve/5-Study%20Activity/970825-1.htm (2010/10/10)

可預測讀物——閱讀的啟蒙教材。

http://sulanteach.msps.tp.edu.tw/2008%A6%E6%A8%C6/970804%BB%B2%BE%C9%B9%CE%BA%EB%B6i%AC%E3%B2%DF/970811.htm (2010/10/10)

推論策略　　給小朋友的話

What　什麼是推論？

推論就是能從事件的蛛絲馬跡及一些容易被忽略的細小線索中，去找出事情的因果關係或可能的發展，再來還原事件的真相。

What　什麼是推論策略？

所謂的「推論策略」，就是依文法或字詞的意思來了解全文或段落的主要涵義，或是依上下句來推測看不懂的語詞，甚至推論出文章到底隱含了什麼意思。

Why　為什麼要學推論策略？

學了推論策略，可以讓你的頭腦更加靈活，觀察及思考能力更仔細；除此之外，還可以讓你很容易地找出考題中的答案，或者能更有效率地解決日常生活中的問題。舉例來說，如果你要到大賣場買垃圾桶，你要到哪一區才能找到它們呢？

提示：你可以根據它的用途或類別，例如：生活用品類、食品類、家電類……，來判斷它應該屬於哪一類。

推論策略的使用時機？

1. 平常背課文的時候——無論是故事、詩歌、或記敘文的文體，都可以使用。
2. 考「克漏字題型」時。

例如：　小華今天非常（沮喪、高興），因為他的好朋友寄了一封有趣的信給他。

> 提示：　在上面的例子當中，（　）內的語詞是（高興）才對吧！因為從下一句「一封有趣的信」中，我們可以推論小華收到信應該是高興的反應才對。

3. 看小說或連續劇時。

例如：　以灰姑娘的故事為例，看到灰姑娘留下一隻玻璃鞋在皇宮，便可以推論王子會藉由這隻鞋來尋找她。

4. 接續作文或看圖作文時。

例如：　老師寫了一個故事的開頭，再請小朋友接下去寫；或是給幾張圖片，再請小朋友依圖片中所透露的線索，推論故事內容並發展成完整的故事。

推論策略

學習單架構

紮穩馬步篇

猜猜我是誰【圖的推論】 見 p. 327
從文字和圖片的線索中推論正確的動物名稱。

誰住進來比較好【語詞的推論】 見 p. 328
從上下句找線索，選擇適合填入短文的語詞。

融會貫通篇

我的另一半在哪裡【語句推論(1)】 見 p. 329
從上下句推論出意思相符的句子，使整個句子變得完整。

我是串句高手【語句推論(2)】 見 p. 330
根據文意推論適合填入的語句，使文章更完整通順。

出神入化篇

大力士的下場【短篇文章的推論】 見 p. 331
讀完文章後，會利用推理技巧，推論文章蘊藏的意義。

聰明小神探【短篇故事的推論】 見 p. 334
從推理故事中找到線索，做出合理的推論，以破解謎題。

猜猜我是誰

班　級	＿年＿班	姓　名		座　號	＿號
評　量	GOOD!	YA～	OK!	家長簽章	

【推論策略——圖的推論】

　　以下有四種動物，牠們都很害羞，所以都用一塊板子遮住他們的臉部，你可以藉由露出來的部分，猜猜牠是誰？如果猜不出來，還有文字的提示喔！最後，你可以將虛線下面的圖片剪下來貼在框框內，看看自己是不是答對了。

1. （主人一回來，我就會搖尾巴）
　　⟹ 牠是（　　　　）

2. （我喜歡在早上唱歌，順便叫人起床。）
　　⟹ 牠是（　　　　）

3. （我最愛賽跑，人們也喜歡坐在我的背上。）
　　⟹ 牠是（　　　　）

4. （不是我不愛洗澡，只是我有抓癢的習慣。）
　　⟹ 牠是（　　　　）

誰住進來比較好

班　級	＿年＿班	姓　名		座　號	＿號
評　量	👍 GOOD!	✌ YA～	👌 OK!	家長簽章	

【推論策略——語詞的推論】

　　童話王國中有好多好多的語詞精靈，他們喜歡到處去旅行，更喜歡臨時借住在別人家裡，體驗一下不同的生活，可是房子的主人總會先檢查一下，這些語詞精靈到底適不適合住進來，你能幫這些主人提供一下建議嗎？以下是一個旅遊故事，聰明的你，幫主人選選看吧！哪些語詞精靈比較適合住進去呢？請將（　　）中的語詞選一個比較合適的填進 🏠 裡。

　　童話王國裡有幾位好朋友喜歡四處去 🏠 （玩耍、工作），有一天 🏠 （傍晚、早晨），他們來到了一間很大、有著寬廣庭院的 🏠 （別墅、公寓）前，準備借住一晚，按了按門鈴，「叮咚！叮咚！」過了 🏠 （一會兒、好久），終於有一位身穿綠色衣服的男人慢條斯理地走了出來，他們 🏠 （七嘴八舌、不理不睬）地問道：「請問今天方便讓我們借住一晚嗎？」那個男人看一看這一群人，回答說：「很抱歉，我們這裡是住家，不打算 🏠 （收留、拒絕）陌生人。」

我ㄨㄛˇ的ㄉㄜ另ㄌㄧㄥˋ一ㄧ半ㄅㄢˋ在ㄗㄞˋ哪ㄋㄚˇ裡ㄌㄧˇ

班　級	＿年＿班	姓　名		座　號	＿號
評　量	👍 GOOD!	✌ YA～	👌 OK!	家長簽章	

【推ㄊㄨㄟ論ㄌㄨㄣˋ策ㄘㄜˋ略ㄌㄩㄝˋ——語ㄩˇ句ㄐㄩˋ推ㄊㄨㄟ論ㄌㄨㄣˋ(1)】

　　小ㄒㄧㄠˇ朋ㄆㄥˊ友ㄧㄡˇ，下ㄒㄧㄚˋ面ㄇㄧㄢˋ的ㄉㄜ每ㄇㄟˇ個ㄍㄜˋ句ㄐㄩˋ子ㄗ都ㄉㄡ少ㄕㄠˇ了ㄌㄜ另ㄌㄧㄥˋ一ㄧ半ㄅㄢˋ，請ㄑㄧㄥˇ你ㄋㄧˇ從ㄘㄨㄥˊ [　　　　] 選ㄒㄩㄢˇ出ㄔㄨ最ㄗㄨㄟˋ適ㄕˋ當ㄉㄤˋ的ㄉㄜ句ㄐㄩˋ子ㄗ，並ㄅㄧㄥˋ把ㄅㄚˇ它ㄊㄚ填ㄊㄧㄢˊ入ㄖㄨˋ（　　　）中ㄓㄨㄥ，讓ㄖㄤˋ它ㄊㄚ們ㄇㄣ「麻ㄇㄚˊ吉ㄐㄧˊ」成ㄔㄥˊ功ㄍㄨㄥ。

1. 大ㄉㄚˋ象ㄒㄧㄤˋ是ㄕˋ陸ㄌㄨˋ地ㄉㄧˋ上ㄕㄤˋ最ㄗㄨㄟˋ大ㄉㄚˋ的ㄉㄜ動ㄉㄨㄥˋ物ㄨˋ，牠ㄊㄚ的ㄉㄜ四ㄙˋ條ㄊㄧㄠˊ腿ㄊㄨㄟˇ非ㄈㄟ常ㄔㄤˊ粗ㄘㄨ，

（　　　　　　　　　　　　　　　　　　）。

(1)就ㄐㄧㄡˋ像ㄒㄧㄤˋ兩ㄌㄧㄤˇ根ㄍㄣ竹ㄓㄨˊ筷ㄎㄨㄞˋ子ㄗ一ㄧ樣ㄧㄤˋ	(2)就ㄐㄧㄡˋ像ㄒㄧㄤˋ四ㄙˋ根ㄍㄣ牙ㄧㄚˊ籤ㄑㄧㄢ一ㄧ樣ㄧㄤˋ
(3)就ㄐㄧㄡˋ像ㄒㄧㄤˋ四ㄙˋ根ㄍㄣ水ㄕㄨㄟˇ泥ㄋㄧˊ柱ㄓㄨˋ一ㄧ樣ㄧㄤˋ	(4)就ㄐㄧㄡˋ像ㄒㄧㄤˋ四ㄙˋ塊ㄎㄨㄞˋ大ㄉㄚˋ餅ㄅㄧㄥˇ一ㄧ樣ㄧㄤˋ

2. （　　　　　　　　　　　　　　），他ㄊㄚ用ㄩㄥˋ落ㄌㄨㄛˋ葉ㄧㄝˋ在ㄗㄞˋ大ㄉㄚˋ地ㄉㄧˋ留ㄌㄧㄡˊ下ㄒㄧㄚˋ了ㄌㄜ他ㄊㄚ的ㄉㄜ憂ㄧㄡ愁ㄔㄡˊ。

(1)春ㄔㄨㄣ天ㄊㄧㄢ就ㄐㄧㄡˋ像ㄒㄧㄤˋ是ㄕˋ個ㄍㄜˋ美ㄇㄟˇ麗ㄌㄧˋ的ㄉㄜ天ㄊㄧㄢ使ㄕˇ
(2)夏ㄒㄧㄚˋ天ㄊㄧㄢ就ㄐㄧㄡˋ像ㄒㄧㄤˋ是ㄕˋ個ㄍㄜˋ愛ㄞˋ玩ㄨㄢˊ的ㄉㄜ孩ㄏㄞˊ子ㄗ
(3)秋ㄑㄧㄡ天ㄊㄧㄢ就ㄐㄧㄡˋ像ㄒㄧㄤˋ是ㄕˋ個ㄍㄜˋ多ㄉㄨㄛ愁ㄔㄡˊ善ㄕㄢˋ感ㄍㄢˇ的ㄉㄜ詩ㄕ人ㄖㄣˊ
(4)冬ㄉㄨㄥ天ㄊㄧㄢ就ㄐㄧㄡˋ像ㄒㄧㄤˋ是ㄕˋ個ㄍㄜˋ魔ㄇㄛˊ術ㄕㄨˋ師ㄕ

3. 打ㄉㄚˇ了ㄌㄜ好ㄏㄠˇ幾ㄐㄧˇ通ㄊㄨㄥ電ㄉㄧㄢˋ話ㄏㄨㄚˋ還ㄏㄞˊ是ㄕˋ沒ㄇㄟˊ有ㄧㄡˇ找ㄓㄠˇ到ㄉㄠˋ他ㄊㄚ，（　　　　　　　　　　）。

(1)不ㄅㄨˋ曉ㄒㄧㄠˇ得ㄉㄜ出ㄔㄨ了ㄌㄜ什ㄕㄣˊ麼ㄇㄜ狀ㄓㄨㄤˋ況ㄎㄨㄤˋ，真ㄓㄣ是ㄕˋ令ㄌㄧㄥˋ人ㄖㄣˊ擔ㄉㄢ憂ㄧㄡ
(2)真ㄓㄣ是ㄕˋ令ㄌㄧㄥˋ人ㄖㄣˊ高ㄍㄠ興ㄒㄧㄥˋ，期ㄑㄧˊ待ㄉㄞˋ趕ㄍㄢˇ快ㄎㄨㄞˋ出ㄔㄨ去ㄑㄩˋ玩ㄨㄢˊ
(3)我ㄨㄛˇ的ㄉㄜ心ㄒㄧㄣ跳ㄊㄧㄠˋ得ㄉㄜ好ㄏㄠˇ慢ㄇㄢˋ
(4)我ㄨㄛˇ跟ㄍㄣ弟ㄉㄧˋ弟ㄉㄧˋ一ㄧ起ㄑㄧˇ玩ㄨㄢˊ的ㄉㄜ捉ㄓㄨㄛ迷ㄇㄧˊ藏ㄘㄤˊ

4. （　　　　　　　　　　　　），他ㄊㄚ偷ㄊㄡ偷ㄊㄡ跑ㄆㄠˇ來ㄌㄞˊ跟ㄍㄣ我ㄨㄛˇ說ㄕㄨㄛ：

「媽ㄇㄚ媽ㄇㄚ今ㄐㄧㄣ天ㄊㄧㄢ午ㄨˇ餐ㄘㄢ煮ㄓㄨˇ的ㄉㄜ是ㄕˋ咖ㄎㄚ哩ㄌㄧˇ飯ㄈㄢˋ。」

(1)火ㄏㄨㄛˇ是ㄕˋ個ㄍㄜˋ愛ㄞˋ發ㄈㄚ熱ㄖㄜˋ的ㄉㄜ淘ㄊㄠˊ氣ㄑㄧˋ鬼ㄍㄨㄟˇ
(2)風ㄈㄥ是ㄕˋ個ㄍㄜˋ守ㄕㄡˇ不ㄅㄨˊ住ㄓㄨˋ秘ㄇㄧˋ密ㄇㄧˋ的ㄉㄜ小ㄒㄧㄠˇ弟ㄉㄧˋ弟ㄉㄧˋ
(3)水ㄕㄨㄟˇ喜ㄒㄧˇ歡ㄏㄨㄢ四ㄙˋ處ㄔㄨˋ去ㄑㄩˋ玩ㄨㄢˊ耍ㄕㄨㄚˇ
(4)光ㄍㄨㄤ像ㄒㄧㄤˋ是ㄕˋ個ㄍㄜˋ溫ㄨㄣ暖ㄋㄨㄢˇ人ㄖㄣˊ心ㄒㄧㄣ的ㄉㄜ媽ㄇㄚ媽ㄇㄚ

我是串句高手

班 級	＿年＿班	姓 名		座 號	＿號
評 量	👍 GOOD!	✌ YA～	🤚 OK!	家長簽章	

【推論策略——語句推論(2)】

　　小朋友，透過上面的練習，你應該對「推論策略」更有概念了。現在，要請你在（　　）中填入適當的句子，好讓整篇文章更加通順，Let's go！

　　今天是個冷颼颼的天氣，為了避免感冒，我決定（

　　　　　），再趕緊到學校去，一進教室，發現

（　　　　　　　），咦～！是換教室了嗎！唉喲！真糟，原來是走錯教室了。好不容易回到自己的教室，又發現（　　　　　　　），不管怎麼也找不到，於是我跑去跟老師求救，老師想了想，他沒幫我換位子啊！難道是（　　　　　　　），果然讓老師猜對了，原來是有人來借用教室，忘了把我的桌子放回原位，真是虛驚一場啊！坐在位子上，想著我一天的開始就這麼混亂。真不知道待會兒還會有什麼事情發生呢？

◎小朋友，填完了上面這篇文章，你會不會覺得自己已經是個串句高手了呢？再接再厲，請你給這篇文章訂個標題吧！

　　　　　　　　　　我訂的標題是：＿＿＿＿＿＿＿＿＿

大力士的下場

班　級	＿年＿班	姓　名		座　號	＿號
評　量	👍 GOOD!	✌ YA～	👌 OK!	家長簽章	

【推論策略——短篇文章的推論】

　　〈大力士的下場〉是一篇寓言故事，不知道你有沒有看過這篇簡短但卻富有意義的故事呢？現在請你將自己化身為螳螂國中的一份子，從國王與阿強、阿智的互動中，找到蛛絲馬跡，將可能的對話寫在　　　　　中，並推論作者要傳達的人生哲理，將它寫在 ☁ 。

大力士的下場　　　　　　　　賴伊麗

　　螳螂國有一隻力氣很大的螳螂，他的名字叫阿強。

　　小時候，阿強因為身材高大，力氣也大。大家在一起玩時，往往一不小心就打傷了別的小螳螂。所以，大家都不太敢和阿強一起玩。

　　阿強長大以後，靠著力氣大，在搬家公司找到了工作。一張要兩三隻螳螂才搬得動的大桌子，阿強自己一個就能輕鬆的抬起來。

　　由於他力氣大，工作又賣力，許多客戶都指明要阿強搬家。搬家公司的工作應接不暇，老闆笑得合不攏嘴，立刻幫阿強加薪。

　　螳螂國王有一位聰明美麗的女兒——可莉公主，她已經到了該結婚的年紀，可是卻一直沒有喜歡的對象。

　　於是螳螂國王決定舉辦一場「大力士比賽」，贏得第一名的大力士，不但可以得到純金的大力士王冠和一百萬的獎金，還可以　　　　　　　　　。

　　消息一傳出，許多單身的公螳螂都報名參加比賽，阿強當然也不例外。

比賽當天，體育場擠滿了許多來加油的螳螂。參加比賽的選手，一個個摩拳擦掌，準備大顯身手。

第一關「舉重比賽」，哪一位選手能舉起最重的沙包，就是第一名。比賽結果：阿強得到第一名。

第二關「背沙包比賽」，選手要將五十個沙包由體育場的東邊背到西邊，在最短的時間內完成的獲勝。比賽結果：阿強獲勝。

第三關「拖車比賽」，請觀眾站在拖車上，哪一位選手能拖動最多隻螳螂，就是冠軍。結果又是 ☐☐☐ 贏得了冠軍。

國王幫阿強戴上了「大力士」王冠，全場觀眾響起熱烈的掌聲。可莉公主則是嬌羞的站在一旁，看著她未來的先生。

突然，有一個不服氣的聲音，由落選的螳螂中傳出：「雖然你是螳螂國裡的大力士，可是跟 ☐☐☐ 比起來，你根本算不了什麼！」。

「哼！胡說，我可是全國力氣最大的大力士，人類怎麼能跟我比。」阿強不服的說。

「既然你這麼說，那麼你敢不敢向人類挑戰呢？」失敗的選手阿智說。

「哼！比就比，誰怕誰！」

阿智帶阿強來到一條馬路旁。愛看熱鬧的螳螂早已經把馬路兩旁擠得水洩不通，國王和可莉公主也關心的在一旁幫阿強加油。

阿強問：「人類在哪裡？快叫他出來和我比一比，看看誰的力氣大？」

「咻——」一輛綠色的車子呼嘯著從馬路上飛馳而過，揚起一片塵土，差點兒把在路旁看熱鬧的螳螂都給吹跑了。

「別著急！人類就坐在剛剛那輛車子裡。」阿智說。

遠遠的，又有一輛黃色的車子開了過來。阿強揮舞著兩隻大鐮刀，神氣的對著車子大喊：「喂！，快下來和我比賽。」

「咻——」黃色的車子不但沒有停下來，反而呼嘯的從馬路上飛馳而過，捲起一陣狂風，差點兒把螳螂都給吹跑了。

「車子跑得太快了，你得先把車子擋下來，人類自然就會下車，和你比賽了。」阿智說。

「把車子擋下來，那有什麼問題，看我的厲害！」。遠遠的，又有一輛紅色的車子開了過來。阿<u>強</u>挺起胸膛，揮舞著手上的鐮刀，使出全身的力氣，準備把車子擋下來。

「咻——」紅色的車子不但沒有停下來，卻「喀啦！」一聲，把大力士阿<u>強</u>壓成一攤肉餅。

大家都十分難過，尤其<u>可莉</u>公主更是傷心。國王嘆了一口氣說：「唉，⎡　　　　　　　　　　　　　　　　　⎤」。

@22 文章出處：小河兒童文學。http://wwwold.ypes.tpc.edu.tw/funa/ (2010/10/10)

親愛的小朋友，你知道螳螂國王究竟說了什麼嗎？請你想想看讀完這篇小故事後，你的感想是什麼？作者要傳達的人生哲理又是什麼？請將它寫在下面的框框中。

聰明小神探

班級	__年__班	姓名		座號	__號
評量	👍GOOD! ✌YA~ 👌OK!			家長簽章	

【推論策略——短篇故事的推論】

　　「爸爸出車禍」是一一篇推理故事， 聰明的小神探， 請你讀完下面的故事後， 仔細推敲其中的線索， 找出志強是如何識破綁匪的企圖， 而沒有被綁架。

爸爸出車禍　　　　　　　　　　　蒙永麗

　　志強的爸爸接到一一通緊急電話， 急忙換衣服出門。

　　「真不巧， 車進場修理， 偏偏又遇上急事。 」爸爸一一面穿鞋， 一一面叮嚀志強：「星期天你一一個人在家， 要好好做功課， 我一辦完事就回來。 」

　　「好， 中午我自己炒飯吃。 」志強沒有媽媽， 所以很獨立， 自己準備午餐。

　　爸爸走後半小時， 忽然有人按門鈴。 志強打開門， 看見一一個陌生男子站在門口。

　　「小弟弟， 請問你爸爸叫陳國威嗎？ 」

　　「是的， 你是誰？ 」

　　「你爸爸出車禍， 我正好路過把他送進醫院了。 他昏迷不醒， 我從他身分證上知道這個地址， 所以特別來通知家屬一聲。 」陌生男子表現出關切的態度。

　　志強一一聽爸爸出車禍， 心中慌張， 急忙問：「我爸爸住在哪家醫院？ 」

　　「仁愛醫院， 我有車， 可以送你過去。 」

　　「好， 謝謝叔叔。 叔叔， 我爸爸是被什麼車撞傷的？ 」

　　「是一一部卡車， 卡車司機喝了酒， 才會出事。 」

「有幾個人受傷？」

「兩輛車的司機都受了傷，卡車司機只受輕傷，你爸爸的傷勢比較嚴重。」

志強一聽，突然停下腳步，想了幾秒鐘，忽然手抱肚子對陌生男子說：「叔叔，我想上個廁所，你在門外等我一下。」

志強跑回屋裡，馬上打電話給巷口派出所。一分鐘後警察趕來，陌生男子一見警察立刻溜之大吉。經調查，發現那個陌生男子是有前科的綁架犯，志強的爸爸根本沒出車禍。

志強是如何識破綁匪的企圖的，你知道嗎？

@23 文章出處：蒙永麗著（2002）。**我是神探**。台北市：國語日報社。

小偵探的推論：

_____

_____

_____

_____

語文遊戲

- 生字遊戲
- 語詞遊戲
- 句型遊戲

蔣明珊、黃知卿、施伊珍
陳麗帆、辛盈儒、王瑩禎

語文遊戲

一、設計理念

　　兒童都喜歡玩遊戲，所以在進行語文教學時，如果能將語文遊戲融入課程之中，不但可以增進兒童的學習興趣及學習動機，也可以在遊戲中培養兒童互助合作、公平競爭、遵守紀律的精神，促進人際關係及社會互動。另外，近年來在教學上推廣多元化評量，而遊戲化評量就是一種生動活潑的評量方式，它突破傳統評量的僵化呆板，激發學生參與評量的動機，而不覺得是接受評量，進而能幫助教師以多元的方式了解學生實際的學習成效。

　　有鑑於市面上已經有許多注音符號的遊戲書籍，所以我們編寫的這一系列的語文遊戲主要以國語教學中的生字、語詞及句型三大主題為主，希望可以為教師及家長提供一些融入語文教學及評量的遊戲範例，以增進學生的學習動機與學習成效。

二、設計方式

　　本語文遊戲分為三大部分：生字、語詞及句型，每一個遊戲的介紹都有說明其遊戲目的、適用對象、適用時機、活動時間、遊戲人數、適合場地、使用資源、遊戲方法及步驟、評量注意事項及對不同學生的調整建議等。茲將各項目的設計方式說明如下：

(一)遊戲目的：說明該遊戲主要的學習目標。

(二)適用對象：分為低、中、高年級。

　　本語文遊戲的設計是希望能讓所有的普通學生及特殊需求學生都能夠參與遊戲，所以基本上我們設計遊戲的出發點是假定所有的特殊需求學生在經過適當的調整後都能夠參與遊戲。不過，本語文遊戲的

設計皆不包括認知功能嚴重缺損的學生，如：中重度智能障礙或智能障礙伴隨其他障礙等。所以這部分是將適用對象分為國小的低、中、高年級。另外有少部分遊戲較不適用部分特殊需求學生，將會另外說明於調整建議中。

㈢適用時機：說明適合從事該遊戲的時機。

㈣活動時間：說明實施該遊戲所需的活動時間，設計時是預估一個概略的時間，實際使用時間要視參與的人數和參與程度做適當的調整。

㈤遊戲人數：分為個別、小組、團體及團體分組競賽，說明如下：

　1.個別：適合教師與學生一對一或是學生單獨進行的遊戲。

　2.小組：小組的遊戲，一小組約五至八個人，在一個班級中，教師可將學生分成若干組分別進行遊戲。

　3.團體：大團體的活動。適用於一個班級，約二十五至四十人。

　4.團體分組競賽：大團體的分組競賽遊戲，適用於一個班級，將團體分成四至六組，每組五至八個人，視實際遊戲人數調整。

㈥適合場地：說明該遊戲適用的場地。

㈦使用資源：說明該遊戲會用到的所有器材及設備，需要事先準備完善。

㈧遊戲方法及步驟：說明進行該遊戲的方法、步驟及注意事項。

㈨評量注意事項：說明該遊戲評量時需要特別注意的事項。本書所設計的語文遊戲大部分是形成性評量，主要目的在提供教師教學成效的回饋、診斷學生學習困難及提供學生多次練習的機會，作為補救教學或下一次評量的依據。所以本書之各項遊戲沒有提供評量方式，只有說明評量注意事項，是希望教師將遊戲的評量重點放在記錄學生的錯誤類型，作為調整教學的參考。然而，教師若覺得有些遊戲適合做統整性之評量，亦未嘗不可。

（十）調整建議：說明遊戲中另外針對各類特殊需求學生參與遊戲提出建議的調整方式，以協助特殊需求學生融入班級活動。茲將調整建議中出現的各類特殊需求學生說明如下：

1. 純感官障礙：如視覺障礙、聽覺障礙、語言障礙等。視覺障礙又分為全盲以及低（弱）視。

2. 純肢體障礙：包括上肢障礙、下肢障礙、腦性麻痺等。

3. 認知功能輕度缺損：包括輕度智障、學習障礙、情緒障礙、自閉症等。

4. 資賦優異：包括資賦優異或資賦優異伴隨其他障礙等。

三、使用方法

【教師】

教師可以參考各項遊戲說明，挑選適合的時機在班上進行各項遊戲或評量。另外，亦可以挑選部分適合個別的遊戲，在進行輔導特殊需求學生或低成就學生時使用，以增進學生的學習興趣或是做簡單的診斷評量。

【家長】

家長可以挑選部分適合個別使用的遊戲，與您的孩子互動，不但可以增加孩子練習語文的機會，也可以增進您與孩子間情感的交流。另外，您亦可邀請幾個鄰居的孩子共同進行小組的遊戲，或是改編小組、團體遊戲為個別遊戲，讓您的孩子進行各項遊戲，從遊戲中學習。

本語文遊戲只是提供教師及家長幾個簡單的參考範例，仍然有許多遊戲待開發，您也可以依據本書所提供的遊戲另外延伸或變化遊戲的方式，期待各位老師及家長，多動腦思考研發出更活潑、更多樣化的遊戲來配合教學及評量，讓您的學生及孩子在更活潑的環境、更多樣化的活動中快樂學習。

傳東西遊戲

生字

遊戲目的	1. 讓學生認唸生字，加深學生印象。 2. 提供學生學習表現的立即回饋。 3. 診斷學生學習困難，作為教師補救教學之依據。
適用對象	低、中、高年級。
適用時機	學生學完一課生字後。
活動時間	10-15 分鐘。
遊戲人數	團體。
適合場地	教室。
使用資源	小盒子一個（鉛筆盒亦可）、字卡 10-15 張。
遊戲方法 及步驟	1. 教師事先準備好本課的生字卡及一個小盒子。 2. 教師在生字卡中抽出任一張，將生字卡放在小盒子中。 3. 學生一邊唱歌一邊傳小盒子。 4. 教師喊停時，看小盒子傳到哪個學生的手上，那個學生就必須認唸盒中的字。 5. 唸對字卡的學生當小老師，主持遊戲，可以抽選字卡及選擇喊停的時間；唸錯字卡的學生要根據字卡造一個語詞。 ＊增加難度：步驟 4 中，學生由認唸生字改成造一個語詞，而步驟 5 中唸錯字卡的學生就必須造一個句子。
評量 注意事項	1. 腦性麻痺（有口語表達困難者）——此類學生可能因為口語表達較為吃力，應給與較多的答題時間。 2. 聽、語障——此類學生可能口齒較不清晰，評量時可降低標準，但在學生答題完時，需再特別強調生字的發音、咬字和聲調，讓學生再次練習。 3. 認知功能輕度缺損——依學生參與活動的態度作為評量依據。
調整建議	1. 全盲生——字卡事先加上點字。 2. 低（弱）視——事先將字卡上的字體放大。 3. 聽、語障—— 　(1)無法發音的學生：由認唸字音，改為寫出字音；或是配合溝通輔具的使用，讓學生利用輔具發出字音。 　(2)用手語溝通的學生：以手語方式代替認唸字音。 4. 上肢肢體障礙或腦性麻痺等手部活動不便者——請隔壁同學將盒子放至其桌上，讓其用手把盒子撥給隔壁的同學。 5. 認知功能輕度缺損——請一位小老師協助並指導其參與遊戲。

保齡球遊戲

生字 2

遊戲目的	評量學生生字認唸的學習表現。
適用對象	低、中、高年級。
適用時機	學生學完一課生字後。
活動時間	10-20 分鐘。
遊戲人數	個別、小組。
適合場地	教室空曠處、走廊或體育館。
使用資源	餐巾紙捲筒或保鮮膜捲筒 10 個、生字卡 10 張、小球 1-2 顆。

遊戲方法
及步驟

1. 課前先將生字卡放入餐巾紙捲筒或保鮮膜捲筒中，並準備 1-2 顆直徑 10-15 公分的小球。

2. 讓學生把捲筒直立，擺成一橫線，兩捲筒中間間隔約 10 公分。

3. 讓學生以丟保齡球的方式滾球，小球推倒哪一個捲筒，學生就必須唸出那個字。

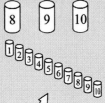

4. 唸對的學生可以留下該張生字卡，唸錯的學生要將捲筒擺回原位，輪下一個人玩。

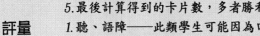

5. 最後計算得到的卡片數，多者勝利。

評量
注意事項

1. 聽、語障——此類學生可能因為口語表達較為吃力或口齒較不清晰，應給與較多的答題時間，評量時亦可降低標準。

2. 認知功能輕度缺損——可觀察學生參與活動的態度及表現作為評量依據。

調整建議

1. 全盲生——字卡事先加上點字，指定一位普通學生以搖鈴或口述的方式指引全盲生滾球的方向。

2. 低（弱）視——事先將字卡上的字體放大。

3. 肢體障礙——教師或學生提供部分或全部之協助，幫助他滾動小球，讓肢體障礙學生認唸生字。

4. 聽、語障——

　(1)無法發音的學生：由認唸字音，改為寫出字音；或是配合溝通輔具的使用，讓學生利用輔具發出字音。

　(2)用手語溝通的學生：以手語方式代替認唸字音。

5. 認知功能輕度缺損——請一位小老師協助並指導其參與遊戲。

打地鼠遊戲

生字 3

遊戲目的　1. 讓學生聽認生字，加深學生印象。
2. 提供學生學習表現的立即回饋。
3. 診斷學生學習困難，作為教師補救教學之依據。

適用對象　低、中、高年級。

適用時機　學生學完一課生字後。

活動時間　10-15 分鐘。

遊戲人數　個別。

適合場地　教室。

使用資源　1. 地鼠圖卡（參考下頁附圖），地鼠圖卡上擺生字卡，在地鼠圖卡的背面貼上小磁鐵。
2. 生字卡 10-15 張。
3. 兩隻氣球槌子。

遊戲方法
及步驟　1. 教師事先準備好本課的生字卡及地鼠圖卡，將地鼠圖卡貼在黑板上。
2. 教師請兩位學生上台，給他們一人一支氣球槌子。
3. 教師開始出題，唸出一個生字，學生聽到後就用氣球槌子打該隻地鼠，先打到地鼠且正確的學生，可以得到該張地鼠圖卡。
4. 教師繼續出題，直到所有的地鼠都打完，計算學生獲得的地鼠圖卡，數量多者為勝利者。

評量
注意事項　認知功能輕度缺損——可觀察學生參與活動的態度及表現作為評量方式，盡量以質的描述說明，以作為修正教學之依據。

調整建議　1. 本遊戲較不適用於全盲生、上肢肢體障礙及腦性麻痺等手部活動不便者。
2. 低（弱）視——事先將字卡上的字體放大。
3. 聽障——教師唸生字時，同時閃示字卡。
4. 下肢肢體障礙或腦性麻痺等行動不便者——將地鼠圖卡貼在其手部可以碰觸到的範圍。
5. 認知功能輕度缺損——教師依學生障礙程度簡化題目，挑選較簡單的生字讓特殊需求學生遊戲。
6. 資賦優異——出題時同時唸一個生字和一個非生字的字，學生必須找出所要打的字，增加遊戲的難度。

打地鼠遊戲──地鼠圖卡範例

地鼠背面貼上一個磁鐵。

鼠

將投影片剪成適當大小的方形,以雙面膠或保麗龍膠黏住三邊,形成一口袋狀,則未來就可以直接抽換字卡、圖卡,重複使用本教具。

建議使用厚紙板來製作地鼠圖卡,並加以護貝或是貼上一層透明膠帶,增加其牢固性。

釣魚遊戲

生字4

遊戲目的　評量學生生字認唸的學習表現。

適用對象　低、中、高年級。

適用時機　學生學完一課生字後。

活動時間　15-20 分鐘。

遊戲人數　個別、小組。

適合場地　教室。

使用資源
1. 小魚圖卡（參考下頁附圖），魚的肚子上擺生字卡，在魚的嘴上貼上小磁鐵或迴紋針。
2. 生字卡、注音卡。
3. 一根釣竿（取一細長的棍子或掃把的竹子，在一端綁上一條線；或是家裡現有的釣竿亦可），竿頭的垂線綁上磁鐵。

遊戲方法及步驟
方法一：（生字認唸）
1. 教師事先準備釣竿與小魚圖卡，在魚肚上擺生字卡。
2. 讓學生釣生字魚認唸。正確即得分，最後結算總分。

方法二：（生字、注音配對）
1. 教師事先準備釣竿與小魚圖卡，在魚肚上擺生字卡及注音卡，將注音魚和生字魚圖卡分開。
2. 讓學生先釣起注音魚，再釣起可以正確配對的生字魚。正確即得分，最後結算總分。

＊小組遊戲方式：每組的學生輪流遊戲，最後結算小組總得分。

評量注意事項
1. 聽、語障——此類學生可能因為口語表達較為吃力或口齒較不清晰，應給與較多的答題時間，評量時亦可降低標準。
2. 認知功能輕度缺損——依學生參與活動的態度作為評量依據。

調整建議
1. 全盲生——字卡事先加上點字。在全盲生釣魚時，給與其方向的指引；釣到魚時，提示他釣到了。方法二不適用於全盲生。
2. 低（弱）視——事先將字卡上的字體放大。
3. 聽、語障——方法一的調整，方法二不需調整。
　　(1)無法發音的學生：由認唸字音，改為寫出字音。
　　(2)用手語溝通的學生：以手語方式代替認唸字音。
4. 上肢肢體障礙或腦性麻痺等手部活動不便者——協助其釣起小魚圖卡；或由其他學生釣魚給他唸。
5. 認知功能輕度缺損——請一位小老師協助並指導其參與遊戲。

釣魚遊戲──小魚圖卡範例

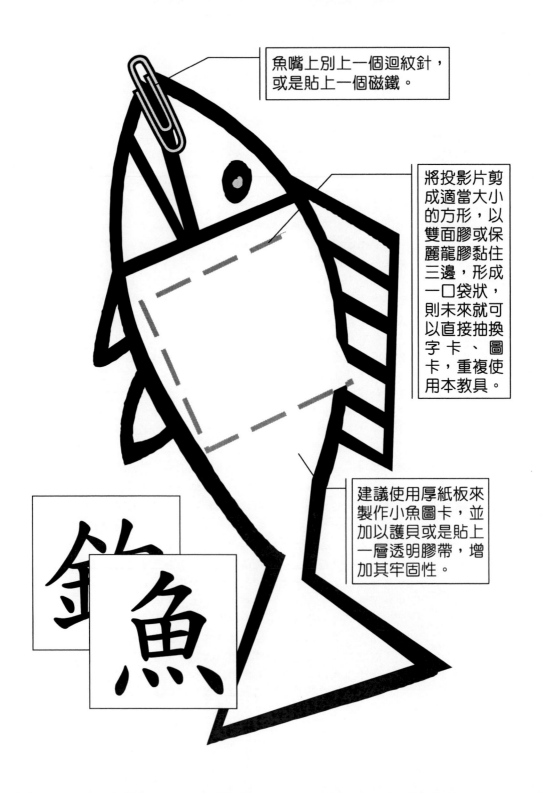

魚嘴上別上一個迴紋針，或是貼上一個磁鐵。

將投影片剪成適當大小的方形，以雙面膠或保麗龍膠黏住三邊，形成一口袋狀，則未來就可以直接抽換字卡、圖卡，重複使用本教具。

建議使用厚紙板來製作小魚圖卡，並加以護貝或是貼上一層透明膠帶，增加其牢固性。

釣魚

大風吹

生字⁵

遊戲目的	評量學生對字形結構認識的程度。
適用對象	低、中、高年級。
適用時機	教師教完一個單元後。
活動時間	15-20 分鐘。
遊戲人數	團體。
適合場地	教室。
使用資源	與學生人數相同的字卡。
遊戲方法 及步驟	1. 教師事先準備整個單元的字卡。 2. 發給學生一人一張字卡。 3. 先指定一個學生當鬼，並拿掉一個位子。 4. 鬼說：「大風吹」，其餘學生問：「吹什麼？」 　　鬼說：「吹『某部首』（例如：『水』部）的人！」 　　這時，字卡上有『該部首』（例如：『河』、『海』）的學生 　　就必須換位子。 5. 找不到位子的學生，或是該換位子而沒換位子的學生，就必須 　　出來當鬼或表演。
評量 注意事項	學生若是出現該換位子沒換位子，或是不該換位子而換了位子的 情形時，應立即解釋各語詞的意義，告訴學生此時是該換或是不 該換位子。
調整建議	1. 本遊戲較不適合全盲生、下肢肢體障礙、腦性麻痺等行動不便 　　的人。 2. 聽障——鬼說「部首」時音量放大；或是鬼先將「部首」寫在 　　小黑板上，再展示給全班看。 3. 認知功能輕度缺損——教師依學生障礙程度簡化題目，挑選較 　　簡單的語詞讓特殊需求學生練習，可以不由鬼提出條件，而全 　　程由教師出題。

生字拼圖遊戲

生字 6

遊戲目的	利用生字拼圖的方式，加深學生對字形各部件分布的認識，並評量學生學習字形的成效。
適用對象	低、中、高年級。
適用時機	教師教完一課生字後。
活動時間	10-15 分鐘。
遊戲人數	個別、團體分組競賽。
適合場地	教室。
使用資源	生字卡、剪刀。

遊戲方法及步驟

方法一：（個別）

1. 教師根據學生能力的差異，先將一至數張生字卡依照部首或偏旁剪成 2-4 塊。
2. 將剪好的生字卡交由學生拼圖。全部完成即勝利。

＊增加難度：教師不再依照部首或偏旁剪生字卡，而是將生字卡剪成田字格、九宮格或是沒有規則的剪成數塊。

方法二：（團體分組競賽——生字拼圖）

1. 教師事先準備多份字卡（和學生分組數量相同），並將每份生字卡各剪成數塊，混在一起。
2. 發下生字卡至各組，讓學生分組競賽拼圖，最快拼完且完全正確的組別即獲勝。

方法三：（團體分組競賽——擴充字）

1. 教師在黑板上寫下一個部首或偏旁。
2. 各組學生利用教師提供的部首或偏旁，加上其他的部件組成另一個字，限時兩分鐘，每寫出一個字即得一分。
3. 重複進行三次後計算總成績。

評量注意事項

本遊戲分成下列兩種評量方式，教師自行挑選較合適者：

1. 速度制：愈快完成全部拼圖者愈高分。
2. 時間制：訂定一時限，計算時限內完成的字數。

調整建議

1. 本遊戲較不適用於全盲生、上肢肢體障礙或腦性麻痺等手部功能不佳者。
2. 低（弱）視——事先將字卡上的字體放大。
3. 認知功能輕度缺損——根據學生障礙程度及能力特質，將題目簡化，挑選結構較簡單的字。
4. 資賦優異——將字卡剪成較多塊，增加拼圖的數量。

書背傳字

生字 7

遊戲目的	藉由書寫生字及感受別人在背上寫字的活動，培養學生專心注意的能力，及加深學生對生字的印象。
適用對象	低、中年級。
適用時機	學生學完一課生字後。
活動時間	10-15 分鐘。
遊戲人數	團體分組競賽。
適合場地	教室。
使用資源	粉筆、黑板、字卡。

遊戲方法及步驟

1. 教師事先準備本課的生字卡。
2. 每組坐於同一排。
3. 教師選擇一字卡當做題目，並給每排的最後一個學生看字卡。
4. 每組由最後一人開始在倒數第二個人的背上，以手指寫字。
5. 依序傳寫下去，直到傳到排頭的第一個人為止。
6. 排頭第一個人將書背傳字的結果寫在黑板上。
7. 排定各組寫正確的先後順序，第一名者得 5 分，第二名者得 4 分，依此類推，第五名以後皆得 1 分。
8. 如是比賽數回合，最後統計成績，分數最高的組別得勝。

評量注意事項

認知功能輕度缺損——

1. 依照學生的障礙程度及能力，另外設定合理的評量目標。
2. 可觀察學生參與活動的態度及表現作為評量方式。
3. 避免以分數作為評定標準，盡量以質的描述說明，以作為修正教學之依據。

調整建議

1. 本遊戲較不適用於上肢肢體障礙或腦性麻痺等手部活動不方便的學生。
2. 全盲生——幫助全盲學生，將其手指指引到其前方同學的背部。
3. 下肢肢體障礙或腦性麻痺等行動不便者——將其座位安排在每排中間的位置，避免將其位置安排在排頭或排尾，就不需要上台寫字或是到後面看教師手中的字卡。
4. 認知功能輕度缺損——視學生的障礙程度及能力現況，斟酌簡化題目，選擇較簡單的生字當作題目。

傳片接寫

生字 8

遊戲目的	評量學生書寫生字的學習表現。
適用對象	低年級。
適用時機	學生學完一課生字後。
活動時間	5 分鐘。
遊戲人數	團體分組競賽。
適合場地	教室。
使用資源	數張紙、筆。

遊戲方法及步驟

1. 每組坐成一排,在最前面放紙片若干,每人準備好筆。
2. 教師說任一個生字。
3. 每組由最後一人開始在紙片上寫一筆,然後傳給前一個人續寫,直到寫完為止。
4. 寫最後一筆者跑步將紙片送交給教師。
5. 排定各組先後順序,第一名者得 5 分,第二名者得 4 分,依此類推,第五名以後皆得 1 分。
6. 如是比賽數回合,最後統計成績,分數最高的組別得勝。

評量注意事項

認知功能輕度損傷——

1. 依照學生的障礙程度及能力,另外設定合理的評量目標。
2. 可觀察學生參與活動的態度及表現作為評量方式。
3. 避免以分數作為評定標準,盡量以質的描述說明,以作為修正教學之依據。

調整建議

1. 本遊戲不適合全盲生、上肢肢體障礙或腦性麻痺等手部活動不便者。
2. 低(弱)視——事先準備較大的紙片,並請其他學生將字寫大一些。
3. 下肢肢體障礙或腦性麻痺等行動不便者——若剛好是此類行動不變的特殊需求學生寫最後一筆,請下一位學生協助其傳紙片。
4. 認知功能輕度缺損——根據學生障礙程度及能力特質,提供部分或全部之協助。例如:請普通學生當小小輔導員,協助其參與遊戲;或是斟酌簡化題目,選擇較簡單的生字當做題目。

生字 9

超級記憶王

遊戲目的　藉由記憶生字的遊戲，複習一整個單元的生字。

適用對象　低、中、高年級。

適用時機　學生學完 3-5 課或是一個單元後。

活動時間　30-40 分鐘。

遊戲人數　團體分組競賽。

適合場地　操場、體育館。

使用資源　紅、藍兩種不同顏色的紙卡、別針或雙面膠。

遊戲方法
及步驟
1. 教完一個單元後，將生字分別寫在紅、藍兩種不同顏色的紙卡上。
2. 將學生分成甲、乙兩組，將紅色字卡黏在（或用別針別在）甲組學生的背上；將藍色字卡黏在（或用別針別在）乙組學生的背上。
3. 在空地上畫兩個直徑約 3 公尺的圓，兩圓中間畫上長約 20 公尺的跑道。

4. 遊戲開始時，讓甲、乙兩組學生分別站在甲、乙兩圓中間，教師吹哨後，兩組學生必須經過跑道進入另一個圓內，甲組學生進乙圈，乙組學生進甲圈。
5. 在轉換圓圈的過程中，學生必須設法爭看另一組學生背上的字，並記在腦中。
6. 三分鐘後教師再次吹哨，若有學生未進入正確的圈內，則一個人扣該組一分。
7. 各組寫下各組所看到的字。
8. 重複步驟 4-7 兩次，檢查最後各組所寫的字，寫對一個得一分，寫錯一個扣一分。
9. 結算成績，成績高的組別即勝利。

評量
注意事項　認知功能輕度損傷——可觀察學生參與活動的態度及表現作為評量方式，盡量以質的描述說明，以作為修正教學之依據。

調整建議
1. 本遊戲不適用於全盲、肢體障礙或腦性麻痺等行動不便者。
2. 低（弱）視——事先將字卡上的字體放大。
3. 聽障——教師吹哨的同時，高舉雙手，提示聽障生吹哨了。

釣青蛙遊戲

語詞¹

遊戲目的	利用語詞的配對遊戲，評量學生學習語詞的成效。
適用對象	低、中、高年級。
適用時機	學生學完一課詞語後。
活動時間	15-20 分鐘。
遊戲人數	個別、小組。
適合場地	教室。

使用資源

1. 蒼蠅、青蛙圖卡，在蒼蠅的眼睛、青蛙的嘴上貼上小磁鐵或迴紋針。
2. 語詞的字卡，第一個字貼在蒼蠅上，第二個字貼在青蛙上。
3. 一根釣竿（取一細長的棍子或掃把的竹子，在一端綁上一條線；或是家裡現有的釣竿亦可），線頭綁上磁鐵。

遊戲方法及步驟

1. 教師事先準備釣竿、字卡與蒼蠅、青蛙圖卡。
2. 在蒼蠅圖卡上貼語詞的第一個字卡，在青蛙圖卡上貼語詞的第二個字卡，例如：「快樂」這個語詞，就必須將「快」貼在蒼蠅圖卡上，將「樂」貼在青蛙圖卡上。
3. 將蒼蠅圖卡、青蛙圖卡分成兩堆。
4. 讓學生先用釣竿釣起蒼蠅當作餌，再釣起可以與該蒼蠅正確配對的青蛙。正確即得 1 分，最後結算總分。

*增加難度：步驟 4 中學生在正確配對語詞蒼蠅、青蛙圖卡後，解釋這個語詞的意思。

*增加難度二：步驟 4 中學生在正確配對語詞蒼蠅、青蛙圖卡後，為這個語詞造一個完整的句子。

評量注意事項

1. 聽、語障——此類學生可能因為口語表達較為吃力或口齒較不清晰，應給與較多的答題時間，評量時亦可降低標準。
2. 認知功能輕度缺損——依學生參與活動的態度作為評量依據。

調整建議

1. 本遊戲較不適用於全盲生。
2. 低（弱）視——事先將字卡上的字體放大。
3. 上肢肢體障礙或腦性麻痺等手部活動不便者——協助其釣起蒼蠅及青蛙圖卡；或由其他學生釣蒼蠅及青蛙圖卡給他唸。
4. 認知功能輕度缺損——請一位小老師協助並指導其參與遊戲。
5. 資賦優異——使用增加難度後的遊戲。

釣青蛙遊戲——青蛙圖卡範例

青蛙嘴上別上一個迴紋針，或是貼上一個磁鐵。

將投影片剪成適當大小的方形，以雙面膠或保麗龍膠黏住三邊，形成一口袋狀，則未來就可以直接抽換字卡、圖卡，重複使用本教具。

建議使用厚紙板來製作青蛙圖卡，並加以護貝或是貼上一層透明膠帶，增加其牢固性。

釣青蛙遊戲──蒼蠅圖卡範例

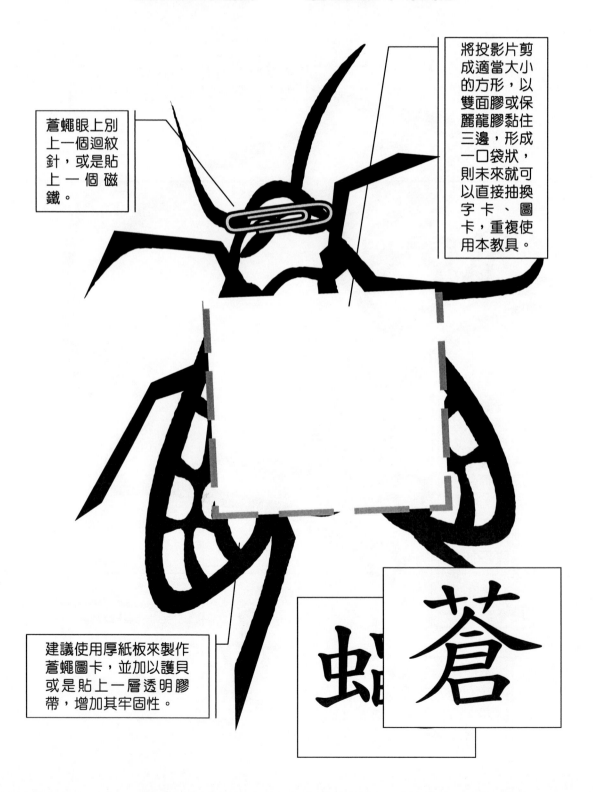

蒼蠅眼上別上一個迴紋針，或是貼上一個磁鐵。

將投影片剪成適當大小的方形，以雙面膠或保麗龍膠黏住三邊，形成一口袋狀，則未來就可以直接抽換字卡、圖卡，重複使用本教具。

建議使用厚紙板來製作蒼蠅圖卡，並加以護貝或是貼上一層透明膠帶，增加其牢固性。

記憶遊戲

語詞 *7*

遊戲目的	【記憶對對碰】：藉由記憶遊戲，加深對語詞的印象。
	【記憶連詞】：除了考驗記憶能力外，還評量了學生連詞的能力。
適用對象	低、中、高年級。
適用時機	學生學完一課語詞後。
活動時間	10-15 分鐘。
遊戲人數	個別。
適合場地	教室。
使用資源	約名片大小的紙卡，寫上語詞（學生自備）。

遊戲方法及步驟

方法一：【記憶對對碰】

1. 將每張紙卡上寫下一個語詞，寫兩份。

2. 將所有紙卡如撲克牌洗牌的方式洗過一遍，整齊的排放在桌面上，背面（未寫語詞的面）朝上。

1	2	3	4	5	6	7	8
9	10	11	12	13	14	15	16
17	18	19	20	21	22	23	24
25	26	27	28	29	30	31	32

3. 一次可以選擇翻開任兩張紙卡（例如：5 和 10），若這兩張寫的語詞是一樣的，就可以收起來，繼續下一次嘗試；若這兩張寫的語詞是不一樣的，就必須翻回背面，做下一次嘗試。

4. 如此連續進行，直到所有的紙卡都被翻開。

5. 最快翻完所有紙卡的學生獲勝。

方法二：【記憶連詞】

第一個字				第二個字			
A	B	C	D	a	b	c	d
E	F	G	H	e	f	g	h
I	J	K	L	i	j	k	l
M	N	O	P	m	n	o	p

1. 將每一個新詞分別寫在兩張紙卡上，例如：「遊戲」，「遊」寫一張紙卡，「戲」寫一張紙卡。

2. 將紙卡分成兩堆，第一個字一堆，第二個字一堆。

3. 將紙卡如撲克牌洗牌的方式洗過一遍，然後整齊的排放在桌面的左右兩邊，背面（未寫語詞的面）朝上。

4. 一次可以選擇翻開左右兩邊的一張牌（例如：A 和 a），若這兩張寫的語詞可以正確連成語詞，就可以收起來，繼續下一次嘗試；若這兩張寫的語詞不行，就必須翻回背面，做下一次嘗試。

5.如此連續進行，直到所有的紙卡都被翻開。

6.最快翻完所有紙卡的學生獲勝。

評量
注意事項　全盲生、上肢肢體障礙或腦性麻痺等手部活動不便者——此類學生在翻紙卡時，可能需要普通學生的協助，在溝通的過程中勢必要花上一點多餘的時間，應給與其較多的遊戲時間。

調整建議　1.全盲生——請普通學生協助，事先在各紙卡的背面加上編號，正面的語詞加上點字，特殊需求學生口說想要翻的紙卡的編號，普通學生幫忙其翻紙卡。

2.低（弱）視——事先將語詞卡上的字體放大。

3.上肢肢體障礙或腦性麻痺等手部活動不便者——請普通學生協助，事先在各紙卡的背面寫上編號，特殊需求學生口說想要翻的紙卡的編號，普通學生幫忙其翻紙卡。

4.認知功能輕度缺損——根據學生障礙程度及能力特質，提供部分或全部之協助，例如：請普通學生當小老師，協助其參與遊戲；或是降低遊戲難度，將紙卡數量減少。

5.資賦優異——將紙卡數量酌量增加，提高遊戲難度。

對對碰

語詞 3

遊戲目的	訓練學生反應能力，增加學生認字及練習造詞的機會。
適用對象	低、中、高年級。
適用時機	學生學完一課語詞後。
活動時間	10-20分鐘。
遊戲人數	小組。
適合場地	教室。
使用資源	一人一份紙卡，寫上本課所有生字（學生自備）。
遊戲方法及步驟	1.每位學生將生字寫在紙卡上，一張一個生字。 2.將所有紙卡如撲克牌洗牌的方式洗過一遍。 3.每位學生將自己的紙卡拿在手中，背面（未寫語詞的面）朝上。 4.同組的學生同時翻開一張手上的紙卡。 5.當有兩張以上的紙卡所翻出來的生字重複時，手持該生字的學生們，必須立刻以該生字造一個語詞。 6.最慢造出語詞的人就輸了，將輸的人記錄下來。 7.依照此方法玩10分鐘，每次手中的字卡沒有時，就收回剛剛的字卡再洗牌一次後，繼續遊戲。 8.最後統計輸最多次的人要表演。
評量注意事項	1.聽、語障——此類學生可能口齒較不清晰，評量時可降低標準。但在學生答題完時，需再特別強調生字的發音、咬字和聲調，讓學生再次練習。 2.認知功能輕度損傷—— 　(1)依照學生的障礙程度及能力，另外設定合理的評量目標。 　(2)可觀察學生參與活動的態度及表現作為評量方式。 　(3)避免以分數作為評定標準，盡量以質的描述說明，以作為修正教學之依據。
調整建議	1.本遊戲較不適合全盲生、上肢肢體障礙或腦性麻痺等手部活動不方便的學生。 2.低（弱）視——事先將語詞卡上的字體放大。 3.認知功能輕度缺損——請普通學生當小老師，協助其參與遊戲。 4.資賦優異——加入一些該課生字的相似字，增加辨認生字的難度。

鬥牛猜語詞

4 語詞

遊戲目的	藉由記憶語詞的遊戲，複習整課語詞。
適用對象	低、中、高年級。
適用時機	學生學完一課語詞後。
活動時間	15-20 分鐘。
遊戲人數	團體。
適合場地	教室空曠處。
使用資源	語詞卡、別針或雙面膠。

遊戲方法及步驟

1. 教師將教完的語詞，分別寫在卡片紙上。
2. 選出兩位學生進行遊戲。
3. 將語詞卡分別用雙面膠黏在（或用別針別在）兩位學生的背上。
4. 開始時兩個學生面對面，然後分別設法去看對方背上卡片的語詞，先看到的學生立刻舉手。
5. 教師看到學生舉手後，下令暫停遊戲，請舉手的學生報出答案。答案正確即勝利；如不正確可再繼續。報答三次錯誤，即為失敗。

＊如果人數較多可採賽程表排列方式，而學生代表必須每場換人為原則。

評量注意事項

1. 聽、語障——此類學生可能口語表達較為吃力或口齒較不清晰，評量時可降低標準。但在學生答題完時，需再特別強調生字的發音、咬字和聲調，讓學生再次練習。
2. 認知功能輕度損傷——
   (1)可觀察學生參與活動的態度及表現作為評量方式。
   (2)避免以勝負作為評定標準，盡量以質的描述說明，以作為修正教學之依據。

調整建議

1. 本遊戲較不適用於全盲、下肢肢體障礙或腦性麻痺等行動不方便的學生。
2. 低（弱）視——事先將字卡上的字體放大。
3. 認知功能輕度缺損——根據學生障礙程度及能力特質，簡化題目。當特殊需求學生上場遊戲時，選擇較簡單的生字黏在其對手的背上。
4. 資賦優異——除了猜語詞外，要再根據該語詞造一個句子。

語詞 5

拆地雷

遊戲目的　訓練學生反應能力，增加學生練習造詞的機會。

適用對象　低、中、高年級。

適用時機　學生學完一課語詞後。

活動時間　15-20 分鐘。

遊戲人數　小組。

適合場地　教室。

使用資源　一人一份紙卡，寫上該課所有生字（學生自備）。

遊戲方法　及步驟
1. 每位學生將生字寫在紙卡上，一張一個生字。
2. 將所有紙卡混在一起，如撲克牌洗牌的方式洗過一遍，將紙卡平分給每個學生。
3. 每位學生將紙卡拿在手中，正面（寫生字的面）朝向手心。
4. 教師任選一生字當作地雷，並在黑板上寫下地雷的生字。
5. 同組的學生輪流翻紙卡，一人一次翻一張紙卡。
6. 當翻出教師指定的地雷生字時，所有學生要將手拍在該字卡上，代表拆地雷，最後拍的人就輸了，要收回所有的字卡。
7. 輸的人可以指定下一個地雷字，並將地雷字寫在黑板上。
8. 每個學生沒有字卡後，仍要拍三次（拆三次地雷），才算贏。
9. 最後拿到所有字卡或是最多字卡的人就是輸家。

評量　注意事項　認知功能輕度損傷——
1. 依照學生的障礙程度及能力，另外設定合理的評量目標。
2. 可觀察學生參與活動的態度及表現作為評量方式。
3. 避免以分數作為評定標準，盡量以質的描述說明，以作為修正教學之依據。

調整建議
1. 本遊戲較不適合盲生、上肢肢體障礙或腦性麻痺等手部活動不方便的學生。
2. 低（弱）視——事先將語詞卡上的字體放大。
3. 認知功能輕度缺損——根據學生障礙程度及能力特質，提供部分或全部之協助。例如：請普通學生當小老師，協助其參與遊戲。
4. 資賦優異——加入一些該課生字的相似字，增加辨認地雷字的難度。

搶椅子

語詞 6

遊戲目的	利用遊戲讓學生認唸生字並練習造詞。
適用對象	低、中、高年級。
適用時機	學生學完一課語詞後。
活動時間	10-15 分鐘。
遊戲人數	團體。
適合場地	教室。
使用資源	10-15 張字卡、和字卡數量相同的椅子。

遊戲方法及步驟

1. 預先把生字寫在卡片上，依生字數準備椅子。
2. 將每張椅子圍成一圈，於每張椅子上覆蓋生字卡片一張。
3. 選比卡片數多一個學生出列玩遊戲。
4. 學生邊唱歌邊沿著椅子繞圈，等教師喊「停」，每個學生搶坐椅子，然後把生字卡舉起。
5. 沒搶到椅子的學生唸出每張卡片上的字，並為每個生字造一個語詞，全體學生也隨著唸，沒搶到椅子的學生接著做主持人，可以下命令。
6. 換另一批學生上來玩遊戲，依序玩下去，約玩 3-5 遍。

評量注意事項

1. 腦性麻痺（有口語表達困難者）——此類學生可能因為口語表達較為吃力，應給與較多的答題時間。
2. 聽、語障——此類學生可能口齒較不清晰，評量時可降低標準。但在學生答題完時，需再特別強調生字的發音、咬字和聲調，讓學生再次練習。
3. 認知功能輕度缺損——可觀察學生參與活動的態度及表現作為評量方式；盡量以質的描述說明，避免以分數作為評定標準。

調整建議

1. 本遊戲較不適用於盲生、下肢肢體障礙或腦性麻痺等行動不便者。
2. 低（弱）視——事先將字卡上的字體放大。
3. 聽、語障——
   (1)無法發音的學生：由認唸字音，改為寫出字音；或是配合溝通輔具的使用，讓學生利用輔具發出字音。
   (2)用手語溝通的學生：以手語方式代替認唸字音。
4. 認知功能輕度缺損——請一位小老師協助並指導其參與遊戲。
5. 資賦優異——別的學生造一個語詞時，資優生需造兩個語詞，或是為語詞造一個句子。

支援前線遊戲

語詞 7

遊戲目的 利用語詞的搜尋遊戲，評量學生學習語詞的成效，亦可以了解學生對詞意理解的程度。

＊若學生事先從報章雜誌中蒐集相關的語詞卡，亦可增加學生的閱讀量，並且擴充學生常識。

適用對象 低、中、高年級。

適用時機 學生學完 3-5 課或一個單元後。

活動時間 10-15 分鐘。

遊戲人數 團體分組競賽。

適合場地 教室。

使用資源 名片大小的語詞小卡（學生自備）、粉筆、黑板。

遊戲方法及步驟
1. 課前要求學生回家將本單元的語詞和生字造詞寫在小紙片上，亦可請學生從報章雜誌中蒐集相關的語詞卡，將其剪下貼在小紙片上。
2. 遊戲的前一天提醒學生帶語詞卡來學校。
3. 將學生分若干組，建議以一排為一組，各推出一人當前線。
4. 當教師提出其要求的條件，例如：語詞中有某部首、描述人的形容詞、語詞屬於名詞等，各組必須尋找符合條件的語詞卡支援給前線。
5. 檢查各組的語詞卡，合條件的語詞卡，一張可得到一分。
6. 支援五次後，結算各組的成績，分數高者即為勝利。

評量注意事項 教師事先要決定，若是有重複的答案（同組中兩個以上的學生拿出一樣的字卡）時，要將同一個答案當成一分，或是每一張語詞卡一分，不管是不是重複。無論最後的決定是哪一種，都要在說明遊戲規則時，事先向學生說明，並徹底執行。

＊加分：可讓學生在報章雜誌中搜尋與本單元生字相關的語詞，活動時若出示由報章雜誌剪貼而成的語詞卡，則可另外再加一分。

調整建議
1. 全盲生——事先在語詞卡上加點字。
2. 低（弱）視——事先將語詞卡上的字體放大。
3. 聽障——教師將提出的條件寫在小黑板上，在公布條件時，同時展示小黑板。
4. 認知功能輕度缺損——教師依學生障礙程度簡化題目，挑選較簡單的語詞讓特殊需求學生練習搜尋。

搶寶座

語詞 8

遊戲目的	每一週可以玩一次，檢測學生理解語詞的程度。
適用對象	低、中、高年級。
適用時機	學生學完一課語詞後。
活動時間	15-20 分鐘。
遊戲人數	團體分組競賽。
適合場地	教室。
使用資源	語詞卡、椅子一把（放在講台上）。

遊戲方法及步驟

方法一：

1. 讓學生將本課學習到的語詞，寫在書面紙上捲起來。
2. 將學生分成甲、乙兩組，分別派代表先猜拳，猜贏的人先坐在寶座上。
3. 假設甲組代表猜拳贏了，則甲組代表先坐在寶座上，乙組學生將捲起來的語詞打開給寶座上的甲組代表表演（此時注意不可以給甲組的人看見語詞的內容），甲組的人猜。

【表演的人只可以做動作，不可以發出聲音】

4. 甲組若猜對了可以繼續坐在寶座上，猜錯了下台；換乙組的代表在寶座上表演，乙組的人猜。
5. 依序進行，等到十題猜完，最後留在寶座上的組別為勝利者。

方法二：

甲、乙兩組各表演十題，猜對的題數多的組別即為勝利者。

評量注意事項

認知功能輕度缺損——可觀察學生參與活動的態度及表現作為評量方式，盡量以質的描述說明，以作為修正教學之依據。

調整建議

1. 本遊戲不適用於全盲生。
2. 低（弱）視——事先將語詞卡上的字體放大。
3. 肢體障礙或腦性麻痺等行動不便者——只猜題不表演。
   下肢肢體障礙可以考慮以畫圖的方式代替表演，讓其他學生猜語詞。
4. 認知功能輕度缺損——若輪到認知功能輕度缺損的學生表演時，則教師可依據其障礙程度與能力現況，給與適時適量的協助。例如：將語詞內容另外的解釋給特殊需求學生了解或是提供表演的意見，教特殊需求學生如何表演。

q

語詞

成語接龍

遊戲目的	讓學生每天學習一個成語，一個月後再將本月所學的所有成語複習一次。
適用對象	低、中、高年級。
適用時機	指導學生每天學習一個成語，用名片紙做成成語卡，每個月安排一次成語接龍遊戲。
活動時間	10-15分鐘。
遊戲人數	個別、分組。
適合場地	教室。
使用資源	名片大小的成語卡（學生自備）。
遊戲方法及步驟	1.教師每天在黑板上寫一個成語及其解釋，指導學生抄寫在名片紙上。 2.一個月後，分組或是個人進行成語接龍。 　例如：一五一十，可接任何一個字，接「一」石二鳥、「五」福臨門、「十」全十美，都算正確。 3.限時十分鐘，接一個給一分，計算總成績，分數高者即為勝利。 4.將分數最高的接龍成果展示在黑板上，教師帶著全班從頭至尾唸一遍。
評量注意事項	認知功能輕度缺損—— 1.依照學生的障礙程度及能力，另外設定合理的評量目標。 2.可觀察學生參與活動的態度及表現作為評量方式。 3.避免以分數作為評定標準，盡量以質的描述說明，以作為修正教學之依據。
調整建議	1.全盲生——成語卡事先加上點字。 2.低（弱）視——事先將成語卡上的字體放大。 3.上肢肢體障礙或腦性麻痺等手部活動不便者——因其手部動作較為不便，接龍動作可能較為緩慢，可考慮酌量延長其遊戲時間，或是另外請同學協助其參與遊戲。 4.認知功能輕度缺損——根據學生障礙程度及能力特質，提供部分或全部之協助。例如：請普通學生當小小輔導員，協助其參與遊戲。

傳球擴句

句型

遊戲目的	提供短句及語詞，讓學生練習將短句加長。
適用對象	低、中、高年級。
適用時機	學生學完課文形式深究中深究句子與文法修辭後。
活動時間	15-20 分鐘。
遊戲人數	團體。
適合場地	教室。
使用資源	球一顆、音響一台、輕快的音樂 CD 或錄音帶、黑板、粉筆。

遊戲方法及步驟

1. 教師事先挑選出課文中重要的句子，並加以簡化及抓出重點句型。
2. 教師在黑板上寫下一個簡化後的課文句子，例如：我去上學。
3. 教師在黑板上寫下一個提示的語詞，例如：走路、搭公車、快樂，讓學生利用提示的語詞擴句。
4. 教師播放音樂，學生依序把球傳給隔壁的同學。
5. 教師隨機將音響按停，中止音樂，請剛好拿到球的同學進行擴句。例如：我走路上學、我快樂地去上學。
6. 如此進行數回合。教師視時間長短及遊戲狀況，斟酌遊戲次數。

＊增加難度：
  (1)傳球結束時才在黑板上寫下提示的語詞，一分鐘內學生需完成擴句。
  (2)不提供提示語詞，由擴句的學生自行想出可以擴充的語詞，完成擴句。

評量注意事項

認知功能輕度缺損——可觀察學生參與活動的態度及表現作為評量依據。

調整建議

1. 全盲生——指定一位同學協助其傳球，並事先將欲擴充的短句及提示的語詞口述一遍。
2. 低（弱）視——另外準備已放大字體的字卡供其觀看。
3. 聽障生——教師在停止音樂的同時，把手舉起來表示音樂停止之意。
4. 上肢肢體障礙或腦性麻痺等手部活動不便者——請隔壁同學將球放至其桌上，讓其用手把球撥給隔壁的同學。
5. 認知功能輕度缺損——請一位小老師協助並指導其參與遊戲。
6. 資賦優異——除了利用提示的語詞外，資優生需再自行想出另一個語詞擴句，也就是說資優生必須同時用兩個語詞擴句。

房子大風吹

句型 2

遊戲目的	*1.* 讓學生分辨語詞的詞性。

2. 提供三個關鍵詞，讓學生練習造一個包含所有關鍵語詞的句子。

適用對象　低、中、高年級。

適用時機　課文內容深究、形式深究結束後。

活動時間　20-30 分鐘。

遊戲人數　團體。

適合場地　教室。

使用資源　語詞紙卡（比學生人數多 4-6 張，分成三種詞性：名詞、動詞、形容詞，每種詞性的語詞卡數量相等）。

遊戲方法　及步驟

1. 教師事先從課文中挑出比學生人數多 4-6 個的語詞（分成三種詞性：名詞、動詞、形容詞，每種詞性的語詞數量相等），並將各語詞製作成語詞卡。

2. 先選定一人當做鬼。

3. 將語詞卡發給剩下的所有學生（學生人數為三的倍數，若有多出來的學生，請他當裁判），多的語詞卡拿在教師手中。

4. 開始遊戲，所有的學生要判別手中語詞卡的詞性，然後找到夥伴，三個人成為一組，同組中的語詞必須包括名詞、動詞及形容詞各一（其中兩人雙手互碰，搭蓋出屋頂的形狀，一人蹲於屋簷下）。

5. 請鬼抽一張語詞卡，不給其他人看到，剩下的語詞卡仍然是拿在教師手中。

6. 當鬼的學生必須判別手中語詞卡的詞性，喊出手中語詞所代表的口令「『動』如脫兔」（表動詞）、「『名』落孫山」（表名詞）、「相『形』失色」（表形容詞）。

7. 當鬼喊出口令時，拿到該詞性語詞卡的學生必須離開原來的位置，跑到別組的空缺裡，重新組成一個含有三種詞性的小組。

8. 小組於三分鐘內造出一個含有小組成員所持語詞的句子。凡於時限內完成的組可得一分，教師負責記錄學生的得分。

9. 落單的學生擔任鬼，重新抽語詞卡，重複進行遊戲。

＊增加難度：擴增為四人一組，讓學生造出包含四種語詞的句子。可參考增加「名『副』其實」（表副詞）的口令。

**評量
注意事項**

1. 聽語障學生——評量學生答案時，應重視回答內容，而非語句的清晰。
2. 認知功能輕度缺損——可觀察學生參與活動的態度及表現作為評量依據。
3. 資賦優異學生——縮短其答題時間。

調整建議

1. 本遊戲較不適用於全盲生、下肢肢體障礙或腦性麻痺等行動不便者。
2. 低（弱）視——另外準備已放大字體的字卡供其觀看。
3. 聽障生——將口令「『動』如脫兔」、「『名』落孫山」、「相『形』失色」製作成詞卡，鬼下令時需同時拿出詞卡，給與聽障生視覺的提示。
4. 認知功能輕度缺損——請一位小老師協助並指導其參與遊戲。

巧拼拼一拼

句型3

遊戲目的　提供句子的元件，讓學生練習將句子重組，
排出一個通順的句子。

適用對象　低、中、高年級。

適用時機　學生學完一課的課文內容深究、形式深究後。

活動時間　10-15 分鐘。

遊戲人數　團體分組競賽。

適合場地　教室。

使用資源　課文句子長條、巧拼數個（將課文句子長條裁成 4-6 個元件，分
別貼在不同的巧拼上。依組別數量，決定句子的數量及巧拼的數
量）。

遊戲方法
及步驟
1. 教師事先挑選出課文中重要的句子，製成句子長條，將課文句
子長條裁成 4-6 個元件，分別貼在不同的巧拼上。
2. 請學生分組，排成數條縱隊。
3. 教師在各組排頭前面放置一疊已經打亂句子順序的巧拼。
4. 教師吹哨後，學生開始傳巧拼，每隊的排頭學生拿起一片巧拼
往後傳，依序傳至最後一位學生時，該學生負責將傳來的巧拼
排成一長條。
5. 直到傳完所有的巧拼，排尾的學生也將巧拼拼成一長條後，該
組學生才可以集合到後面，共同將順序混亂的句子重組成一句
通順的句子。
6. 完成重組句子的隊伍馬上蹲下，速度最快又無錯誤的隊伍獲
勝。
7. 教師帶全班將所有句子唸一遍。

評量
注意事項　認知功能缺損——可觀察學生參與活動的態度及表現作為評量依
據。

調整建議
1. 本遊戲較不適用於全盲生。
2. 低（弱）視——事先將字卡上的字體放大。
3. 聽障生——事先用筆談或手語解釋遊戲規則，讓聽障生了解。
4. 肢體障礙或腦性麻痺等行動不便者——安排該特殊需求學生排
在縱隊的倒數第二位，最後小組重組句子時，請同學協助其轉
個身即可參與答案的討論。上肢肢體障礙或腦性麻痺等手部活
動不便者，請一位學生幫助其傳遞巧拼。
5. 資賦優異——將句子長條裁成更多個元件，或是在挑選句子
時，選擇較長及較複雜的句子。

一家團圓

句型⁴

遊戲目的　提供句子的元件，讓學生練習將句子重組，排出一個通順的句子。

適用對象　低、中、高年級。

適用時機　學生學完一課的課文內容深究、形式深究後。

活動時間　10-15 分鐘。

遊戲人數　團體。

適合場地　教室。

使用資源　紙卡、雙面膠（將課文句子長條裁成4-6個元件，分別貼在紙卡上，背面貼上雙面膠）。

遊戲方法及步驟
1. 教師事先挑選出課文中重要的句子，製成句子長條，將課文句子長條裁成4-6個元件，分別貼在紙卡上，背面貼上雙面膠。
2. 教師隨機發給每位學生一張紙卡，學生將紙卡貼在額頭上。
3. 教師吹哨，學生開始找尋自己的「家人」，學生找到能跟自己身上紙卡併成通順句子的同伴後快速蹲下。
4. 請每組學生將組好的句子大聲唸給全班聽，最快蹲下又正確者獲勝。

評量注意事項
1. 認知功能輕度缺損——
   (1)依照學生的障礙程度及能力，另外設定合理的評量目標。
   (2)可觀察學生參與活動的態度及表現作為評量方式。
   (3)避免以分數作為評定標準，盡量以質的描述說明，以作為修正教學之依據。
2. 注意學生所組的句子是否通順以及合於文法即可，並不一定要與原來的句子完全一樣。

調整建議
1. 本遊戲較不適用於全盲生。
2. 低（弱）視——事先將字卡上的字體放大。
3. 聽障生——事先用筆談或手語解釋遊戲規則，讓聽障生了解。
4. 肢體障礙或腦性麻痺等行動不便者——請學生當作小老師協助其參與遊戲。
5. 認知功能輕度缺損——根據學生障礙程度及能力特質，提供部分或全部之協助。例如：請普通學生當小老師，協助其參與遊戲；或是斟酌簡化題目，選擇較簡單的句子當作題目。
6. 資賦優異——將句子長條裁成更多個元件，或是在挑選句子時，選擇較長及較複雜的句子。

故事列車

句型 5

遊戲目的	提供句子的元件，讓學生練習利用這些元件，造一個語意通順的句子。
適用對象	低、中、高年級。
適用時機	學生學完課文形式深究中深究句子與文法修辭後。
活動時間	20-30 分鐘。
遊戲人數	個別、團體。
適合場地	教室。
使用資源	一列硬紙板做的火車（分若干個車廂，車廂身上各做一個口袋。口袋裡分別有故事角色、角色的特質、時間、地點、事情等）、名片大小的紙片。

遊戲方法及步驟

1. 教師事先準備好一列硬紙板做的火車、名片大小的紙片。
2. 教師發給每個學生 5 張紙片。
3. 請學生針對「故事角色」、「角色特質」、「時間」、「地點」、「事情」這幾個要點，寫紙條放入車廂口袋。
4. 讓學生輪流各抽一張，就這些紙條上的要點，寫成一個語意通順又合於文法的句子。
5. 重複以上步驟，多做幾次練習。

＊增加難度：將步驟4、5所完成的句子擴寫成一篇短文。

評量注意事項

認知功能輕度缺損——

1. 依照學生的障礙程度及能力，另外設定合理的評量目標。
2. 可觀察學生參與活動的態度及表現作為評量方式。
3. 盡量以質的描述說明，以作為日後修正教學之依據。

調整建議

1. 全盲生——盲生抽紙條時，請一位同學幫忙將他抽到的紙條唸給他聽。盲生造句時，讓他使用點字機，或是請他口述，另一位學生幫他記錄。
2. 低（弱）視——事先將字卡上的字體放大，或是請一位同學幫忙將他抽到的紙條唸給他聽。
3. 肢體障礙或腦性麻痺等行動不便者——請一位同學幫忙或協助其抽紙條。造句時，可以請特殊學生口述，請一位普通學生幫忙做紀錄。
5. 認知功能輕度缺損——根據學生障礙程度及能力特質，提供部分或全部之協助。例如：請普通學生當小老師，指導其完成句子。
6. 資賦優異——請學生將句子改寫成一篇短文。

一觸即發

遊戲目的 讓學生練習利用語詞造一個通順的句子。

適用對象 低、中、高年級。

適用時機 學生學完課文內容深究、形式深究後,利用課文中的語詞、關聯詞來玩遊戲。

活動時間 10-15 分鐘。

遊戲人數 團體。

適合場地 教室。

使用資源 老師準備 2-5 個空寶特瓶罐子、數張空白紙張。

遊戲方法及步驟
1. 讓學生把座位排成一個口字形,或移開桌椅在教室中間圍坐成一個封閉的圓圈。
2. 老師在每張白紙上,填寫上一個課文中的語詞、關聯詞,並把兩個語詞各自放入兩個空寶特瓶中。
   例如: 郵局 、 因為 、 所以 、 設立
3. 老師把兩個寶特瓶交給不同的學生,兩位學生選擇一方向傳遞給隔壁的同學(老師可以決定要傳幾個語詞)。
4. 老師選擇一首大家都會唱且節奏輕快的歌曲(例如:小星星、造飛機……等),大家隨著節奏一面拍手一面傳閱寶特瓶。
5. 一旦同一個人同時拿到兩個寶特瓶,就表示「觸電了!」請這位學生打開寶特瓶抽出紙卡,依照紙卡上的語詞造一個完整的句子。

評量注意事項
1. 聽、語障——此類學生可能口齒較不清晰,評量時宜根據其發言內容的品質來決定,而非評定其口齒清晰程度。
2. 認知功能輕度缺損——
   (1)依照學生的障礙程度及能力,另外設定合理的評量目標。
   (2)可觀察學生參與活動的態度及表現作為評量方式。
   (3)盡量以質的描述說明,以作為日後修正教學之依據。

調整建議
1. 全盲生——請一位同學協助盲生傳遞寶特瓶,並口述紙卡上的語詞,讓盲生了解語詞並造出句子。
2. 低(弱)視——將紙卡上的字體放大。
3. 肢體障礙或腦性麻痺等行動不便者——若大家席地坐在地上時,行動不便的學生可以乘坐輪椅或坐在椅子上和同學一起遊戲。造句時,應給腦性麻痺學生多一些發表時間。
4. 認知功能輕度缺損——視學生的障礙程度及能力現況,斟酌簡化題目,例如:讓其以唸出語詞的方式代替造句。

查戶口

句型7

遊戲目的	讓學生練習分辨語詞的詞性，並利用提供的元件造句，熟悉句型結構。
適用對象	低、中、高年級。
適用時機	學生學完課文形式深究中深究句子與文法修辭後。
活動時間	15-20 分鐘。
遊戲人數	團體。
適合場地	20 平方公尺以上可以跑動的空間。
使用資源	名片大小的紙卡（上面寫有詞性是名詞、動詞、形容詞的語詞）、名牌（可以在背面貼雙面膠代替名牌）。

遊戲方法及步驟

1. 教師事先挑選出課文中詞性是名詞、動詞、形容詞的語詞，將其寫在名片大小的紙卡上。
2. 教師指定五個定點，點與點間隔約 3-5 公尺。
3. 分配學生的詞性，並讓學生將詞性名牌戴上。
4. 準備好後，學生問教師：「請問每戶有幾人？」
5. 教師要指定各詞性個數，可以回答：「有兩個名詞、兩個動詞、一個形容詞。」
6. 其他學生聽到後，就要跑去定點後排成一列，如果同詞性已滿，就不能再排。
7. 教師要去各家查戶口，請各家造句，裡面所包含的詞性數量要和指定的一樣，但是可以有其他詞性。
8. 完成造句後，每人可得一分。
9. 重複步驟 4-8，最後計算總成績，分數高者得勝。
10. 重新查戶口的時候，原本有家的人，不能留在自己家。

＊增加難度：增加其他詞性，如：地方名詞、時間副詞。

評量注意事項

認知功能輕度缺損──可觀察學生參與活動的態度及表現作為評量方式，盡量以質的描述說明，以作為修正教學之依據。

調整建議

1. 全盲生──可以讓他擔任教師在遊戲中下命令的角色或是裁判。
2. 低（弱）視──事先將字卡上的字體放大。
3. 肢體障礙或腦性麻痺等行動不便者──請學生當作小老師協助其移動位置及參與遊戲。
4. 認知功能輕度缺損──根據學生障礙程度及能力特質，提供部分或全部之協助。例如：請普通學生當小教師，協助其參與遊戲。

用愛鋪路——
我的班級經營

吳淑貞

壹、前言

感動孩子的心

我們都聽過「太陽與北風」的寓言故事,太陽比北風能夠先讓人把外套脫下來,就是因為太陽象徵著仁慈、友愛,而北風卻是一種冷言冷語、冰冷態度的代表。太陽用體貼關懷別人的心意,以引導的方式來完成目標,反觀北風則用強硬的手段,逼迫別人來改變行為。

在教育孩子的過程當中,深深感受到孩子年紀雖小,內心卻是很敏感的,我們的一個表情、一個動作都會牽動孩子的心。因此,在「班級經營」上,我們需要了解孩子心中的想法,像太陽一般溫情地鼓勵孩子,他們心中那份真善、真美才會完全地展現出來,也才會真正溫暖孩子的心。

而「班級經營」是教師透過科學的、人性化的方法原則,處理班級中的人、事、物,減少學生的偏差行為。除了營造學生愉悅的學習氣氛,提高教師的教學效果和學生的學習成效之外,也期望讓孩子透過理性的思考與自我情緒管理來達到自律,並擴展自身的包容力,以建構自己的觀點,促進人際互助的和諧,引導學生人格的正向發展(王千倖,1996;蔡志妃,1995)。換言之,「班級經營」是一門藝術,需要教師來好好營造。

小學階段更是培養小孩日後習性、責任心及榮譽感的重要階段,良好的小學基礎教育更能培養孩子日後處世的自信心和堅毅力,更是造就日後儲備人才的地方(許財利,1992)。而一位優秀教師必須具備良好的教室領導技巧與班級經營策略,才能提升更好的教學效能。

我以拋磚引玉的心情,將這一路走來班級經營的教學心得與經驗與大家分享,希望我們的下一代在你我的陪伴與鼓勵下,能走得更有信心、更豐富、更精采!

貳、老師的準備

愛心與信心的結合

在教學過程中,老師有許多需要準備與自我充實,以健全自身的專業知能與信念,以下四項準備尤為關鍵。

一、愛與關懷

我深刻地感受到：「什麼理論都是次要的，重要的是老師的愛與關懷。」有了愛才可以給孩子勇氣與信心；有了愛，更可以給孩子一個表現的機會，甚或是被諒解的機會。我的體會是：發自內心的「愛」是為人師表的第一個準備。

二、重視自己的專業，肯定自我

在吳靜吉博士的《青年的四個大夢》書裡提到四個大夢：(1)找到人生的價值；(2)覓得良師益友；(3)找到永遠的職業或事業；(4)愛和友誼的尋求。我覺得教師的工作可以完全地實現這四個大夢，教書真的是一份很好的工作，因此要先看得起自己，別人才會尊重我們。並且，在準備教學時，才會更充分、更有信心。

此外，鄭石岩先生在《教師的大愛》一書中也提到：教師的生涯要自己肯投入才行，把它當作是人生的一部分，才能體會箇中的興趣、看出喜悅。所以，如果您已經和「老師」這份使命或工作結下了特殊的因緣，就從中尋求更多的充實與喜悅吧！

三、專業準備與自我訓練

閱讀相關書籍，多向「前輩」學經驗，也向「新進」學新知：多進行教學的專業對話，激發彼此的教學創意，有好的想法，馬上記錄下來，彙整成自己的「教學實用秘笈」。

(一)主動積極參與研習與進修

除了參加研習與進修之外，多參與他人的教學觀摩，學習他人的優點和新點子。有機會也爭取自我教學觀摩的機會，尤其在會後的檢討會中，常能得到許多寶貴的意見。另外，也要多自我對話，面對現階段學生的問題，我想改變什麼？又該怎麼做？研習之後完成記錄與心得，在自我教學上實際運用，體悟其中的道理。多多去想方法，而不要一味地埋怨學生不乖巧。切記：「當孩子不可愛的時候，就是他需要愛的時候了！」

(二)教師應自我檢視與自省

利用教學日誌的紀錄、領域教學評量表、家長學生回饋表（如：各科學習狀況量表、課程調整回饋問卷）【附件一。見光碟】，來了解學生和家長的反應，進而自我檢視與修正。

(三)教師「教學檔案」的製作

教學檔案的製作，可以應用於評鑑、幫助學生學習，也可協助教師進行專業發展。教師透過相關資料的蒐集、選擇和省思的歷程，可以幫助教師了解教學執行的優點與缺失，作為日後改進的依據，並規劃教師下一階段的成長目標。

四、教師的情緒管理

現今的教育，很重視溝通的技巧，社會對老師的情緒管理智商也有著較高的期待。所以，不論是教師對學生的教學輔導、常規管理，或是對家長的溝通互動，當教師缺乏熟練的溝通技巧時，就容易產生誤會，甚至發生衝突（鄭玉疊，2004）。

教師平常應積極的學習輔導知能、情緒表達與溝通技巧，覺察自己的教學情緒，並且適度的放鬆心情。當遭遇情緒低潮或親師生衝突時，如何不將情緒轉移到課堂和學生身上，成熟的處理並找到適合自己的紓解途徑，也是教師應具備的基本能力。

另外，培養樂觀的態度、注意自己的健康和持續的運動，也是維持健康心理與良好情緒管理很好的方法喔！

有了以上四個準備之後，我們也須了解在教學上和家長的互動是無可避免的，那麼如何溝通最有效也最省事呢？並且又可將家長的關心變成班級經營的助力？在此，建議大家採取有準備的主動溝通方式。

參、與家長的互動

把家長的關心化為我們的助力

為什麼把「與家長的互動」放在「對學生的引導」前面？因為我們能透過與家長共同合作，來一起引導孩子。此外，每一個家長都很關心自己的孩子，而且有許多話想找老師談，不如我們先把自己的教育理念、教學方法、經營策略及教學重點，完整而且有系統地向家長說明清楚。不但讓家長感受到我們是有準備、有方法、有系統地教育學生，更藉由提早且集體的溝通，減少繁雜重複的個別溝通。一來，有助於形成整個班級的教導方向和模式；二來，可導引家長的力量，加入支援教學的工作中。所以，和家長的互動是重要的，和家長溝通大致可分為聲音的、書面的、面對面的三種互動模式如下：

1. 「聲音的互動」例如：開學前的歡迎電話、平時與家長的電話聯繫等。

2.「書面的互動」例如：開學的第一封信、家長問卷、居家親子問卷、給家長寫的情書、聯絡簿的溝通等。

3.「面對面的互動」例如：學校日的親師懇談會、平時家長接送學生的會面、家庭訪問、假日校外的巧遇等。

平時學生的回家功課、陳述學生在校表現以及一般的聯絡事項，只需「書面的溝通」即可。若有緊急的特殊情況，例如：學生身體不適、發生意外傷害、輕微的問題行為，就需要與家長打電話，採取「聲音的溝通」，一來，才能把事情敘述得比較清楚，以便通知家長把學生帶回治療或立即送醫；二來，對於學生的問題行為，也能立即了解家長的反應與想法，親師合作共同來幫助孩子。

學校日的親師懇談會或遇到學生較嚴重的問題行為，就必須親師「面對面的溝通」，老師深入了解學生在家或交友情形，也讓家長明白現階段孩子需要協助的地方為何？親師建立默契，共同來陪伴孩子成長。

以下僅提出一些具體的做法供大家參考：

一、真誠的互動溝通

㈠歡迎電話

剛接一個新班級時，在開學前打通電話給家長和學生，主動表達歡迎之意，並順帶了解一下需要老師特別注意或照顧的事項。例如：「○○媽媽好，我是一年○班的吳老師，歡迎○○來到我們這個大家庭，九月一日是我們的開學日，千萬要記得喔！歡迎你們的到來！」、「不知道○○在日常生活和學習方面，有沒有需要我們特別注意與幫忙的地方？」尤其是面對即將進入校園的小一新鮮人或剛轉入的新同學，新鮮人的家長心情是很緊張與充滿疑問的，若我們能親切、溫暖地與家長進行第一次接觸，家長一定會安心許多。這也是跨出親師合作成功的第一步。當然，溝通的管道不能間斷，平時也不忘要常打電話關心一下小寶貝喔！

平常和家長電話溝通時，可先與其建立熱絡關係，談談孩子在校表現好的地方，比如很會做事、很會照顧同學……等等，待家長一接話題，就可以很快打開話匣子了。

而在與家長互動時，要特別注意的是：千萬不要直接了當去談學生的缺點，應先關懷學生家裡的情形，比如：「您真是不簡單，要上班又要教育孩子，身兼數職……」，家長覺得自己的付出也受到老師的肯定與鼓勵，就會覺得跟老師更貼近，也就會更願意傾聽老師說些什麼？或者先表揚一下小朋友的優點，讓家長知道老師也看到自己寶貝的

長處，這時再來談我們的建議與看法，通常家長都會欣然接受，並且覺得老師是非常關心他們的。

(二)開學的第一封信【附件二。見光碟】

帶領一個新班級的時候，家長和學生都對老師很陌生，家長普遍急切地想要了解老師的背景、未來班級的走向、家長和學生需要如何配合等等。我們何不主動地告知他們，讓家長很放心地將小孩子交給我們。通常我與家長溝通的內容會包含下列要項：

1. 自我簡介（包含經驗、專長）。
2. 教育理念、教學原則。
3. 本學期的教學重點。
4. 親子教育觀念：常見的學生學習困擾、如何協助小朋友避免或解決這些問題。【附件三：陪孩子當新鮮人。見光碟】
5. 希望家長配合的事項。
6. 家長建議欄。

通常家長看到第一封信後，就已經放心一大半了，也建立對老師初步的信心。根據我的經驗：因為家長了解老師有整套的教學理念和方法，絕大部分只會提出須特別注意自己小朋友的部分，對教學只會提出少數的建議或討論，實質上我們已提早建立整體的共識，並對未來的合作奠定基礎。如果有需要，我們只須加強對極少數的家長進行進一步溝通，而不是對應一大群紛雜心焦的家長。

(三)家長問卷、居家親子問卷【附件四。見光碟】

面對一個陌生的班級，非常需要了解小孩子在學習和生活上的情形，也需要了解家長平時的管教態度，對於家長與孩子目前的需求一併進行了解。問卷內容可以包含：孩子學習的基礎能力、個性與特質的了解、興趣與優點是什麼？有無特殊生理狀況需幫忙？親子相處的情形、平時交友情形、父母給孩子零用錢的情形、孩子目前所面臨的學習困擾，以及家長的期望與管教態度等等。

從問卷裡，老師可以快速地掌握學生的身心學習狀況，尋找更有效的方法來幫助孩子，也才能在孩子及家長的需求裡，發現我們的教學重點還可以放在哪裡？這才會是孩子與家長真正需要的。

(四)常給家長寫情書【附件五。見光碟】

以「親師交流道」的形式，每兩週或三週寫給家長一封信，藉此向家長說明整體榮

譽制度的內容、老師評量的項目與標準、班上學生目前的學習狀況、老師最近推行的學習活動與作法、一些聯絡事項（須家長配合的事項）、感謝家長的參與與協助（讓參與的家長感到窩心，並鼓勵未能參與者加入）。我體會到：與其等家長來問我們，不如主動出擊說明清楚，解答家長的疑惑。讓家長感受到雖然他們沒能參與教學，但一樣能夠了解班級學習的狀況。所以，家長就會放心地把孩子交給我們，同時也會支持乃至參與整體的教學活動。

㈤運用家庭聯絡簿

聯絡簿除了是「回家作業筆記本」之外，也可以是一個「學生訊息交流站」，更是老師和家長一個很好的「書面溝通橋樑」。

運用聯絡簿的「聯絡」功能，讓家長了解孩子在學校的表現和學習狀況，並且透過親子的課業指導，增進親情。

聯絡簿也有「傳達溫馨」的功能，老師表達對學生的關心，也就是我們利用聯絡簿和孩子進行對話。例如：「○○，妳寫的字進步很多，老師覺得妳好棒喔！要繼續加油喔！愛妳的吳老師。」這就是一個使用鼓勵代替責備的例子。「○○小寶貝，看妳的囉！爸媽為妳加油！」當家長在家裡也給予關注和鼓勵時，就能更強化小朋友的積極思考與正向行為，增進親子關係。有時候我會出「幫爸媽搥背」或「和爸媽說一句甜言蜜語」的功課，學生學習體貼父母，父母更樂得開心呢！

雖然聯絡簿是老師與家長之間的「訊息交流站」，老師還是應該「有選擇性」的傳達必要的訊息，而非像告狀似的，把學生所有的事情都告訴家長。我認為盡量寫學生正面的訊息，例如：學生在校幫助同學、聽寫考得很好、上課很專心、參加比賽得獎等。如果只是很輕微的問題行為，老師可以自行指導與糾正孩子，那麼就沒有說的必要。當老師常常在講學生的小缺點時，會讓學生覺得老師像在「打小報告」，家長也會覺得老師好像不喜歡自己的孩子，而造成反效果。

此外，當我們在連絡簿中加入「成語」、「好話」、「好人好事」時，不但增加了孩子的學習機會，也在進行「親師間的溝通」，影響家長的想法，也影響我們自己。我有時會引用如：「心美看什麼都順眼！」「天上最美是星星，人間最美是溫情。臉上最美的是笑容，心中最美的是感動。」等句子，常常有媽媽在連絡簿上回饋：「我好喜歡這個句子！」「這句話我覺得很棒！」甚至有媽媽回答我：「親愛的吳老師，最美的臉是感恩的臉！對不對？」讓我覺得好窩心。

老師抄一句好話，學生背一遍，家長也看一遍，日積月累下來，學生、家長和我自

已都在潛移默化中變得不一樣。在我這些年融合「靜思語教學」的經驗中，甚至看到一些家庭相處的方式，也有著更和諧的變化呢！

㈥面對外籍學生家長的互動

面對異國的孩子，與他們父母的溝通一樣不必擔心。我分別帶過印尼駐台代表、加拿大籍、美國籍、菲律賓籍的學生，我的家長都很滿意，學生也都和我持續保持聯繫。

首先，我們一定要解決家長對孩子適應和學習的擔心和煩惱，讓他們放心。也須常在連絡簿告知孩子學習的情形，以及用電話多和家長關心聯繫，也建議家長如何可以使孩子學習得更好？例如：請中文家教或幫忙買參考書籍等。

老師除了針對他們個人的狀況來引導學生之外，也可以鼓勵外國家長來班上服務，例如：教唱英文歌曲、用全英文說故事等等，讓家長運用自己的專長，感受自我的價值，並回饋學校。

這些作法一方面讓班上的孩子們有機會接觸異國文化，並藉機會練習英語會話；另一方面，也讓外國的小朋友感受到自己的存在與價值。班上的家長也有機會和外國家長互動溝通，彼此交換經驗並且成為朋友。

二、教育的合夥人

㈠成立班親會組織支援教學【附件六。見光碟】

為了能結合家長的力量，更密切地支援孩子的學習，可以利用學校舉辦懇親會時建立班親會組織，以擴大和強化孩子的學習。至於如何找到有意願的家長來支援教學？在開學初的家長座談會，就是一個很好的機會，可開放班親會的組別讓家長們認養。若其中有學校現職的愛心媽媽，更可請她現身說法一番，談談來學校服務與成長的心得，相信一定有助於帶動其他家長來參與。

其主要的功能如下（可視狀況加以彈性調整分配於各分組中）：

1. 家長代表：作為老師與家長間的溝通橋樑，協助老師推展班務，定期出席家長會會議。
2. 聯絡部分：進行本班活動通知，或其他緊急連絡事項。
3. 活動部分：聯絡校外教學活動並規劃慶生會、親子聯誼等活動。
4. 教學部分：晨光時間配合學習需要，指導孩子才藝活動。可進行英文、唐詩、說故事、中國結、摺紙、手語、圖書館利用教育、新知分享等活動。
5. 電腦部分：列印活動通知或調查表，並指導與協助製作班刊及班級網頁等等。

*6.*美工部分：協助教室布置、設計活動海報。

*7.*攝影部分：幫忙班級活動攝影或拍照，乃至製作活動的 VCD。

*8.*採購部分：購買本班教學所需的器材設備或班級慶生會蛋糕禮物等。

*9.*會計部分：收班費並整理本班收支報告，並定期公布收支明細。

*10.*支援部分：徵求班級故事書、錄影帶、錄音帶、VCD、DVD，並幫忙裝訂國語日報。

　　多鼓勵班上的爸爸媽媽積極投入班親會的工作認養，透過親身加入各項活動，不但能協助教學，更能從中體會如何更有效地指導小孩子的學習，同時也結交了許多朋友，並交換一些教養小孩的看法與經驗。每次在舉辦節慶活動、班級慶生會、校外教學、成果發表會乃至製作班刊時，我都會找協助活動、教學、美工、採購等一些相關功能的家長，共同進行「親師下午茶」，大伙討論各項活動流程，進行合作分工，讓有心的家長很自然地成為老師教學的好伙伴，最後還可以成為一輩子的好朋友呢！

㈡善用家長資源

　　別忘了家長群中可是臥虎藏龍，有著各個領域的專業高手，建立家長的人力資源資料庫【附件七。見光碟】，可邀請家長來舉辦講座或活動。例如：邀請醫師進行健康講座、救國團活動組長分享寒暑假的活動安排、民俗專家教導傳統技藝、花店老闆來教導植物的栽培與插花教學、瑜珈老師指導體操韻律活動、外籍家長設計異國文化體驗活動、節慶時的應景活動等等，讓小孩子有更多元的接觸與學習。

三、和家長溝通的三個重要技巧

　　從許許多多的案例和技巧中，我認為以下「和家長溝通的三個技巧」尤為重要：

㈠口語溝通的技巧

　　對家長說話和對孩子說話是不同的，著重的不是「教導」而是「影響」，關鍵不只在「語詞」更重在「態度」。我很尊重家長的意見，同時以個人的教學經驗提出自己的看法供家長參考，把家長當作好朋友一般，就能更自在地和家長相處，並且以平常的語氣、用詞和家長聊天或討論孩子的問題。

　　依我的經驗是：我們愈是平實自然和家長平等交往，他們就愈有耐心、愈容易親近。在校園或路上遇到家長要主動關心，以強化「愛與信任」的關係。可主動敘述孩子在校好的表現，同時也關懷一下孩子在家中的情形，協助調整小孩在家的一些行為，讓家長更覺得老師一直在關心自己的小寶貝，更了解到小孩不斷地在進步，進而對班上的學習

有更多的信心與支持。

(二)情緒控制的技巧

老師帶班的雜務很多，加上備課與上課的壓力，以及輔導學生的相關問題，若遇到學生頻出狀況，很容易產生煩躁的心理。而老師的情緒是很容易影響學生的，會使得學生也跟著浮躁起來。此時，我們必須盡可能理智的控制情緒，謹記「千萬不要輸在情緒上」，以平穩恆定的帶班標準來引領學生，及與家長溝通。

舉例來說，我們總會碰到某些家長在電話、面談或聯絡簿上談孩子的問題時，口氣態度不是很好，如果我們跟他們一般見識，可就沒完沒了。我們為人師表，自然應該以較高的標準要求自己，把教師的氣度拿出來，才能有好的「模範」給家長學習。

首先要記得「微笑」，透過表情的轉換，提醒自己要做心情的轉換、進行修養的提升。接著以「××媽媽爸爸您好！」為開頭，委婉地陳述事實，並以我們的專業、經驗給與一些對具體事情的建議和作法參考，同時真誠地謝謝他們信任我們並提出問題和想法，使我們有機會及早溝通，共思問題的解決。我的經驗是：最後，往往家長都會覺得非常不好意思。

即便有極少數家長確實相當固執且難以溝通，由於其他家長和學校同事都了解我們一貫的教學理念和態度，常常有家長會挺身而出，以個人乃至集體的力量協助老師與特殊個案的家長溝通，以維護班級教學正常且和諧地進行。

(三)角色轉換的技巧

關於家長的需求，其實有經驗的老師是相當清楚的，因為我們從過往與家長的交往中就能深刻體認的。即便是資歷較淺的老師，只要我們能強化自己的「同理心」，站在家長的立場試想一下：如果我是家長或從自己周圍其他家長的表現中觀察，家長會希望老師提供哪些協助？這時，我們提供給家長的東西，才會是家長真正想要的。

身處在處處充滿「服務」理念的現代社會，我們確實應該學習用一個比較容易讓社會所接受的方式與人相處，千萬不要以「自以為好」或「自以為對」的方式，面對來自各行各業的家長。尤其在整體班級經營中，我們亟需家長伸出援手協助學生進行更廣泛且深入的學習，真的需要透過真誠貼心地溝通互動，也引領家長進入學校和班級活動中。

肆、對學生的引導

教學要發揮自己的特質，注重言教和身教

一、把握給學生的第一印象

和學生第一次接觸，給孩子的第一印象很重要，好的開始，就是成功的一半。老師的儀容、談吐好不好？是不是有幽默感？看起來是不是很有辦法？都會影響孩子對我們的觀感以及日後的相處。

㈠除了穿著打扮得宜之外，也可以搬出自己的專業背景，讓學生佩服不已。

其中包含自己的學歷、經歷、專長、興趣、認證、作品發表、表揚紀錄、參與社團。例如：「吳老師畢業於○○師範學院語文教育學系，曾經在台北地方法院觀護人被表揚為優秀大專輔導員，國畫方面也曾在全省美展得過獎，喜歡助人、旅遊、閱讀和藝術欣賞，曾經旅遊英、法、德、荷、美、加、日等十幾個國家。」

「吳老師除了學科課程之外，還會教大家許多好聽的手語歌曲，也會實施靜思語教學增長大家的智慧，更有一籮筐好聽的故事喔！如果你們好好地跟我學習，保證可以收穫很多喔！」這時，學生不打從心裡佩服都不行。

㈡營造溫馨的情境，凝聚大家的向心力。

例如：「吳老師真是有福氣，能教到你們班，從今天開始，你們就是我親愛的小寶貝，我就是你們學校的好媽咪！」讓師生之間有一家人的溫馨感覺，也可以順便教「一家人」的手語歌當作我們班的班歌。藉此凝聚大家的向心力，讓彼此了解要好好珍惜這得來不易的緣分。

二、班歌及班呼【附件八。見光碟】

直接和孩子們談什麼「生活公約」似乎太嚴肅了，不如先來討論一下「班歌」及「班呼」，學生會比較感興趣，也可快速地拉進師生的距離。

例如：

低年級「班歌」	我有一個好爸爸，也有一個好媽媽， 他們養我育我，恩情真偉大。 我有一個好媽媽，也有一個好爸爸， 我要用功讀書，永遠敬愛他。
中年級「班歌」	〈海盜歌〉 嘿！吼！EVERYBODY 吼！ FOOD AND DRINK AND MONEY I DON'T HAVE， BUT STILL I WILL BE HAPPY！
高年級「班歌」	〈愛的真諦〉 愛是恆久忍耐又有恩慈，愛是不嫉妒； 愛是不自誇不張狂，不作害羞的事。 ⋮ 愛是永不止息。

隨機教學的歌曲，可用在班級有吵鬧聲音的時候，老師只要起個音，學生馬上會被老師的歌聲所吸引而跟著唱起來，接著吵鬧聲完全被歌聲所取代。全班唱完歌很快樂，大家也安靜了。

也可教一些口呼，例如：

	老師說	學生回答
低年級「口呼」	一上課 小嘴巴 一安靜 大眼睛	就安靜 閉起來 就趴下 看老師
	誰最棒 一二三	我最棒 看老師
	兩個眼睛 一個嘴巴	看老師看老師 閉起來閉起來
中年級「口呼」	N I C E G O O D Nice Nice Nice 我好棒！	Nice Nice Nice Good Good Good Good Good Good 我好棒！我最棒！

高年級「口呼」運用靜思語對答	天上最美是星星 心中最美是感動 要克服困難	人間最美是溫情 臉上最美是笑容 不要被困難克服

運用口呼或歡呼來師生對答，老師就可以節省許多管秩序的時間，即可安靜、快速地上課。

三、約法三章建立班級的規範

班級「生活公約」、「我們的約定」的訂立可和學生共同討論，讓孩子有參與感，並把「生活公約」張貼出來，時時提醒大家。

例如：「一、專心上課，守秩序有禮貌。

二、遵守約定，先舉手再發言。

三、友愛同學，和同學和睦相處。

四、主動付出，熱心班上的事務。

五、尊敬師長，體貼師長的心意。」

「生活公約」只是一個大方向，日常生活細節部分的約定，就需要隨機教導，按階段性來安排。在和學生訂立班級遵守的規則時，一定要和孩子說明為什麼需要遵守這些規定？遵守了這些生活公約又能給我們帶來什麼好處？要「以理服之，以情感之。」讓孩子信服，他們才會覺得遵守是應該的，是他們自己願意這麼去做的。

四、獎勵制度的靈活運用

獎勵制度可分為個人、組別或全班性同時來進行，當然老師所使用的「獎勵卡」首先要能吸引學生，才能發揮作用。

「個人」和「組別」的獎勵一定要即時，孩子才會清楚地了解自己是因為哪一項好的表現而得到鼓勵，進而會繼續努力維持這項好行為。

此外，特別來談一談「全班性的獎勵」。為了多鼓勵小朋友能積極發展多方面的能力，與培養良好的生活習慣，所以設計了「小天使獎狀」、「高手獎狀」和「模範寶寶卡」的獎勵辦法，來不斷鼓勵孩子多方面的自我提升。

(一)每月頒發小天使、高手獎狀【附件九。見光碟】，由全班同學投票選出

1.品格類：小天使（或××之星）獎狀（註：內容源自慈濟教師聯誼會）

禮貌小天使：會說早安、請、謝謝、對不起。

微笑小天使：每天笑咪咪的真令人喜歡。

愛心小天使：懂得去幫助別人，是老師的小幫手，也是大家的好朋友。

守秩序小天使：認真聽講，還會主動勸告同學專心上課，你真棒！

愛乾淨小天使：抽屜、桌子、地板、衣服都很乾淨。

2.學習類：高手獎狀

寫字高手：你有一雙巧手，能細心、耐心寫出中國字的美，讓大家為你喝采！

閱讀高手：經過「所有證人」一致確認無誤，你是最會看書的閱讀高手，理應出庭接受大家的歡呼與讚嘆，一時的歡聲雷動、普天同慶，都是為了最了不起的你！

還有如：繪畫、音樂、體育、電腦、英文……

3.幼兒類：模範寶寶卡

如：準時交作業寶寶、愛整潔寶寶、守秩序寶寶、早起寶寶、運動寶寶、進步寶寶、服務寶寶、特殊表現獎……等。

(二)學期末「人人有獎」的頒獎典禮

每位孩子都需要不斷地鼓勵，來引導孩子們朝向正面的行為去努力。拿到獎狀的人，如果覺得自己有做到的話，那是實至名歸，是老師對你的鼓勵與肯定；如果覺得自己還沒有做到的話，那是老師對你的叮嚀與期許。這是很不一樣的頒獎典禮，學生會很感動喔！

(三)老師的悄悄話

聖誕節快到了，每位學生送他們一張「三明治卡片」，寫上：(1)讚美的話；(2)鼓勵的話；(3)希望努力的地方。老師藉此機會告訴孩子們一些悄悄話，說說老師對他們的感受，以及希望他們哪些地方再進步一些會更好？

我的學生也會回信給我，其中有一封信這樣寫著：「親愛的吳老師，謝謝您教我們好話和做人的道理，今天上課時我和同學在聊天，還讓您小聲的提醒我，實在是很不好意思。老師！我一定會改進的！

○○敬上」

用寫信或卡片的方式，遠比嘮叨與責備更有效果。

㈣善用口語及肢體的溫情關懷

常常多利用下課時間，輪流找學生來話家常，尤其是低年級的孩子，更可以多抱抱他們，說說老師有多愛他，讓他們感受到老師的愛與關懷，這是建立師生關係很好的方式。

生活中的點點滴滴，學生都能感受到老師給他們的愛，這些溫情關懷更是看不見卻又很重要的獎勵喔！

五、注重個別學生的心理輔導（特殊性輔導與常態性輔導）

在教學的過程中，我常常告訴自己：「沒有一位孩子會希望自己表現不好。」每位孩子都有自尊心，需要被尊重；每位孩子也想表現自己，需要給他肯定自我的機會。

面對各式各樣的學生以及學生的問題，老師必須先了解孩子的想法，用尊重和同理的態度，和學生好好的溝通。老師在輔導孩子之前，可以先想一想，如果今天自己是學生身分的話，會希望老師怎麼對待自己？該怎麼說孩子才會聽得進去。

如果每個老師都能站在自己的崗位上，轉「職業」為「志業」，用「愛之深，責之切」的使命感來教育學生，傳播給孩子新的視野與感受，那將會是學生、家長與社會的福氣。

我們先來談談一般性學生的心理輔導：

㈠常態性輔導

1.培養孩子的自信心

有人曾經問居禮夫人：「妳認為成才的訣竅是什麼？」居禮夫人肯定地回答：「恆心和自信心，尤其是自信心。」

自信心是一個人在事業上取得成就的必要條件。自信心如同能力的催化劑，將人的一切潛能推到最佳狀態。在許多偉人的身上，都可以看到一種超凡的自信心，他們敢對自己提出高要求，並在失敗中看到成功的希望，鼓勵自己不斷努力，以獲得最終的成功（彭書淮，2002）。

自信心是從何而來的呢？孩子的自信心不是天生的，而是在後天的學習和生活實踐中培養起來的。孩子有沒有自信心和父母、老師的教育方式關係很密切，是不是常常給孩子自我肯定的機會？老師千萬要「慎言」，因為老師可以用一句話抬舉學生一輩子，也可以用一句話打擊學生的一生。如果老師常常對學生說：「我看你呀！一點都不像是二年級的學生，妳乾脆去念幼兒園算了！」那麼，可能會影響到孩子對自己的評價。

孩子需要成功的體驗來累積信心。如果我們常常對著孩子說：「太好了！除了不對的地方……」「太好了！只錯了兩題。」孩子會體驗到成就感，從而增強自信心。尤其對於低學習成就的孩子，愈需要我們的鼓勵來減低其緊張和壓力。

如何累積孩子成功的經驗呢？我建議由小事開始，賦予其任務，讓孩子從做家事、為人服務或學業進步中，來獲得完成任務的成就感。

2.多用鼓勵代替責備

林肯曾說過：「每個人都希望受到讚美。」著名心理學家威廉‧詹姆士也說過：「人性最深切的渴望就是獲得他人的讚賞，這是人類有別於動物的地方。」孩子是渴望賞識而生的。

中國的周弘（2001）在《賞識你的孩子》一書中提到：「無論什麼人，受到激勵而改過，是很容易的；受責罵而改過，卻是不大容易的。」我們常見有些孩子在老師面前表現得很規矩，其實他們是害怕犯規之後，遭受老師嚴厲的責備，但是對於為什麼不能犯規？其實他們並不是很清楚。如此一來，試問：我們的孩子真正懂事了嗎？

德國的卡爾威特（2003）認為：「教育的重要在於不矇蔽孩子的理性，不損壞孩子的判斷力。」如果我們一直用繁瑣而不必要的紀律來使兒童習慣固定化，那麼孩子只會變成懂得聽話卻不會思考的機器，這是我們一定要避免的。

例如：「親愛的○○，老師看到妳漸漸能自我提醒，並且控制自己的脾氣，吳老師覺得妳好棒！要繼續努力喔！」首要的是老師要以寬大的胸懷和極大的熱忱去鼓勵孩子、培養孩子的能力。

3.多顧及孩子的自尊心及感受

雖然孩子不大會用「自尊心」這個術語，但是，當他們在談論自己的成敗時，我們很快地就能從中得知他們對自己的看法。

中國的韓鳳珍認為：「所有難教育的孩子，都是失去自尊心的孩子。」身為教育者就是要保護孩子最寶貴的東西：自尊心。其實我們愈尊重孩子，他們反而更懂得自愛自重。

當我們隨意地對孩子說：「你為什麼就不能乖一點？」「別人可以靜靜地坐著，為什麼你就不行？專心點！」「你寫的字怎麼就跟鬼畫符一樣？」低自尊的孩子會覺得大人的評語都是千真萬確的，開始以負面的角度來看待自己。最後，他只會說出：「我什麼都做不好！」

對於低自尊的孩子，要多給予鼓勵和正面的回饋，「這樣做就對了！慢慢來，別緊張！」也讓他們有機會做決定、自己解決問題，他們才會開始對自己有信心。

4.多給予孩子肯定自我的機會

美國的杜威認為：「人類本質裡最深刻的驅動力就是渴望具有重要性。」切記：「當孩子不可愛的時候，就是孩子缺乏愛的時候了。」多給與低學習成就的孩子一些表現的機會，例如：幫忙老師辦事、上課回答問題、擔任股長為大家服務、參加球隊訓練等，讓他感受到被尊重的感覺，以及獲得更多的成就感。

孩子的精力有發揮的空間，又能從中獲得自我肯定，就會更加喜歡自己、積極爭取榮譽，情緒也會比較穩定，對於孩子的人際互動也會有所幫助。

5.不要忽略班上特別安靜的孩子

通常特別安靜的孩子，他們可能人際相處出了問題，這階段的孩子很希望得到同儕團體的認同，他可能沒有朋友，或者是遇到挫折與困難，不知道如何去表達並且尋求援助？

所以老師的敏銳觀察很重要，多注意孩子語言和非語言所傳達出來的訊息，可以預防日後孩子發生更大的問題。

6.教孩子自我負責任

多訓練孩子的「自理能力」，孩子自己能做的事，盡量讓孩子自己去完成。例如：收拾書包、整理書桌、摺棉被、分擔家事等。如果孩子夠大了，可以自己起床，就讓他自己起床；如果他起晚了，趕不及去學校而上學遲到，就讓他學習向老師道歉並接受處置。孩子才會了解哪些事情是自己應該完成的？哪些事情是自己有能力去做的？這樣的孩子也會比較獨立。

再來，也要教導孩子懂得與別人互相尊重並為自己負責的道理。教導孩子適時地表達自己的意見，同時也能用心聆聽別人不同的意見並給與尊重。當孩子自己做了選擇或決定之後，他所做的行為就要「自己負責」，並學習承擔結果。慢慢地，「負責任」就會成為孩子的生活習慣或人格的一部分！

7.培養挫折的容忍力

雖然我們要常常鼓勵孩子，但也別忘了挫折容忍力的培養。現代的孩子較禁不起輸，從小在大人的讚美聲中長大，隨著年齡的增長，總無法樣樣都拿第一。這時，我們要多和家長進行親師溝通，如果我們大人太在意結果，那麼小孩子就更輸不起了。

每一位孩子都希望自己表現得很好，如果孩子考試考不好，他自己已經很難受了，我們應該鼓勵他：「沒關係，這次考不好是不小心的，下次記得要細心觀察題目，就會表現得更好了。」「老師知道你已經盡力了，下次如果再加把勁，相信你一定能更進步喔！」

如果是被朋友拒絕，可觀察孩子平時口語表達的方式，教導他與人溝通的方法。並且與他討論失敗的原因，試著和孩子共同研究策略，鼓勵孩子提起勇氣再試試看，並且從旁給與協助。

教孩子面對挫折，在錯誤中檢討、改進、吸取經驗，並告訴他：「失敗了沒關係，要有勇氣再站起來。」也讓孩子明白每個人都會犯錯，最重要的是有沒有在失敗中「學到經驗」？「成功」可以視之為「得到」，然而「失敗」也有「學到」，所以，不是「得到」就是「學到」，根本無需害怕。

「命好不如習慣好，個性會影響一個人的命運，倒不如從小培養我們的孩子有好習慣的養成。」童年是個性養成的最佳時機，父母和老師的身教更甚於遺傳。

(二)特殊性輔導

1.多了解孩子行為背後的原因，勿直接認為孩子的行為都是故意的

一般注意力缺失症的孩子，常常讓老師責怪他不專心、不用心，而事實上，這樣的孩子是值得同情的。因為孩子的過動往往會導致以下的行為：

(1)注意力不集中，健忘、缺乏組織，無法自己選擇刺激，所有的訊息統統接收。

(2)無法和舊經驗來聯結，所以容易一再犯錯。

(3)常常會有不自覺且多餘的肢體動作。

(4)情緒也比較容易衝動，興奮狀況有時會難以控制。

(5)需要立即回饋。

當我們了解孩子有注意力缺失症狀時，我們要與家長更用心關愛、更有耐心一點，並且保持希望，永遠記得注意力缺失症的優點：活力、創造力、直覺和善良。多發掘孩子的優點，讓孩子肯定自己，必要時也尋求醫學的多方支援。

我分別帶過兩位輕微過動、一位聽障生和一位輕微唐氏症的孩子，剛開始，的確花了一段時間來建立彼此的信任感和親密感，也讓他們喜歡和老師相處；漸漸地，就比較願意接受老師的引導。他們很喜歡幫我做事，常常讓他們有表現的機會，也藉此機會來肯定自我，孩子就會更喜歡自己，情緒也會比較穩定。所以，千萬不要輕易假設學生的行為都是故意的。

2.如何幫助「注意力缺失症」孩子？

身為一個老師，是要對三十幾位小朋友負責的，一方面要帶好特殊兒童，另一方面更要確保其他小朋友的學習狀況良好。所以，我不單是自己努力，也要結合資源班老師和學生家長來共同配合；更可以藉此機會教導班上的小朋友，一起來關心特殊孩子的學

習與人際互動的情形。

　　注意力缺失症學生的行為輔導與矯治主要有下列幾種方式：

(1)行為改變技術：利用獎懲鼓勵增加孩子好的行為，並減少孩子不好的表現，尤其是鼓勵學生出現好的行為，給予立即的獎賞與回應。注意力缺失症的孩子，需要經常給他互動的回饋，並且比一般人需要誇獎和鼓勵。他們往往看不到自己在做什麼，所以，不要等到房子都快要被他拆了才說話。

(2)心理輔導與支持：針對這些學生可能面臨的情緒及學習困擾，予以適當的心理輔導與支持。我班上的輕微過動孩子，曾經採用中醫的按摩手指方式，對情緒的穩定很有效果喔！

(3)專注力訓練：用實際顯見的提醒，可藉由列清單、時刻表、鬧鐘、錄音帶的提醒也有效果。例如：將鬧鐘定在每二十分鐘響一次，提醒孩子做功課的時間；或放錄音帶每隔十五分鐘提醒孩子：「要專心寫功課喔！媽媽為你加油！」採循序漸進的方式，慢慢拉長間隔的時間，以訓練孩子的專注力，並提升學習效果。也有一個孩子發現戴耳機寫功課會比較專心，總之，什麼策略有效？就用什麼策略。

(4)藥物的輔助：由專業兒童心智科的醫師視實際需要給予處方，同時請老師與父母協助觀察學生服藥後的表現情形。

(5)社交技巧訓練：為了幫助學生建立良好的人際關係，可藉由口頭指導、模仿、角色扮演及實際運作等方式來進行，避免學生因其症狀而在人際上受挫。

(6)資源班的協助：注意力缺失症的學生大都安排在普通班上課，可依實際需要，讓學生部分時間到資源班上課，接受補救教學。

(7)調整座位環境：安排適當的座位，盡量接近老師為原則，保持桌面乾淨，與上課不相干的物品全都要收起來，學生的眼前避免過多的刺激干擾為最佳。

(8)情緒角的安排：教室中安排一個遠離其他活動區的情緒安撫角落，可購置一些抱枕、懶骨頭或填充玩具等來布置，在過動學生情緒不穩或出現暴力行為時，將學生帶到情緒角談話，通常會有意想不到的效果喔！

　　以上各種方法，也很適合提供學生的家長配合使用。

3.如何與特殊兒童的家長和資源班老師合作？

　　平時多提供家長特殊教育的相關資料與諮詢管道，老師定期和學生家長以及資源班老師聚會，分享孩子目前進步的情形，也討論孩子現階段的學習問題，讓特教老師也能從專業的角度來提供意見，大家共同討論並研擬三方合作的策略與計畫。

　　在普通班上，孩子注意力不集中是最常見的情形，如果是注意力缺失症的孩子，除

了尋求資源班老師或醫生的支援之外，也可以和其家長分享一些日常生活簡單的訓練方式，例如：不要讓孩子太晚睡覺，飲食方面注意肉類不要吃太多，天氣炎熱時，多給孩子心理上的支持，按摩對於安撫情緒也有很大的作用。讓家長能從生活中，來注意並協助自己的小寶貝。

4.家庭可以幫助注意力缺失症孩子的幾個方法

(1)試著讓家人改變成見：多看孩子的優點，並且加以鼓勵，這些舉動將會導引孩子往正向行為改變。換言之，「比馬龍效應」是很大的，如果大家都覺得你會把事情搞砸，你就真的會搞砸；如果大家都覺得你會成功，你就真的會成功。

(2)安排「情緒發洩」的時間：每個星期安排一些情緒發洩的時間，只要安全上沒有問題，例如：大聲聽音樂、大吃一頓、跑步、打球等等都可以。

(3)選擇「好的事物」上癮：例如：運動。許多注意力缺失症兒童有上癮型或衝動型人格，容易沉迷於自己喜好的事物，試著引導孩子把這種個性發揮在有益的事物上。

(4)避免陰晴不定的對待孩子：家長盡量保持平穩的心情，不要孩子一犯錯，就非常生氣並且不理他；過一會兒，孩子討你歡心了，又是誇獎他、疼愛他。要盡量避免類似的情形發生，否則家庭生活就會變得非常不穩定。

5.有機會的話，可與特教老師合作，進行「課程調整計畫」，因應學生的學習困難，而在教學上作一些調整與改變

融合教育是特殊教育的主流趨勢，但是常見普遍班的老師往往不知如何幫助特殊兒童來進行個別化的學習。所以，如何能照顧好全班又能兼顧特殊兒童的學習，我曾經參與蔣明珊博士的「國語科課程調整計畫」，對於班上聽障生語文領域的學習幫助很大。

伍、教師的班級經營領導技巧

智慧心與柔軟心兼備的「明師」

一、建立上課秩序的技巧

㈠訓練班長、副班長、風紀股長看秩序的技巧，輪流在一上課的時候把全班秩序看好

以低年級為例，可指導股長在上課鈴聲響時拍兩下鈴鼓，全班同學喊：「安靜！」並且重複兩次，讓下課的心情先穩定下來；接著可引領全班唸「靜心口呼」：

　　　　　大眼睛（股長說）看老師（全班說）

　　　　　小嘴巴（股長說）閉起來（全班說）

　　　　　雙手（股長說）放腿上（全班說）

口呼內容可依年級不同來修改，然後，股長在全班的分組競賽表上，馬上登記各組的表現，這時全班同學已靜下心來，就可以請老師上課了。

訓練班長看秩序的聲音要沉穩一點，聲音切忌太尖銳，否則尖銳的聲音容易讓學生浮躁，那麼就會徒勞無功了。

另外，也可以找一星期當中的某一天為「班長日」，讓全班同學輪流當班長，學習怎麼看秩序，培養領導能力；同學換個角色時，將更能體貼股長的辛苦。

㈡隨機教學的歌曲、歡呼，也可用在學生上課情緒較浮躁或有吵鬧聲音的時候

老師可以在日常上課的時候，隨機教學生一些口呼和團康歌曲，例如：「龍的震撼」、「愛的小精靈」、「茶壺歌」、「柔軟健身操」等。這些都會變成師生的默契，上課遇到學生不安靜的時候，老師只要起一個頭，孩子就會接著唸口呼或歌唱，於是吵鬧聲就會被歌聲及歡呼聲所代替。

㈢注意力較不集中的孩子，座位的安排也很重要

教室裡常見一些孩子注意力很不集中，老師該怎麼幫助他們呢？座位的安排盡量不要讓他面對群眾或窗外，以接近老師為原則，減少他分心的機會。

上課的時候，指導孩子桌面上只擺放上課需使用的課本和文具，不需使用的東西一定要收起來，才不會讓孩子容易分心。同時，也要多增加「視覺效果」的教具或媒體教學，對提高孩子的注意力會有很大的幫助。

對於非常不專心的孩子，除了老師的教學活潑、生動之外，我們也需要不斷地提醒、關心他，隨機問孩子問題，讓他集中注意力及思考力；或者使用活動暫停的方式都可以，甚至採用小組或個人秩序競賽的方式來鼓勵他，有榮譽感的孩子都會奏效。

㈣老師的敏感度要高，反應要快

在教學過程中，老師能夠運用人際距離、目光接觸、面部表情、身體姿勢、手勢信號、合宜的音調、咬字清楚和暫停技巧，順利掌握班級的狀況，進行良好的教學活動。

善用獎懲增強策略，注意隨機表揚表現好的組別或同學，讓大家見賢思齊。對於學生不當的輕微行為，我會使用眼神示意、走進學生等方法，來指導學生自我約束行為。當學生不當行為持續出現時，老師要立即明確地加以制止。只要班上有一、二位學生在說話，或有一點點吵鬧的聲音，老師就要用方法立刻把學生的情緒平穩下來，否則等全班 1/2 以上的孩子都有聲音時，再來管秩序就會很辛苦了。

當然，若是進行合作學習、分組討論的時間，那就讓孩子盡情討論吧！

㈤在遊戲活動進行中，要讓孩子表現得很有常規

1. 平時老師在說明活動流程或交代事情就要很有順序。

有次序地把步驟一、步驟二、步驟三告知學生，並請學生覆誦一遍，孩子對整個程式有了了解與心理準備之後，情緒也會較穩定，表現得也會比較好。通常我會建立和培養孩子的次序性，他們做事才比較能把握重點而不會沒有頭緒。

尤其低年級的孩子注意力集中時間較短暫，跟隨老師覆誦的效果很大。

2. 不要讓孩子沒有事做，而在空等待。

美國的斯特娜夫人認為：「孩子的不良行為是由於孩子不知精力往何處用而造成的，這是一種精力的浪費。」千萬不要讓孩子無事可做，而在空等待。

假設「超級記憶王」遊戲分 A、B 兩組進行，在老師講解完遊戲規則之後，A 組先進行記語詞遊戲，同時也要讓 B 組有事情做，先讓 B 組他們貼字卡，貼好後換 B 組進行遊戲，這時 A 組已經坐下來寫學習單了。同時間 A、B 組都有事情可做，學生就會參與得很熱烈，才不會有一方在空等待。

㈥老師情緒穩定也很重要

如果老師在某一陣子常常脾氣暴躁，動不動就發怒，此時學生很容易受老師的影響，情緒也跟著浮動起來。所以，身為老師的我們，一定要把自己的心情沉靜下來，做好自己的情緒管理，這樣對學生的情緒也就會比較相對穩定。

㈦老師與學生互相尊重

我常常也會聽聽孩子的意見，把他們當作家人一樣看待，例如：當我開完會回來時，通常會和孩子說說學校報告什麼重要的事情？以及為什麼我們須配合的原因？或者和孩子討論，覺得怎麼做會更好？他們會感受到自己很受老師的尊重，孩子愈覺得自己受重視，也會表現得更加懂事。

所以，當我們大人預期他們是大小孩，他們就會表現出比實際年齡成熟的行為出來。

二、學生行為管理的技巧

㈠訂定明確的教室規則，並與學生共同遵守

剛帶一個班級時，可先與學生「約法三章」，把老師覺得在班級經營上重要的事先提出來，而且要「以情感之」、「以理服之」，讓學生知道遵守教室規則有什麼好處，對自己又有什麼幫助，他們才會認為遵守班級公約是應該的。

運用小組長或小老師協助指導學生，以維持班級的秩序；也利用分組秩序比賽，以引導學生重視紀律。「教室規則」是循序漸進的建立，不能夠在一天之內通通講完，因為說的過多學生也記不起來；所以，通常視階段性的班級情況來訂定及修正較為適合。

㈡多給孩子一個寬恕的機會

當學生做了不對的事，如果是初次犯錯，我都會以溫和的態度接近學生，跟他們說：「沒關係！但是你知錯之後要道歉才是。」並和學生共同解決問題，說明為什麼不能這樣做，理由是什麼，做了之後又會產生怎樣不好的後果，我都會分析給孩子聽，再給孩子一個機會，同時聽聽孩子的想法。

分析完之後，師生都有共識了，就不可以再有下一次，如果學生忘記再次犯錯，那麼就要以師生共同討論的方式處置，例如：扣除獎勵卡、不能下課、勞動服務或是取消參加某項活動的權利等等，也讓孩子學習自我負責任，並繼續要求學生改正不當的行為。

(三)責備的原則

責備孩子的時候，要先營造接納孩子的氣氛，用建議的口氣說話，先減輕孩子的精神壓力，孩子的心裡自然就有了聽取責備的準備。接著一定要讓孩子明白自己錯在哪裡？讓孩子真正懂得「這件事不能做」的道理。否則一味地責怪或處罰孩子，孩子仍然搞不清楚自己為什麼被責罵，就容易一再地犯相同的錯誤。

若有不當行為發生，老師一定要處理，不可以有時候允許不當行為發生，有時候又不允許發生，這樣會讓孩子價值觀念混淆。不當行為的發生，一定要當天處理，若延宕到二、三天之後再來處理，孩子通常已經不大記得當天的情形了，處理的效果也較差。

孩子的人格是建立在自己的認知和自我的約束上。如果孩子必須常受處罰，才會停止他的不良行為，那麼他的聽話完全是因為害怕挨打挨罵，而非「自我控制」或「知所行止」，長久下來，就會養成「無賞不動、不打不聽」的習慣，那將是我們非常不樂於見到的！

(四)公開性的表揚

對於孩子的不當行為處理之後，仍要持續性的觀察與關心。平時可多利用公開的場合來表揚孩子，鼓勵的目的是要讓他從「要求他做」變成「要讓他自己想做」。

例如：「○○最近進步很多，愈來愈能控制自己的情緒，並且懂得尊重別人也尊重自己，老師覺得你好棒！」就這麼一句話，孩子的心中得到無比的榮譽，也充滿了自信和熱情，此時孩子的積極性就產生了。

(五)運用同儕的力量

此一方法可以視情形運用在較嚴重的行為問題上，藉著價值澄清的活動，和全班同學討論不好的行為錯在哪裡，請同學發表情緒不好時，該如何處理會比較好，才不至於去傷害及影響到別人。在面對同儕的情況下，這時事件主角會很用心地聆聽大家的看法及建議，也會更了解應該怎麼做才對，對全班來講也是一項情緒管理的學習課題。

我們不是在批評誰對誰錯，而是帶著孩子們一起討論「我們家裡」發生的問題，因為我們是「一家人」。所以，我們希望每個人都很好，也不放棄任何人。

老師一定要在討論事件完畢之後，再和全班多說說事件主角的優點，然後告訴大家：「一個人不怕錯，就怕不改過，改過之後，又是一級棒的好孩子！」讓大家明白：一次犯錯並不能全盤否定一個人，事件主角仍然有他很多的優點，我們要再給同學一個改過自新的機會。

此一處理方式讓事件主角學習負責任，勇敢地承認錯誤，並向大家說說自己的想法以及日後自己認為應有的處事態度，其也會更加珍惜大家對自己的包容、鼓勵和機會。老師慎重處理的態度，孩子會印象深刻，再次犯錯的機率就會降低。

㈥安撫孩子的情緒

責備之後的善後工作也很重要，要適時地給予學生彌補的機會。犯了錯的孩子通常會很擔心老師不再喜歡他或者不理他。所以，即時地利用下課時間找孩子來說說悄悄話，對於安撫孩子的情緒能起很大的作用。

談談老師是如何關心你、如何愛你，希望你能表現得更好，表明老師還是很愛你的。順便抱一抱孩子或牽牽孩子的小手，讓孩子看見老師關愛的眼神，感受老師的濃情蜜意，知道自己仍是老師心目中的好孩子，也會更願意信服老師的話。

㈦培養孩子自我控制的能力

自制能力是孩子一個很重要的品德，有一句古話：「幸福的人並不是能隨意支配金錢的人，而是能隨意支配自己的人。」培養孩子養成自制的習慣，也是他們將來幸福的保證。

教孩子懂得情緒管理，運用輔導ABC理論來引導學生：「做該做的事是智慧，做不該做的事是愚癡。」當孩子漸漸能明辨是非，學習控制自己的情緒，尊重別人也尊重自己時，孩子便能享受到：做了好事和克制自己時的喜悅。

㈧建立師生親密的情感

老師要能敏銳洞察孩子的非口語行為，多顧及孩子的自尊心及感受，了解孩子的情緒並加以同理，預防勝於治療，當一位智慧與柔軟心兼備的「明師」。

多與學生建立「愛與信心」的關係，常常利用下課時間輪流和學生談心、話家常，讓孩子感受到老師是真的喜歡我、真的在關心我，孩子也會加倍地用情關愛老師！

根據研究發現：和別人溝通所產生的影響力，在措詞方面占7%，音調方面占38%，肢體語言（表情、動作、姿勢等）方面占55%。也就是說，如果我們和孩子說一件事，說話的音調和肢體語言影響溝通效果很大。所以，有時對孩子一個真心的微笑，摸摸頭、拍拍肩膀，甚至一個熱情的擁抱，早已勝過千言萬語。

㈨「靜思語」好話教學的魔力

對於孩子的人格教育、道德修養和人際相處的引導方面，我認為「靜思語」是一項很有幫助的教材，學了好話之後，孩子明顯地比較不會互相爭吵，也比較會包容別人、

為他人著想,更會主動幫忙班上的事務、體貼師長的心意。我認為每個孩子都有滿滿的愛心,需要我們來把他們的愛心引導出來。

通常孩子常愛告狀時,我就會教導孩子:「要批評別人時,先想想自己是否完美無缺。」配合故事或手語歌曲來進行教學,孩子會有比較深刻的印象,也就會把這句話記在心裡。

日後,若再遇到孩子愛告狀時,老師就會先提醒:「要批評別人時……」學生就會一起回答:「要先想想自己。」這時孩子就會想起老師的話,希望大家能發揮同學愛,互相勸告及幫助。如果同學屢勸不聽,學生就會再來請老師幫忙處理。

有時候孩子也會發生爭吵或愛計較的情形,我們就可以教導孩子:「脾氣嘴巴不好,心地再好也不能算是好人。」「生氣,就是拿別人的過錯來懲罰自己。」「原諒別人就是善待自己」

當我講述「蘇東坡和佛印禪師」的故事之後,如果有孩子被別人嘲笑,孩子就會勸告他:「罵人就是罵自己,笑人就是笑自己。」也就不會和其一般見識了。

可見「靜思語」對於班級經營可是有很大的魔力喔!

陸、靜思語教學融入班級經營

教孩子懂事、懂理,最重要的是要落實在日常生活中

一、靜思語教學的實施心得

「靜思語」是回歸到基本的人格教育和人際相處的一些引導,更是超越了宗教思考的藩籬。而且,有很多的老師在投入靜思語教學後,把「靜思語」活化了,各式各樣的活動都可以將靜思語融入教學,包含手語、歌唱、故事、圖畫、相聲、話劇、遊戲和電視教學等等,都可以運用在各領域的教學中,很深刻地引發了小朋友的學習興趣,也強化了學校、老師和家長的溝通。

同時,我也發現學生、家長以及我自己都變得不一樣了,靜思語的精神潛移默化地影響著我們:

我的學生會和我比賽誰先打招呼,同學之間的爭吵情形也明顯地降低,因為他們知道:「生氣,就是拿別人的過錯來懲罰自己。」也明白:「理直氣要和;得理要饒人。」在下課時,總有貼心的小天使會主動的詢問我:「老師,有沒有什麼事是我可以幫忙

的？」

當我初接一年級新的班級時，被我教過的孩子非常體貼老師的辛勞，都會主動利用下課時間來幫忙處理事情，也把新的收穫和成長經驗與我分享，一年級的學生都看在眼裡，也起了一個很好的「示範」作用。我心裡明白：這顆靜思種子已經深植孩子內心深處。

我班上的小寶貝學了好話之後，也會把靜思語運用在日常生活中，當有同學犯錯時，他們會說：「一個人不怕錯，就怕不改過，改過並不難。」來鼓勵做錯事的同學。有同學想偷懶時，他們也會提醒：「多做多得，少做多失。」「懶惰的人，才是真正的貧窮。」同學之間的情誼，已形成一種愛與善的循環。

家長更是積極的參與班上的活動，願意付出與回饋：「老師，我還可以幫忙什麼？」「謝謝老師，您辛苦了！」每每讓我覺得好窩心。親師懇談會的時候，有媽媽感動地和我分享其小寶貝會說：「讓父母安心的孩子最有福。」「我要做個乖孩子，才會更有福氣！」可見好話已經在孩子的心靈中發揮作用，並落實在他們的生活中。

靜思語中的話語常讓我反思自己的作為，也平復我一些不合理的情緒，其實，最大的受益人是我自己。我愈來愈能從教學中，感受到自我存在的價值。「如果說孩子是上帝賜給父母最好的禮物，那麼老師則是享受這份禮物的幸運者。」那份感覺是很開心的，每天早上到學校，不是覺得：怎麼又要上班了？而是明白：我又有機會來做好事了！

每天抄一句靜思語，對學生的人格、思想都有正面而深遠的影響，也許多年後，學生如果遇到生命的瓶頸，而我們又不在學生身邊，說不定今天的一句靜思語，就能發揮力量，幫助學生走過低潮與失意，並給與積極、正面的力量。老師的使命就是：善待班上的每一個孩子，除了給他們豐富、紮實的學習內容之外，也希望在孩子這麼小的時候，多提升他們的道德修養，甚至影響到更多家庭的相處方式。

讓我們把靜思語當作傳家之寶，一起品嚐「靜思語教學」的甜美果實吧！

二、靜思語教學的五個教學活動

靜思語教學最好的時間，就是每天早晨的導師時間，或者融入各領域的教學中，每週教一句好話，運用「大愛引航」的靜思語教學指引或選擇其他童話、寓言、時事、歷史故事等，將以下五個教學活動靈活運用，做不同的搭配來引導孩子。雖有妙法，更要能配合自己和學生的需要，才能真正發揮妙用。

活動一　體驗	用「以境示教」的方式，布置虛擬或真實的教學情境引導學生，讓學生從親身的感受中，體悟靜思語的意義。
	有一天，有位訪客來拜訪日本的白隱禪師，並請問禪師：「什麼是天堂？什麼是地獄？」
	禪師聽完他的問話之後，卻對問話者破口大罵，而且愈罵愈大聲，愈罵愈難聽。這個人被罵得心裡很不舒服，可是禪師並沒有因為訪客面露不悅之色而停止漫罵。這位訪客終於嚥不下被屈辱的悶氣，勃然大怒，拔起身上的配刀，跳起來追殺禪師。
	這時候，白隱禪師一邊奔跑一邊大叫：「你現在暴跳如雷、追殺不捨，這就是地獄啊！」
	這個人聽到白隱禪師的話，了解禪師「以境示教」的苦心，立刻跪下來誠心懺悔。此時，白隱禪師又應機示教說：「這就是天堂。」
	「體驗」要讓孩子的心有所感受，才能發揮效果。
活動二　講述故事	以生動的聲音表情和肢體語言，吸引學生傾聽，從故事感人的情境中，進一步了解靜思語，達到「小故事，大啟示」的效果。教學時老師要懂得「靈活運用」，因應教學對象的不同，而將故事深度化或淺易化，目的是要讓學生有所感受，才能反思及修正自己的行為。
活動三　省思	學生就故事中值得探討的問題，做自由、主動的討論後，透過推理和判斷的活動過程，讓孩子能完成價值觀念的澄清。
活動四　靜思	「定、靜、安、慮、得」讓學生把心靜下來，將「省思」活動中所澄清的價值觀，藉著老師的引導和自己的靜思，從同年齡孩子真實生活的心得裡，獲得心靈的啟迪，聯結自己的舊經驗，將道德意識做深層的內化。
活動五　生活實踐	學習靜思語，最重要的是在日常生活中實踐，著重在「做」的工夫。師生共同討論適合自己的實踐方法，使學生能產生更大的體悟，強化自己道德行為的模式。

　　教學時，首先讓孩子在各種情境或模擬化的「體驗」中，了解靜思語的涵義；接著

敘述相關「故事」，讓學生在故事的情節中反觀自己，深入靜思語的內涵，培養正確的道德觀念；經由學生充分、自由的「討論」，在推理和判斷中，做價值觀念的澄清；然後在「靜思」中，聯結學生的舊經驗，做道德意識深層的內化；最後鼓勵並引導學生正確的「落實」在日常生活中，養成孩子良好的道德模式和社會責任心（慈濟教師聯誼會，1999a）。

歸結來說，「靜思語教學」能豐富孩子生命的內涵，讓孩子有智慧、有愛心，懂得感恩、惜福，願意以熱心、耐心、恆心來利益人群，綻放大愛的精神。「大愛引航」正是多年來全體靜思語教學的老師們經驗和智慧的結晶，只要靈活運用，亦能適用於不同教學對象的各個年齡層，讓孩子在愛的氣氛中涵養自己，在愛的體悟中提升氣質、關懷生命。

三、如何把靜思語帶入班級經營中

老師可經由平時的觀察來了解孩子每一階段的需要，選擇適合孩子的好話和故事，培養他們的品德。我們剛帶領一個班級時，建立班級常規很重要，如何讓孩子們守秩序、有禮貌？就以我的班級（低年級）為例，和大家分享靜思語在學生行為塑造的運用：

一年級上學期

教學目標	靜思語	配合的故事	引導說明
鼓勵學生主動向老師和同學打招呼。	「微笑是世界上最美的臉，也是最親切的招呼。」	「微笑面霜」大愛引航（一上）第四單元禮節篇86-88頁。	1.指導孩子哪些事會使我們露出不愉快的表情？而我們可以如何處理不高興的心情？倘若換一張笑臉對待別人時，又會有什麼改變呢？ 2.老師和學生比賽誰先向對方打招呼？誰的臉上擦的微笑面霜最多？
鼓勵學生遇到困難時，要勇敢打敗困難，解決問題。	「要克服困難，不要被困難克服。」	「英國納爾遜的故事」 「鎮定的船長」	1.講述納爾遜榮譽第一，冒著大風雪仍去上學的故事，激發孩子的榮譽心。 2.學生剛上小學需要一段適應

（續）

		大愛引航（二下）第十四單元勇敢篇139-142頁。	期，在與家人分離焦慮的情緒上，需要老師多予關心和心理建設，孩子會更有安全感。
鼓勵學生口說好話、守校規。	「口說好話，如口吐蓮花；口說壞話，如口吐毒蛇。」 「口說好話，心想好意，身行好事。」	「多收一百元」大愛引航（一上）第九單元守法篇242-245頁。	鼓勵孩子談吐文雅，笑咪咪和家人、老師、朋友禮貌打招呼，這樣是口說好話；能快樂、開心上學的人，一定有心想好意；有遵守校規、家規的人，就是身行好事。
鼓勵學生看到紙屑能自動撿起來，愛護環境整潔。	「隨意丟棄垃圾，苦果自己嚐。」 「彎個腰，伸個手，把別人不要的福氣撿起來，就是自己的。」	「偷倒垃圾」大愛引航（一上）第九單元守法篇238-241頁。	1. 體會如果每個人都隨意丟棄垃圾，環境不僅髒亂，還會危害到人類的健康。 2. 小朋友經由鼓勵之後，下課時間會自動去撿福氣，「老師，我撿到七個福氣！」「孩子你好棒！你是今天最有福氣的人！」教室內外就自然愈來愈乾淨了。
鼓勵學生與同學互相尊重，不要嘲笑他人。	「笑人就是笑自己，罵人就是罵自己。」 「脾氣嘴巴不好，心地再好也不能算是好人。」	「蘇東坡和佛印禪師的故事」	讓孩子了解「心美看什麼都順眼」的道理，孩子會以蘇東坡的故事為警惕，就不敢再隨便嘲笑別人了。
鼓勵學生多反思自己的行為，不要愛告狀。	「要批評別人時，先想想自己是否完美無缺。」 「有智慧的人欣賞別人的優點，沒有智慧的人專找別人的缺點。」	「新同學」大愛引航（一下）第十三單元智慧篇108-111頁。	學習找出同學的優點，並且真誠地讚美他。 看到別人的好，應該多加學習；看到不好的就要多加警惕。

♣ 一年級下學期

教學目標	靜思語	配合的故事	引導說明
鼓勵學生學習自己整理書包，對自我負責任。	「讓父母安心的孩子最有福。」	「小菁的故事」大愛引航（二上）第三單元孝順篇68-71頁。	1.有些孩子作業沒帶，就說是媽媽忘記整理書包了，不明白這是自己的責任，自己的物品要自己收拾。 2.了解「愛」是不能等的，愛自己的家人更要即時。學習早晚以誠懇的態度，甜美的笑容，輕柔地對父母請安、問好。
鼓勵學生幫父母做家事，不求回報。	「對父母要知恩、感恩、報恩。」	「感恩與付出」大愛引航（二上）第三單元孝順篇80-83頁。	1.常見有些孩子做一點家事就頻頻向父母要零用錢，深不知爸媽為了我們做了多少事，卻從來不要求我們回報。 2.了解懂得付出愛才是真正幸福的人。對家裡的每一件事，都懷著感恩的心去做、不計較。
鼓勵學生認真寫功課、做掃地工作，不偷懶。	「多做多得，少做多失。」「懶惰的人才是真正的貧窮。」	「兩個人的故事」大愛引航（一下）第十五單元負責篇164-167頁。	讓孩子明白「自己吃的飯才真飽，自己的功夫才牢靠。」勤勞才能有一身的好本事。
鼓勵學生對自己要有信心，不要小看自己。	「不要小看自己，因為人有無限的可能。」	「發明大王愛迪生」大愛引航（一下）第十四單元勇敢篇148-151頁。	我們每個人都具有很多潛力，所以，凡事只要肯用心、專心，就會做得很好。千萬不要碰到困難就先說不會做，應該多運用頭腦來解決，「心不難，事就不難。」
鼓勵學生誠實不要說謊。	「謊言像一朵鮮花，外表美麗，生命短暫。」	「野狼的謊言」大愛引航（一下）第十六單元信實篇198-201頁。	了解說謊會得不到別人的信任，還是做個誠實的好孩子吧！
鼓勵學生知錯能改，不貳過。	「一個人不怕錯，就怕不改過，改過並不難。」「做該做的事是智慧，做不該做的事是愚癡。」	「周處除三害」大愛引航（一下）第十四單元勇敢篇128-131頁。	做錯事要勇於認錯，認錯之後要用心的改過。

二年級上學期

教學目標	靜思語	配合的故事	引導說明
鼓勵學生孝順、行善要即時。	「世上有兩件事不能等：一是孝順，二是行善。」	「小英後悔了」大愛引航（二上）第三單元孝順篇87-90頁。	當別人有困難時，要適時地給予幫助；對父母也是一樣，要趁父母健在的時候，多孝順爸媽。
鼓勵學生「理直氣要和」，不要容易因別人的過錯而生氣。	「生氣，就是拿別人的過錯來懲罰自己。」「原諒別人就是善待自己。」	「火爆老師」大愛引航（二上）第七單元合作篇189-192頁。	當別人做錯事時，我們可以用溫和的語氣告訴他，這樣他就不會不高興、不接受，而故意一再犯錯，來傷害或影響到大家了。
鼓勵學生「心中有愛」，才會「人見人愛」。	「要人人愛我，就得先愛人人。」	「小狐狸行善」大愛引航（一上）第八單元因果篇196-199頁。	「想要別人如何待你，就要先怎麼待人。」我們心中想要大家對我們好，就要先對別人好，多設身處地為別人著想。
鼓勵學生遇到衝突要理性溝通，不要拳頭相向。	「學點頭，學低頭，不要學拳頭。」	「宗宗學本事」大愛引航（一下）第十單元恭敬篇30-34頁。	要學習有禮貌、有規矩，處處多為別人著想，不要以拳頭相向，才不會互相損傷，讓父母擔心或造成永遠的傷痛。
鼓勵學生多關愛身邊的人，有能力照顧別人才是真正的「老大」。	「要比誰更愛誰，不要比誰更怕誰。」	「誰是老大」大愛引航（一下）第十八單元和平篇258-263頁。	「要過很可愛的人生，就要自己先會愛人。」「能原諒人一分，讓一分，就能得到十分的福。」不要一味地跟別人爭奪，爭到最後，朋友們都會離你而去，那多得不償失啊！
鼓勵學生珍惜友情的可貴。	「天上最美是星星，人間最美是溫情。」「臉上最美的是笑容，心中最美的是感動。」	「莫逆之交」大愛引航（一上）第五單元仁愛篇113-115頁。	「愛別人如愛己，將我心比他心。」當我們面臨困境時，會很希望別人來幫助我們；同樣地，我們也要盡力去幫助別人。

♣ 二年級下學期

教學目標	靜思語	配合的故事	引導說明
鼓勵學生勤奮向學。	「盡多少本分，就得多少本事。」 「世上沒有不能成功的事，只怕自己不肯去做。」 「信心、毅力、勇氣三樣都具備，就天下無難事。」	「堅忍卓絕的謝坤山」 大愛引航（二上）第一單元精勤篇12-16頁。	1.以謝坤山的實例來激勵自己，多善加利用自己的好手好腳做好事。 2.唯有自己親手做過的事，才會真正體會其中的奧妙，也才能真正成為自己的本事。 3.我們不論學習什麼，都應該具備這種勤奮不懈的精神！
鼓勵學生行善為樂。	「做好事不能少我一人，做壞事不能多我一人。」	「行善的小王子」 大愛引航（二下）第十二單元行善篇89-93頁。	1.積極行善的人，就是可愛的貴人，當然也能夠結交到許多好朋友。 2.我們要多做好事，多幫助同學，別人快樂自己也會很快樂！
鼓勵學生知足常樂。	「快樂不是擁有的多，而是計較的少。」	「限購的耐吉鞋」 大愛引航（一下）第十一單元儉樸篇61-64頁。	別人擁有的比較多時，心裡要想：「沒關係，我的也不錯！」做一個知足的人。
鼓勵學生把握光陰，做事更有效率。	「時間很寶貴，不能無所謂。」 「時間不及時把握，事業則無法成就。」	「心存等待」 大愛引航（二上）第一單元精勤篇17-20頁。	把握時間讓做事更有效率。在我們成長的過程中，重要的不在於考試考一百分，而是要多培養好習慣，再將好習慣表現在做人處世上，這才是成功的人生。
面對自己不想做的事，就抱著學習的態度去做。	「甘願做，歡喜受。」	「老師，我去！」 大愛引航（一上）第六單元服務篇136-139頁。	每個人生活在這個世界上，都會有一些自己不想做的事，小孩子會不想讀書，大人也會不想工作；但是，我們要過好的生活，不能整天只有玩耍，每件事都抱著學習的態度，保持歡喜心去做，那麼，再多的事也不會累，都能圓滿達成。
鼓勵學生「發好願，做好事」。	「有心就有福，有願就有力。」 「不斷發揮生命的功能，才是有價值的人生。」	「阿布拉老爹」 大愛引航（二上）第八單元因果篇214-218頁。	每天只要每一個人許下愛心的願，這一點一滴的願力結合在一起，所造的福就很大。

以上內容只是拋磚引玉、一小部分的舉例，還有很多童話故事、歷史故事、成語故事和最近發生的時事都可以拿來當教材，依照我個人的經驗，我們和每一位孩子的相處，至少都有兩年的時間，即使分散地實施，也都能看到孩子甚至是家庭有了很大的改變。

記得有一則良寬禪師的小故事：一天夜裡，有一個小偷趁良寬禪師到林中散步時，潛入寺內偷東西，小偷找不到任何值錢的東西，正要跳牆而逃，碰巧遇見禪師散步回來，禪師慈悲的脫下外衣說：「夜涼了，這件外衣穿著走吧！」

隔天，禪師看到昨夜披在小偷身上的外衣，已經整齊的疊好擺在寺院門口，禪師很高興的說：「我終於送他一輪明月了！」

故事中禪師說的「送他一輪明月」這幾個字一直在我心中打轉，我也常常告訴自己，要把心中的那輪明月，送給我的家長和學生們。

教育方法有很多種，可以很有技巧，也可以很柔軟，重要的是達到處理的目的；只要先了解孩子的想法，用尊重和同理的態度和學生好好溝通，讓學生知道老師的用心，也才能讓孩子打從心裡「聽」進去。

開心又降火的靜思語教學，可以讓家長安心，孩子歡心，更讓我學習做一個溫暖的老師！

柒、結語

一、真心相待，用愛鋪路

「教育無他，惟愛與榜樣而已。」有一位老師曾經問學生：「藍天比大海遼闊，宇宙又比藍天、大海遼闊，有什麼東西比它們還要遼闊？」學生反應好快，他們說：「老師！人的心胸可以比藍天和大海寬廣！」在引領孩子們學習的過程中，老師的智慧和柔軟心很重要，這是用心、用愛教出來的智慧啊！

我也曾在書上讀到一段發人深省的話：「教育的成敗不在年齡、環境或者是待遇，而是在老師的一顆心；老師是不是一個溫暖的人，是學生心目中好老師的最重要條件。」

教育是一門很深的功夫，我們的教育不只是要給學生專業的知識，還要啟發他們的人格和良知良能，指導孩子們在扮演何種角色時，就要發揮何種角色的良能，這才是我們真正的教育目標。

二、善待每一位孩子，對每一位孩子負責

我相信影響孩子一輩子的事情，是他們所抱持的「觀念」，而非他們所學的學科知識。因為這個「觀念」才是促使他們能正確且持續地完成自己想做的事情。

因此，我誠摯地希望：除了給孩子豐富、紮實的學習內容之外，也希望在孩子這麼小的時候，多提升他們的品格教育和道德修養，甚至影響到更多家庭的相處方式。

或許我們無法給孩子一些所謂的「標準答案」，但是，他們絕對有更多的機會和嘗試，去發掘他們各自的天賦與才能，並結交一輩子的良師益友。

我們已有很多人跑到大陸，甚至世界各地去生活，都在適應另外一種生活環境，也接觸到很多不同的人，甚至還跟外國人合作。我們真的盼望我們的下一代有更多的機會，能從更多不同的觀點去關心他人，並且了解透過團隊的合作，來進行更多樣的學習與成長。

就讓我們成為教學上的好伙伴，一起為我們的下一代努力，幫助孩子走出自己的路，發展多方面的興趣和能力，進而涵養人文情、培養出國際觀與國際胸懷，成為一個個的「世界人」。

參考文獻

丁凡（譯）（2000）。E. M. Hallowell & J. J. Ratey 著。**分心不是我的錯：正確診療注意力缺失症，重建有計畫的生活方式**。台北市：遠流出版社。

王千倖（1996）。超媒體在學習「班級經營」上的應用。**教育資料與研究**，**12**，43-49。

卡爾威特（2003）。**卡爾威特的教育**。台北市：上游出版社。

台北市政府教育局（1998）。**認識身心障礙學生**。台北市政府教育局。

何福田（2002）。**教育的春風秋雨**。台北市：心理出版社。

呂素琴（1999）。大愛引航教材的使用方法。**靜思語教學月刊**，**29**，3。

周弘（2001）。**賞識你的孩子**。台北市：上游出版社。

林玫伶（1999）。**笑傲班級**。台北市：天衛文化圖書。

林惠貞等著（1998）。**家長如何走進老師教學之中**。台北市：新潮社文化事業。

林榮梓教學團隊（2003）。**班級經營逗陣行（上）（下）**。台中市：領行文化出版。

松本良彥（2003）。**學校與家庭交流的第一課**。台北縣：童萌館出版。

深美教學團隊及梁雲霞著（2002）。**看見想像的學校**。台北市：遠流出版社。

許財利（1992）。梁雲霞著。**看見想像的學校**，序言。

陳木金（1999）。**班級經營**。台北市：揚智文化出版社。

陳佩正（譯）（2002）。Giselle O. Martin-Kniep 著。**成為更好的老師：8個教學創新構想的實踐**。台北市：遠流出版社。

彭書淮（2002）。**教育書**。北京市：海潮出版社。

游乾桂主編（1993）。**如何提高孩子的學習慾望**。台北市：小暢書房。

慈濟教師聯誼會編輯（1999a）。**大愛引航靜思語教學指引第一冊**。台北市：靜思文化。

慈濟教師聯誼會編輯（1999b）。**大愛引航靜思語教學指引第二冊**。台北市：靜思文化。

慈濟教師聯誼會編輯（1999c）。**大愛引航靜思語教學指引第三冊**。台北市：靜思文化。

慈濟教師聯誼會編輯（1999d）。**大愛引航靜思語教學指引第四冊**。台北市：靜思文化。

慈濟教師聯誼會編輯（2002）。**希望的引航師**。台北市：靜思文化。

葉興華（2002）。談教學檔案的應用與製作。**課程與教學通訊**，**9**，14-18。台北市立師範學院課程與教學研究中心。

蒲公英（2004）。**我們這一班**。台北縣：木馬文化。

歐申談（譯）（1993）。Dr. Thomas Gordon（湯瑪斯‧高登）著。**教師效能訓練**。台北縣：新雨出版社。

蔡志妃（1995）。如何成為勝任愉快的實習教師。**教育實習輔導季刊**，**1**（1），52-54。

鄭玉疊（2004）。國小教師教學情緒的問題與輔導之探討。**研習資訊**，**21**（2），16-29。台北縣：國立教育研究院籌備處。

鄭石岩（1994）。**教師的大愛**。台北市：遠流出版社。

鄭石岩（1994）。**與孩子一起成長**。台北市：遠流出版社。

盧富美（2002）。**班級常規經營—常規與教學雙人行**。台北市：心理出版社。

盧蘇偉（1995）。**歡喜來教書**。台北市：慈濟文化。

蕭春梅（2001）。靜思語教學六重奏。**靜思語教學月刊**，**45**，2-3。

賴秋江（2001）。**教室 high 課班級經營 100 招**。台北市：天衛文化圖書。

戴晨志（2001）。**新愛的教育**。台北市：時報文化出版。

鍾思嘉等著（2000）。**培養有責任感的孩子**。台北市：桂冠圖書。

國家圖書館出版品預行編目（CIP）資料

學習不落單：語文教室裡的課程調整／蔣明珊編著.
--初版.-- 臺北市：心理，2006（民 95）
面；　公分.--（教育現場系列；41105）
ISBN 978-957-702-946-1（平裝）

1. 語言學—教學法　2. 課程—設計

800.3　　　　　　　　　　　　　95017313

教育現場系列 41105

學習不落單：語文教室裡的課程調整

主　　編：蔣明珊
作　　者：蔣明珊、吳淑貞、施伊珍、王瑩禎、辛盈儒、
　　　　　陳麗帆、黃知卿、黃敏菁、洪怡靜、陳師潔
執行編輯：高碧嶸
總 編 輯：林敬堯
發 行 人：洪有義
出 版 者：心理出版社股份有限公司
地　　址：231 新北市新店區光明街 288 號 7 樓
電　　話：(02) 29150566
傳　　真：(02) 29152928
郵撥帳號：19293172　心理出版社股份有限公司
網　　址：http://www.psy.com.tw
電子信箱：psychoco@ms15.hinet.net
駐美代表：Lisa Wu（lisawu99@optonline.net）
排 版 者：臻圓打字印刷有限公司
印 刷 者：祥盛印刷有限公司
初版一刷：2006 年 11 月
初版四刷：2019 年 1 月
I S B N：978-957-702-946-1
定　　價：新台幣 500 元